CW01636306

HAWKE

VIRGIBOOKS

Tutti i personaggi di questi racconti sono immaginari e ogni rassomiglianza con persone realmente esistenti o esistite è puramente casuale.

VIRGIBOOKS
An imprint of Virginia Creative Studios Ltd.
www.virgibooks.com
www.virginiacreativestudios.co.uk
20 – 22 Wenlock Road, N17GU London

Prima edizione: Aprile 2024

ISBN: 978-1-7384964-4-0

AVVERTENZE

Questo libro tratta di infedeltà. Esplora temi come abuso di droghe e varie forme di dipendenza, contiene scene sessuali esplicite e adatte a un pubblico maturo, incluso un tentativo di stupro.

Si riserva la lettura a un pubblico adulto, maturo e consapevole.

All'ignoranza.

Che possa sempre sfuggirti il bad boy sexy e tatuato,

il cui cuore è puro proprio per questo.

1

È tutto a posto

Due minuti e trentacinque secondi.

Questa volta ho guardato l'orologio. Ho tenuto il conto nella mia testa. Mi ero ripromessa di non farlo, di non essere il tipo di persona che si preoccupa di cose così futili... ma il sesso insoddisfacente è davvero così futile quando stai considerando di passare la tua vita con la persona a cui lo stai offrendo?

Lui mi ama.

Patrick si è premurato di ripetermelo costantemente. È stato il primo a dirlo. Mentre io mi stavo solo godendo le prime fasi della nostra relazione, lui mi ha confessato che si stava già innamorando di me. Mi ha lusingata: mi sono sentita onorata di essere amata da una persona del suo calibro. Era di una bellezza non troppo spiccata - più che altro un ragazzo bassino e tarchiato. Sua madre diceva sempre che era un tipo da 'carne e patate,' qualunque cosa volesse dire. Ma sono stati i suoi occhi marroni e gentili e quel sorriso amabile ad attirarmi.

Era anche molto affermato per la nostra età, visto che già all'epoca lavorava nell'azienda del padre. Aveva la grinta necessaria per raggiungere il successo e realizzarsi, e io l'ho sempre ammirato per questo. Per me, una nana di un metro e mezzo, con i capelli biondo sporco, che divorava libri e veniva dal nulla, la sua considerazione significava tutto.

Ho avuto i miei problemi durante la crescita. Non ho mai frequentato le cricche più in vista. I miei punti di forza erano la lettura e la scrittura, e la scuola era una passeggiata per me. La socializzazione era tutto un altro paio di maniche. Ero la ragazza a cui piaceva stare a casa nei fine settimana, raggomitolata con qualcosa da spizzicare e un libro o una nuova serie su Netflix, così, quando è apparso Patrick, sono cascata subito nel classico romanzo d'amore immaginario. Un romanzo che sembrava troppo bello per essere vero.

Patrick compensava le sue carenze in ambito sessuale con un grande impegno. Si preoccupava moltissimo per me e si prodigava per avere successo nella vita per noi e per il nostro futuro, nonostante i suoi tentativi falliti nel campo dell'intimità. Ma il sesso era un aspetto secondario nel quadro più ampio di una relazione, giusto? E poi, cosa ne sapevo io di sesso? Non ero di certo un'esperta in materia.

"Oh, mio Dio..." Patrick grugnisce prima di fare una risatina leggera. Rivolgo un sorriso gentile al suo viso sospeso sul mio, visto che siamo nella posizione del missionario.

Fa diversi respiri pesanti sopra di me finché il suo battito cardiaco non rallenta.

"Nic. È stato bellissimo" mormora prima di posarmi un bacio dolce sulla punta del naso.

Nic.

Il piccolo soprannome che mi ha affibbiato, oltre ad 'angelo,' e che mi fa sempre venire le farfalle nello stomaco, ogni volta che lo sento uscire dalle sue labbra. Farfalle che mi fanno sentire speciale. Mi piace che mi chiami Nic e non solo Nicole, come fa sempre mia sorella.

Lei usa sempre il mio nome intero apposta per innervosirmi, perché sa bene quanto lo detesti. Il nome Nicole ha acquisito un significato completamente nuovo da quando mio padre ha ricominciato a frequentare qualcuno. A quanto pare, le amanti rovinano i nomi insieme ai matrimoni, così Patrick ha preferito chiamarmi Nic e, per fortuna, quel nomignolo è diventato la prassi.

Mi bacia la fronte prima di sfilarsi da me e dirigersi verso il bagno. Getta il preservativo usato nella spazzatura e si infila sotto la doccia.

Non dovrei sentirmi a disagio per questo. Patrick si fa sempre una doccia dopo aver fatto sesso. Non lo fanno tutti? Cerco di non rimuginarci troppo su, ma c'è sempre qualcosa che mi fa sentire sporca. Non è che abbia molti termini di paragone, d'altronde. Patrick è il primo e l'unico uomo con cui sia mai stata.

Rotolo su un fianco sotto le lenzuola, sento l'acqua che inizia a scrosciare e mi interrogo sugli orgasmi. Ne ho letto, ne ho sentito parlare da mia sorella, ma non ne ho mai sperimentato uno - non che io sappia. Per come stanno le cose, il mio bisogno di raggiungere l'orgasmo è solo l'ennesimo ostacolo alla mia relazione che sono costretta ad accantonare. Suppongo sia meglio dei problemi che deve affrontare mia sorella.

Johanna deve fare i conti con cose come uscire con donne che sono già sposate con degli uomini e che non si sono ancora dichiarate, o frequentare uomini che infilano i propri cazzi in altre donne. Le problematiche con cui si confronta lei sembrano sempre peggiori e più drammatiche delle mie. Non dovrei lamentarmi. Almeno Patrick mi ama e tiene davvero a costruire un futuro con me. Tutto il resto lo risolveremo con il tempo.

"Ehi, devo fare un salto al supermercato a comprare delle bistecche per la cena di stasera" lo sento gridare dal bagno.

"Non abbiamo carne a sufficienza?"

Nel seminterrato c'è un congelatore pieno zeppo di

carne proveniente dalle sue battute di caccia con suo padre.

"Devo solo prenderne qualcun'altra fresca se voglio accendere tra poco la griglia. Non c'è tempo per scongelare. Ho una piccola sorpresa in serbo."

Una piccola sorpresa? Potrebbe essere quello che sto aspettando da tempo? Mi mordo il labbro e mi scruto controvoglia nel lungo specchio accanto all'armadio. Non sembro affatto pronta per una dichiarazione di matrimonio. I miei capelli hanno bisogno di una spuntatina e questo pigiama casual non mi dona affatto.

"Torno tra poco, tesoro. Prometto che farò in fretta." Si avvicina a me e mi bacia la testa prima di uscire dalla porta in jeans e giubbotto sportivo.

Le cene domenicali erano una tradizione per noi. Dopo circa un anno di frequentazione in città diverse e di rimpalli tra la mia e la sua stanza nei dormitori dell'università, abbiamo deciso di trasferirci e di andare a vivere insieme.

Per fortuna, Patrick ha trovato una bella casetta in vendita nella sua città natale, vicino al suo college in Michigan e all'azienda di suo padre. Una volta terminati gli studi, mi sono trasferita a sette ore di distanza e mi sono lasciata alle spalle il passato. Abbiamo iniziato il nostro viaggio per stare veramente insieme, nonostante le reticenze di mio padre.

Mio padre non faceva salti di gioia - e nemmeno io - all'idea che tornassimo a vivere con lui e con la sua nuova amante, nonché distruttrice di nomi. Scherzi a parte, sentire tuo padre che pronuncia il tuo nome mentre fa sesso provoca danni gravissimi alla tua salute mentale.

Nemmeno i genitori di Patrick erano proprio entusiasti della nostra convivenza, visti i loro saldi principi cattolici e tutto il resto, ma il tempismo era ideale per noi. Abbiamo risparmiato quando lui ha comprato la nostra prima casa invece di affittarla, ed è stato uno dei momenti più felici della mia vita. Stavamo 'giocando a essere una coppia,' come diceva spesso sua madre? Forse, ma era la mia prima relazione seria e sentivo che quello era un passo fondamentale per stare davvero insieme.

La domenica sera era tutta per noi. Dopo che Patrick e la sua famiglia avevano preso parte alla funzione religiosa e al brunch con la famiglia allargata a casa di sua nonna, preparavamo sempre la cena insieme, noi due da soli. Cucinavamo qualcosa alla griglia o preparavamo un piatto speciale e lo consumavamo a tu per tu a tavola, senza cellulari, senza televisione, senza nulla che potesse distrarci dalla nostra conversazione. Era il nostro momento di incontro, e lo aspettavo con impazienza ogni settimana, compreso oggi, anche dopo la nostra scadente sessione amorosa.

Mi pettino e mi lego i capelli in uno chignon disordinato, poi decido di fare un pisolino veloce, visto che ho poco tempo prima di cena. Mentre me ne sto sdraiata a fantasticare su tutti i modi in cui potremmo migliorare la nostra insipida vita sessuale, sprofondo in un sonno tranquillo.

"Fallo! Più forte!" Sento una voce femminile gemere nella mia testa mentre mi riprendo dal mio sonno nebuloso. "Sì! Proprio così!"

I gemiti si fanno sempre più intensi mentre mi strofino gli occhi con le nocche prima di concentrarmi sulle foto sorridenti e tremolanti di Patrick e me. Le cornici che le contengono stanno rimbalzando sul muro.

Sto sognando?

Mi metto a sedere e rimango in ascolto per un attimo per assicurarmi che non sia solo la mia voce quella che sto sentendo, ora che mi sono appena risvegliata da quel sogno carico di bisogno.

"Cazzo! Avanti! Fammi venire!" Sento la voce roca di un uomo sconosciuto, profonda e gutturale.

Oh, mio Dio. Non è un sogno.

Afferro il telefono sul comodino, mi alzo, mi infilo la vestaglia e corro fuori dalla nostra camera da letto verso la stanza degli ospiti accanto, da dove provengono tutti questi rumori sessuali.

Sfondo la porta, sperando ancora che non sia reale, quando vedo un uomo piantato dietro una donna, intento a sbatterla da dietro mentre lei si aggrappa alla testiera del letto davanti a sé.

La mia testiera.

Del mio letto d'infanzia.

Che mi sono portata da casa.

La testiera che abbiamo sistemato nella camera degli ospiti per quando vengono a trovarci amici e parenti.

Se non fossi così imbarazzata dalla vista che ho davanti, forse reagirei in maniera diversa. Ma non posso mentire: la mia reazione iniziale è quella di rimanere impalata a fissarli a bocca aperta. Vorrei lanciare un urlo di orrore, ma non posso fare a meno di essere leggermente attonita per l'assurda esibizione che mi si para di fronte.

In quale mondo delle coppie a caso si mettono a fare sesso a casa della gente?

Per esempio quest'uomo muscoloso e tatuato, con i capelli neri madidi di sudore e che gli penzolano negli occhi, che si sta accomodando alle spalle di una ragazza minuta e bruna. Nel mio letto d'infanzia. *Santo. Cielo.*

"Oh, merda!" impreca lui nell'istante in cui mi nota, prima di staccarsi dalla donna e gettarle addosso una coperta, avvolgendosi a sua volta nel lenzuolo che hanno sotto di loro.

Dopo aver risollevato la mia mascella da terra, armeggio col mio telefono, compongo un numero e lo porto con mano tremante all'orecchio.

"Pronto, dipartimento di polizia della contea di Dune. Come posso aiutarla?"

"Ehm, sì, ci sono dei ladri, o degli intrusi, o qualcosa del genere..." Spiego la situazione mentre scruto gli occhi pieni di panico dell'uomo che mi viene incontro, stringendo le mani davanti a sé e scuotendo la testa da una parte all'altra. "E stanno facendo sesso sul mio letto!"

"Mi perdoni, ha detto sesso?" risponde la donna.

"Non... non lo so. Sì?"

L'uomo continua a venire verso di me, la sua alta

struttura torreggia su di me e mi fa sentire più piccola a ogni passo che fa. Troppo stordita per dire o fare alcunché, lascio cadere il telefono, alzo le mani in aria e mi schianto contro il muro dietro di me, terrorizzata dal suo atteggiamento di superiorità, sebbene non indossi altro che un lenzuolo bianco sorretto da un pugno rabbioso.

Mi giunge da terra la voce della donna al telefono: "Mi scusi, signorina? È lì? Devo mandare qualcuno in questo posto?"

L'uomo tatuato si china e raccoglie il cellulare, se lo appoggia al viso e punta lo sguardo sul pavimento. "Mi dispiace per la confusione, signora. È tutto a posto. È stato solo un piccolo errore di comunicazione." Il suo tono soave e rilassante si effonde nel ricevitore e non so come suona come cioccolato fuso nelle mie orecchie.

Scommetto che con quella voce riuscirebbe a far fare alla signora del centralino tutto quello che vuole.

"Dovrò chiedere conferma alla donna con cui stavo parlando poc'anzi" gli dice all'orecchio, a voce abbastanza alta perché io possa sentirla.

Lo sguardo dell'uomo si sposta direttamente su di me, e mi rivolge due occhi penetranti che non avevo notato fino ad ora. Sono di un verde smeraldo, con delle pagliuzze verde acqua, marrone e azzurro mescolate con una perfezione stupefacente. Traggo un respiro per l'improvvisa vicinanza di questo miraggio di uomo punk davanti a me, un lieve odore di sesso e sigarette che aleggia nella stanza.

'Dille che è tutto a posto,' mi mima con quelle labbra carnose ancora bagnate da chissà cosa. Un piercing al centro del labbro inferiore attira il mio sguardo su di esso. I suoi occhi sono ancora fissi nei miei, pieni di una pericolosa urgenza. "È tutto a posto!" ripete.

"Ehm..." balbetto, poi sbatto le palpebre, scuoto la testa e sgombero la mente dal turbinio confuso di sensazioni sessuali che sto elaborando insieme all'aura inquietante che quest'uomo sta gettando su di me.

"Mandi subito qualcuno qui. Ho bisogno di aiuto. C'è qualcuno in casa mia che non dovrebbe starci!"

"Cazzo!" borbotta l'uomo sottovoce. Si passa una mano tra i capelli mezzi umidi per scostarsi le ciocche dalla fronte e togliersele dagli occhi. In questa posizione ho una visuale completa del suo addome tonico e del suo petto tatuato.

Quel fuscello di una donna si riveste in fretta e furia. "Io me ne vado da qui, cazzo."

Apre la finestra e sguscia fuori dalla nostra minuscola casa bungalow, atterrando nel cespuglio sotto la finestra prima di fuggire in strada. L'uomo mi strappa il telefono di mano mentre io guardo la ragazza scappare via e riattacca, quindi lo scaglia sul pavimento.

"Maledizione!" grida al soffitto, facendomi sobbalzare. "Perché cazzo l'hai fatto?"

"Fuori da casa mia!" gli urlo contro.

Che bella faccia tosta ha questo.

Si gira verso di me, stringe gli occhi in due fessure e flette la mascella mentre torna verso di me. Indietreggio contro il muro, non sapendo cosa potrebbe farmi. Mi blocca con un braccio, mentre con l'altro tiene ancora il lenzuolo sotto la vita, sebbene ora la stoffa stia scendendo sotto il bacino.

Sono terrorizzata. Apro la bocca e cerco di prendere fiato, pregando che Patrick si affretti a tornare. O magari è tornato da un po'? Non ho idea di quanto tempo abbia dormito. E se questo tizio lo avesse ucciso nell'altra stanza e si fosse messo a scoparsi questa ragazza in attesa di decidere cosa fare del suo corpo?

Porca miseria, sto perdendo la testa.

"Questa è casa mia" ringhia, sollevando il labbro mentre parla. "E la pagherai per questa stronzata."

Tiro un respiro affannoso per le sue minacce e cerco di calmare i battiti forsennati del mio cuore e il tremore delle mie mani. Mentre deglutisco, sento la porta d'ingresso aprirsi e richiudersi. Mi chiedo se sia la polizia che è venuta qui per controllare il mio stato di salute - che al momento è in dubbio.

"Nic? Che succede? Perché c'è la polizia fuori casa?"

Pervasa da un sollievo immediato nel sentire una voce familiare, scivolo sotto il braccio tonico dello sconosciuto, mi volto per uscire dalla stanza degli ospiti e vado a sbattere contro il mio ragazzo nel corridoio.

"Patrick! Oh, grazie a Dio!" grido contro il suo petto, stringendo la sua maglietta nei pugni. "C'è uno strano uomo in casa e stava facendo sesso con qualcuno nella stanza degli ospiti!"

"Merda" borbotta lui, sospirando come se si fosse finalmente reso conto della situazione. "Nic, mi dispiace tanto."

Si stacca da me, mi fa un lieve cenno rassicurante con il capo e va in camera da letto per parlottare con l'uomo in tono sommesso. La conversazione informale non è di certo il fracasso che mi aspettavo. Mi aspettavo che Patrick tirasse qualche pugno per proteggere la sua donna da questo strambo intruso che si scopa delle ragazze a caso sul mio letto d'infanzia. Sento una risatina leggera e imbarazzata provenire dalla bocca di Patrick.

Gesù, cosa sta succedendo?

Quando giriamo l'angolo nello stesso momento, Patrick sfoggia un piccolo sorriso mentre scuote la testa, guarda me e poi di nuovo lo strano uomo ribelle che tiene ancora il lenzuolo alla base del bacino, i cui muscoli puntano come due frecce decise verso il basso, sotto il tessuto. I suoi occhi variopinti ora sfoggiano una sorta di divertimento presuntuoso e una punta di fastidio mentre mi scruta dalla testa ai piedi, passando al setaccio il mio corpo. Deglutisco e mi stringo un po' meglio la vestaglia attorno al petto.

"Nic, ti presento Hawke."

I miei occhi guizzano da Patrick al teppista che mi sta fulminando con lo sguardo, poi di nuovo a Patrick.

"È il nostro nuovo coinquilino."

2

Un odioso coinquilino

"Patrick, ma sei serio?" Caccio un sospiro frustrato. "Un coinquilino? Non hai pensato di parlarmene prima di prendere questa decisione per entrambi?"

Cammino avanti e indietro per la nostra camera da letto, accalorata per la 'sorpresa' che aveva in serbo per me stasera.

E io che pensavo che mi avrebbe chiesto di sposarlo.

"Mi dispiace tesoro, dico davvero" esordisce. "Conosco Hawke da molto tempo e, credimi, questa non è affatto una situazione normale. Ha solo bisogno del nostro aiuto in questo momento."

No che non è una situazione normale. *È un gran casino.*

"Ha bisogno del nostro aiuto?!" Faccio uno sbuffo di scherno. "No, deve trovare un altro posto dove stare, soprattutto se ha intenzione di portare la droga, le ragazze o qualsiasi altra cosa in cui è immischiato sotto il nostro tetto. Questa è casa nostra!"

"Tecnicamente lo è... ma non proprio" dichiara

Patrick, stringendo gli occhi come se non volesse che la verità venisse a galla. Non in questo frangente.

"Spiegati. Ora" esigo.

Mi afferra le mani e mi tira a sedere accanto a sé sul bordo del nostro letto a una piazza e mezzo mentre comincia: "Non arrabbiarti con me, okay?"

Lo fulmino con lo sguardo, già infastidita.

"Ricordi quando sono andato con mio padre in banca per ottenere il mutuo per la casa?"

"Sì..." rispondo con cautela, preparandomi al disastro.

"Beh, in realtà non me l'hanno mai dato. Non c'è stato nemmeno bisogno di coinvolgere un agente immobiliare o una banca. Mio padre l'ha acquistata interamente. Da Hawke."

Le sue parole mi risuonano nella mente. *Questa è casa mia.*

Confusione e curiosità mi assalgono allo stesso tempo mentre cerco di elaborare il tutto.

"Quindi, avete comprato la casa da lui e ora lo lasci vivere qui perché...?" chiedo con tono vago, aspettando una risposta.

Patrick si lecca le labbra e prende un respiro profondo prima di passarsi una mano sui capelli corti e biondi. Le sue guance diventano rosate come quando è nervoso. Soffia fuori l'aria e mi stringe le mani prima di alzare gli occhi verso i miei per spiegarmi.

"Lui non poteva più permettersi di pagare le rate del mutuo. Non... era più in giro."

Inarco un sopracciglio verso di lui, esortandolo a continuare.

"Hawke è appena uscito di prigione."

Tutta l'aria deve aver appena lasciato la stanza.

Improvvisamente non riesco più a respirare. Me ne sto qui in silenzio a fissarlo.

Tanto per cominciare, com'è possibile che non abbia mai sentito parlare di questo 'Hawke'? Frequento Patrick da abbastanza tempo da conoscere la sua cerchia di amici.

Sono tutti intelligenti, di successo, sentimentalmente impegnati e conoscono la sua famiglia tramite la chiesa o il golf club.

Un personaggio come 'Hawke' non ha nulla a che spartire con il loro mondo.

In secondo luogo, è pazzo, forse? Non si rende conto che io in pratica lavoro da casa? Potenzialmente dovrei restare intrappolata a casa con questo ex detenuto tutto il giorno mentre Patrick è al lavoro.

E terzo, Hawke? Che razza di nome da prigione è?

"Avresti davvero dovuto parlarmene prima. Non mi sento a mio agio con questa situazione" affermo, sollevando le mani e alzandomi per ricominciare a passeggiare per la stanza.

Il mio battito cardiaco sta aumentando. Sono visibilmente incazzata.

"Ascolta, Nic" fa lui, afferrandomi le braccia per fermare i miei movimenti incessanti. "Ha solo bisogno di un po' di aiuto per rimettersi in sesto. Non credi che sia giusto fare questo per lui? Soprattutto come cristiani?"

Alzo gli occhi al cielo. Lui la mette sempre sul piano della fede. Lo capisco, è un gesto gentile, ma io non sono sempre gentile. Né sono sempre cristiana. Non che io abbia qualcosa contro i cristiani o qualsiasi altra religione. A ciascuno il suo. Ma quando la tua religione nutre aspettative ridicole su chi dovresti essere, o ti castiga per aver commesso degli errori, non mi sembra più salutare. Gesù perdona, i cristiani da strapazzo no.

Io non sono sempre buona. Sono realista. Soprattutto quando essere buoni significa dover convivere con un ex detenuto tatuato, maniaco del sesso, che potrebbe benissimo infilarsi della droga nel naso o qualsiasi altra cosa facciano i drogati.

"Solo il tempo per permettergli di risollevarsi" ribadisce Patrick, come se fossimo una specie di rifugio per senzatetto. "Fidati, non è così cattivo come sembra."

Sospiro. "Va bene, ma se questo interferisce con il mio lavoro o con il mio sonno, darò di matto."

Mi sorride, poi mi sistema una ciocca di capelli dietro l'orecchio. "Ti prometto che non lo consentirò, Nic. Ti amo."

Mi bacia il naso, poi strofina il suo contro il mio, prima di avvolgere le braccia intorno a me e dondolarmi da una parte all'altra.

"Andrà tutto bene. Non ti accorgerai nemmeno della sua presenza." La sua voce mi arriva all'orecchio attraverso i capelli.

Alzo gli occhi al cielo, nutrendo forti dubbi in proposito.

"Adesso andiamo a scambiare due chiacchiere da adulti con lui a cena." Sfoggia un sorrisetto ironico. "Ti lascio un momento per cambiarti."

Esce dalla stanza mentre io mi tolgo la vestaglia e indosso qualcosa di adatto a degli ospiti.

Ospiti.

Un ospite.

Un ospite che non se ne andrà tanto presto.

Con un sospiro pesante, mi guardo allo specchio. Ho un aspetto orribile. Non voglio nemmeno rendermi presentabile a questo teppista. Indosso un paio di leggings e una felpa con il cappuccio, poi districo i miei capelli indisciplinati e decido di lasciarli sciolti.

Quando entro in soggiorno, una scena attira immediatamente il mio sguardo fuori dalla finestra.

Hawke ha le mani sopra la testa, le gambe divaricate, mentre gli agenti di polizia lo stanno praticamente aggredendo con le mani. Lo perquisiscono, poi scambiano qualche parola mentre lui agita aggressivamente le mani in aria.

"Non gli rendono di certo la vita facile" commenta Patrick quando spunta accanto a me.

Alla fine, gli agenti si allontanano e tornano alle loro volanti, mentre Hawke urla loro qualcosa alle spalle e li saluta con il medio alzato prima di voltarsi per rientrare in casa.

C'è una forte tensione.

Lui entra dalla porta mentre io resto in salotto con le braccia conserte, mordendomi l'angolo del labbro, incerta sul da farsi.

È stata colpa mia. Ho chiamato la polizia dopo che mi aveva pregato di non farlo.

Mi odia.

Qualche ora dopo, Patrick toglie le bistecche dalla griglia mentre io finisco di cucinare maccheroni e formaggio al forno. Lavoriamo come una macchina ben oliata per preparare le nostre cene domenicali, eppure ora abbiamo un nodo nella catena.

Dopo quel piccolo incidente, Hawke è andato nella stanza che ha deciso di occupare - ossia la camera degli ospiti - e si è rinchiuso lì dentro.

Me la caverò benissimo senza doverlo mai vedere. Se riusciremo a mantenere questa distanza quando Patrick andrà al lavoro domani, starò benone.

Mentre apparecchiamo, metto a tavola un piatto per Hawke, supponendo che Patrick avesse pianificato questa cena per 'conoscerci meglio.'

Ma cominciamo a mangiare senza di lui. Patrick mi guarda e alza semplicemente le spalle. *Immagino che non ci sarà alcuna cenetta felice in famiglia. Sorpresa, sorpresa.*

Proprio mentre Patrick rende grazie per il cibo che abbiamo in tavola, Hawke irrompe dalla porta della sua camera da letto con indosso solo un paio di pantaloni grigi e aderenti della tuta - che pendono in modo così efficace dai suoi fianchi stretti - e si dirige verso la cucina. È decisamente più asciutto di Patrick, ma più tonico e con muscoli più definiti. Ha degli strani tatuaggi sparsi a casaccio sul petto e sulle braccia, e i capelli spettinati gli ricadono sugli occhi assottigliati, come se si fosse appena svegliato.

"Unisciti a noi se ti va. Abbiamo preparato parecchia roba" propone Patrick.

Prende il piatto dal tavolo, mentre io cerco di distogliere lo sguardo da un solido blocco di addominali e da una V definita che si staglia proprio di fronte a me.

Non mi sento a mio agio con Patrick qui. Hawke non è assolutamente il mio tipo. Non lo troverei mai attraente. È solo che non riesco a distogliere lo sguardo perché è così... è così attaccato alla mia faccia.

Patrick è letteralmente l'unico uomo che abbia mai visto nudo. Una volta mi sono imbattuta in mio padre che stava insieme a mia madre, ma a parte questo, l'unico corpo maschile che ho visto così da vicino è stato quello del mio ragazzo - e non ha questo aspetto. Sto arrossendo per pura pudicizia. È chiaro.

Non è che Patrick non sia attraente o che, è solo diverso. Patrick è un po' peloso e corpulento, ma non è scolpito. È il mio orsacchiotto robusto, e mi piace che sia morbido.

Non userei mai questi termini per descrivere Hawke, invece. È longilineo e alto, con le spalle larghe di un nuotatore olimpico. Ha i capelli scompigliati e puzza. Beh, a dirla tutta odora di pulito.

Abbasso lo sguardo sul mio cibo e cerco di deglutire, prima di sbirciare di nuovo in alto da sotto le ciglia. Non dovrei occhieggiare quest'uomo mezzo nudo di fronte a me e al mio ragazzo.

Lui deve aver notato i miei tentativi falliti di distogliere lo sguardo, perché lo vedo sogghignare mentre fa il giro del tavolo. Poi, preso il suo piatto ormai pieno, ci gira intorno e fa un leggero cenno di saluto a Patrick prima di tornarsene in camera da letto e di chiudere la porta con un piede.

Faccio un respiro profondo e infine lo lascio uscire.

"Lascialo stare" mormora dolcemente Patrick, percependo il mio disagio. "Se ne starà per conto suo finché non si sentirà a suo agio."

Lascio cadere la forchetta e lo guardo con aria afflitta. "È così... maleducato."

"Sì, non è di certo una persona che tu sceglieresti di frequentare, ne sono certo."

"È sempre stato così? Da quando lo conosci?" domando.

Patrick si schiarisce la voce, tornando chiaramente con la mente a un periodo passato della sua vita - precedente a me. "Beh, sì, credo."

Mi lascia perplessa il fatto che abbia fatto amicizia con un ragazzo dall'aspetto così rozzo. Patrick è pulito come pochi. Non ha mai fumato erba, che io sappia.

Io sono un po' più navigata di lui, ma solo per colpa di quella scapestrata e spericolata di mia sorella maggiore. Le innumerevoli nottate passate a raccattare il suo culo ubriaco nei locali con qualche nuovo ragazzo - o qualche nuova ragazza - mi hanno dato parecchio su cui lavorare e da cui imparare.

Un ragazzo con cui usciva, Devon, era dipendente dalla coca. Fra le sue pupille immense e le interminabili notti in cui ha tenuto sveglia mia sorella per farci sesso nella stanza accanto alla mia, ho giurato solennemente a me stessa che non sarei mai stata con uno come lui.

"Dammi retta, tieni le distanze. È un tipo che pensa solo ai fatti suoi. Non è molto loquace. Non creerà problemi. Il suo passato è il suo passato."

Odio il fatto che per lui questo non sia un grosso problema.

"Ma perché mai tu dovresti-"

"Perché è la cosa giusta da fare!" taglia corto Patrick, sbattendo il pugno sul tavolo.

Mi mordo la lingua come faccio sempre e tengo per me quello che vorrei dirgli realmente. Sono frustrata, ma mi trovo in una posizione in cui non posso dire nulla. Questa proprietà non è mia. Sono fortunata di vivere qui con lui senza pagare l'affitto. Non sono io a dettare le regole, né sembra che i miei sentimenti le influenzino.

"Sarà come se non ci fosse" mi assicura Patrick in tono più dolce, afferrando la mia mano sul tavolo. "Vedrai."

Appena pronunciate queste parole, Hawke esce dalla stanza con il piatto vuoto.

A torso nudo, come mamma l'ha fatto, attraversa il soggiorno e torna in cucina, lascia cadere il piatto e l'argenteria nel lavello e si mette a lavarli.

"Ti va di guardare un film con noi dopo cena?" propone Patrick, mentre io lo guardo in cagnesco per averlo chiesto.

Menomale che dovevamo far finta che non fosse nemmeno qui.

Hawke si gira verso di noi e si sorregge con le mani al bancone dietro di lui, una postura che gli allunga la schiena e mette in mostra le sue spalle larghe e il suo petto.

Sembra un nuotatore punk e rock, con quel suo corpo snello e tonico. E mannaggia la miseria, non sono proprio in grado di guardare dall'altra parte quando ne ho più bisogno. Mi mordo l'angolo del labbro - un tic nervoso - e faccio del mio meglio per ignorare del tutto la sua presenza.

"No, non vorrei essere *invadente*" risponde lui con un sarcasmo che non mi sfugge.

È chiaro che intende dire che siamo noi quelli invadenti. Ora siamo in casa sua. La situazione non potrebbe essere più imbarazzante di così.

I suoi occhi vagano verso i miei e si sofferma per un attimo a guardarmi con un sopracciglio inarcato. Non posso fare a meno di notare il sorrisetto appena accennato sulle sue labbra.

Non è solo uno stronzo, è anche presuntuoso. *Ottimo.*

Dopo aver cenato e lavato i piatti, spengo le luci e mi accomodo sul divano sotto la coperta accanto a Patrick, che mette su un film d'azione.

Appoggio la testa sulla sua spalla mentre guardiamo Jason Statham che insegue dei cattivi… tanto per cambiare.

"Perché non possiamo mai guardare qualcosa che

piace a me?" piagnucolo, con la guancia schiacciata contro di lui.

"Perché nessun individuo dotato di un minimo di intelligenza si diverte con le commedie romantiche" commenta lui senza giri di parole.

Emetto uno sbuffo seccato e alzo gli occhi al cielo accanto a lui. "Guarda che mi piacciono i film di mafia, scemo."

La porta della camera da letto si apre di nuovo e Hawke va verso il frigorifero. Indossa una maglietta bianca strappata, con il giromanica così ampio che riesco a intravedere i tatuaggi del suo addome sodo attraverso i lati, abbinata ai suoi pantaloni grigi della tuta.

Sposto lo sguardo da lui alla televisione senza mai girare la testa.

Sento che apre il frigorifero per prendere quella che credo sia una birra a giudicare dal rumore, poi viene da noi e si mette a sedere dal capo opposto del nostro divano a L.

"Hai cambiato idea, mm?" gli chiede Patrick, sollevando la propria birra in aria.

"Mi stavo annoiando" commenta con tono roco prima di portarsi la bottiglia alle labbra.

Il suo piercing alle labbra tintinna appena contro il vetro, e io lo sbircio con gli occhi stretti in due fessure mentre il suo pomo d'Adamo oscilla a ogni sorso.

Odio il mio amore per i pomi d'Adamo in questa particolare situazione.

Si mette comodo sul divano, si reclina all'indietro e distende un braccio sullo schienale. Tiene una gamba sollevata, mentre l'altra è allungata verso l'esterno. È davvero lungo.

"Nic, guarda questa parte!" esclama animatamente Patrick quando Jason Statham stende un cattivo. "Sì!"

Esulta come fanno tutti gli atleti quando guardano un film d'azione, mentre io ridacchio e scuoto la testa prima di alzarmi dal divano.

"Dove stai andando?" mi domanda, senza mai

staccare gli occhi dallo schermo.

"A letto. Buonanotte."

Mi avvicino e lo bacio sulla guancia, ma lui mi tira sulle sue ginocchia. Mi afferra il viso e mi attira a sé per darmi un bacio con un po' di lingua.

Mi tiro indietro e lo rimprovero: "Patrick!"

Mi imbarazza di fronte a Hawke, ma Patrick si limita a ridacchiare e torna a guardare il film. "Ti amo, angelo."

Faccio il giro del divano, passando davanti a Hawke.

"Notte" borbotto senza troppo entusiasmo.

Come sospettavo, lui non risponde.

Giro l'angolo verso la nostra stanza, e prima di chiudere la porta lancio un'occhiata ai ragazzi dietro di me. Patrick è di nuovo risucchiato dal film, mentre Hawke, con mia grande sorpresa, ha gli occhi socchiusi e puntati sui miei. Tira fuori la lingua per giocherellare con l'anello al labbro, ma il suo sguardo non si abbassa mai, anche se i nostri occhi sono rimasti incrociati per un tempo superiore a quello socialmente accettabile.

Ricambio lo sguardo e le mie sopracciglia si increspano per la confusione. Trattengo il fiato quando i suoi occhi vagano sul mio corpo, cosa che mi dà un leggero capogiro. Mi scuoto e chiudo bruscamente la porta prima che i suoi occhi abbiano la possibilità di incontrare di nuovo i miei. Appoggio la testa alla porta e mi chiedo perché. Perché mi guardava in quel modo?

Era come se mi stesse studiando, cercando la mia anima attraverso i miei occhi. Quasi come se stesse tentando di comprendermi mettendomi a parte di una sorta di segreto. Il suo sguardo mi lascia senza fiato e mi mette terribilmente a disagio.

Scivolo lungo la porta, delusa per come è andata oggi, delusa per questi recenti cambiamenti che sono costretta ad accettare e delusa perché non posso farci nulla.

Non so cosa intenda Patrick quando mi suggerisce di ignorare Hawke, perché so che sarà praticamente impossibile far finta che non sia qui.

3

Sola

Apro gli occhi a un nuovo giorno.

Un giorno nuvoloso.

Un giorno turbolento.

È lunedì, il che significa che starò tutto il giorno in casa - sola con Hawke - mentre Patrick se ne andrà a lavorare alla compagnia finanziaria del padre.

Lui e suo fratello sono stati promessi all'attività di famiglia prima ancora di imparare a camminare. Sono di gran lunga la famiglia più ricca della città, ma fanno di tutto per mostrare quanto siano umili come persone - o almeno fingono di esserlo.

In ogni caso, mi aspetta una giornata di editing prima di recarmi al mio lavoro notturno, quello di barista nel locale della città.

Devo farlo per forza? No. Patrick non fa che dirmi di lasciare il lavoro. Che può mantenermi lui, ma io non sono fatta così. Se non ce la faccio con le mie forze, ho fallito su tutta la linea. Non esiste.

Si dà anche il caso che io adori le persone che mi

capita di incontrare. Sono anime vere, con i piedi per terra, che a volte hanno bisogno di una seduta dal bartender - una sorta di terapia, ma corredata da un goccio di whisky. Alcuni giorni sono l'insegnante, altri l'allieva, ma sembra che ogni giorno ci sia una lezione da imparare.

Mi sveglio abbastanza presto, prima che Patrick si alzi, per andare a preparare il tanto necessario caffè. Mi metto la vestaglia di seta sopra la canottiera e la biancheria intima, la allaccio senza stringerla, poi vado in bagno a lavarmi i denti e la faccia.

Quando faccio il giro del soggiorno e arrivo in cucina, quasi mi spavento a morte nel vedere una figura alta dietro il bancone.

"Oh! Mio Dio." Ho un sussulto e rimango a bocca aperta.

Hawke è in piedi, appoggiato al bancone, e indossa solo dei pantaloni grigi larghi della tuta con una grande impronta del suo famigerato membro.

Sul serio, quest'uomo non possiede altri vestiti?

Non dice una parola mentre distolgo goffamente lo sguardo, mordendomi di nuovo l'angolo del labbro.

"Hai visto qualcosa che ti piace?" mi chiede con tono svogliato, alzando un sopracciglio mentre il suo volto rimane di pietra.

"Scusa, non pensavo..." balbetto, scuotendo la testa prima di abbassare lo sguardo sulla mia vestaglia parzialmente aperta, che lascia intravedere i miei capezzoli induriti attraverso la canottiera bianca.

Me la stringo al petto e inspiro per l'imbarazzo.

I suoi occhi hanno visto tutto. Lo capisco dal modo in cui si restringono appena mentre la sua lingua gioca di nuovo con quel maledetto anello al labbro.

"Non ti facevo un tipo mattiniero" commento, usando i miei lunghi capelli per nascondere il rossore delle mie guance mentre prendo una tazza.

Il caffè è già pronto, e non sono mai stata così grata di avere un coinquilino come in questo momento.

"Quindi pensi di conoscermi?" mi chiede freddo, prima di riempirsi la tazza.

Si appoggia al bancone con un cipiglio sul viso e la testa inclinata di lato, quindi appoggia la tazza e incrocia le braccia. Il movimento accentua in qualche modo i muscoli tonici sotto i tatuaggi degli avambracci e dei bicipiti.

Cerco di guardare altrove, ma fallisco miseramente. C'è qualcosa nel suo atteggiamento che attira i miei occhi su di lui.

"Beh, sì... credo di aver capito a grandi linee come sei fatto da quello che ho visto finora" ammetto sinceramente, stringendomi nelle spalle.

Se vuole essere quello senza peli sulla lingua, lo sarò anch'io.

Si raddrizza, si stacca dal bancone e prende la sua tazza prima di passarmi davanti. Si ferma, gira la testa per guardarmi e mi colpisce con il tono diretto e profondo delle sue parole. "Tu non sai *un cazzo*."

Deglutisco per la sua improvvisa vicinanza e per le sue parole taglienti. Poi si allontana e io riesco a respirare di nuovo.

"E credo che oggi non imparerò più nulla" borbotto sottovoce, prima di portarmi la tazza alle labbra.

Annuso prima di bere un sorso.

Sì. Nero e forte, proprio come il diavolo comanda.

Sarà anche una testa di cazzo, ma fa un caffè da paura.

Mi accomodo nella mia stanza, seduta alla mia grande scrivania di quercia con i miei piccoli amici succulenti che mi circondano, e tiro fuori il mio lavoro per oggi. Il manoscritto che ho davanti sembra promettente e non vedo l'ora di lavorarci su.

Ho avuto la fortuna di trovare un lavoro part-time come editor per una piccola casa editrice che ha sede in una città vicina. Cos'altro si fa con una laurea in inglese oltre a insegnare? Ho accettato il lavoro nella speranza di poter pubblicare un giorno le mie opere attraverso la casa editrice e allo stesso tempo perfezionare la mia scrittura.

Non mi pagano bene, ecco perché devo lavorare come barista, ma mi piace moltissimo, e in più mi dà il tempo di dedicarmi al mio testo personale.

Dopo essermi persa in questa nuova storia d'amore distopica a cui sto lavorando, metto giù il manoscritto, mi tolgo gli auricolari e controllo l'orologio.

Gesù, è già passata l'ora di pranzo.

Mi stiracchio e il brontolio fastidioso della mia pancia mi fa capire che è ora di mettere qualcosa sotto i denti.

Memore del piatto di bistecca e maccheroni che mi aspetta nel frigorifero, esco dalla stanza e vado in cucina.

Non appena esco, mi viene ricordato nel peggiore dei modi che ho un nuovo coinquilino.

C'è Hawke in piedi davanti alla porta d'ingresso, di nuovo a torso nudo, a limonare con una ragazza dai capelli rossi. Le ha ficcato in gola tutta la lingua e le sta tirando indietro la coda di cavallo per inclinarle la testa verso di lui.

Deve averla scopata di brutto mentre io ero nell'altra stanza con la mia sofisticata musica classica che mi rimbombava nelle orecchie. Che cosa appropriata.

Con un'alzata di occhi al cielo e uno sbuffo, mi dirigo verso il frigorifero e ne apro e richiudo lo sportello sbattendolo. Il tonfo deve aver attirato la loro attenzione, perché li sento salutarsi con la promessa di rivedersi per divertirsi di nuovo, poi sento la porta chiudersi.

Metto il cibo nel microonde e resto a fissarlo come se fosse la mia salvezza. Ancora pochi minuti e sarò di nuovo nella mia stanza.

Per mia sfortuna, il timer del microonde rallenta a passo di lumaca proprio quando sento Hawke entrare in cucina.

Si avvicina al frigorifero accanto a me e prende quella che sembra un'altra birra. Mi rifiuto di distogliere lo sguardo dal microonde per averne la conferma.

"Ti crea problemi il fatto che io riceva degli ospiti?" chiede alle mie spalle.

Ha un tono abbastanza sincero, ma chissà, probabilmente sta solo facendo lo stronzo.

"No" rispondo concisa, continuando a fissare il cibo che ruota con molta calma davanti a me.

"A me sembra di sì" ribatte lui, passandomi accanto e appoggiandosi al bancone, proprio di fronte al microonde. Proprio di fronte a me.

A braccia conserte, faccio un respiro profondo e guardo il soffitto mentre lo soffio fuori. "Finché non disturbi il mio lavoro, puoi scopare con chi ti pare, sniffare quello che ti pare e bere quello che ti pare. Fai tu, caro."

Si lascia sfuggire una risatina secca e abbassa gli occhi sul pavimento, poi si lecca le labbra e torna a scrutarmi con quel suo sguardo. I suoi occhi color oceano mi stanno assalendo come una marea che mi trascina nelle acque insidiose. Ho bisogno solo di un iceberg per affondare questa nave.

"Dovresti provarci qualche volta." I suoi occhi esplorano il mio corpo mentre la sua lingua guizza per giocare con il piercing al labbro.

"Io non mi drogo" sbotto, cercando di guardare ovunque tranne che lui.

Anche questo tentativo fallisce in pieno, perché i miei occhi guizzano di nuovo su di lui.

Lui stringe la mascella, inclina la testa e mi guarda dritta negli occhi attraverso due strette fessure. "Intendevo dire a farti fottere."

I miei occhi si spalancano e alla fine giro tutto il mio corpo verso di lui. Non riesco a capire se lo intenda dal punto di vista sessuale o se stia letteralmente sfruttando l'occasione per mandarmi a fanculo. *Punto duecento dollari sull'umiliazione sessuale.*

"Io mi faccio fottere. Vengo scopata spesso e duramente. Capita quando hai una relazione seria con qualcuno che ami."

Anche solo pronunciare la parola 'scopare' davanti a lui mi fa sentire una dilettante arrossita e balbettante. Applico uno spesso strato di faccia tosta sul mio viso, come una drag queen al verde che ha bisogno di un lavoro.

Lui se ne sta lì con il divertimento che gli danza negli occhi, mentre si trastulla di nuovo con quel maledetto anello labiale.

Dopo aver pronunciato quella frase, trasalisco appena. Nella mia testa suonava meglio, ma ora che le parole sono all'aperto, che fluttuano nella cucina tra di noi, non posso fare a meno di constatare che sono appena passata per una puritana bella e buona che non ha idea di cosa significhi essere scopata.

"Fidati, solo a guardarti posso dire che non sei mai stata scopata come si deve." Fa uno sbuffo di scherno e mi passa accanto. "Ah, e la prossima volta che vuoi giocare a Harriet la spia e guardarmi mentre mi diverto, fammelo sapere. Ti offrirò una visuale migliore."

Odio che sappia che l'ho visto. Odio che pensi che li stessi sbirciando mentre si baciavano. Odio che li stessi sbirciando davvero.

Ha l'aria di un amante provetto, probabilmente perché lo è. Sarà stato con centinaia di donne. Non ne dubito. Ne ho già viste due e lo conosco da meno di 48 ore.

Non vedo l'ora che Patrick torni a casa, così non dovrò più preoccuparmi dei momenti imbarazzanti tra me e Hawke. Fino ad allora, mi dedicherò al lavoro.

Poco dopo, verso cena, mando un messaggio a Patrick per

sapere dove si trova. Quando risponde, mi informa che sta facendo tardi e che probabilmente non ci vedremo fino a quando non avrò finito il turno al locale.

È così frustrante quando l'unico intervallo di tempo che abbiamo per stare insieme viene assorbito dal lavoro di suo padre. Potrebbe andarsene, potrebbe dire a suo padre che per oggi ha finito, ma non si oppone mai a lui. Sente sempre il bisogno di fare la cosa giusta, anche quando questo significa mettere la nostra relazione - e me - all'ultimo posto.

Si fanno le sette e io finisco di prepararmi per il lavoro. Ci tengo a essere carina al lavoro, così mi arriccio i capelli e lascio che le onde biondo sporco mi cadano morbide sulla schiena. Jeff, il mio capo al locale, ha una politica piuttosto permissiva sull'abbigliamento che scegliamo, quindi opto per delle comode Converse con dei jeans strappati e un top nero.

Sono pronta a guadagnare qualche mancia, a scambiare qualche chiacchiera amichevole con le persone con cui mi trovo di più e a restare fuori da questa casa per qualche ora.

È ora di andare nella mia bettola.

4

Billy Idol

Chi non ama una buona bettola?

Sono letteralmente fatte per le conversazioni terapeutiche e la nascita di nuove amicizie. Questi posti hanno un duplice scopo.

Gli avventori abituali del 9-5 Slide sono i miei tipi di persone. Rilassati, un tantino rozzi ma genuini. Sarà perché spesso mi sento come un pesce fuor d'acqua nella famiglia perfetta di Patrick, ma mi è difficile avere a che fare con individui falsi e di plastica.

In un locale, alle due del mattino, sei il tuo più vero io, spogliato di tutte le altre stronzate, e io lo rispetto più di quanto non rispetti chi cerca di mantenere sempre le apparenze.

"Ehi, Nic!" mi saluta John con un sorriso da dietro il vecchio bancone di mogano quando mi vede entrare. Sta asciugando i bicchieri.

"Eccoti!" rispondo con entusiasmo. "Sei pronto a fare un bel po' di grana stasera?"

Il mio sarcasmo non gli sfugge.

Getta la testa all'indietro e scoppia in una risata drammatica. "Certo."

Lavoro con John da otto mesi precisi. Come faccio a saperlo? Perché la sua ragazza è rimasta incinta subito prima che lui facesse domanda di lavoro. Più soldi da spendere per pannolini e cazzate varie, diceva sempre.

Mi piace lavorare con lui perché è il tipo di persona chiaramente troppo qualificata per questo lavoro, come me. Di giorno studia ingegneria all'università, di notte fa il bartender e sta mettendo via un gruzzolo per le emergenze con le mance che guadagna. Lavora sodo, è simpatico e divertente. Un collega perfetto per me.

Man mano che la serata entra nel vivo e i clienti riempiono il locale, verso un altro Jack con ghiaccio per il mio vecchio amico Leonard.

"Lo segno sul conto?"

"Certo, mia cara." Annuisce e mi dà qualche dollaro di mancia prima di tornare a leggere.

Probabilmente è la mia persona preferita. Leonard è qui ogni giovedì sera, a bere il suo whisky e a leggere i suoi vecchi romanzi. Sostiene che la moglie parla troppo, così viene a leggere in un pub in cui tutti parlano in continuazione.

Mentre aggiungo il drink al suo conto, sento qualcuno schiarirsi la gola, in attesa del servizio.

Mi volto e increspo immediatamente le sopracciglia quando mi trovo davanti un ragazzo alto che sfoggia il biondo ossigenato più sgargiante che abbia mai visto, con dei capelli a punta e piercing che gli ricoprono tutta la faccia. *Chi diavolo è questo aspirante Billy Idol?*

"Cosa posso offrirti?" chiedo gentilmente, scrollandomi di dosso lo shock iniziale.

Lui mi squadra come se fossi uno spuntino, con un sorrisetto stampato sul viso stranamente attraente. "Dipende da cosa c'è nel menu."

Si appoggia sui gomiti al bancone con un ghigno provocatorio e si avvicina. Sta evidentemente cercando di provarci con me.

Io piego la testa di lato e aspetto la sua ordinazione con le sopracciglia alzate, senza dare corda alle sue avances.

"Ah, va bene..." Ridacchia. "Posso avere un giro di tequila per i miei amici? Stasera festeggiamo. A quel tavolo nell'angolo in fondo." Lo indica con un mezzo sorriso. "Dovresti unirti a noi quando stacchi."

"Arrivo subito con gli shot" rispondo, ignorando l'ultimo commento mentre gli faccio il conto.

"Non ci serve nulla per accompagnarli. Li beviamo lisci" aggiunge mentre io gli restituisco la carta di credito e ne approfitto per dare una sbirciata alle sue braccia ricoperte di tatuaggi, che coprono ogni centimetro di carne disponibile.

Ne è pieno. Ore di lavoro, ne sono certa.

Dio, questi maschi e i loro tatuaggi. Se i tatuaggi fossero un tratto genetico, data la somiglianza direi che è parente di Hawke. Probabilmente è suo cugino di primo grado.

Prendo un vassoio, lo riempio con i cinque shot di tequila che mi ha chiesto e mi dirigo verso il tavolo in fondo, vicino ai tavoli da biliardo.

"Ragazzi" dico, interrompendo la loro conversazione e posando il vassoio sul tavolo.

Alzo lo sguardo e faccio cenno al biondo di servirsi, quindi lui ne prende uno e gli altri quattro lo seguono.

L'ultima mano a raccogliere il bicchierino ha un uccello tatuato sul dorso, accompagnato da alcuni anelli neri. Non si tratta di un uccello qualsiasi, bensì di un falco.

I miei occhi si alzano di scatto. Eccolo lì, seduto nell'angolo del divanetto, a fissarmi mentre prende il suo shot. I suoi occhi fanno di nuovo quella strana cosa, mi guardano come se fossimo coinvolti in qualche piccolo segreto.

"A Hawke! Siamo così felici di riaverti con noi" esclama Billy Idol al gruppo, tenendo in aria il suo bicchierino.

Stanno festeggiando la sua scarcerazione. Con degli shot, in uno squallido pub. Che idillio.

Tutti buttano giù la loro tequila, gli occhi di Hawke restano puntati sui miei mentre sorseggia la sua. Guardo il liquido caldo scivolare giù per la sua gola, il movimento del suo pomo d'Adamo mi ipnotizza.

Deglutisco nervosamente e mi volto per tornare al bancone, in cerca di una via di fuga dallo strano nodo che mi si sta formando nella pancia.

L'aspirante Billy Idol mi afferra il gomito e mi tira indietro. "Aspetta, resta." Mi sorride sfacciatamente.

"Non può" annuncia Hawke con fermezza dall'angolo.

Sta controllando il suo telefono e non guarda nessuno negli occhi. La sua voce autorevole e dura mi fa sentire improvvisamente debole.

"Cosa? Perché no? Il locale è vuoto, e in più dietro il bancone c'è quel tizio con l'aria da golfista. Può stare un po' con noi."

"Non può" ripete senza lasciare adito a discussioni.

Stringo gli occhi in due fessure per il suo tono.

Che testa di cazzo. Come se io volessi davvero frequentare questo gruppo di bruti. Probabilmente hanno portato dell'eroina da sniffare dopo nei bagni. O comunque la consumino.

"Beh, se ti annoi più tardi, sei la benvenuta a casa mia. Possiamo parlare di stelle e vedere se i nostri segni zodiacali sono compatibili, o qualsiasi cosa piaccia fare a voi ragazze." Il biondo ammicca con fare civettuolo, guadagnandosi qualche risata da parte degli altri ragazzi.

In effetti è piuttosto carino, a parte i capelli ossigenati e a punta, i piercing e i tatuaggi a non finire. Ed è anche simpatico. Così divertente che mi scappa la mia migliore risatina dal naso.

"Non succederà mai" chiosa Hawke prima di mandare giù il resto del suo drink e spingere i ragazzi per alzarsi dal divanetto.

"Dove vai?" chiede Billy Idol con le mani alzate.

Hawke si infila il giubbotto di pelle e si dirige verso la porta, senza rispondere.

"Ah, lascialo perdere." Getta la mano in direzione di Hawke.

Hawke esce dal locale dando una brusca spallata alle porte, come se qualcuno gli avesse fatto un torto.

Alcune persone sono stronze per natura.

Torno dietro al bancone e servo qualche altro drink. Le mance non sono eccezionali stasera, ma vanno bene. Leonard chiude il conto della serata e, mentre esce per andarsene, scorgo Hawke che sta fumando una sigaretta nel parcheggio.

Ah, quindi è lì che è andato. Uno dei suoi tanti vizi, forse?

Spenta la sigaretta, torna dentro. Con mia grande sorpresa, la sua sagoma alta e intimidatoria viene dritta verso il bancone. Verso di me.

Si china in avanti, appoggia i gomiti sulla superficie di legno scrostata e mi guarda con un cipiglio. "Kid." Punta il pollice alle sue spalle. "Non lo sa."

Sento il suo odore ora che è sporto in avanti. Il suo profumo - meglio descritto come una combinazione di sigarette, menta fresca e cuoio - per qualche bizzarra ragione non è orribile. Inarco un sopracciglio, perché non ho idea di cosa stia parlando. Mi chiedo peraltro perché stia parlando con me, visto che un minuto fa non mi rivolgeva nemmeno la parola.

Si passa la mano - quella con il tatuaggio del falco - tra i capelli scuri e arruffati che gli arrivano all'altezza degli occhi, spingendoli indietro come meglio può sopra la zona rasata sottostante. "Kid" ripete, indicando più direttamente il biondo irrequieto. "Il ragazzo che ci stava provando con te. Non sa che sei sposata."

Le mie sopracciglia si uniscono quando aggrotto la

fronte, guardandomi la mano e poi di nuovo Hawke. "Io non sono sposata."

Lui inclina la testa di lato con un'aria di sufficienza.

"Non importa, va bene così. Sembra simpatico." Agito la mano in aria.

"Non lo è. Fatti gli affari tuoi" mi ordina, fissandomi con quei penetranti occhi verde-blu.

Io inclino la testa di lato davanti alle sue minacce e gli lancio un'occhiata inquisitoria.

Chi si crede di essere? Pensa davvero che rinuncerei alla mia relazione con Patrick per Billy Idol? È ovvio che mi terrò alla larga da lui. Fatti gli affari tuoi? Ma per favore, perché io muoio dalla voglia di venire a sapere di incontri casuali e feste tra tossici.

"Sì, sì. Okay." Alzo gli occhi al cielo e mi volto per andare ad asciugare i bicchieri lavati.

Lo sento sbuffare per la frustrazione prima di voltarsi e uscire, sbattendosi la porta alle spalle.

"Gesù, ma che hai fatto a quello?" chiede John, riempiendo un bicchiere accanto a me.

"Non ne ho idea, probabilmente ho respirato nel modo sbagliato." Scuoto la testa.

Torno a casa tardi dopo il lavoro e cerco di posare le chiavi nello svuotatasche vicino alla porta il più silenziosamente possibile. Tutte le luci sono spente, compresa quella della stanza di Hawke. Non l'ho visto con un veicolo al bar e, a dire il vero, non credo nemmeno che abbia un'auto. Solo Dio sa dove si trova.

Entro in bagno in punta di piedi e compio tutta la mia routine serale prima di infilarmi un paio di pantaloncini corti e una canottiera per andare a letto. Mi insinuo sotto le coperte e scivolo contro il corpo caldo di Patrick. Lui emette un piccolo gemito e si sposta dal fianco a pancia insù.

Dato che stasera mi sento coraggiosa, faccio scorrere la mano sul suo ventre scoperto e ricoperto di peli. Le mie dita raggiungono il bordo dei suoi boxer e giocano con l'elastico. Infine, immergo la mano all'interno e gli sfioro il membro, provocando una piccola scossa nel suo corpo.

Geme, apre gli occhi, li abbassa sulla mia mano e poi torna a guardarmi con un sorrisetto sempre più ampio sul volto. "Angelo."

Continuo ad accarezzarlo finché non diventa duro e il suo petto si alza e si abbassa più in fretta. Mi metto rapidamente a cavalcioni su di lui e tiro i miei pantaloncini di lato, mentre lui si allunga verso il comodino per prendere un preservativo.

Lo indossa mentre io sono senza fiato e pronta a darci dentro. Spalanco le gambe e mi calo su di lui.

"Aah, merda" geme, afferrandomi dolcemente i fianchi.

Mi struscio contro di lui, godendomi la sensazione di essere sopra di lui, dimentica dell'effetto che fa a lui.

"Aspetta. Fermati" dice senza fiato, poggiando un palmo sul mio ventre.

Non posso fermarmi. Ho bisogno di questo. Lo voglio. Con tutta la tensione che ho accumulato di recente, ho solo bisogno di un buon orgasmo per rimettermi in sesto. Giusto?

Continuo a sfregarmi contro il suo bacino mentre mi appoggio a lui. Sto iniziando ad avvertire quella che sembra una sensazione incredibile - quella che penso possa sfociare in un orgasmo - quando sento Patrick scuotersi sotto di me.

"Cazzo, Nic!" grugnisce un paio di volte con il mento premuto contro il petto, prima di gettare la testa all'indietro sul letto.

Lascio cadere la testa in avanti e sospiro per la frustrazione, mentre il suo respiro si placa insieme al mio.

"Mi dispiace, angelo, sai cosa mi fa quella posizione" mormora, scostandomi i capelli dal viso e avvicinando le sue labbra alle mie. "Vedila come una cosa positiva. Significa che mi travolgi nel miglior modo possibile."

Lo bacio con riluttanza quando avvicina il mio mento alle sue labbra prima di rotolare via da lui e crollare sulla schiena. Sono sconvolta.

"Dai, sdraiati. Te la lecco." Lui sogghigna e la sua testa scivola sotto le coperte.

"N-no. Va bene così, tanto sono stanca" ribatto per fermarlo.

Ormai l'atmosfera è rovinata. Non mi piace nemmeno quando me la lecca. È imbarazzante e spiacevole, perché immagino che lui la ritenga una pratica terribilmente disgustosa. Si fa la doccia dopo il sesso, per la miseria.

"Sei sicura?"

"Sì. Mettiamoci a dormire." Mi giro mentre lui rimane seduto per un secondo.

"Ti amo, Nic." Mi bacia il lato della testa prima di alzarsi dal letto.

Lo sento dirigersi verso il bagno e aprire la doccia, mentre le lacrime mi scendono dagli occhi come l'acqua nello scarico.

5

Le mattine sono dure

Mi sveglio presto come al mio solito e mi alzo dal letto, stropicciandomi gli occhi coi pugni per scacciare il sonno.

I ricordi della serata di ieri mi perseguitano. Il sesso breve e surreale, la doccia successiva… Mi provoca tutto molto dolore.

Devo trovare un modo per affrontare quest'argomento con Patrick. Per dirgli che per me costituisce un problema serio. Per mostrargli che non va bene per niente e che questa situazione mi sta facendo male sul piano mentale. Capirà? Riuscirà a mettersi nei miei panni? Chi può dirlo. Ma se non sottopongo questa questione alla sua attenzione, faccio solo un danno a me stessa. Non ce la faccio più.

Mentre mi dirigo verso il bagno, con la mente piena di pensieri e gli occhi che cercano in ogni modo di riattrarmi nel sonno, apro la porta e vengo assalita dal vapore caldo e da un delizioso profumo speziato e muschiato che mi penetra le narici. Prima che faccia in tempo a fare marcia indietro, i miei occhi cadono su di lui.

Su Hawke.

Nudo.

Si sta strofinando la faccia con ambo le mani sotto la doccia, e io non vedo altro che il suo corpo attraverso il vetro parzialmente appannato. Il suo addome definito, il petto tonico e le braccia disseminate di tatuaggi, che brillano grazie alle gocce d'acqua che gli si appiccicano alla pelle. Scorgo il suo pene flaccido eppur spesso che gli penzola fra le gambe, con l'acqua che sgocciola dalla punta.

Oddio.

Rimango congelata per un momento, con la bocca secca e spalancata, a contemplare l'uomo nudo davanti a me. Ed è la seconda volta. La seconda volta che lo vedo con indosso meno vestiti di quelli di Patrick. La seconda volta che mi ritrovo a non riuscire a distogliere lo sguardo da lui. La seconda volta che mi sento una merda per questo. Mi volto per uscire dal bagno nel modo più silenzioso e fulmineo possibile prima di andarmene in cucina.

Spero che non si sia accorto di me. Non penso che l'abbia fatto.

Mi maledico da sola a bassa voce mentre mi dirigo in cucina per tirare dritta verso la caffettiera e prepararmi un po' di caffè.

La porta del bagno si apre alle mie spalle e io mi appoggio al bancone, mordendomi l'angolo del labbro. Sto facendo finta di leggere un vecchio scontrino rimasto sul bancone accanto al frigo. Roba interessante, qualcosa sui risparmi.

Lo sento dirigersi verso la sua camera da letto e chiudersi la porta alle spalle. Mi lascio uscire un respiro profondo, mi piego in due e appoggio la fronte sul bancone quando la porta della camera si apre di nuovo.

Che mi prenda un colpo.

"Tutto bene?" mi chiede a bassa voce, con una punta di umorismo nel suo tono.

"Benone" mi affretto a rispondere, sollevando la

testa dal bancone.

Rimango con il mento alzato, fingendo di stare bene come dico, ma i miei occhi non raggiungono mai i suoi. Si appoggia al bancone con indosso solo un paio di pantaloni neri della tuta che gli pendono sui fianchi.

Sono molto seria, va stabilito un codice di abbigliamento in questa casa.

"Dovresti bussare prima di entrare quando qualcuno sta facendo la doccia" afferma con lo sguardo divertito.

Deglutisco e finalmente i miei occhi incontrano i suoi. Quei maledetti occhi color oceano. Lo guardo, e non ho più modo di nasconderlo. Lui lo sa. Un sorrisetto si allunga sulle sue labbra. No, ha un'aria diabolica che mi fa pensare che sia contento che io l'abbia visto.

Si passa una mano tra le ciocche bagnate, scostando i capelli dalla fronte e dal viso. La sua mascella spigolosa mi attira direttamente verso quelle labbra carnose, separate da quell'anello proprio al centro.

"Non sono abituata a bussare a casa mia. Mi dispiace."

Il sarcasmo è un mio caro amico.

"Dispiaciti soltanto di non aver fatto irruzione cinque minuti prima" afferma con una faccia seria, piegando le braccia sul petto tatuato.

"C-cosa?" Distolgo lo sguardo dal suo mentre verso l'acqua nella macchina del caffè, ma i miei occhi traditori lo ritrovano un attimo dopo.

"Non importa. Troppo difficile per te da capire. Chiaramente." Alza gli occhi al cielo e si appoggia al bancone vicino a me. Troppo vicino.

Si stava masturbando.

Le mie viscere si stringono e sento un formicolio tra le gambe al pensiero che si stesse toccando in tutto il suo splendore nudo in quella doccia. Arrossendo leggermente, stringo le cosce per respingere quella stupida sensazione, mentre mi lecco le labbra secche e cerco di afferrare la tazza di caffè da dietro la sua testa senza farla cadere.

"Forse dovremmo stabilire delle regole di base" dichiaro, voltandomi verso di lui.

Basta con l'imbarazzo, sono pronta a fissare alcuni paletti di cui abbiamo un grande bisogno.

"Decisamente..." Inarca un sopracciglio.

Emetto un rapido sospiro.

"Primo: se usi il bagno, chiudi la porta a chiave. Mi sembra logico" commento compiaciuta.

Lui ridacchia e si lecca le labbra, poi incrocia di nuovo le braccia, in attesa di altre regole. Il suo sorrisetto è di quelli che fanno sciogliere le donne in sua presenza. Lo so.

"Secondo: se hai intenzione di avere rapporti con varie donne, fallo in camera tua."

Le sue sopracciglia si alzano divertite a questa frase.

"E terzo, se mi incontri fuori da questa casa, non pensare di avere il diritto di dirmi con chi posso o non posso parlare. Ho una relazione seria con un uomo fantastico che si fida di me. Non ho bisogno che le tue congetture di bassa lega ricadano su di me e sul mio rapporto."

Incrocio le braccia sul petto e mi appoggio al bancone, sentendomi orgogliosa di me stessa, ma lo sguardo sottile ed esasperante che mi rivolge mi fa schizzare le pulsazioni nel collo.

"Regole di base?" chiede, staccandosi dal bancone e avvicinandosi lentamente a me. "Ne ho qualcuna anch'io."

Sposto nervosamente il peso sui piedi per la sua vicinanza. Lui appoggia entrambi i palmi delle mani sul bancone dietro di me, intrappolandomi con le braccia. I miei occhi li sbirciano con nervosismo prima di sollevare il mento e cercare di mantenere una parvenza di sicurezza.

Se Patrick uscisse in questo momento, la situazione apparirebbe estremamente compromettente.

"Primo: se hai intenzione di entrare in bagno mentre io sono sotto la doccia, il minimo che tu possa fare è darmi una mano."

"Ah!" Faccio uno sbuffo di scherno per la sua volgarità, poi cerco di respirare normalmente. Già. No, non è vero. Ho le fauci secche ora che sono risucchiata nella sua bolla.

"E secondo: se vuoi proprio fare sesso nella camera da letto accanto a me, cerca almeno di fingere che ti stia piacendo."

Il mio viso prende fuoco all'istante. Sento la vampata di calore salire lungo il collo e depositarsi sulle guance. Ci ha sentiti fare sesso ieri sera. Tutt'e tre i secondi che è durato. Sono mortificata. Un conto è che io debba affrontare l'imbarazzo di tutto questo, ma che Hawke lo sappia? Ahi. Che tortura.

Il suo labbro si solleva all'angolo, una piccola fossetta si forma sulla sua guancia mentre mi sorride. Un sorrisetto complice. Un sorrisetto da stronzo.

"Ti piace essere chiamata Nic?" mi domanda, sporgendosi ancora più in avanti, fastidiosamente vicino.

Il suo viso è a un soffio dal mio e sono sicura che riesce a sentire il mio cuore a mille. Me lo sento io nelle orecchie. Sta martellando. Hawke ha un odore così fresco e trasuda sensualità da tutti i pori come se fosse una nuova, squisita fragranza. Non riesco a sopportarlo.

Non ho mai avuto questo tipo di reazione in presenza di nessuno prima d'ora, nemmeno con Patrick. È una scarica di adrenalina, come se stessi per lanciare il mio corpo giù da una scogliera. La sua aura è uno sport estremo di per sé. Uno sport pericoloso.

"Sì." La mia voce esce debole come un sussurro.

"Fammi indovinare, è l'abbreviazione di Nicole?" aggiunge tronfio, piegando la testa sopra di me.

"Sì, è così."

Non riesco a capire dove si stia andando a parare.

"Beh, non mi piace. Io non ti chiamerò Nic." Il suo volto si contorce per il disgusto. "Quando lui ti chiama così, ti fa sembrare una bambina."

Non mi sfugge il modo in cui lo dice. Non è il modo

in cui gli 'amici' parlano l'uno dell'altro.

"Beh, se mi chiami Nicole ti ammazzo" lo informo.

Non dovrebbe darmi così fastidio. Sono cresciuta con questo nome. Ma non sopporto di essere chiamata Nicole dopo aver sentito mio padre grugnire quel nome. Inoltre, mi riporta alla mente tutti i modi in cui il nostro rapporto è andato in pezzi da quando ha lasciato mia madre.

"Mm" mugugna, stringendo gli occhi in due fessure mentre dei pensieri oscuri sembrano inondare la sua mente. "Preferiresti Pam pomposa?" suggerisce, con gli occhi che si accendono di entusiasmo. "O che ne dici di Paige pretenziosa?"

Lo fulmino con lo sguardo. Non sopporto affatto gli individui pretenziosi o pomposi. È uno dei motivi principali per cui non mi piacciono tutte le persone che contornano Patrick. Mi sta prendendo in giro di proposito. Mi sta punzecchiando. Sta cercando di suscitare una mia reazione.

"Fanculo. E va bene, ti chiamerò Cole" dichiara all'improvviso, percependo la mia rabbia.

"Cole?" Faccio uno sbuffo derisorio e inarco un sopracciglio.

Lui si morde il labbro inferiore e annuisce, avvicinandosi ancora. Si ferma e gioca con l'anello al labbro, facendomi precipitare lo stomaco all'istante. Ha un'aria pericolosa e non sono sicura delle sue intenzioni.

Dal modo in cui si mordicchia l'anello e lo vedo spuntare fuori dalla sua bocca mi viene da chiedermi come sarebbe toccarlo.

Mi mordo di nuovo l'angolo del labbro, con gli occhi appesantiti dall'atmosfera inebriante che la sua presenza suscita. Sbatto le palpebre e alzo di nuovo lo sguardo su di lui, sentendomi pesante e leggera allo stesso tempo.

La sua bocca si schiude appena mentre fissa le mie labbra, il suo respiro caldo mi lambisce la pelle.

"Sì, Cole" sussurra sopra di me. "E terzo, non guardare mai più il tuo coinquilino in quel modo" aggiunge con tono freddo.

Si allunga alle mie spalle e si versa una tazza di caffè prima di dirigersi verso il tavolo della cucina. Si siede, lasciandomi a cercare di riprendere fiato mentre lui tira fuori un libro e inizia a leggere con disinvoltura, come se non fosse successo nulla.

Sono in un vortice di confusione. *Guardarlo come? Che faccia ho fatto?*

Patrick esce dalla camera da letto e io raddrizzo la schiena, tentando di togliermi di dosso le tossicità di questo mio nuovo coinquilino.

Gli occhi di Hawke si posano su di me, e sarei pronta a giurare che abbia appena ridacchiato.

"Buongiorno, voi due" annuncia Patrick, gioioso come sempre. "Siete due mattinieri, eh?"

Nessuno dei due risponde alla sua domanda retorica.

Sorride, si avvicina a me, mi dà un bacio delicato sulle labbra e vi si sofferma per un po'.

Hawke sbircia da dietro il suo libro e ci osserva con la coda dell'occhio, così mi impegno di più nel bacio, mandandolo sostanzialmente a farsi fottere.

"Accidenti, angelo. Prima ieri sera e ora questo? Come ho fatto a essere così fortunato?" commenta Patrick, facendo scorrere la mano sulla mia coscia scoperta.

Faccio una risatina timida quando la sua mano scivola sul retro dei miei pantaloncini da notte di seta. Patrick sorride in segno di scherzosa approvazione e mi strizza il sedere. Guardo Hawke, che ora sta fissando il suo libro con la fronte aggrottata, come se stesse meditando sulle origini della vita.

"Ti preparo il pranzo. Esci presto?" chiedo, voltandomi per prendere la carne per i panini dal frigorifero.

"Sì, sarà un'altra lunga giornata. Mio padre mi ha organizzato un incontro con degli investitori per affidarmi alcuni dei suoi clienti."

"È fantastico, tesoro. Mi sa tanto di promozione" rispondo con orgoglio, afferrando un coltello per spalmare un po' di maionese sul pane.

"Sì, lo è senza dubbio, ma significa più lavoro. Devo mettere in ordine tutti i documenti fra stasera e domani, prima della riunione. Sarò impegnato fino a notte fonda. Ma tanto tu lavori lo stesso stasera, no?"

Con la coda dell'occhio, vedo Hawke alzare lo sguardo dal suo libro e guardarci.

"No. Questa era l'unica sera libera della settimana, ricordi?" Sospiro, cercando di non sembrare una mocciosa piagnucolosa, ma è più forte di me.

Mi infastidisce. Era la mia unica serata libera, senza programmi perché aspettavo di passare del tempo con Patrick. Di nuovo. E con tutto il resto che sta succedendo, con questo coinquilino galeotto a sorpresa, il sesso insoddisfacente, e ora con lui che mi lascia a casa da sola nella mia serata libera... Sono solo, beh... delusa.

"Mi dispiace, angelo. Ma sai che devo farlo. Mio padre-"

"Non fa niente" lo interrompo. "Non c'è bisogno che ti scusi. Troverò qualcosa da fare. Me la caverò."

"Ehi, magari tu e Hawke potreste passare un po' di tempo insieme! Perché non guardate un film o qualcosa del genere? Netflix e relax. Non è così che si dice al giorno d'oggi?" suggerisce Patrick ad alta voce.

I miei occhi si spalancano per l'orrore e si posano su Hawke, che sfoggia un ghigno sbilenco sulla bocca, con le sopracciglia sollevate per la sorpresa.

Il mio povero, dolce ragazzo. Com'è ingenuo.

"Io ho da fare" interviene Hawke col suo tono gelido.

Credetemi, non mi frega niente. Ma il suo atteggiamento è così insopportabile. Certo, passare la serata con me probabilmente non è nella lista dei desideri di nessuno, ma Gesù, il suo rifiuto è arrivato rapido e violento come un pugno.

"Ah, beh" riflette Patrick, cercando di trovare una soluzione alternativa.

"Starò bene, tu... vai tranquillo" dico con un sorriso leggero e rassicurante.

Non dovrebbe preoccuparsi di trovarmi qualche forma di intrattenimento. Sono una donna adulta, posso cavarmela da sola.

Patrick esce per andare al lavoro, mentre io mi dirigo nella mia stanza per approntare l'editing di cui debbo occuparmi oggi. Hawke è ancora al tavolo a leggere, così gli passo accanto con il mio caffè in mano, senza proferire parola.

"Cole" dice a voce bassa, con gli occhi ancora puntati sul suo libro.

Me lo sono immaginato? La sua voce era così sommessa. Lo ignoro e continuo a camminare.

"Cole" fa di nuovo, stavolta più forte, e io mi volto a osservarlo dalla porta della camera da letto.

È leggermente girato sulla sedia, il braccio penzola sullo schienale mentre la testa è piegata per guardarmi. Alzo le sopracciglia, aspettando che parli.

"Volevo solo provare il nome." Sfodera il suo sorrisetto malvagio, poi torna al suo libro.

Stronzo.

Più tardi, sento Hawke uscire di casa, così mi rilasso e decido di guardare un po' di TV.

Dopo aver visto alcuni programmi, mi annoio e mi rendo conto che sono solo le cinque. Prendo il telefono e scorro i miei contatti. Chi posso chiamare?

C'è mia sorella Johanna, che per fortuna vive sull'altra costa. Non se ne parla. C'è John, il mio collega, che probabilmente sta passando il tempo con la sua ragazza incinta o sarà di turno al pub stasera.

E… e basta.

Dopo l'università e il trasferimento in questa nuova città con Patrick, ho perso i contatti con la maggior parte dei miei amici. Non sono molte ancora le persone con cui ho legato veramente qui, e non conosco letteralmente nessuno a parte Patrick e la sua famiglia. Quando mi sono trasferita qui, l'ho fatto solo per Patrick e per i suoi progetti. Dovrei davvero cercare di ampliare le mie conoscenze, di fare nuove amicizie. Il problema è che faccio così tanto affidamento su Patrick. Lo aspetto sempre, pianifico la mia giornata sulla base dei suoi impegni. Il mio lavoro è letteralmente cucito sulle sue esigenze, invece di decidere cosa voglio fare e quando. Non è giusto.

Certo, lui provvede a me, vuole costruire una vita con me. Ma questo non toglie che anch'io sono una persona a sé stante. Mi sto rendendo conto ora di quanto ho dato in questa relazione, e questo mi sta davvero condizionando.

Mi alzo dal divano, vado in camera da letto, apro l'armadio e guardo il mio triste riflesso nel lungo specchio appeso. Non posso starmene rinchiusa qui solo perché Patrick se n'è andato.

Al diavolo. Prenderò esempio da Leonard e andrò al pub da sola.

Afferro la mia bella minigonna dalla gruccia, la abbino a una semplice canottiera rosa e indosso gli stivali di velluto alti fino al ginocchio. Arriccio le punte dei capelli e li lascio sciolti lungo la schiena, mi metto un filo di trucco, poi prendo la borsa e una giacca leggera e mi metto in marcia.

Se non c'è nessuno che mi invita a bere e cenare, mi porterò a un appuntamento per conto mio. Me lo merito.

6

Non è una festa

Che pessima idea è stata.

A casa mi sentivo sicura del fatto mio, ma non appena ho messo piede al 9-5 Slide, mi sono sentita una maledetta stupida.

Stasera c'è un sacco di gente, il che è di aiuto, ma continuo a ricevere occhiate da ragazzi a caso che probabilmente si chiedono cosa diavolo ci faccia in ghingheri in un pub di motociclisti in una piccola città. Perché, siamo onesti, chi diavolo si comporta così?

Gli occhi di John catturano i miei da dietro il bancone e il suo volto si illumina. "Nic! Ehi! Che ci fai qui?"

"Sono qui per bere una cosa" rispondo, avvicinandomi al vecchio bancone di mogano.

"Beh, sei venuta nel posto giusto. Credo…" commenta lui divertito e allo stesso tempo confuso.

"Sono stata piantata in asso all'ultimo minuto e volevo solo uscire di casa. Speravo di chiedere a Leonard di unirsi a noi, ma a quanto pare anche lui è impegnato stasera."

John ride e prende una bottiglia dietro di sé. Mette giù due bicchieri da shot e li riempie di Sangue di Drago.

"Oh, cavolo" mi lamento. "Che razza di miscuglio è stasera?"

Il Sangue di Drago viene preparato all'inizio della serata. Di solito è la parte finale di tutte le bottiglie di alcolici che stanno bene insieme e creano un intruglio tossico che ti stende. Roba da pub di provincia.

"Ne so quanto te." Alza le sopracciglia insieme al suo bicchierino, facendolo tintinnare contro il mio prima che entrambi buttiamo giù il liquido infuocato.

"Cazzo." Tossisce.

"Sento il sapore dello Jager" mormoro con voce rauca.

"E qualcosa a base di pesca." Storce il naso. "Un altro?"

Faccio una smorfia di dolore, spingo il bicchierino in avanti e scrollo le spalle. "Perché no?"

Dopo qualche shot mi sento già calda e socievole. Faccio una partita a freccette in solitaria mentre intrattengo una conversazione con un operaio edile di sessant'anni, anche lui per fortuna solo per la serata.

Mi offre da bere al bancone mentre John ci osserva divertito. Ride e mi mette davanti una vodka al mirtillo rosso, e io ringrazio il vecchio che si sta preparando per andarsene.

Torno alla mia sessione di freccette in solitaria con il mio drink fresco. Proprio mentre estraggo le freccette dal bersaglio, la porta d'ingresso si apre e vedo entrare l'aspirante Billy Idol con alcuni degli stessi ragazzi che l'altra sera erano qui a festeggiare la recente uscita di prigione di Hawke.

Mi scorge subito nell'angolo e si avvicina.

"Ehi! Sei tu!" esclama eccitato, appoggiandosi al tavolo del pub vicino a me.

È difficile non ammettere che è carino. In un modo un po' ostentato, in stile Machine Gun Kelly. Ma emana anche delle onde molto positive. Una buona energia.

Un'energia divertente.

"Mi chiamo Nic." Faccio un sorriso timido e mi rimetto in posizione per lanciare le mie freccette.

"Nic" ripete lui con un sorrisetto. "Mi piace. Io sono Kid. Piacere di conoscerti ufficialmente. Ma che ci fai qui? Hai un appuntamento con qualcuno?" Lancia un'occhiata alle mie spalle come se qualche uomo stesse per saltargli addosso.

"Qualcosa del genere" rispondo, cercando di non ammettere che sono una sfigata che si porta agli appuntamenti da sola.

La porta si spalanca di nuovo ed ecco che entra Hawke. Gemo dentro di me alla sua vista. Jeans neri aderenti, maglietta verde oliva larga con sopra il suo giubbotto di pelle e stivali da combattimento neri e stringati per completare il tutto. Ci manca solo che annunci: 'Sono un bad boy!' appena arriva in un posto. Credo che lo abbiamo intuito tutti.

Il suo volto freddo e duro si gira per cercare il suo amico e i suoi occhi si stringono in due fessure quando si accorge della mia presenza. Si guarda intorno, confuso, poi viene da noi. I suoi capelli color inchiostro gli cadono negli occhi prima che li ricacci indietro.

"Cosa ci fai tu qui?" chiede in tono ostile.

"Ha un appuntamento" risponde Kid con un ghigno, agitando scherzosamente le sopracciglia a Hawke.

Hawke si rabbuia in volto e mi scruta con un'espressione interrogativa.

"Toad! Eccoti qui" urla Kid, e si precipita al bancone per raggiungere qualcuno che riconosce.

Hawke. Kid. Toad. *Falco. Ragazzino. Rospo.* Che diavolo succede agli abitanti di questa città e ai loro strani nomi?

"Sei uscita con qualcuno?" ringhia praticamente Hawke.

"Calmati, fratello, sono qui da sola" ribatto con tono altrettanto acido, voltandomi per lanciare una freccetta.

L'alcol sta decisamente facendo effetto. E mi sta

infondendo una certa sicurezza, a quanto pare. Comunque, che si fotta. Ho più diritti di lui su questo posto. Io lavoro qui.

Hawke si sistema di fronte al bersaglio, si appoggia con disinvoltura alla parete e vi appoggia la testa, sbirciandomi attraverso le palpebre socchiuse e stuzzicando di nuovo il piercing labiale con la lingua.

"Spostati, o mi costringerai a dimostrarti quanto sono brava."

I suoi occhi scorrono sul mio corpo, e sento ogni parte in cui mi toccano come se fossero un raggio laser bollente. Si sofferma sulle mie cosce scoperte, poi riporta il suo sguardo sui miei occhi e sfodera un sorrisetto.

"Vogliamo fare una scommessa?" mi chiede in tono pericoloso.

Non dovrei, ma al diavolo… colpa del Sangue di Drago.

"Certo" rispondo.

"Un tiro a testa, vince chi ottiene il punteggio più alto in un lancio secco."

"Facile. Su cosa scommettiamo?"

Si gira per staccare le freccette dal tabellone e per sbaglio noto le sue cosce e il suo culo sodi e muscolosi in quei jeans neri consumati. È così proporzionato.

"Decidi tu" propone, porgendomi la freccetta.

"Mm." Ci penso su un attimo, poi guardo il bancone e mi viene un'idea. "Se vinco io, devi scolarti tutta la bottiglia di Sangue di Drago."

Corruga la fronte e mi guarda come se fossi pazza, non capendo chiaramente di cosa sto parlando.

"Va bene." Scuote la testa come se non gli cambiasse nulla. "Se vinco io, vieni con noi."

"Cosa? Vengo con voi dove?"

Non risponde, si limita a tendermi la mano perché io gliela stringa.

Ha diversi anelli neri sulle lunghe dita, le nocche sono pronunciate, probabilmente spaccate da numerosi pestaggi. Scorgo il falco tatuato sulla mano e noto che in qualche modo la forma che ha incarna bene la sua forza fisica.

Afferro la sua mano, la scuoto e mi sento arrossire leggermente per il contatto. Poi sento che lui stringe la sua presa e si aggrappa alla mia mano senza lasciarla andare. Alzo gli occhi verso i suoi e la serietà del suo volto mi costringe a deglutire. Mi sta guardando di nuovo dentro.

Il mio corpo si anima in sua presenza e sono improvvisamente consapevole di tutto quanto. Del cuore che mi batte nel petto, dei peli che mi si rizzano sulla nuca, della mano che scotta per il nostro unico punto di contatto.

Alla fine mi lascia andare, e io mi piazzo con la punta del piede contro la linea gialla del nastro adesivo. Cerco di respirare e di allineare il braccio per il tiro.

Tiro e colpisco il 20.

Lo guardo con un piccolo sorrisetto. Prendi questa, bello.

Si toglie il giubbotto di pelle e lo appoggia sulla sedia del tavolo dietro di noi, poi scrolla le spalle come se si stesse preparando a lanciare un tiro imprendibile. Cerco di sbirciare di sottecchi le sue braccia venose e tatuate, ma non faccio in tempo a dare un'occhiata che la testa di Hawke si gira verso di me nel momento stesso in cui lancia la freccetta.

Aguzzo la vista per vedere dov'è atterrata, poi torno a guardare Hawke, che non mi ha ancora tolto gli occhi di dosso.

Ha fatto sessanta punti.

"Bastardo" sussurro.

Lui sogghigna, poi si volta per prendere il giubbotto dalla sedia su cui l'aveva lasciato, senza mai lanciare un solo sguardo al tabellone. Mentre lo infila, adocchio un lembo di carne tatuata sotto la maglietta, appena sopra il suo bacino. C'è una frase tatuata in quel punto, e la cosa che voglio di più è scoprire cosa significhi. Ma non faccio in tempo a leggerla, perché si gira e si avvia verso l'uscita.

Con il palmo della mano sulla porta, si volta indietro

e mi fa un piccolo cenno per invitarmi a seguirlo.

Faccio un respiro profondo e lo soffio fuori. Finirà male.

Kid si accorge che Hawke se ne sta andando e dà una pacca sulla spalla al tizio con cui stava chiacchierando. "Ah, merda, sembra che ce ne stiamo andando. Ci vediamo, amico."

Mi urta mentre ci dirigiamo insieme verso la porta.

"Ehi, Nic, te ne vai?"

"No, vengo con voi" rispondo in maniera blanda.

Lui sbircia Hawke, che mi sta rivolgendo un sorrisetto malizioso, e poi riporta lo sguardo sul mio viso riluttante.

"Beh, okay." Aggrotta le sopracciglia e fa un sorriso diabolico. "Ma io mi siedo davanti!"

Li seguo fino a una Mustang d'epoca color arancione scuro e mi accingo a salire sul sedile posteriore, quando Hawke mi stringe una mano intorno al polso per fermarmi.

"Non se ne parla nemmeno. Sali dietro!" urla a Kid, lasciandomi il polso per permettermi di girare intorno all'auto.

Strofino il punto che ha toccato, sentendo di nuovo il bruciore della sua pelle sulla mia.

Saliamo tutti in macchina - una macchina che non ho mai visto prima a casa nostra. A dire il vero, non pensavo che Hawke avesse un'auto, ma questa qui è unica. Ho il sentore che se facesse qualche riparazione varrebbe un sacco di soldi. Ci mettiamo in marcia verso un luogo sconosciuto quando l'odore di erba mi riempie il naso.

"Ti va di fare un tiro?" mi chiede Kid con un tono di voce roco, dandomi un leggero colpetto sulla spalla con la pipa.

Ho già fumato erba in passato. Più di una volta, a dire il vero. Ma al momento mi sento parecchio nervosa perché non so dove sto andando, e come se non bastasse mi ci stanno portando uno strafatto di marijuana e un ex galeotto. Non mi sento proprio in vena.

"Coglione! Lo sai che sono ancora in libertà vigilata. Butta quella merda fuori di qui!" sbraita Hawke dal suo sedile, fissandolo in cagnesco nello specchietto retrovisore.

"Oh, sei proprio una palla al piede. Una palla al piede, hai capito?" Fa una risata isterica con una voce acuta da iena dal sedile posteriore, evidentemente già sulla buona strada per lo sballo.

Lancio un'occhiata a Hawke, che deve sentire i miei occhi su di lui perché mi guarda. Scuotendo la testa verso Kid, riaggiusta la presa sul volante e si appoggia al sedile con le gambe spalancate.

È assurdamente attraente alla guida di quest'auto. Così naturale. Così virile. Per necessità, distolgo l'attenzione da lui e la sposto fuori dal finestrino per tutta la durata del viaggio.

Dopo un po' svoltiamo su un'altra strada, poi su un'altra ancora e percorriamo un piccolo sentiero costeggiato da alberi finché non imbocchiamo una vecchia strada sterrata che ci porta a una baita nel bosco.

Hawke parcheggia l'auto e scende senza spiccicare parola. Mi sento immediatamente un'idiota per aver accettato questa scommessa. *Maledetto Sangue di Drago.*

Ci sono altre auto parcheggiate e già sento da qui il basso della musica che proviene dall'interno. Dal portico giungono delle risate, un paio di ragazze stanno chiacchierando fuori dalla porta.

"È quello che penso?" grida una ragazza - una bruna con i capelli lunghi fino alle spalle.

Ci avviamo verso la porta e Hawke mi prende per mano, intrecciando gentilmente le sue dita alle mie. Trattengo il fiato. Questo gesto intimo mi porta ad abbassare lo sguardo sulle nostre mani e poi a sollevarlo verso di lui. Sono confusa.

Cosa sta facendo?

Mi fa un leggero cenno del capo, come per dirmi di assecondarlo, e io lo faccio.

Ci avviciniamo alle ragazze e i loro occhi vanno

subito a Hawke.

"Oh, mio Dio, sei tu! Non pensavo che saresti tornato." La bruna saltella e fa per abbracciarlo.

Cerco di allontanarmi e di lasciar andare la sua mano, ma lui la stringe più forte e mi tira di nuovo a sé.

"Suppongo che una volta non sia bastata." Lei prova a baciarlo ma lui si allontana da lei, spingendola giù con una mano e stringendo me al suo fianco.

È una sensazione strana. È così naturale e rassicurante, ma allo stesso tempo mi procura prurito in ogni parte della pelle a contatto con lui.

"Levati dai coglioni, Lilah."

Il sorriso della ragazza si spegne quando Hawke e io la superiamo. Mi lancia un'occhiataccia mentre io la guardo con occhi spalancati. Non sono venuta qui per avere problemi.

Sento lo sguardo torvo della ragazza che mi segue anche se non riesco a vederlo. È incazzata. Sarà una ex? È chiaro che hanno fatto qualcosa prima - probabilmente prima che lui venisse al locale stasera stessa.

Entriamo nella baita e vengo investita da un odore pungente di birra stantia, marijuana e legna da ardere. Una strana miscela, ma è chiaro che questa è una baita per le feste.

C'è una coppia che sta pomiciando sulla poltrona vintage nell'angolo della stanza, una ragazza che sta facendo un pompino a uno in cucina e un maschio e due femmine in atteggiamenti intimi sul divano. Il tavolino è pieno di droghe, bottiglie di birra e di whisky, pipe, coca e quant'altro.

Kid corre verso una ragazza dai capelli neri che è seduta sul bancone della cucina, chiaramente in attesa di lui. Ha il corpo pieno di tatuaggi e piercing. Kid la afferra per la nuca, le inclina la testa e le infila subito la lingua in gola.

Dove diavolo siamo?

Un paio di donne vestite in modo succinto lanciano altri sguardi nella mia direzione, poi concentrano i loro occhi su Hawke. Sembra che sia lui la merce che scotta qui.

"Che cos'è questo?" domando con un filo di voce, continuando a fissare le coppie praticamente impegnate a fare sesso davanti a me.

"Una festa" risponde con aria compiaciuta, beandosi del mio comportamento pudico.

I miei occhi sgranati si concentrano sul ragazzo con le due ragazze, una delle quali gli slaccia la cerniera dei pantaloni mentre l'altra gli lecca la lingua.

"Questa non è una festa."

7

Serata di merda

"*Sei così pura.*" Hawke si prende gioco di me con tono canzonatorio.

Mi conduce via dall'affollata sessione di sesso di gruppo che sembra si stia delineando nel soggiorno e mi porta in una stanza non distante da un corridoio, con un divano lungo la parete e una poltrona da salotto in pelle consumata e sistemata in un angolo. Nell'angolo opposto c'è uno scaffale pieno di libri, e una scrivania di legno contro la parete sotto la finestra.

Hawke si siede sulla poltrona, stappa una delle birre che ha preso per noi e alza una gamba. Noto la sua gola che ondeggia mentre beve un lungo sorso senza mai staccare gli occhi da me, fino a quando le sue labbra non si separano dalla bottiglia di vetro.

"Perché non frequento regolarmente orge o feste di drogati? Sì, okay." Faccio uno sbuffo di scherno, cercando di aprire la birra che mi ha gentilmente passato. Ma non ci riesco. Non è uno di quei tappi che si sollevano.

Mi guarda armeggiare con la bottiglia con un

sopracciglio alzato e un sorrisetto divertito all'angolo del labbro, prima di alzarsi e togliermela dalle mani. La pigia in cima nello stesso momento in cui abbassa di scatto la bottiglia contro l'angolo della scrivania accanto a lui, aprendola senza sforzo prima di restituirmela. Deglutisco, distolgo lo sguardo e la prendo con riluttanza.

"Allora, come mai sei passato al pub?" domando, cercando di alleggerire l'imbarazzo che c'è nell'aria con una conversazione.

Lui appoggia con disinvoltura il braccio sul ginocchio, il collo della birra che gli pende dalle dita. "Kid aveva bisogno di un passaggio veloce. È strafatto. Evidentemente."

"Aveva bisogno di un passaggio fino al locale? Per fare una breve sosta lì e poi andarsene di nuovo?" chiedo. *Sono perplessa.*

"Visto? Pura." Le sue labbra si posano sul bordo della bottiglia mentre alza gli occhi al cielo.

Mi siedo e ci rifletto per un minuto. Poi mi sovviene che probabilmente doveva comprare o vendere della droga, e che Hawke, visto che era sobrio, doveva dargli un passaggio.

Il suo rapido cambio di atteggiamento mi infastidisce parecchio. Prima è scherzoso e in qualche modo alla mano, poi diventa scocciato e scostante. Perché portarmi qui se questo era tutto ciò che aveva in mente? Stare seduti in uno studio mentre la gente fa sesso e si droga intorno a noi? A quest'ora avrei potuto essere a casa, in pigiama.

"Perché hai voluto portarmi qui? Perché hai fatto quella scommessa?"

Gioca con la bottiglia e stacca l'angolo dell'etichetta prima che i suoi occhi incontrino i miei. "Volevo solo far incazzare Lilah. E tu eri conciata in maniera abbastanza decente." I suoi occhi seguono il mio corpo e si concentrano di nuovo sulle mie cosce nude. "E poi mi diverte vederla indispettita. Ora mi lascerà in pace, cazzo" commenta prima di tornare a levare l'etichetta dalla bottiglia.

Stronzo. Mi ha portata qui solo per usarmi per far arrabbiare una ragazza con cui ha fatto sesso in modo che non lo disturbasse più? È disgustoso.

"Sei proprio di classe" sputo fuori. "Mi hai usata."

"Ti prego, questa è la cosa più eccitante che tu abbia fatto nell'ultimo anno. Ne sono sicuro."

"Mi stavo divertendo di più da sola." Incrocio le braccia sul petto e lo fulmino con lo sguardo.

"Davvero? Andare al pub... in cui lavori... da sola? È la cosa più triste che abbia sentito da un po' di tempo a questa parte."

Alzo gli occhi al cielo. "Andiamo a casa."

Il suo viso diventa battagliero a quell'accenno, ma poi le sue labbra si curvano di nuovo. "Per quanto mi piaccia il fatto che chiami casa mia 'casa'..." Il suo ghigno si trasforma in un cipiglio. "Non possiamo."

"Cosa vuoi dire? Portami a casa. Saliamo in macchina e andiamo! È assurdo!" sbotto prima di girarmi per uscire dalla stanza.

"Cole, aspetta" si affretta a dire, alzandosi dalla poltrona per venire verso di me.

Mi afferra il braccio, mi tira indietro e chiude la porta che ho appena aperto. Mi ci spinge contro e inspiro quando la superficie dura mi colpisce la schiena. Con una mano tiene la maniglia, e con l'altra si appoggia al legno accanto alla mia testa. Il suo viso è a pochi centimetri dal mio ed è evidente dal modo in cui le sue pupille si dilatano che la nostra vicinanza gli fa qualcosa di strano.

"Che stai facendo?" chiedo senza fiato, stupita dalle sue azioni e dalla sua reazione.

Sa che sto con Patrick. Non può essere come sembra.

"Dovresti restare qui" mi dice, con lo sguardo che scende verso le mie labbra dischiuse. "Non è sicuro per te là fuori."

"Perché?" Sussulto, troppo consapevole di quanto siamo vicini.

Ho il presentimento che assistere a un'orgia sarebbe

molto più sicuro che restare in questa bolla con Hawke. Avverto l'elettricità che attira il mio corpo verso il suo, ma mi ci oppongo. È sbagliato. Lui è sbagliato. Continua a far scorrere lo sguardo dai miei occhi alle mie labbra. Avanza lentamente mentre la sua bocca si schiude appena. Poi si allontana e serra la mascella.

Chiude gli occhi e si china pian piano in avanti fino a posare la fronte sulla porta accanto a me. Gira la testa verso la mia guancia, mentre io cerco di rimanere con lo sguardo dritto davanti a me. Ma i miei occhi lo sbirciano curiosi, le nostre labbra sono a un soffio di distanza. Il suo volto assume un'espressione sofferente, e chiude gli occhi.

Perché mi sta facendo questo?

Sento il leggero odore di birra nel suo alito e per un attimo mi chiedo se la sua lingua abbia lo stesso sapore.

Gesù, Nic, riprenditi.

Il mio battito cardiaco è così accelerato che potrebbe venirmi un infarto. Il mio petto si alza e si abbassa già al leggero contatto tra di noi, e tutto il mio corpo si anima, percependo la sua presenza. Eppure, sono congelata sul posto. Non potrei muovermi nemmeno se lo volessi.

Lui apre gli occhi e mi sorprende intenta a mordermi l'angolo del labbro. La sua lingua scivola lentamente sul labbro inferiore mentre i suoi occhi pericolosi sembrano immaginare cose. Cose che non dovrebbe immaginare.

Lo sguardo animalesco che prima dominava i suoi occhi passa gradualmente dalla passione a un'emozione sofferta che si diffonde su tutto il suo volto.

"Cazzo" impreca sottovoce.

Sbatte la mano sulla porta accanto alla mia testa, facendomi sussultare, quindi si gira e torna alla poltrona. Finisce il resto della birra in pochi e veloci sorsi, poi getta la bottiglia in un cestino vicino alla scrivania. Io rimango lì, inchiodata alla porta e in preda alla confusione.

"Non possiamo andarcene adesso. Non ho la macchina." Si affaccia alla finestra con aria contrariata.

Alzo un sopracciglio in segno di domanda e lui se ne

accorge quando si volta.

"Adesso è la macchina di Kid. Gliel'ho venduta."

Questo spiega perché sembrava così disinvolto e a suo agio mentre la guidava. Quindi, se ho capito bene, ha venduto la casa, l'auto e anche l'anima, a quanto pare. Non ha altro che Patrick e me per aiutarlo a rimettersi in sesto.

Patrick.

Non dovrei essere qui.

Che ci faccio qui?

"Allora, hai intenzione di dirmi il reale motivo per cui mi hai portata qui, Hawke, o resteremo chiusi in questa stanza per sempre?" chiedo camminando verso il punto in cui si trova lui, desiderosa di avere delle risposte.

Il suo volto si indurisce e percepisco una certa freddezza, l'oscurità che offusca il suo sguardo. Non è lo stesso sguardo che aveva un minuto fa, quando le nostre fronti erano vicine. Quando i suoi occhi raccontavano una storia inespressa di desiderio e dolore. Quando respiravamo entrambi la stessa aria.

"La verità? Speravo che me lo succhiassi, forse qualcosa di più" dichiara crudelmente, abbassando le sopracciglia.

Ha cambiato completamente atteggiamento. Il ragazzo che mi ha portata qui per scherzo, quello che mi ha rivolto quello sguardo sofferto vicino alla porta, quello che mi sta chiaramente proteggendo dalla merda che sta accadendo fuori da questa porta... è sparito, sostituito da quest'essere ripugnante che cerca intenzionalmente di turbarmi. Indossa così tante maschere.

"Sei disgustoso."

Il mio commento e il fatto che sappia di avermi irritata lo fanno alzare in piedi e tornare di nuovo verso di me con fare minaccioso. "Lo sono?"

Piega la testa di lato e io deglutisco, perché so di essere nei guai.

"Il modo in cui ti mordi l'angolo di quel labbro ogni volta che ti sto vicino e le pulsazioni che posso letteralmente vedere in quel tuo piccolo e delicato collo dicono il contrario."

Faccio un passo indietro, poi un altro, mentre lui continua ad avanzare verso di me.

"Voglio dire, non ti chiedi cosa si provi a farsi scopare da uno come me? Quel piacere doloroso che senti nel profondo di te." Mi fa indietreggiare verso il divano appoggiato al muro vicino alla porta. "Perché c'è una voglia. Un desiderio. No, un *bisogno* da saziare."

Mi sento le palpebre sempre più pesanti mentre le mie labbra si aprono alle sue parole erotiche. Sento che mi sto agitando di nuovo, mentre sono stordita dal suo tono e dalla voce profonda e sensuale che usa per provocarmi. Sono curiosa eccome di conoscere il piacere di cui parla così apertamente.

Mi spinge contro il divano fino a che non ci sbatto coi polpacci e cado sulla seduta. Stringo rapidamente le cosce sotto la gonna e lui se ne accorge.

"Non è di questo che hai bisogno?" mi chiede, sporgendosi verso di me. "Di essere scopata?"

Il suo tono è più rauco del normale, il suo atteggiamento è in qualche modo terrificante, ma le parole che pronuncia sono così eccitanti.

Ora è chino su di me, i pugni stringono lo schienale del divano mentre io sono seduta sotto di lui. Le mie gambe si aprono involontariamente quando una delle sue cosce vi si infila in mezzo. Sento che mi si stanno bagnando gli slip per l'eccitazione. Mi si arricciano le dita dei piedi nelle scarpe, i capezzoli si sono improvvisamente risvegliati e bramano di essere toccati, leccati, succhiati - qualsiasi cosa. La mancanza di contatto mi sta portando sull'orlo della follia. Sbatto rapidamente le palpebre, cercando di svegliarmi da questa intossicazione sessuale.

"Io vengo scopata" rispondo, corrugando la fronte mentre lo guardo, ma la mia risposta appena sussurrata dice tutt'altro.

I suoi capelli scuri come l'inchiostro gli cadono negli

occhi, i nostri volti sono di nuovo a un palmo l'uno dall'altro. Giocherella ancora una volta con l'anello al labbro, sapendo perfettamente che effetto mi fa ora.

"Come ho detto, vi ho sentiti. Letteralmente. E no, non vieni scopata." Inclina la testa di lato. "Scommetto che muori dalla voglia di sapere cosa si prova a toccarlo." Si lecca di nuovo l'anello al labbro. "Ti ho vista guardarlo in continuazione."

"Perché è rivoltante," mento.

"Mi permetto di dissentire. Penso che tu voglia scoprire com'è avvolgervi quelle morbide labbra intorno." La sua bocca si incurva di nuovo in un sorrisetto diabolico.

Appoggia il peso del ginocchio sul divano tra le mie gambe, strofinando di nuovo l'interno della mia coscia esposta. Il mio sesso indolenzito implora di essere sfregato da quel ginocchio. Se solo si appoggiasse un po' di più... sto perdendo il controllo.

Il mio corpo è completamente vivo e vigile in sua presenza, e lo odio. Non riesco a controllare questa... questa lussuria. Ecco cos'è. È lussuria. Lussuria che non provo per Patrick perché tra noi c'è amore. È diverso. È meglio.

Si china in avanti, fissando le mie labbra aperte, e sono sicura che mi bacerà. Allunga una mano e trascina lentamente le dita lungo la mascella e poi sotto il mento, che stringe tra il pollice e l'indice. È troppo. Sto provando troppe emozioni per una persona impegnata in una relazione. Giro la testa di lato per sfuggire alla sua presa.

"Voglio andare a casa" dico bruscamente, stringendo forte gli occhi. Vorrei come Dorothy poter trasportare il mio culo fuori di qui, lontano da questa tentazione. Una tentazione pericolosa che mi fa dubitare di me stessa. Questo non è il posto giusto per me.

Riapro pian piano gli occhi e sbircio per trovarlo fermo sul posto, con un'espressione inquietante sul volto.

Alle mie parole si raddrizza. Il suo sorrisetto presuntuoso lascia subito il posto a un'espressione cupa, quasi triste per un istante, mentre mi fissa di nuovo profondamente negli occhi, cercando di leggermi.

Si gira, lancia un'occhiata alla stanza e scuote la testa.

"Sì." Annuisce, quasi acconsentendo a qualcosa nella sua testa, prima di passarsi una mano tra le ciocche di capelli. "Sì. Andiamo."

Esce dalla stanza, mentre io rimango lì sconcertata dal suo cambiamento radicale. Faceva parte del suo piano? Per sedurmi? Sputtanarmi? Rovinare la mia relazione? Gli amici non si fanno sgarbi del genere. Il rapporto tra Patrick e Hawke mi spiazza ogni giorno di più.

Mi alzo e lo seguo fuori dalla stanza. Le coppie si stanno ancora palpando, toccando, leccando e succhiando al ritmo dei bassi circostanti. C'è gente che sniffa droga dal tavolino e una donna in topless nell'angolo che balla con un ragazzo che la tocca dappertutto. Guardando meglio, mi accorgo che si tratta di quella Lilah che Hawke stava cercando di far ingelosire nell'altro angolo, che mi sta ancora fulminando con lo sguardo.

I miei occhi trovano Hawke in cucina, dove noto che sta parlando di nuovo con Kid. Le gambe della donna sono ancora avvolte intorno alla sua vita stretta sul divano e gli tiene la bocca sul collo tatuato mentre Kid parla con Hawke. Prende le chiavi dalla tasca posteriore e gliele lancia.

Hawke si avvia verso la porta e mi fa cenno di seguirlo. Dentro di me gemo e stringo la mascella, perché mi dà fastidio che si aspetti che lo segua con un banale cenno del capo.

Entriamo in macchina e sulla mia faccia si forma un cipiglio.

Che serata di merda.

Sono arrabbiata con Hawke per avermi portata qui per usarmi e poi mettermi in imbarazzo, sono arrabbiata con me stessa per aver accettato di venire e sono arrabbiata con Patrick per avermi lasciata quando avrebbe potuto evitare che tutta questa serata accadesse semplicemente stando a casa con me nella mia serata libera.

Con la coda dell'occhio mi accorgo che Hawke mi sta scrutando. Alzo gli occhi al cielo e appoggio la testa al finestrino. Il viaggio non potrebbe durare di più, e sarei pronta a scommettere che non ha mai guidato così piano in tutta la sua vita. Il silenzio è assordante, e sto contando i secondi che mi separano dal momento in cui potrò uscire da questo veicolo con lui. La sua presenza è semplicemente... esasperante.

Gioca con me, mi stuzzica, fa certe cose per ottenere una reazione da me e poi mi fa sentire impacciata e in imbarazzo perché l'ho avuta. È strano. Quali sono le sue intenzioni?

Controllo il telefono per vedere se Patrick mi ha già mandato un messaggio, e il mio cuore ha un sussulto quando ne trovo uno.

Patrick: Scusa baby, farò molto tardi stasera. Può darsi che mi fermi a dormire dai miei. Sono ancora qui, a lavorare sui documenti.

Leggo il messaggio ed emetto un gemito lagnoso, cosa che attira di nuovo l'attenzione di Hawke su di me. Riporto la testa sul finestrino finché non siamo a casa.

Appena imbocca il vialetto, afferro la maniglia della portiera, pronta ad aprirla prima ancora che la macchina si fermi. Non posso andarmene da qui abbastanza in fretta.

"Cole" mormora in tono rauco.

Chiudo gli occhi. Non voglio voltarmi a guardarlo.

"Cole, ti chiedo scusa" sussurra con un tono insolito. Diverso da quello che ha usato alla baita.

Non so più nemmeno per cosa si stia scusando. Chi lo sa? Chi se ne frega? Sono troppo grande per i giochetti da bambini.

Continuo ad aprire lo sportello per lasciarmelo alle spalle, quindi apro la porta d'ingresso e mi dirigo verso la mia camera da letto.

Crollo sul letto, e le lacrime mi seguono poco dopo.

Mi sento in colpa per come mi sono sentita sotto il suo sguardo. Mi sento triste per essere stata usata per provocare un'altra. Mi sento strana per aver goduto di quello spazio privato con Hawke, per aver apprezzato il modo in cui mi faceva sentire viva. C'è qualcosa in me che si sente profondamente a disagio per quello che è successo. Non riesco nemmeno a descriverlo. So solo che vorrei che le cose tornassero a essere facili. Meno complicate, meno... strane.

Dopo un po' sento Hawke entrare in casa e ascolto i suoi passi che vengono verso la mia porta.

Trattengo il respiro, sperando che non bussi o dica qualcosa. E per fortuna non lo fa. I passi si fermano e poi svaniscono, proprio come la prospettiva della serata divertente che pensavo di poter trascorrere da sola.

Una bizzarra parte di me vuole sapere di cosa è dispiaciuto. Una parte di me vuole sapere cosa gli è passato per la testa in quella stanza, quando ha spento in fretta e furia la sua seduzione ed è diventato una versione triste di sé stesso. L'altra parte di me non vuole preoccuparsene affatto.

È un ex detenuto, un bugiardo, un puttaniere, un manipolatore e chissà cos'altro. Me lo sta dimostrando giorno dopo giorno.

Spero di riuscire a dormire stanotte, e che la giornata di domani porti un po' di chiarezza.

Chiarezza di cui ho disperatamente bisogno.

8

Mai appisolarsi

Al mattino dopo mi rigiro e allungo la mano per trovare il posto freddo e vuoto nel letto accanto a me.

Anche se sapevo che Patrick avrebbe passato la notte a casa dei suoi genitori, una piccola parte di me ha continuato a sperare che tornasse a tarda notte. Che il bisogno di starmi vicino, di toccarmi, di sentire il mio odore fosse troppo forte per lui. Ma così non è stato.

Mi alzo dal letto controvoglia, conscia del fatto che il mio coinquilino potrebbe essere in bagno o in cucina, così mi infilo una tuta extralarge e una felpa, mi lego i capelli in uno chignon disordinato e mi dirigo verso la mia ancora di salvezza. La caffettiera.

Non appena apro la porta della camera da letto, vengo investita dall'odore dei chicchi di caffè appena macinati.

Non ho modo di evitarlo.

Entro in cucina e gli passo davanti. È seduto a tavola.

Non ho ancora smaltito del tutto l'imbarazzo di ieri sera, ma non sono nemmeno il tipo di persona che tiene il muso. Oggi è un nuovo giorno, e l'esigenza di andare d'accordo con lui, o quantomeno di tollerarlo, è inevitabile.

Prendo la mia tazza preferita dalla credenza e mi sento i suoi occhi addosso mentre mi verso del caffè. Sentendo il bisogno di alleggerire la tensione, sospiro quando sono ancora rivolta verso il bancone e poi mi volto verso di lui. È seduto su una sedia al tavolo della cucina, con le gambe incrociate, in tuta e a torso nudo. I suoi capelli sono selvaggi e aggrovigliati, ma li abbina a un sorriso straordinariamente raggiante sul suo volto purtroppo attraente.

"Perché quell'aria così felice? Non sono nemmeno le nove" gemo, storcendo il naso.

Lui scivola sulla sedia, incrocia le braccia dietro la testa - chiaramente ignaro di quanto questo lo faccia apparire disgustosamente perfetto - e si stringe nelle spalle. "Non lo so. Credo di essere un soggetto allegro."

Questo commento, fatto dalla persona probabilmente più lunatica che abbia mai conosciuto, mi fa quasi sbellicare dalle risate.

"Devi essere pazzo." Scuoto la testa e metto un po' di panna nella tazza.

"A essere onesti" esordisce lui, ma poi deglutisce, e i miei occhi curiosi ritrovano i suoi. La sua espressione divertita diventa solenne. "Volevo solo farti sapere che mi dispiace per ieri sera."

Le mie labbra si schiudono. Non so cosa dire. Non capisco nemmeno cosa sia successo ieri sera, né voglio capirlo.

"Non c'è problema. Davvero."

"Hai intenzione di dire a Patrick quello che è successo?" chiede bruscamente, cogliendomi di sorpresa.

Mi fermo alla sua domanda e mi ci arrovello un momento. Quello che è successo è abbastanza significativo da doverlo riferire al mio ragazzo?

Faccio un respiro. "Ehm... no. Cioè, cosa c'è da dire?"

"Giusto" mormora lui, con gli occhi che si

assottigliano agli angoli.

Lo fisso con la tazza in mano, cercando di inquadrare quest'uomo con uno sguardo, mentre me ne sto appoggiata al bancone della cucina. Lui si siede in avanti, con gli occhi puntati sui miei. Restiamo così per almeno un minuto, ed è una sensazione stranissima. È strana perché non mi pare affatto strana.

Siamo solo due persone che si guardano l'un l'altra.

"Beh, sono sicura che hai dei programmi per oggi-"

"Non ne ho" risponde all'istante, con gli occhi ancora incollati ai miei.

Prendo una boccata d'aria, poi la soffio fuori. "Okay..."

"Okay, beh... ti va di guardare un film o qualcosa del genere? Non ho un cazzo da fare e... non voglio mentire, mi sto annoiando a morte."

Che galanteria.

"Sono davvero lieta di essere qui per te e di poterti servire quando non hai nient'altro di fico da fare" commento sarcastica.

Lui ridacchia, mettendo in mostra la piccola fossetta sulla guancia destra. Sono sicura che la maggior parte delle persone non ha mai avuto la possibilità di vederla né di sapere che esista. Non credo che sorrida a nessuno, tranne che a me - quando si prende gioco di me o scherza.

"Fico" dice, prendendomi chiaramente in giro per la parola che ho appena usato.

Quella parola suona così innaturale detta da lui, con quel suo aspetto così da duro.

"Dai, possiamo essere amici." Si passa la mano sulla nuca e piega la testa di lato.

"Amici?" Inarco un sopracciglio. *Sì, come no.*

"Del resto, viviamo insieme ora. Sarebbe il caso di trovare dei punti in comune. Qual è il tuo film preferito?"

"Film preferito? È come chiedere a un tosaerba quale sia il suo filo d'erba preferito."

Il suo volto si contorce. "Che paragone strano da fare."

Ridacchio. "È solo per dire che ce ne sono così tanti che adoro. Non potrei mai sceglierne uno solo."

Fa un piccolo cenno d'assenso, come se capisse. "Okay, genere?"

"Film di mafia" rispondo senza esitazioni.

Alla mia risposta immediata, lui si gira verso di me e annuisce, accarezzando il bordo della sua tazza di caffè con un dito.

"Sembra che abbiamo trovato un punto in comune." Mi sogghigna con una sorta di scintillio negli occhi.

Ci sistemiamo ai lati opposti del divano e decidiamo di vedere Quei bravi ragazzi, uno dei film preferiti di Hawke.

Io mi accoccolo sotto la coperta, mentre lui si distende per intero sulla parte finale del divano a L. Controllo il telefono, sperando di trovare un messaggio di buongiorno da Patrick da un momento all'altro, ma continuo ad aspettare a vuoto, perché sul mio cellulare non compare alcuna notifica.

È davvero ridicolo. Capisco che stia lavorando sodo, ma il fatto che sia sparito da casa per così tanto tempo sta cominciando a diventare bizzarro. Mi rifiuto di credere che si veda davvero con un'altra. Nel mondo cattolico, il tradimento non è contemplato. La sua famiglia lo castrerebbe prima di me. Ma nonostante questo, tutta questa situazione sta toccando un mio nervo scoperto.

Più o meno a metà del film, sento dei respiri lenti e costanti provenire dall'altra parte del divano. Guardo Hawke e mi accorgo che sta dormendo. Ha una mano sul ventre e l'altra appoggiata con noncuranza sopra la testa.

Il mio telefono vibra contro la mia coscia e io lo controllo subito.

Patrick: Ehi, sono stato sveglio fino a tardi per lavorare, ho dormito solo poche ore, cercherò di ultimare alcuni di questi documenti nel pomeriggio, se va bene. Torno più tardi. Ti amo, angelo.

Perfetto. Semplicemente fantastico. Sto cercando di non arrabbiarmi, ma fa male. È un dolore straziante essere al secondo posto per qualcuno che per te è sempre al primo.

Mi volto di nuovo verso Hawke e lo studio per un momento. Lo stronzo egoista e repellente di un tempo sembra improvvisamente pacifico e tenero. Quasi infantile. La sua bocca è leggermente aperta, le sue labbra carnose appaiono quasi imbronciate, e finalmente riesco a vedere meglio i tatuaggi sparsi a caso sulle sue braccia e sul suo petto.

Sono dei soggetti casuali e raggruppati insieme, il falco sulla mano, i teschi abbinati alle rose e alcune frasi. Una scritta riporta: 'Ho mentito per arrivare qui.' Un'altra recita: 'Non siamo forse tutti peccatori?'

C'è una singolare bellezza nel suo caos, una profondità ingannevole nella sua storia, una magia nella sua follia.

Una coperta è appoggiata dietro di lui sul bordo del divano, così mi alzo, mi avvicino e la tolgo silenziosamente. Mi allungo sul suo corpo addormentato per tirarla, e quando finalmente ci riesco, lui si agita sotto di me. Mi fermo sopra di lui e poi la stendo sul suo petto scoperto, coprendolo per tutta la sua lunghezza e sperando che non si svegli.

Quando mi volto per tornare nel mio spazio al calduccio dall'altra parte del divano, vengo fermata da una mano sul fianco.

Hawke mi afferra e mi tira giù sul divano accanto a sé. Mi avvolge un braccio intorno alla vita e mi attira all'indietro contro il suo petto, poi copre entrambi con la coperta.

Mi irrigidisco istantaneamente, mi si mozza il respiro.

È conscio di quello che sta facendo? Sta sognando?

Si sistema con le gambe dietro di me e mi fa da cuscino, mentre sospira e respira dolcemente contro il mio collo.

Il mio battito cardiaco è alle stelle e sono paralizzata. Che cosa faccio? Se mi alzo e lui si sveglia e mi trova qui, cosa penserà? Per quanto sappia che devo spostarmi, mi accoccolo contro il suo calore, il suo petto duro dietro di me. È impossibile non essere totalmente e completamente consapevole della presenza della sua virilità premuta contro il mio sedere. Buon Dio.

Deglutisco e cerco di regolarizzare il respiro mentre guardo il film, poi decido di muovermi una volta che lui sarà caduto in un sonno più profondo.

Prima di riuscirci, però, mi addormento pacificamente anch'io, con Hawke aggrovigliato intorno a me.

Il ronzio nelle mie orecchie è forte e fastidioso. Premo il pulsante per ritardare la sveglia, ma non si ferma.

"Falla smettere." Sento una voce profonda e rauca nell'orecchio, che mi fa raddrizzare la spina dorsale e drizzare di scatto.

"Oh, mio Dio" mugolo senza fiato.

Mi sono addormentata accanto a lui.

Presa dal panico, cerco in salotto e poi dietro di me in cucina, ma non vedo Patrick. Il mio telefono squilla di nuovo e mi tira fuori dai miei pensieri inorriditi.

"Pronto?" rispondo prima ancora di schiarirmi la gola, con una voce tremendamente colpevole.

"Ehi, angelo, sto tornando, mi chiedevo se vuoi che prenda qualcosa da mangiare. Magari una pizza? C'è Hawke?"

Merda.

Sbircio Hawke da sopra la spalla, che è ancora sdraiato con gli occhi chiusi.

Che cosa sto combinando?

"Sì, ehm... sì, la pizza sembra una buona idea."

C'è un breve momento di pausa nella conversazione, e mi convinco che Patrick sappia che sono una lurida puttana che si appisola con degli ex detenuti a caso nella casa del suo ragazzo.

"Tutto bene? Sembri un po' stralunata."

"Ehm, sì. Sì, scusa, mi sono appena svegliata da un pisolino."

Dato di fatto.

"Ah, va bene. Okay, allora prendo un paio di pizze e torno fra poco. Ti amo."

Ho un tuffo al cuore.

"Ti amo anch'io" rispondo, trasalendo per il dolore e il rimpianto.

Riattacco il telefono e rimango seduta per un minuto, cercando di persuadermi che non sono la persona peggiore del mondo, quando sento Hawke muoversi accanto a me.

"Cazzo, sì, pizza" geme, stiracchiandosi le gambe.

Mi alzo immediatamente, tirandogli via tutta la coperta, poi gliela lancio addosso e lo colpisco in faccia.

"Che cazzo ti prende?"

"Perché l'hai fatto?!" urlo.

"Fatto cosa?"

"Perché mi hai tirato addosso a te? Io sto con Patrick."

Fa uno sbuffo di scherno e si passa la mano tra i capelli che gli ho così affannosamente scompigliato con la coperta. "Calmati, pazza. Non mi pare che tu ti sia spostata. Avresti potuto alzarti."

Digrigno i denti e lo guardo male. Ha ragione, e lo odio.

"Non è mica un dramma" dice in tono freddo, alzando gli occhi al cielo.

"Solo... per favore, non dirlo a Patrick" gli chiedo, sentendo il cuore dolermi nel petto.

"Dirgli cosa?" ribatte stizzito prima di alzarsi dal divano, dirigersi verso la sua stanza e sbattere la porta.

Vado in bagno, mi sistemo i capelli in disordine e mi spruzzo un po' di profumo per coprire l'odore di Hawke che potrebbe essermi rimasto addosso.

Patrick torna a casa dopo altri dieci minuti e immagino come sarebbe potuta andare se non avesse chiamato e ci avesse visti accoccolati sul divano a dormire insieme. Mi si rivolta lo stomaco.

"Za's è qui! Venite a prenderla finché è calda!"

annuncia a gran voce.

Lascia cadere la pizza sul tavolo nello stesso momento in cui Hawke esce dalla sua stanza. Speravo davvero che rimanesse chiuso lì dentro per il resto della serata, sapete, per rendermi la vita un po' più facile.

"Com'è andata ieri sera, angelo?" Patrick mi bacia la guancia, facendomi arrossire.

"È stata..." Lancio un'occhiata a Hawke, che - neanche a dirlo - mi sta guardando a sua volta. "Interessante, a dir poco."

"Mi sei mancata" commenta Patrick prima di baciarmi le labbra.

Ricambio il bacio con entusiasmo, quasi cercando di cancellare la mia bizzarra infedeltà con quelle coccole. Hawke si schiarisce la gola, rovinando il momento. Alzo gli occhi al cielo.

"Hawke, scusa, amico." Patrick ridacchia. "Come stai?"

"Alla grande. Rinvigorito dopo uno dei pisolini più comodi che abbia mai fatto." Mi sorride compiaciuto.

Il mio sorriso crolla all'istante, il cuore mi martella nel petto e la gola mi si stringe.

"Già, quel letto non è niente male, eh? Nic e io ci abbiamo dormito l'ultimo anno di università. È comodo per essere così vecchio" risponde Patrick, ignaro dell'osservazione.

"Davvero?" Hawke piega la testa di lato. "Anche a te è piaciuto dormirci sopra, Nic?"

Rivolge la domanda a me, ponendo l'accento sulla parte finale di 'Nic.' Con quel luccichio malizioso negli occhi e quel sorrisetto sulle labbra, mi sembra chiaro che si sta divertendo un mondo con questo suo giochetto.

"Purtroppo no. C'è una molla fastidiosa che spunta fuori e rovina tutto. Il peggior sonno della mia vita" rispondo, stringendo gli occhi in due fessure.

"Cosa? Credevo che amassi quel letto" ribatte Patrick afferrando un trancio di pizza, mentre le sopracciglia di Hawke si alzano divertite.

"Lo detesto. 'Detesto' è il termine appropriato" brontolo.

Noi due conosciamo la verità dietro la conversazione, i rimandi al nostro piccolo pisolino hanno generato un gioco troppo divertente per lui.

Posso solo sperare che Hawke si comporti bene.

9

Ritratto del passato

Sono tante le certezze che sento di avere in questo mondo. In primo luogo, Patrick mi ama. Un'altra certezza che ho è che Hawke è un perfetto sconosciuto per me. Per quanto mi sembri di capirlo in un certo senso, la verità è che ha un passato. Un passato orribile.

Ciononostante, com'è possibile trovare così tanto conforto nella vicinanza di qualcuno che non si conosce?

Sono determinata a scavare nel passato di questi due 'amici' per scoprire la verità sulla persona con cui ho trascorso - con mia enorme vergogna - il mio tempo libero.

Al termine di una cena imbarazzante, Hawke se n'è finalmente andato dopo che Kid è passato a prenderlo per andare chissà dove a fare chissà cosa... o chi.

Sono stata contenta di poter finalmente passare un po' di tempo da sola con Patrick, anche se avremmo dovuto farlo molto prima.

"Ti ricordi quella sera che abbiamo ordinato la pizza al Roma dopo la festa di compleanno di Chris?"

Sbuffo col naso, col ricordo fresco nella mente. "La sera in cui non siamo nemmeno riusciti a mangiare la pizza perché ci siamo addormentati entrambi nel taxi al ritorno e ce la siamo dimenticata sul sedile posteriore?"

"Oh, ero così arrabbiato! Il Roma ha la pizza migliore, e noi l'abbiamo lasciata lì come se niente fosse!" esclama Patrick.

"Beh, mi pare che quella sera avessimo altri pensieri per la testa." Gli faccio un sorriso seducente.

Mi tira a sé sul divano. "Puoi dirlo forte. Non ce la facevo a stare un minuto di più senza metterti le mani addosso. Eri fenomenale con quel vestito." Mi accarezza il naso in modo giocoso.

"Dio, Chris era così ubriaco. Ricordi che mi ha detto che se non ti avessi sposato si sarebbe amputato il pollice dopo la laurea in medicina?"

"Ha detto questo?!" chiede Patrick ironico.

"Te l'ho detto." Sghignazzo.

"Beh, non possiamo permettere che accada. Hanno tutti bisogno di un pollice." Sorride, porta la mia mano alle sue labbra e mi bacia il pollice.

Mi mordo il labbro e mi accoccolo di nuovo a lui sul divano. Eravamo così un tempo. Giocosi, felici, soddisfatti. Dobbiamo solo tornare a essere noi. Le distrazioni e i problemi degli ultimi tempi mi stanno confondendo le idee, e voglio solo tornare a ciò che ha senso. Parte di questo problema è il nostro nuovo coinquilino.

"Allora, in tutta onestà, quanto pensi che durerà questa sistemazione?" chiedo, facendo roteare il dito in aria mentre ci sdraiamo sul divano.

"Intendi per quanto Hawke vivrà qui?"

"Sì."

"Beh, non saprei. Non gli ho imposto una scadenza o altro per andarsene. Mi sono detto che avrebbe trovato lui una soluzione alternativa una volta che avesse rimesso i piedi per terra."

"E come pensa di farlo? Non mi sembra che smani

per trovare un lavoro, a meno che non consideri l'andare a puttane come un'occupazione diurna."

Patrick ridacchia e lascia cadere il braccio intorno a me. Mi attira a sé e continua a guardare la televisione mentre parla.

"Se ti dà fastidio, posso parlargli."

Non esiste. Questo non farebbe altro che insinuare che non mi piace che lui frequenti altre donne, e non è *questa* l'impressione che voglio dare. Dio, ve lo immaginate?

"No, davvero, non c'è problema."

Mi bacia la testa e continua a guardare l'episodio.

Mi stacco da lui e mi volto per guardarlo in faccia, con le gambe incrociate sotto di me sul divano. "Voglio sapere una cosa."

Lui aggrotta la fronte, percependo la mia serietà. "Certo, qualsiasi cosa."

Mi mordo l'angolo del labbro, poi finalmente chiedo: "Come mai Hawke è stato in prigione?"

"Nic..." geme lui, distogliendo lo sguardo.

"Cosa? Perché non posso saperlo? Confido che tu mi dica la verità prima che la scopra da sola su Internet."

Sospira e si strofina la fronte con il pollice e l'indice.

"Dimmelo" esigo.

Lui mi guarda, restio a parlare, così io piego la testa di lato e inarco un sopracciglio, facendogli capire che stavolta non mollo.

"Non voglio entrare nel merito. Non è affar mio." Alza le mani.

"Davvero, Patrick?"

"Senti, ho un mucchio di lavoro su cui concentrarmi, una ragazza da rendere felice e delle bollette da pagare. Non voglio rivangare il passato, solo andare avanti. Non preoccuparti dei dettagli. Ora è fuori e sta cercando di rifarsi una vita. Non c'è bisogno di scavare."

Chiude la conversazione con questa frase, che mi lascia completamente spiazzata.

Perché lo sta proteggendo?

Scoprirò cosa è successo, in un modo o nell'altro.

Poco dopo la fine dell'episodio in televisione, dopo che ci siamo lavati i denti e la faccia prima di andare a letto, ci infiliamo insieme nel nostro materasso a una piazza e mezza.

Mi cinge con le braccia, mi stringe al petto e fa scorrere il pollice sul mio braccio. Io gli accarezzo la leggera peluria che ha sul petto, godendomi il suo odore, che mi è mancato così tanto.

Come ho potuto fare una cosa simile con Hawke? È un gesto così intimo quello di coccolare, stringere qualcuno in questo modo. Che terribile sbaglio è stato.

"Mi è mancato questo ieri sera" confesso.

Lui sospira, continuando i suoi movimenti lungo il mio braccio. "Mi dispiace doverti dire che capiterà di nuovo."

Appoggio il mento sul suo petto. "Perché? Cosa vuoi dire?"

"Uno dei nostri clienti a Denver ci vuole lì per presentarci i dirigenti e discutere del miglioramento dei nostri servizi. Te ne avrei parlato domani, così avremmo potuto goderci la serata, ma è giusto che tu lo sappia."

"Patrick-"

"Mi dispiace, angelo, sai che odio lasciarti, ma è un affare importante."

"Importante?! Noi siamo importanti. Perché non può andarci tuo padre?" mi lamento.

So di essere infantile. Questo è il suo lavoro, e gli affari stanno andando a gonfie vele. Dovrei essere felicissima del fatto che stiano espandendo l'attività in tutto lo Stato e anche oltre, ma mi fa male. Odio quando se ne va, e mi manca quando non c'è.

"È un compito che spetta a me. Mi occuperò di altri suoi clienti, lo sai."

Sbuffo frustrata, giro la guancia e mi sdraio di nuovo sul suo petto.

"Ehi, non essere arrabbiata, per favore, Nic."

Sto cercando di non esserlo. Ci sto provando davvero. Non è una novità per me. Anche quando eravamo all'università, ci divertivamo, sì, ma lo studio veniva sempre prima di tutto. Ma sembrava molto più rilassato allora, non così preoccupato delle aspettative di suo padre e desideroso di accontentarlo.

"La prossima settimana sarò via per qualche giorno per avviare le pratiche e preparare le presentazioni. Quando tornerò, potremo organizzare un intero weekend di uscite romantiche. Che te ne pare?" Mi bacia la testa e mi stringe a sé, cercando di tirarmi su di morale.

"Io lavoro nei fine settimana, Patrick. Come facciamo?"

"Magari puoi chiedere a quel ragazzo di sostituirti. Sono sicuro che troveremo un modo."

C'è sempre un modo per smuovere la mia vita per lui. Io mollo tutto per Patrick, e lui lo dà per scontato ormai, perché il mio lavoro non è importante quanto il suo. Lui non rinuncia mai a nulla per me. Non è giusto.

Mi giro su un fianco, sperando che si renda conto di quanto sono arrabbiata e che cerchi di risolvere la situazione, di rimediare, di rendermi felice. Ma non lo fa. Si gira a sua volta su un fianco e si addormenta nella convinzione che domani andrà meglio. Che domani mi arrenderò.

Non riesco a prendere sonno. La mia mente è in subbuglio e sento il bisogno di urlare, ma non posso. Vorrei scuotere Patrick, dirgli che deve trovare un posto concreto per me nella sua vita o me ne andrò, ma non posso.

Purtroppo, dipendo da lui dal punto di vista economico. Mi sono trasferita qui sapendo che avrei vissuto in questa casa con lui senza dover contribuire al mutuo. Mi ha dato la possibilità di restare qui e di portare avanti la mia carriera di scrittrice, di potermi finalmente concentrare su ciò che amo. Glielo devo.

So anche che se faccio una scenata non cambierà nulla. Continuerà a compiacere i pezzi grossi dell'azienda e si aspetterà che io capisca. Farebbe qualsiasi cosa per loro e per suo padre, ma farebbe lo stesso per me?

Mi alzo di soppiatto dal letto ed esco lentamente e in punta di piedi dalla camera da letto, in camicia da notte e pantaloncini di seta, per andare a prendere un bicchiere d'acqua e riordinare le idee.

La cucina è buia e silenziosa. Presumo che Hawke sia ancora fuori casa perché non vedo nessuna luce provenire da sotto la porta della sua camera da letto.

Poi lo sento.

"Sì, prendilo. Ah, cazzo, prendilo tutto."

La sua voce profonda e sforzata mi dice tutto quello che devo sapere su chi è lì dentro a prenderlo.

Sento dei rumori bagnati insieme ai suoi gemiti affannosi, e so esattamente cosa sta succedendo dietro quella porta.

Si è portato dietro una ragazza, e lei glielo sta succhiando.

"Avanti, più veloce" ordina, e quei suoni continuano, accompagnati dai suoi grugniti e dai suoi gemiti.

Non riesco a muovermi. Sono congelata sul posto, ad ascoltare questa interazione. È orribile, disgustoso, sbagliato, ma vista la mia mancanza di una vita sessuale soddisfacente al momento, è sorprendentemente erotico.

"Usa le mani."

Hawke continua a dirle cosa fare e non sembra contento, ma continuano a farlo lo stesso.

Rimango in ascolto ancora per qualche secondo, finché non lo sento venire. Lo sento venire davvero. Geme, e io immagino che stia riempiendo la bocca di quella ragazza, che le stia sparando il suo seme in gola.

Chissà che faccia ha Hawke in questo momento. Chissà se lei è contenta di essere riuscita a farlo venire.

Cosa c'è che non va in me?!

Scuoto la testa per queste curiosità sciocche e piuttosto inquietanti, prendo un bicchiere dal mobiletto e lo riempio d'acqua. Ne bevo qualche sorso, poi lo ripongo nel lavandino e torno in camera da letto.

Non sono abbastanza veloce.

Hawke apre la porta nel momento in cui vi passo

davanti. I suoi occhi catturano i miei e il suo volto assume un'espressione curiosa e confusa. Indossa un paio di pantaloni della tuta e ha la pelle madida di sudore. La sua bocca si spalanca mentre mi osserva. Deglutisco e distolgo lo sguardo, grata all'oscurità del corridoio, che maschera il mio rossore mentre torno difilata in camera da letto. La donna che era con lui viene prontamente accompagnata fuori. Alla faccia delle coccole, direi.

Che puttaniere.

La mattina dopo mi sveglio presto come sempre, pronta per la cosa che mi soddisfa più di ogni altra al mondo. Il caffè.

Con mia grande sorpresa, anche dopo il suo incontro notturno, Hawke è già in piedi, seduto al tavolo con un paio di pantaloni neri della tuta e una felpa abbinata, i capelli arruffati come se ci avesse dormito sopra quando erano ancora bagnati e il caffè che bolle nella caffettiera. Avrei dovuto immaginarlo.

Credo sia normale. I mattinieri ossessionati dal caffè. Abbiamo sicuramente questo in comune.

"Buongiorno." Parla per primo, i suoi occhi verdi scintillano mentre un piccolo ghigno si forma all'angolo delle sue labbra.

"Scommetto che lo è" commento con un atteggiamento sprezzante, alzando un sopracciglio con fare allusivo.

Sa che l'ho sentito. Deve saperlo.

"Ah, proprio così?" Ridacchia, mettendo in mostra i denti prima di mordicchiarsi l'anello al labbro.

Il suo sorriso è contagioso, e nel peggior modo possibile. Mi fa venire i brividi alla bocca dello stomaco. Sapere che sono in grado di farlo sorridere così è un gioco pericoloso che non sono pronta a giocare.

"Così come?" chiedo sarcastica.

Lui scuote la testa e si ravvia i capelli con le mani. Poso un gomito sul bancone e mi appoggio di lato con nonchalance, in attesa.

"Beh, per tua informazione, non è stato così bello."

"Ah, sì? E come mai?" Sto al gioco.

"Non ho mai dovuto faticare così tanto per venire. Certa gente non ha una cazzo di idea di quello che fa quando si tratta di sesso."

"Ah" sussurro, con la gola improvvisamente chiusa.

È più che probabile che io sia una di quelle persone. Rispetto al resto del mondo, sono praticamente considerata una puritana in materia di sesso. Non che abbia mai cercato di essere chissà quanto audace nell'esplorazione in camera da letto, ma Patrick mantiene il sesso piuttosto morigerato fra di noi.

"Pensi di essere una di quelle persone" afferma, leggendomi letteralmente nel pensiero.

Faccio uno sbuffo di scherno. "No."

Mi osserva da capo a piedi con uno sguardo carico di lussuria, gli occhi si concentrano sulle mie cosce esposte prima di proseguire lungo il mio corpo. Sembra meditare su qualcosa. "No, scommetto che sei una di quelle ninfomani represse. Le brave ragazze di solito lo sono."

Non riesco a capire se sia un complimento o se debba considerarla un'offesa. È come se riuscisse a comprendere le mie difficoltà e i miei problemi sessuali solo guardandomi negli occhi spaventati e intimiditi.

"Peccato che il vecchio Pat non riesca a tenere il passo" aggiunge, con quella sua voce suadente e un ghigno sulla faccia.

"Peccato che io non riesca a fare cosa?"

La voce di Patrick - giuliva come sempre al mattino - riempie la stanza, e io trattengo subito il fiato. Camuffo i miei occhi sgranati sbattendo più e più volte le palpebre, poi sorrido e corro da Patrick per dargli un rapido abbraccio.

"Peccato che tu non possa venire alla festa della prossima settimana. Cole ha detto che eri impegnato." Hawke si schiarisce la voce e si strofina la nuca.

"Cole? Chi è Cole?"

"Nicole" chiarisce lui, come se si fosse espresso male.

Questa è l'unica volta in cui gli concederò di

chiamarmi così.

Patrick gli lancia un'occhiata incuriosita, poi decide di lasciar correre. "Oh, sì, ti avrà informato che partirò. Starò fuori per qualche giorno."

Hawke annuisce lentamente e assottiglia lo sguardo. È chiaro che non ne abbiamo mai parlato, ma lui sta al gioco come meglio può.

Il cuore mi batte fuori dal petto. Deglutisco nervosamente, poi mi rivolgo a Patrick per cambiare argomento. "Pranzo? Vuoi un panino oggi?"

"No, mangio fuori. Magari per te, se sei in giro." Mi accarezza il naso e io arrossisco per l'imbarazzo.

Poi si china e mi dà un bacio sulle labbra, prima di stringermi a sé e di abbracciarmi davanti a Hawke.

Lancio una fugace occhiata a Hawke e mi accorgo che sta fissando intensamente un punto sul pavimento. La sua mascella è serrata, si aggrappa alla sedia della cucina al punto che gli si sono sbiancate le nocche. Sembra a disagio.

Ultimamente queste effusioni in pubblico mi stanno mettendo troppo in imbarazzo, ma non posso far capire a nessuno che mi danno fastidio. Non vorrei che qualcuno si facesse un'idea sbagliata. Sorrido a Patrick, poi mi sottraggo al suo abbraccio.

"Tornerò verso le cinque oggi pomeriggio. Perché non ci guardiamo un altro episodio di Survivor? Dobbiamo recuperare!" Mi bacia la guancia, prende le chiavi dal bancone e si dirige verso la porta. "Ti amo, angelo. Buona giornata. A dopo, Hawke!"

Survivor, il suo programma preferito che presume piaccia anche a me perché mi piace passare del tempo con lui, anche se mi fa guardare vecchi episodi di un reality show televisivo ormai obsoleto.

Sorrido ancora e faccio un leggero cenno di saluto, poi incrocio le braccia nella mia vestaglia e mi mastico il pollice mentre lo guardo andare via.

"*Survivor*?" Hawke fa uno sbuffo di scherno alle mie spalle.

Mi giro e lo affronto con un cipiglio sofferto. "Chiudi la bocca."

Ride alla mia osservazione, poi versa due tazze di caffè. Una per sé e la mia tazza preferita per me. *Se l'è ricordata?*

"Parte la settimana prossima?" mi chiede, come per fare due chiacchiere.

"Sì, per lavoro. Deve andare in Colorado, quindi... credo che starà via per qualche giorno."

"Bene." Stringe le labbra e mi guarda come se stesse aspettando qualcosa.

"Cosa?"

Si raddrizza dalla posizione in cui era bloccato. "Niente, intendevo solo dire 'buon per lui.'"

Si sta comportando in modo strano. Sta insinuando qualcosa, mi guarda in modo strano, ma non riesco a capire cosa abbia in mente. Temporeggia, guardandomi come se fossi pazza perché non ci arrivo. Ma capire Hawke e la complessità che racchiude non mi viene facile.

Afferra la sua tazza e si dirige verso il soggiorno, si sdraia sul divano e accende la TV come se lo facesse da anni.

Non posso ignorare la disinvoltura del suo look. La tuta è sempre perfetta per la sua struttura alta e statuaria. Ma non si tratta solo di questo. Sembra soddisfatto e rilassato. Il suo volto è molto più luminoso di quando si è presentato la prima volta. Sembra semplicemente... più felice.

Saranno stati tutti quei pompini a curarlo?

Mi chiama, tirandomi fuori dal mio piccolo sogno a occhi aperti. "Cole. Vieni qui. C'è Scarface."

Mi spunta un sorriso sul volto. *Ora sì che si parla la mia lingua.*

10

The Departed

Gustare un caffè mentre guardo i mafiosi che si uccidono a vicenda è diventata la mia nuova parte preferita della giornata.

È da qualche giorno che Hawke e io lo facciamo. Ogni mattina, dopo che Patrick esce per andare al lavoro, ci sistemiamo sul divano, guardiamo un nuovo film di gangster e ci godiamo qualche tazza di caffè prima che io inizi il mio lavoro di editing dal mio ufficio in camera da letto.

Dopo aver preparato le tazze, ci sediamo insieme, e ogni giorno ci avviciniamo sempre di più. All'inizio eravamo agli estremi opposti del divano, ma dopo qualche giorno e dopo esserci sentiti più a nostro agio l'uno con l'altro, ci siamo piazzati al centro. È divertente potersi godere i film e parlare liberamente di argomenti considerati scandalosi o solitamente ignorati da Patrick.

Ho anche imparato di più su Hawke e su chi è.

Ho scoperto che anche lui è cresciuto qui come Patrick. Ha frequentato il liceo con lui e tutto il resto.

Aveva intenzione di arruolarsi per diventare un Navy SEAL come suo padre, ma quando quest'ultimo è morto, si è ritrovato da solo. Ognuno dei suoi tatuaggi ha un significato profondo, il suo preferito è l'immagine di Phil Collins sulla cassa toracica. *Strano*. Si è cimentato con le droghe non solo per poter pagare le bollette, ma anche per alleviare il dolore della perdita del suo unico genitore. Anche se non si è dilungato troppo, mi ha fatto capire alcune cose. Dopo la morte del padre si è perso, si è dato alla droga e poco dopo è finito in prigione. Perché ci sia andato è ancora un mistero.

Stiamo costruendo un'amicizia unica, e ultimamente è stato bello conoscere un lato più spensierato di lui.

"Allora, hai intenzione di trovarti un lavoro o continuerai a bere caffè, a guardare film di mafia e a sfondare donne per tutto il giorno?" gli chiedo senza peli sulla lingua.

Lui ride. "Deve darti molto fastidio."

"No, ero solo curiosa di sapere se avessi... dei progetti."

Non so come altro formulare quello che sto cercando di chiedere. 'Ti rifarai una vita dopo la prigione?' non mi esce proprio dalla lingua.

"Se ti stai chiedendo cosa farò della mia vita adesso, lascia perdere" osserva. "Non ho molta scelta al riguardo."

Posa una gamba sul tavolino, si mette comodo nella sua tuta e si sporge verso di me appoggiandosi a un gomito. Non posso fare a meno di ammirare la sua lunga struttura e quel piercing che attira sempre i miei occhi sulle sue labbra. È così interessante da guardare. Non appena mi sembra di essermi imbambolata, intervengo.

"Perché dici di non avere scelta nella tua vita?"

Si arruffa i capelli con la mano. "Ci sono delle regole dopo la scarcerazione. Non puoi semplicemente tornare nella società. A breve inizierò un periodo di transizione presso una società di smistamento della posta per rientrare nel mondo del lavoro. Sono sotto sorveglianza.

Libertà vigilata. Hai presente?"

"Sì…" rispondo a bassa voce, non sapendo bene quanto voglia rivelarmi.

"Beh, sono in libertà vigilata, il che significa che ho un agente che controlla sia me che la casa stessa. Sono sicuro che Patrick ti ha detto tutto."

Niente affatto. Non posso crederci. "No, non mi ha detto nulla" ammetto.

Hawke piega la testa di lato e mi fissa con aria interdetta. Lascia cadere la gamba dal tavolino, si alza e si gira verso di me. "Non ti ha detto niente." Le parole gli escono dalla bocca come se non riuscisse a crederci.

"Niente."

"Quindi non hai idea del motivo per cui sono finito in prigione?" domanda, sollevando le sopracciglia.

"No. Stavo per cercarti su Google" confesso, con un ghigno che mi incurva le labbra.

Il suo volto si rabbuia all'istante mentre mi guarda negli occhi. Poi abbassa lo sguardo sulla coperta che ho in grembo e diventa molto serio.

"Ma non lo farò, se non vuoi…" concludo, sperando di alleviare l'improvviso disagio.

Tiene lo sguardo basso mentre mormora: "Un giorno. Un giorno scoprirai la verità, e cambierà tutto."

Le sue parole sembrano avere un peso enorme. Qualunque cosa gli sia accaduta nel passato è stata pesante. Non c'è dubbio. Eppure, ne parla come se fosse la mia vita che cambierà. Cambierà tutto? Se pensa che cambierò opinione su di lui a causa di ciò che scoprirò, si sbaglia di grosso.

"Non sono il tipo di persona che giudica su due piedi come Patrick e gli altri" borbotto, trovando il coraggio di incrociare i miei occhi con i suoi.

"Ah!" Hawke per metà ride e per metà sbuffa. "Se non ricordo male, mi hai dato del drogato il primo giorno che ci siamo incontrati."

Allungo il labbro inferiore facendo una smorfia di dolore. "Già, credo che tu abbia ragione. Okay, ti ho giudicato... e forse non avrei dovuto."

"Forse?"

"Beh, rimani comunque uno stronzo." Sogghigno, facendo sorridere anche lui. "So che quando eravamo alla baita stavi cercando di vendicarti per quella volta che ho chiamato la polizia. Non credere che non lo sappia. Inoltre, le mie supposizioni non sono del tutto infondate."

Deglutisce e sembra improvvisamente a disagio. "Non mi sarei mai spinto troppo oltre. Ti stavo solo provocando un po'."

"Aah... quindi le mie supposizioni erano corrette. Avevi un piano."

Lui alza gli occhi al cielo. "Sì, volevo sedurti, magari ottenere qualche foto e ricattarti per farmi scopare."

I miei occhi si spalancano.

"Sto scherzando. Rilassati, pazza. Non sono davvero così calcolatore. Volevo solo divertirmi con te." Si appoggia di nuovo al divano e sospira. "Avrebbe potuto essere divertente, però."

"Cosa, ricattarmi?"

La sua fronte si aggrotta, come se il ricatto fosse letteralmente l'ultima cosa che avrebbe voluto fare. "No. Scoparti."

Un sorrisetto sornione si insinua lentamente sul suo volto diabolico, facendomi sentire cose che non dovrei sentire.

Avvampo in viso e cerco di nascondere il mio rossore come meglio posso. "Puttaniere."

"Ancora a giudicarmi, vedo." Ricambia il mio ghigno.

"Credo che scoprirai che siamo più simili di quanto pensi sotto certi aspetti. Anche lei mi ha giudicato troppo in fretta, signor Hawke." Sorrido, ponendo particolare enfasi sulla 'k' del suo nome. "E per questo, lei non è migliore di me."

"Credo di cominciare a capirlo."

Mi scruta per un attimo, le parole che abbiamo appena pronunciato rimangono sospese nell'aria. Anche lui mi ha bollato nel momento stesso in cui mi ha vista. Una ragazza snob, perbenista, pettegola, nonché una fidanzatina troppo timorata di Dio. Certo, capisco come possa essere arrivato a farsi quest'idea, ma io non sono come queste persone false di cui mi sono circondata. Sono molto sensibile e mi piacciono le cose vere e autentiche. Tutti i pregi che pensavo avesse Patrick quando ci siamo conosciuti, anche se sembra che stia cambiando di giorno in giorno.

Si passa la lingua sui denti, evidentemente assorto nei suoi pensieri, mentre ci fissiamo per un attimo prima che lui volti la testa verso il film.

Faccio un bel respiro. La sua presenza a volte mi fa sentire incapace di respirare correttamente. Passa dall'essere scanzonato, a serio, a provocante, a freddo... tutto nel giro di pochi secondi.

Il film di oggi è The Departed. Ho già visto questo film, così come Hawke. A un certo punto arriviamo alla scena in cui Leo sta per fare sesso con la protagonista in cucina, sapete, quella fidanzata? *A proposito di imbarazzo.*

L'aria sembra densa intorno a noi. L'atmosfera giocosa si è smorzata, e io faccio del mio meglio per non muovermi, per non deglutire, per non respirare troppo forte. Guardiamo la scena a circa mezzo metro di distanza l'uno dall'altro sul divano. Con la coda dell'occhio, sbircio il punto in cui Hawke tiene la testa appoggiata al divano, e vedo che ha gli occhi incollati allo schermo, con le labbra appena aperte.

Mi sposto a disagio, e lui se ne accorge. La sua testa si gira verso di me, i suoi occhi mi scrutano. È una scena passionale. Una scena lussuriosa. Una scena in cui nessun personaggio riesce a contenere l'attrazione sessuale che prova per l'altro, nonostante tutti i problemi del caso e nonostante sia considerato sbagliato.

Mi mordo nervosamente l'angolo del labbro, incapace di controllare il mio respiro sempre più corto. Hawke mi sta fissando ora, sondando la mia reazione alla scena, a quanto sembra.

Giro lentamente la testa, stabilendo un contatto visivo con lui. La sua espressione è illeggibile. I suoi occhi contengono una serietà che non ho mai visto prima. Mi contempla per un attimo, poi il suo sguardo scende sulle mie labbra.

Mi si abbassano le palpebre e ogni parte di me è in stato di allerta. Mi sembra di non riuscire a respirare, mi gira la testa e ho bisogno di lasciare la cappa di pesantezza che sembra essersi posata su questa stanza.

Stringo forte gli occhi, poi mi volto di nuovo verso il televisore e mi alzo, lasciando il caffè sul tavolo davanti a me. "Dovrei proprio iniziare il mio lavoro."

Lui chiude gli occhi per un attimo, come se stesse elaborando il tutto, poi il suo viso torna freddo e si rimette a guardare la televisione, facendomi un piccolo cenno con la testa, quasi a liquidarmi.

Gli lancio un'occhiata confusa. Non capisco il suo cambiamento di rotta. Mi sta mandando tanti segnali illeggibili. O almeno, così mi sembra. Mi sto immaginando tutto? Il suo sguardo? Le vibrazioni che mi manda? Forse sto perdendo la testa.

Faccio il giro intorno al suo lato del divano e mi dirigo verso la mia stanza, con una certa frustrazione addosso, quando sento la sua voce dietro di me.

"Cole, aspetta..." dice con un tono urgente.

Mi giro dall'uscio della mia camera e lo vedo venirmi incontro a grandi passi. Mi raggiunge e poi si ferma proprio davanti a me.

"Che c'è?"

Si avvicina, e la mia schiena tocca la porta, la sua grande struttura mi sovrasta. Rimane lì, con la bocca aperta, le labbra schiuse come se stesse per dire qualcosa ma gli si fossero bloccate le parole nel petto.

Lo sguardo che mi rivolge mi fa sentire debole, come se le ginocchia stessero per cedere sotto il peso della sua presenza. Fisso quegli occhi eccentrici, quegli occhi che hanno visto cose, cose orribili che non posso nemmeno immaginare. Per qualche strana ragione, mi punta addosso quegli occhi carichi di intenzione, come se lo stesse facendo apposta, e io cado nella loro inebriante ipnosi.

"Che c'è?" La domanda mi esce di nuovo, ma più affannosa di quanto volessi.

Vorrei che dicesse quello che deve dire, o che facesse quello che stava per fare, così da poter fuggire via da questa sensazione. Ma non lo fa. Si limita a far cadere la testa in avanti contro il telaio della porta sopra di me, i capelli scompigliati premuti contro di esso mentre sospira.

La nostra vicinanza mi paralizza di nuovo. Il mio viso è accanto al suo collo. Sono pervasa dal suo profumo. Spezie legnose con un misto di sigarette e caffè. Una strana combinazione che appartiene a lui e solo a lui. Il suo avambraccio è appoggiato al telaio della porta, l'altro braccio pende lungo il fianco e il bordo della sua mano sfiora delicatamente la mia.

Mi ritrovo ad avere l'impulso di toccare la sua mano con la punta delle dita, e così faccio, aggrappandomi al bordo della sua. Dovrebbe essere un gesto insignificante, qualcosa che gli amici fanno per confortarsi a vicenda, ma sembra molto di più.

Lui inspira al contatto, poi deglutisce, il suo pomo d'Adamo che oscilla sopra di me. Abbassa la testa per guardarmi, ancora premuto contro il telaio della porta, con i capelli scarmigliati che sembrano quasi riflettere il caos che sta succedendo qui.

Le sue dita si intrecciano lentamente alle mie, il suo pollice compie dei piccoli cerchi delicati sulla mia pelle.

Che cosa succede?

Ho il desiderio di sentire le sue labbra sulle mie, la voglia di baciarlo diventa una realtà innegabile. Non mi sono mai sentita così prima. Questa smania di toccarlo, di sentire di più di lui. Mi chiedo se anche lui stia vivendo le stesse difficoltà.

"Io..." inizia, chinandosi verso di me con la bocca aperta e gli occhi puntati sulle mie labbra. "Ho-ho bisogno di una sigaretta."

Si allontana da me, flettendo la mascella mentre si volta verso la porta e si passa una mano tra i capelli. Lo sento imprecare sottovoce.

Rimango impalata lì a guardarlo andare via. C'è una verità inespressa sotto la superficie dei nostri occhi. Non riesco ancora a interpretarla, ma qualcosa dentro di me vuole continuare a provarci.

Più tardi quella sera, Patrick è tornato a casa dal lavoro e si è buttato sotto la doccia. Sono riuscita a lavorare un po' oggi, ma ho continuato a fissare fuori dalla finestra, ripensando alla scena tra Hawke e me sulla porta.

Me la tolgo dalla testa e preparo la cena per tutti. Siccome non sapevo se avrei rivisto Hawke stasera, sono sorpresa quando esce dalla sua stanza con il giubbotto appeso alla spalla proprio mentre sto apparecchiando.

Sembra che stia per uscire, ma si blocca quando mi vede.

"Vuoi un cheeseburger?" gli offro con un piccolo sorriso.

Ho bisogno di sciogliere qualsiasi tensione ci sia stata. Torniamo alla normalità. *Ho bisogno di normalità.*

Il suo viso si rilassa con un mezzo sorriso mentre appoggia il giubbotto sullo schienale della sedia. "Certo."

Ci sediamo tutti e cominciamo a mangiare mentre Patrick riempie l'aria di chiacchiere sul lavoro. Parla di contratti, di scartoffie e di questo nuovo ragazzo che hanno assunto e che pare sia un vero e proprio incubo. Hawke mangia in silenzio, alzando ogni tanto gli occhi per incrociare i miei, anche se poi torna a fissare il suo cibo quando io distolgo lo sguardo.

"Ma ovviamente vogliono che questo ragazzo venga in Colorado con me, per fare pratica. Gli hanno persino proposto di dormire con me, il che è ridicolo."

"Che c'è di male?" chiedo.

Si gira verso di me con la bocca spalancata. "Che c'è di male? Un sacco di cose. In primo luogo, dovrei poter avere una stanza tutta per me per lavorare e, in secondo luogo, non so nemmeno perché abbiamo preso questo tizio. Non fa parte della nostra congregazione, non è in linea con i nostri valori."

Non sto nemmeno a spiegare la frustrazione che sto provando in questo momento. Tutto ciò che gli esce di bocca è totalmente contraddittorio.

"Hai davvero bisogno di associarti solo a persone che appartengono alla tua religione?"

"La *nostra* religione" chiarisce. "E non credo che la nostra azienda a conduzione familiare debba assumere qualcuno che non sia parte della famiglia. La nostra società si basa sui nostri valori cattolici. È ciò per cui ci battiamo."

"Quindi, fammi capire bene. Essere cattolici significa farsela con altri cattolici. Okay, ho capito" rispondo con tono sarcastico.

"Non fare la gradassa, Nic. Sai bene quanto sia importante questo concetto per l'immagine della mia famiglia. Semmai, potresti essere più attiva in chiesa per dimostrare il tuo sostegno. Hai detto che una volta trasferita qui avresti iniziato a venire alla messa domenicale, ma non l'hai ancora mai fatto. Accidenti, sarebbe davvero il caso che lo facessi, soprattutto con tuo padre e la sua storiella."

Lascio cadere la forchetta sul tavolo, facendo volare le verdure al vapore. Mi allontano dal tavolo scuotendo la testa. Hawke alza lo sguardo dal suo hamburger, guarda me e poi Patrick.

"Ridicolo, Patrick. È ridicolo."

"La nostra fede è *ridicola*?"

"Vuoi parlare di fede? Quand'è che la Chiesa permette il sesso prematrimoniale?! O tutti i cattolici possono scegliere quali regole seguire e quali no?"

Non mi importa se sto apparendo eccessiva. Ne ho abbastanza di questi presunti valori cattolici che non sembrano poi così cristiani.

"Nicole, abbassa la voce" mi ammonisce Patrick con tono severo.

Mi alzo dalla sedia, lo guardo e punto il dito nella sua direzione. "Non chiamarmi così."

Mi volto e mi allontano dai ragazzi per andare in bagno.

Non li sopporto proprio. Tutti questi discorsi sulla religione, la falsità della loro famiglia, e poi, come se non bastasse, in chiusura tira pure fuori i problemi della mia famiglia incasinata. Che colpo basso.

Mi spoglio dei miei vestiti, frustrata per questo continuo conflitto tra noi che non riusciamo a risolvere. Entro sotto la doccia e lascio che l'acqua calda si mescoli alle lacrime che già mi rigano il viso.

Piango in silenzio, sentendomi intrappolata in una situazione che sfugge al mio controllo, finché le lacrime non si asciugano e l'acqua è l'unica cosa che rimane per ripulirmi da questa serata.

11

Il viaggio

Dopo che sono uscita dalla doccia, mi avvolgo nella mia vestaglia di seta e mi dirigo in camera da letto per indossare qualcosa di comodo prima di andare a letto. Avevo bisogno di un momento di pausa per sbollire. Se fossi rimasta a tavola, chissà cosa mi sarebbe uscito di bocca.

Quando entro nella stanza, trovo Patrick seduto sul bordo del materasso, ad aspettarmi con la testa tra le mani. Appena mi sente, alza lo sguardo, con un'espressione dolce sul viso.

Si alza e mi viene incontro, scuotendo la testa. "Nic, mi dispiace. Mi dispiace tanto."

Mi abbraccia, mentre io rimango immobile, aggrappandomi alla mia rabbia, incapace di lasciarla andare.

"Ho detto delle cose orribili. È stata una settimana molto faticosa, sono oberato di lavoro e sotto stress, e quello che ho detto era fuori luogo. Ho esagerato. Quelle parole non avrebbero mai dovuto uscirmi di bocca. Mi sento uno schifo." Sospira e scuote di nuovo la testa. "Ti chiedo scusa per averti ferito."

Sembra sincero. È evidente dal rossore dei suoi occhi. Non è da Patrick comportarsi così. Non mi aveva mai parlato in questo modo. In tutta onestà, eravamo la coppia che tutti ammiravano al college. Non litigavamo mai, non c'erano drammi fra di noi come quelli delle altre coppie che ci circondavano. La gente ha sempre preso la nostra relazione a modello. Ma che ne è stato di noi?

Per quanto voglia serbargli rancore, domani partirà per due notti, e io finirò per pentirmi di aver mantenuto il punto più a lungo del dovuto. So che è davvero mortificato, ma deve capire che quello che ha detto non sta né in cielo né in terra.

"Non va bene. Non puoi usare mio padre contro di me in questo modo. Fa male, Patrick. Lo sai."

"Lo so Nic, Dio, mi dispiace da morire." Mi prende il viso fra le mani e sfiora le mie labbra con le sue. "Sei molto importante per me."

Preme le sue labbra sulle mie in un tenero bacio, e io mi stacco da lui. "Sono solo molto stanca."

Mi prende le mani, mi porta sul letto e mi aiuta a mettermi sotto le coperte. Poi mi avvolge con un braccio, mi tira di nuovo a sé e mi sussurra all'orecchio: "Ti amo, Nic."

"Anch'io ti amo" mormoro, ma sento ancora il dolore delle sue parole. Mi dissemina il collo e la mascella di baci, mi riempie d'amore per fare ammenda, ma al momento non funziona. Sono ferita.

Dopo essermi addormentata in quella stessa posizione con Patrick, mi risveglio in una stanza buia. Controllo l'orologio e vedo che sono circa le due del mattino. Mi rendo conto di aver lasciato fuori tutti gli hamburger e i contorni che avevo preparato per cena e, conoscendo gli uomini, probabilmente sono ancora tutti sul bancone a marcire.

Mi infilo di nuovo la vestaglia, la allaccio sopra la biancheria e la canottiera e mi avvio in cucina. Non appena apro la porta, scorgo una luce provenire dalla cucina. Quando mi avvicino al tavolo, le mie labbra si curvano automaticamente in un leggero sorriso.

"Tu."

Hawke si volta verso di me dal lavandino, con le sopracciglia sollevate per la sorpresa nel sentire la mia voce. Il modo in cui la sua fronte si corruga e i capelli gli cadono negli occhi quando mi guarda mi provoca uno strano formicolio alla bocca dello stomaco.

"Oh, ehi. Pensavo che stessi dormendo" dice dolcemente. Mette la pentola a scolare il più silenziosamente possibile e poi si asciuga le mani con lo straccio che porta appeso sulla spalla tatuata.

Stava lavando i piatti.

Deve essersi appena fatto una doccia perché i suoi capelli sono lucidissimi, come se fossero mezzi asciutti, e indossa un nuovo paio di pantaloni grigi della tuta che gli pendono dai fianchi. Potrei contare ogni linea e ogni solco del suo addome con la luce della cucina che mette in risalto i muscoli intagliati dall'alto. È pazzesco.

"Stavo, volevo solo…" balbetto. "Con tutto quello che è successo mi sono dimenticato del cibo."

"Stai bene?" chiede di getto, come se volesse domandarmelo da tempo.

"Io... sì... sto bene." Sospiro. "Mi dispiace di aver rovinato la cena."

"Non hai rovinato niente."

Rimango un attimo in silenzio a osservare il suo viso preoccupato. I suoi occhi verdi sembrano più scuri al chiaro di luna. Non l'avrei mai preso per un tipo sensibile ed empatico, eppure eccolo qui a sorprendermi di nuovo. Ho giudicato questo libro dalla copertina troppo presto.

"Grazie. E grazie per aver pulito." Faccio un sorriso di apprezzamento.

"Ma figurati" mi liquida e va a sedersi sulla sedia dall'altra parte del tavolo. "Allora, avete fatto pace? Lo hai fatto peccare di nuovo?"

Il suo volto è serio, ma poi scoppia in una sonora

risata di gusto e si mette una mano sulle labbra per reprimerla.

"Chiudi la bocca." Rido insieme a lui e appoggio la testa sulla mano.

"Onestamente, è stata la stronzata più divertente che abbia sentito da molto tempo a questa parte. Tu non ti sei trattenuta e, a dire il vero, avevi tutte le ragioni. È solo che non ho mai visto nessuno prenderlo di faccia così." Mi guarda con le sopracciglia alzate, come se fosse sinceramente colpito.

Appoggio i gomiti sul tavolo e tengo la testa alta mentre lo ascolto.

"Mi chiedo solo..." tentenna, quasi incerto se finire la frase.

Sento di sapere cosa sta per dire e le domande che vorrebbe fare. Perché stiamo insieme? Come mi trovo con lui? Con la sua famiglia? Ma non ho le risposte.

"A volte è difficile per me... avere a che fare con la famiglia e le aspettative…" Non aggiungo altro, perché mi rendo conto di aver detto troppo.

Non voglio mancare di rispetto alla sua famiglia parlando male di loro con Hawke, che ancora conosco appena.

"Ehi." Allunga la mano dall'altra parte del tavolo e afferra la mia. Il semplice gesto e la morbidezza delle sue lunghe dita sulle mie mi fanno svolazzare le farfalle all'istante nello stomaco ora in subbuglio. "È normale."

È come se riuscisse a leggermi nel pensiero. Mi guarda dentro, percepisce l'esitazione che ho nel cuore. Mi sta permettendo di essere aperta e di entrare in contatto con le mie emozioni. Di essere onesta con me stessa. Una cosa che non facevo da tempo. Ma è troppo per me. Non sono pronta.

Sorrido nervosamente, poi allontano pian piano la mano. "Grazie. Lo apprezzo molto. Dovrei..." Mi schiarisco la voce. "Tornare a letto. Devo alzarmi presto per accompagnarlo all'aeroporto."

Hawke osserva per un attimo le nostre mani separate

sul tavolo. Infine, annuisce e si alza, con la voce appena sopra un sussurro. "Sì, certo."

Torno verso la camera da letto, ma mi fermo quando arrivo alla porta, con la mano sul telaio. La picchietto leggermente con le dita, ricordando quando Hawke era appoggiato sopra di me con quello sguardo negli occhi. Quello sguardo carico di bisogno. Quello sguardo colmo di consapevolezza. La consapevolezza che non si può più tornare indietro.

Mi volto verso di lui, per dargli la buonanotte, per ringraziarlo ancora, per guardarlo negli occhi e provare quello che provo quando mi guarda. Ma quando mi volto, lui non c'è più.

Il mattino dopo, dopo essermi messa in macchina con Patrick per portarlo l'aeroporto ed essermi sentita dire altre frasi del tipo: 'Mi dispiace' e 'ti chiamerò in continuazione,' lui sale sull'aereo per il Colorado e io me ne torno a casa. Mi sento vuota dentro. Bloccata in un momento. È una sensazione strana che non riesco a spiegare.

Quando rincaso, regna il silenzio. Non so cosa mi aspettassi, ma forse speravo di trovare Hawke in piedi in cucina, in tuta, a prepararci un caffè in attesa che iniziasse The Irishmen su Netflix. Ma non c'è. Questa casa non potrebbe essere più silenziosa, più solitaria. Decido di tornare a letto per un po', raggomitolarmi e cercare di dimenticare tutto e tutti.

Quando mi sveglio qualche ora dopo, sento l'odore del caffè che filtra dalla cucina. Mi sento eccitata all'idea che lui possa essere là fuori. *Forse è tornato.* Vado in bagno e mi lavo di nuovo i denti, sistemo il mio aspetto trasandato e mi faccio uno chignon disordinato. Sebbene non sia uno schianto, non sono proprio da buttare via e mi sento abbastanza carina per farmi vedere.

Appena entro in cucina, mi guardo intorno per cercarlo. Noto la caffettiera e un piccolo pezzo di carta strappato accanto ad essa. Un biglietto con le sue parole scarabocchiate sopra.

Per te. Ci vediamo dopo.

Resto accigliata per un po' di fronte al biglietto. Non posso mentire a me stessa. C'era un briciolo di emozione nel sapere che oggi avrei potuto passare del tempo con il mio nuovo amico, guardare dei film, magari ordinare del cibo da asporto mentre lavoravo. L'impossibilità di stare con Hawke mi fa capire quanto mi piaccia davvero la sua compagnia. Soprattutto ora che abbiamo un po' di libertà per rilassarci.

Lui mi fa sentire bene con me stessa in un modo completamente nuovo. Posso essere esattamente chi sono senza preoccuparmi di dire la cosa sbagliata o di sembrare un'idiota. Non è assolutamente uno che spara sentenze, soprattutto perché anche lui ha attraversato momenti difficili. Ha una mentalità più aperta di Patrick, il che rende la conversazione con lui deliziosamente interessante.

Ci vediamo dopo? Mi chiedo quando. Oggi pomeriggio? Stasera? Mi secca un po' non saperlo per certo. Decido di non pensarci, prendo il delizioso caffè e mi metto a lavorare sull'editing che debbo fare oggi. Per mia fortuna, amo il mio lavoro e, quando sono sinceramente interessata, vengo risucchiata da storie che mi portano in luoghi sconosciuti per ore e ore.

Verso l'ora di cena, la casa è ancora immersa nel silenzio. Ho mandato un messaggio a Patrick nel pomeriggio, chiedendogli se fosse arrivato sano e salvo, ma non mi ha risposto. Mi aveva promesso che mi avrebbe mandato un messaggio, che avremmo fatto una videochiamata su FaceTime o che so io, ma non ho ancora avuto notizie.

Dopo aver inviato il mio lavoro e aver preparato una zuppa per cena, accetto il fatto che probabilmente non avrò notizie di nessuno dei due stasera. Mi accomodo sul divano per guardare le repliche di una delle mie commedie preferite quando sento un rumore alla porta.

La porta cigola e trema, finché non sento un forte botto contro di essa, seguito da una sorta di strascico. Il mio battito cardiaco sale alle stelle e il respiro mi si blocca nel petto. Mi alzo e faccio il giro del divano per sbirciare dallo spioncino, ma non vedo altro che due gambe che sembrano spuntare dal fondo della porta e due stivali neri da combattimento fin troppo familiari.

Faccio un bel respiro e apro la porta, e Hawke si accascia all'indietro su di me.

"Cazzo" borbotta.

"Hawke? Che diavolo stai facendo?!" grido, prendendolo da sotto le braccia.

È come un peso morto. Puzza di alcol e di una combinazione di altre sostanze. È chiaro che è sballato. Ricordo vagamente che ha detto a Kid che al momento non può essere sorpreso a drogarsi. Potrebbe essere rispedito in prigione. Devo portarlo in casa.

"Cole" geme di nuovo. "Non volevo che tu..."

"Sss, forza. Entriamo."

Con il suo aiuto, lo trascino con successo in casa e lo stendo sul divano.

"Che cosa hai combinato?! Sei ubriaco? Di che cosa ti sei fatto?" gli chiedo con legittima preoccupazione.

"Tu... va' in camera tua" farfuglia, passandosi le mani sul viso.

La maglietta nera gli sale sull'addome e scorgo il tatuaggio che dice: 'Ogni santo ha un passato, ogni peccatore ha un futuro' proprio sopra il bacino. I jeans scuri strappati gli penzolano intorno alla vita sottile, gli stivali pesanti sono quasi tutti slacciati e i capelli in disordine.

"Cosa? No."

"Vai in camera tua, Cole!" tuona, fissandomi con gli occhi iniettati di sangue.

"No" ribatto.

Lui getta la testa all'indietro contro il divano, rinunciando a combattere, poiché evidentemente non è nello stato psicologico giusto per tentare di vincere questa battaglia.

Vado in cucina, riempio un grande bicchiere di acqua

ghiacciata e glielo porgo prima di prendere una pizza surgelata e metterla in forno.

Prende l'acqua con riluttanza e si scola tutto il bicchiere davanti a me. Ascolto il tintinnio del suo labbro che colpisce il bicchiere, guardo la sua gola che si muove e il suo pomo d'Adamo che oscilla mentre inghiotte tutto. Si stacca il bicchiere vuoto dalla bocca, e l'acqua gli resta aggrappata alle labbra come se adorasse trovarsi in quel posto. Hawke non si accorge nemmeno che lo sto palesemente mangiando con gli occhi.

"Patrick è a Denver?" domando, fissando il muro come se stesse cercando di concentrarsi.

"Non lo so, credo di sì." Faccio spallucce.

"Non ti ha chiamato?" I suoi occhi si stringono in due fessure traboccanti di disgusto.

Scuoto la testa. Lui fa uno sbuffo di scherno, poi alza gli occhi al cielo.

Sono sicura che la mia relazione con Patrick è una vera e propria barzelletta per lui. Non sembra il tipo di persona disposta a impegnarsi con una persona sola. Che divertimento c'è nel sesso blando e nei litigi occasionali? Ma ne vale la pena per l'amore che Hawke non vede, è in nome della fiducia che si sopporta una relazione. Giusto?

Quando la pizza è pronta, la metto in un piatto e gliela porto sul divano su cui è ancora sdraiato.

"Non c'era bisogno che ti disturbassi" commenta lui, che sembra ancora scombussolato e mi sbircia attraverso le lunghe ciglia con gli occhi rossi come non mai.

"Chiudi quella bocca e mangia" rispondo, poi sogghigno, perché era una frase troppo bella da dire.

"Accidenti. Chi sei?" Mi guarda con le sopracciglia alzate, poi sfoggia un sorrisetto pigro e prende la pizza dalle mie mani.

Mentre mangia, gli verso altra acqua.

"Grazie" mormora.

"Allora, vuoi spiegarmi perché sei uscito per andare a bere?" domando con tono pieno di umorismo.

"No."

"Ah, lo immaginavo. Sei uno sconsiderato. Un vero guaio" lo sfotto, sedendomi accanto a lui.

Prenderlo in giro sta a poco a poco diventando il mio nuovo passatempo preferito. Adoro il nostro scambio di battute.

Si appoggia di nuovo con la schiena al divano, si lecca le labbra e poi mi guarda senza alcuna traccia di umorismo nei suoi occhi socchiusi. "Non ne hai un'idea."

Trattengo il fiato. All'improvviso mi sento le fauci aride come il deserto.

"Ti prendo una coperta."

Recupero una coperta dal cesto vicino alla TV, supponendo che probabilmente crollerà dal sonno lì dove si trova. Gliela porgo con un piccolo sorriso. Lui guarda la coperta, poi me, poi la afferra con la mano. La stessa mano con il falco nero sul dorso. La stessa mano con gli anelli neri che completano il suo look da duro. La stessa mano che urla mascolinità nella sua forma grande e ruvida.

Dopo averla presa, afferra la mia mano tesa. Stringe gli occhi, come se stesse lottando contro quello che sta per dire. "Resta."

Quell'unica parola che gli esce dalla bocca è un comando, non una richiesta. L'unica parola che significa più della definizione stessa. La parola che porta con sé un peso. Un peso che sto scoprendo di voler portare.

Riapre gli occhi arrossati, con le labbra appena dischiuse, prima di togliersi gli stivali e sdraiarsi con noncuranza. Solleva la coperta per farmi sdraiare accanto a lui. Esito per un attimo, incerta se sia o meno una buona idea. So che non lo è, ma trovo ogni scusa per convincermi del contrario. Sono solo coccole, è solo il divano, è solo un amico. Che male c'è?

Mi sdraio accanto a lui, con la schiena appoggiata al suo petto, mentre lui sistema un cuscino sotto il mio collo per sostenermi la testa. È così caldo, eppure così duro contro di me. Il suo lungo braccio mi avvolge e mi stringe a sé mentre aggiusta la sua posizione, adattandosi perfettamente a me. Mi annusa e poi sospira mentre scivola lentamente nel sonno. È una sensazione di gran lunga più piacevole di quanto dovrebbe essere, e non so come affrontarla. Mi sto abbandonando a lui, in modo graduale ma inesorabile.

Vado alla deriva in un luogo nuovo. Un luogo che mi terrorizza ma che al tempo stesso mi dà conforto, in un modo incredibilmente naturale ancorché pieno di insidie. Sto superando un confine che non dovrebbe essere superato, ma non posso fare a meno di avvicinarmi sempre di più a quella distruzione appagante che bramo con tutta me stessa.

12

La festa è qui

Il giorno dopo, seduta alla mia scrivania, respiro profondamente e mi tranquillizzo prima di chiamare Patrick.

Mentre il telefono squilla contro il mio orecchio, mi tornano in mente le braccia di Hawke, che mi circondavano e mi tenevano stretta contro la sua solida e calda struttura.

Il telefono continua a squillare, e a me sovviene il modo in cui le nostre gambe erano intrecciate, la mia coscia appoggiata sulla sua, mentre con una mano mi teneva la schiena e con l'altra mi avvolgeva dietro il collo.

Il telefono squilla ancora, e io ricordo il suono del suo cuore che batteva sotto di me, la mia guancia posata sul suo petto, e l'odore di menta e muschio - il dolce profumo di lui.

Il telefono squilla, e sento la voce del mio ragazzo che mi tira fuori dai miei ricordi notturni.

"Nic, ehi, baby! Mi dispiace tanto di non averti chiamata."

"Patrick." Scuoto la testa per liberarmi dei miei pensieri. "Stai bene? Sei arrivato, tutto a posto? Ero preoccupata" dico, facendo rotolare una matita tra le dita sulla scrivania.

"Sì. I ragazzi volevano fare un giro in centro, così abbiamo cenato e poi siamo usciti a bere qualcosa."

"Ah..."

Ma non poteva farmi uno squillo o mandarmi un messaggio almeno per comunicarmelo? Sto cercando di non essere quel tipo di ragazza. Quella che si risente con un maschio perché si comporta da maschio, ma ultimamente sta diventando un po' complesso.

Restiamo al telefono ancora per qualche minuto, lui mi racconta che l'hotel è fantastico e che alla fine è riuscito a prendere una stanza tutta per sé. Mi parla dei suoi piani per la giornata e del lavoro che lo aspetta. Sembra eccitato e pieno di energia, e sono davvero felice per lui. Chiudiamo il telefono con la promessa che mi chiamerà più tardi - una promessa che spero mantenga davvero.

Quando entro nella doccia, i ricordi tornano a galla. Mentre mi lavo il corpo con le mani, ripenso alle mani di Hawke su di me. Non dovrei farlo. Non so cosa mi prenda. Immagino le sue mani che esplorano le mie curve, che mi avvolgono il collo, che mi stringono i seni.

No. Riprenditi, Nic. È che mi sento sola.

Chiudo l'acqua e mi vesto. Devo lasciare questa casa mentre Hawke è ancora addormentato, così non dovrò affrontare di nuovo l'imbarazzo per le coccole che ci siamo fatti. Indosso un maglioncino molto carino che mi lascia scoperte le spalle, mi infilo dei jeans strappati che abbracciano le mie curve e un paio di stivaletti marroni con un bel tacco.

Mi guardo allo specchio prima di andare, con i capelli sciolti che mi scendono lungo la schiena. Mi sento bene.

Sgattaiolo in salotto e passo davanti a Hawke ancora sul divano. Sta dormendo così serenamente. Lo osservo per un momento, riflettendo se andarmene. Considero l'idea di accoccolarmi di nuovo a lui, di continuare questa ricerca del desiderio, ma scelgo di non farlo. Decido invece che è meglio andarsene. Cerco di dirigermi verso la porta senza fare rumore. Grazie al cielo, ci riesco.

Dopo aver fatto shopping per svagarmi in qualche negozio diverso per un paio d'ore, compro una bottiglia di vino di cui ho un gran bisogno e un po' di cibo per la settimana. Credo di avergli dato abbastanza tempo per alzarsi, così torno verso casa.

Per mia fortuna, quando arrivo se n'è già andato. Nessuna conversazione imbarazzante. Menomale.

Più tardi, quella sera, mi sto preparando gli spaghetti quando sento squillare il telefono. Corro entusiasta verso il cellulare, vedo che è Patrick che mi chiama e rispondo subito.

"Ehi!" esordisco.

Niente.

"Patrick? Pronto?"

Sento un forte brusio in sottofondo, come se stesse cenando da qualche parte. Poi sento delle voci soffocate che parlano. *Mi ha chiamata per sbaglio.* Ascolto attentamente, cercando di captare qualcosa, quando sento il mio nome.

"Nic... trasferirsi… vabbè."

Frustrata, riattacco e provo a richiamarlo, ma non risponde.

Nic. Trasferirsi. Vabbè.

Non mi suona per niente bene.

Stappo la bottiglia di vino, me ne verso un bicchiere enorme e decido di seguire una dieta liquida stasera, quando il mio telefono squilla sul tavolo.

"Patrick."

"Ehi, angelo! Scusa, ho perso la tua chiamata. Stiamo cenando da Toruni's. Stavo proprio per telefonarti."

Certo.

"Dov'è che mi devo trasferire?" chiedo senza giri di parole.

Voglio andare a fondo della questione. Si sta

comportando in modo strano.

"Cosa?"

"Patrick, ti ho sentito un minuto fa. Dove mi devo trasferire?!"

"Non avrei davvero voluto affrontare l'argomento con te in questo frangente. Possiamo parlarne al mio ritorno?"

"Ti prego, Patrick, dimmelo e basta" imploro, sentendo la mia agitazione che mi surriscalda il viso. "Non si può aspettare."

Sbuffa, chiaramente incerto se dirmelo o meno.

"Ho ricevuto un'offerta di lavoro dalla compagnia del luogo. Gli piaccio molto, e comporterebbe un notevole aumento di stipendio."

"Pensavo che facessi solo affari con loro. Non dovevate firmare dei contratti? Che cosa è successo?"

"Ne parliamo quando torno" ribadisce, congedandomi. "Stiamo per finire di cenare e poi usciamo."

"Fuori? Di nuovo?"

"Sono affari, Nic" sbotta. "Stai avendo un atteggiamento un po' ridicolo."

Io sto avendo un atteggiamento un po' ridicolo, eppure lui sta potenzialmente accettando un lavoro in un nuovo Stato, sta pianificando un trasloco senza prima discuterne con me, fa festa tutte le sere da quando è lì, non mi chiama, e ha commentato 'vabbè' quando si è trattato di affrontare la questione.

Ma io secondo lui dovrei fare quello che fanno le donne della loro famiglia e cucirmi la bocca. Gli uomini gestiscono gli affari di famiglia e le donne non hanno alcuna voce in capitolo. Se ne stanno sedute e fanno di sì con la loro bella testolina. Ho davvero intenzione di intrappolarmi in questa situazione per il resto della mia vita?

Dopo aver concluso il nostro breve litigio, riattacchiamo con la promessa di risentirci domattina. Getto il telefono sul tavolino, poi prendo il mio enorme bicchiere di vino e lo tracanno. Più di ogni altra cosa voglio alleviare questo dolore lancinante e questa sensazione di solitudine.

Sento la porta d'ingresso aprirsi e il mio battito cardiaco aumenta istantaneamente. Mi volto e vedo Hawke che entra trafelato, con gli stivali e il giubbotto ancora addosso. Si dirige verso la mia camera da letto e vi scruta dentro, chiaramente cercando me, prima che i suoi occhi incontrino i miei sul divano.

Sono sicura di avere un aspetto fantastico, con tutti gli occhi gonfi per le stupide lacrime che hanno deciso di colarmi sul viso dopo la telefonata con Patrick, seduta nella stanza in penombra e con la televisione spenta, la bottiglia di vino in mezzo alle cosce e il calice in mano. Non so nemmeno più perché sto usando il bicchiere ormai.

"Oh, ehi. Non ho visto la TV accesa. Pensavo che non ci fossi."

"Già" rispondo, alzando il calice di vino.

Hawke viene verso di me con un sorriso dubbioso sul volto. "Stai bene?"

"Mai stata meglio."

Mi guarda con aria interrogativa mentre io contemplo il fondo del mio bicchiere di vino e poi lo svuoto.

"Cos'è successo, Cole?" mi chiede in tono severo.

Scuoto la testa, ammirando il lucidalabbra sbavato sul bordo del bicchiere. "Niente, e non mi va di parlarne."

Mi fissa per un attimo, e vedo la sua mascella flettersi prima di cedere alla mia affermazione e annuire.

"Allora, potrà sembrare un po' strano, ma..."

Parla con una certa esitazione, quindi so che probabilmente c'è una ragazza che sta aspettando nella sua macchina per essere scopata a dovere.

"Va bene, Hawke, puoi scoparti chi vuoi quando vuoi."

Le sue sopracciglia si alzano, poi si increspano prima che si lasci scappare una risatina secca e si strofini la nuca.

"No, volevo dirti che Kid si domandava se potessimo venire a stare qui stasera."

Accidenti. Sono proprio un'idiota. È colpa del vino.

"Mi sono detto che visto che Patrick è fuori..." si interrompe. "Ho detto a Kid che avrei chiesto prima a te, ovviamente."

"Oh, certo." Mi alzo. "Sì, tranquillo, me ne vado-"

"No, resta" mi chiede, e io mi siedo di nuovo.

Perché lo sto a sentire come un dannato cagnolino?

Kid piomba in casa con una grossa busta piena di quelle che sembrano bottiglie dal tintinnio che fanno insieme e una brunetta minuta con un taglio a caschetto dietro di lui. "La festa è qui!"

Hawke gli lancia un'occhiata interdetta, poi sogghigna e alza gli occhi al cielo mentre lui e una ragazza entrano.

Mi presento a Marion, che ho scoperto ha la mia età, lavora in un locale nella città vicina, forse fa la spogliarellista e poco ma sicuro non sta con Kid. *Parole sue.*

Ho come l'impressione che Kid è convinto che forse starà con lui dopo stasera, ma dal modo in cui lei occhieggia Hawke dalla testa ai piedi, penso che abbia altri piani.

Ci mettiamo intorno al tavolo della cucina e facciamo qualche gioco di bevute. Decidiamo di giocare a Picche, visto che siamo solo noi quattro, ma in breve tempo il gioco si fa movimentato e i drink scorrono a fiumi. Kid e Marion sono costretti a bere diversi shot perché Hawke e io li stiamo massacrando.

Hawke e io siamo seduti uno di fronte all'altra, e ogni volta che i nostri occhi si incrociano, sento di nuovo quel piccolo brivido. Quel fremito micidiale che mi fa venire voglia di intossicarmi le viscere con altro vino e di dimenticare perché mi sento così con lui.

Non aiuta il fatto che siamo partner di gioco e che stiamo sfruttando le nostre espressioni per vincere. I sorrisi maliziosi, i morsi sulle labbra, la lingua all'angolo della bocca sono tutti 'segnali' con cui cerchiamo di comunicare per continuare a vincere con l'imbroglio.

Dopo un'altra vittoria, ci allontaniamo dal tavolo e ci avventuriamo in salotto. Hawke mette un po' di musica sul televisore per ascoltarla attraverso il sistema di altoparlanti surround, e Marion si dirige verso di lui. Si accomoda sul divano, appoggia le gambe su quelle di Hawke e la sento chiedergli dei suoi tatuaggi.

Metto a posto la cucina, poi mi verso un altro bicchiere di vino.

Mi dà fastidio. Guardarli.

Marion gli passa un dito sulla mascella, poi gli sfiora le labbra e gli tocca il piercing. Hawke si siede all'indietro sul cuscino imbottito e la afferra quando lei gli si mette in grembo.

"E io che pensavo di piacerle." Kid alza le spalle, si appoggia al bancone accanto a me e li fissa con le braccia conserte.

Lo compatisco con una piccola scrollata di spalle, poi continuo a guardarli.

"Capita spesso?" Mi volto verso di lui con un sorrisetto affranto.

"Sempre. Questo stronzo se le prende tutte." Kid ridacchia, evidentemente non così ferito per la faccenda. "Non ho di che prendermela. Si è perso cinque anni di questa vita. Deve recuperare."

Cinque anni?

Mi volto verso Marion, che sta sghignazzando, e mi avvicino ancora di più a Hawke mentre mi prendo mentalmente a calci per aver provato gli stupidi sentimenti che ho provato negli ultimi giorni.

È così che si comporta Hawke. E spesso. Come ho potuto pensare anche solo per un momento che gli sguardi che ci siamo scambiati fossero qualcosa di più di un preliminare per entrare nelle mie mutande?

Guardo Marion che gli morde l'orecchio e ci gioca, poi ridacchia e si mette a cavalcioni sulle sue ginocchia. Hawke le stringe il sedere con tutt'e due le mani mentre

Marion si allunga con le braccia sullo schienale del divano. E poi lo bacia.

Non dovrebbe darmi fastidio. L'ho già visto baciarsi con altre donne in passato. La ragazza vicino alla porta. L'ho sentito farsi fare un pompino, per la miseria! Ma assistere a questa scena ha appena delegittimato qualsiasi tipo di legame che pensavo potessimo avere. Per quanto mi senta improvvisamente a disagio, sono felice che sia successo. Ci voleva qualcosa che fermasse me e la mia testa incasinata dal cercare troppe dietrologie in questa... lussuria.

Hawke si stacca dal bacio di Marion, che gli succhia il labbro inferiore. Gli bacia anche il collo prima che lui si giri e guardi nella nostra direzione. Si accorge che Kid e io siamo uno accanto all'altra e sposta lo sguardo verso di lui. Il suo volto passa da giocoso a un'espressione illeggibile.

Bevo un altro sorso indispensabile del mio vino, ormai vuoto, e rabbocco il bicchiere.

Hawke sposta educatamente Marion di lato per potersi alzare. Passa dal soggiorno alla cucina e viene a pararsi davanti a noi con le sopracciglia abbassate e le gambe appena divaricate.

"Kid, aria. Ti ho già detto che-"

"Ha un ragazzo, sì, sì... lo so, ma cazzo, è sexy e sola. Cosa dovrei fare?"

Sento il calore che mi sale sul collo e sul viso. Non sono sexy, ma di sicuro mi sento sola.

"Sta benone" ribatte Hawke in fretta, liquidandolo.

"Di cosa stiamo parlando qui?" Marion si unisce a noi in cucina e allunga un braccio attorno a Hawke, facendomi involontariamente corrucciare.

"Di niente" risponde Hawke bruscamente.

"Beh, ho portato la 'ragazza bianca'." Marion si dirige verso il tavolo. "Chi vuole una striscia?"

Mentre cerco di capire a cosa si riferisca, lei tira fuori un sacchetto con una polvere bianca. Sta per sniffare una striscia di cocaina dal vecchio tavolo da pranzo della famiglia di Patrick. L'ironia mi fa quasi ridere di gusto.

Le mie sopracciglia scattano all'insù, ma non dico nulla. Kid la raggiunge eccitato al tavolo e Hawke li guarda con gli occhi socchiusi mentre la sua mascella si flette.

"Portate quella merda fuori di qui" sibila con un tono profondo e minaccioso.

"Oh, forza! Mettiamo un po' di pepe. Ragazza di chiesa, prova. Magari ti scioglierai un po'!" esclama Marion, supponendo che Hawke l'abbia detto a causa mia.

"Ma sei seria, cazzo?! Portate quella merda fuori da questa casa. Anzi, tutti e due, andatevene!" tuona Hawke, ed entrambi girano di scatto la testa verso di lui.

È arrabbiato. Davvero *furioso*.

"Gesù, pensavo che fossimo qui per divertirci" geme Marion, rimettendo tutto via.

"Fanculo. Andate alla baita. Lì potete fare quello o chi diavolo vi pare" risponde lui, andando verso la porta e spalancandola.

"Abbiamo bevuto, amico. Non posso guidare" spiega Kid.

"Cazzo." Hawke si passa le mani tra i capelli. "Vi accompagno io e ti riporto la macchina domani."

Kid acconsente, mentre lui e Marion prendono le loro cose e si dirigono verso la porta. Kid mi fa un saluto amichevole accompagnato dal suo adorabile sorrisetto sghembo. Hawke mi raggiunge in cucina. Si sofferma per un attimo, battendo il dito sul bancone.

"Torno subito" sussurra.

Annuisco e mi sfrego le labbra, sentendomi in imbarazzo per l'intera situazione.

"Stai bene?" mi chiede, avvicinandosi di più a me, con una premura evidente nei suoi occhi verdi e blu.

Inspiro il suo profumo e lo sguardo mi cade sulle sue labbra, ma lo riporto bruscamente ai suoi occhi. Quelle labbra che Marion ha appena incollato alle proprie. So che è questo che intende quando mi chiede se sto bene. Sa che l'ho visto, ma teme che mi abbia turbato. Odio che sia stato proprio così.

"Sì, ho ancora mezza bottiglia di vino da qualche parte nel frigorifero, quindi sono a posto" biascico come un imbecille, pur cercando di sembrare disinvolta.

Lui mi regala il suo sorrisetto sexy, con i capelli che gli cadono negli occhi. "D'accordo, bene. Aspettami."

Aspettarlo? Che cosa significa?

Corrugo la fronte. "No, Hawke, ho solo-"

Si china, mi afferra dolcemente il polso e mi guarda con occhi duri. "Aspettami."

Non dico nulla mentre lo guardo andar via con Kid e Marion. Afferro la bottiglia aperta che si era nascosta in fondo al frigorifero e mi siedo sul pavimento della cucina, con la schiena contro i mobili. Bevo un abbondante sorso di vino e lascio che mi riscaldi.

Non so cosa significhi 'aspettami,' ma ho il sentore che lo farò.

13

Sono gli errori che ci forgiano

Ci sono ufficialmente riuscita.

Sono riuscita a ubriacarmi a dovere mentre aspettavo il ritorno di Hawke. Probabilmente ha trovato qualche ragazza alla baita e se la sta sbattendo fino all'oblio. Non so perché abbia accettato di aspettarlo. Che senso ha? Che cosa sto aspettando esattamente?

Crollo sul divano dopo essermi cambiata con una canottiera e un paio di pantaloncini più comodi. Prendo il telefono e controllo se Patrick ha provato a chiamarmi. Ormai è tardi, ma presumo sia ancora sveglio se sono usciti dopo cena.

Nessuna chiamata. Nessun messaggio.

Così, lo chiamo io. Sono abbastanza brilla per dirgli come la penso, motivo per cui aspetto che squilli. Squilla e squilla e squilla. Non risponde.

Riaggancio e richiamo. Sapete, nel caso in cui avessi sbagliato numero o qualcosa del genere. Certo, bella giustificazione. Subito dopo aver riprovato a chiamarlo, scatta la segreteria telefonica.

Se c'è una cosa che so di Patrick è che è un perfezionista. Un pianificatore. Non è un tipo che permette che il suo telefono si scarichi mentre è fuori casa. Sarebbe considerato irresponsabile da parte sua. C'è solo una risposta logica a tutto questo.

Ha rifiutato la mia chiamata.

Riprovo. C'è la segreteria telefonica.

Ma che diavolo?

Ora sono imbestialita. Sono brilla, sono arrabbiata e non ho mai finito di cucinare quel piatto di spaghetti, quindi ora sono ancora più incavolata perché ho fame.

Sento lo scricchiolio della porta che si apre prima che entri Hawke. Si avvicina al punto in cui sono sdraiata nella mia pozza di rabbia alcolica. La sua alta struttura si staglia sopra di me, e sento una zaffata di sigarette e menta.

È tornato.

E ha portato del cibo.

"Ho preso qualcosa da mangiare" esordisce con un pizzico di eccitazione nei suoi occhi verdi e giocosi. Il suo avambraccio tatuato si flette quando mi porge i sacchetti marroni arrotolati.

I miei occhi si illuminano e dimentico quasi all'istante di essere in collera. Quello di cui ho bisogno in questo momento è il cibo, e quei sacchetti di hamburger e patatine fritte fanno proprio al caso mio.

Divoriamo il nostro cibo deliziosamente unto sul divano, uno accanto all'altra, entrambi in silenzio, con la musica dei Public Enemies in sottofondo.

"Scusa per prima" mi dice, voltandosi verso di me mentre si infila in bocca una manciata di patatine.

"Cosa vuoi dire? Non sono mica turbata." Prendo un boccone di hamburger e lo mastico con grazia mentre parlo. "Mi dispiace solo che i tuoi amici ti abbiano fatto arrabbiare. Immagino che non capiscano come funzionano le cose per te."

Hawke appoggia il cibo, spazzola via il sale dalle sue mani grandi e inchiostrate e poi si ravvia le ciocche scure.

"Non me ne frega un cazzo di quello" dichiara in tutta serietà. "È solo che non volevo quella merda in tua presenza. Qui."

Li ha cacciati per me? Forse ha senso. Del resto, quando eravamo alla baita era pieno di droghe e quant'altro. Ha persino costretto Kid a mettere via la sua erba in macchina quando stavamo andando lì. Non l'ha fatto per sé, come ha lasciato intendere. Lo ha fatto per me. Trovo strano che voglia tenermi al riparo da queste cose. Pensavo che non si facesse grossi problemi per chi gli sta intorno.

Lo scruto cercando di capire, di mettere insieme i pezzi. Mi sta fissando, mentre fa di nuovo quella cosa... gioca con l'anello alle labbra mentre sposta lo sguardo dai miei occhi alle mie labbra e poi torna indietro. Sbatte le palpebre, stringe forte gli occhi e gira la testa, poi avvolge il cibo nella carta e lo mette da parte.

Si mette comodo, si toglie gli stivali e infila le gambe dietro di me sul divano. Si sdraia, prende la coperta e la apre, facendomi cenno con la testa di raggiungerlo come se fosse la cosa più semplice e normale del mondo.

Lo rifacciamo? Le coccole sono diventate la prassi per la nostra amicizia?

Non dovrei. Non farlo, Cole. Ma guardatemi, sto qui a usare il soprannome che mi ha dato lui nella mia testa. Hawke si sta infiltrando nella mia mente intossicata.

Scivolo accanto a lui, il mio corpo disobbedisce al mio cervello mentre mi accoccolo nel suo calore. Questa volta sono rivolta verso di lui, mentre Hawke mi cinge la schiena con il suo grande braccio e mi tira a sé, senza lasciare alcuno spazio tra noi. Emetto un piccolo gemito al contatto e alzo coraggiosamente lo sguardo verso di lui, sbirciandolo nervosa da sotto le ciglia.

Una ciocca di capelli gli cade negli occhi. Allungo la mano libera e glieli scosto dalla fronte, un gesto intimo che lo coglie chiaramente di sorpresa. Il suo petto si alza e si abbassa tra di noi mentre faccio scorrere lentamente la mano dalla sua fronte, oltre l'orecchio, poi lungo il lato del collo, tracciando i tatuaggi e spostandomi sempre più in basso tra noi.

Il modo in cui mi guarda è avvincente. La sua espressione è una combinazione di smarrimento e desiderio, come se non riuscisse a credere che io sia proprio qui davanti a lui. Con le sopracciglia increspate, abbassa lentamente la testa per appoggiare la fronte contro la mia. La sua bocca è aperta e sento il suo respiro morbido sulle mie labbra.

Siamo vicini. Troppo vicini. Pericolosamente vicini. Posso quasi sentire il suo sapore da qui. I miei sensi si stanno attivando. Sembra tutto amplificato e surreale. È il vino? No, è il desiderio. La voglia di questa tentazione che mi penzola davanti. La voglia che lui mi soddisfi e che io faccia tutto il possibile per soddisfare lui.

Perché non riesco ad allontanarmi? Perché non ce la faccio ad andarmene? Tutto questo è sbagliato. Sono avvinta da questa sensazione, da questo bisogno che non ho mai sperimentato.

"Cole" sussurra con un filo di voce.

È diverso ora. È un qualcosa che sono sicura che entrambi proviamo. Non è normale quello che sta succedendo tra noi. Eppure, dal modo in cui ci guardiamo, è inevitabile, perché so che non c'è nulla che possa fermare tutto questo.

Prende la mano che ho posato fra di noi, se la porta alle labbra e mi bacia dolcemente le nocche, fissandomi negli occhi. La sensazione delle sue labbra contro la mia mano arriva direttamente al mio sesso, il metallo freddo del suo piercing sfiora ogni dito mentre bacia tutte le nocche. Mi si rivolta lo stomaco immaginando quelle labbra contro le mie. Sono senza fiato, e non riesco a controllare la velocità con cui il mio petto ansima. Mi sento intorpidita ovunque, mentre allo stesso tempo le mie viscere ardono. Sono in una spirale che punta dritta verso la terra, destinata a schiantarmi.

Il confine dell'amicizia è stato superato. A dire il vero, è stato superato molto tempo fa. Sono solo molto brava a trovare delle scuse.

Ora, in questo preciso momento, non sono più in grado di controllarmi. Le sue dita mi percorrono la guancia, la mascella e infine la bocca, mentre si lecca il labbro inferiore.

"Mi distruggi." Studia le mie labbra, come se stesse memorizzando la curva della mia bocca. I miei occhi guizzano verso i suoi. Deglutisco alle sue parole mentre il suo sguardo scende in profondità dentro di me, raggiungendo un punto che credevo inaccessibile. "Distruggimi, Cole."

Quelle parole sono la mia rovina. Allargo lentamente le labbra mentre ci stuzzichiamo a vicenda con la nostra vicinanza. Lui fa la mossa finale, premendo le sue labbra sulle mie, con delicatezza, quasi non sapendo che effetto gli farà.

Si tira indietro e mi guarda quasi con incredulità, ma poi la diga si spalanca e io gli tiro la nuca verso di me, premendo di nuovo le labbra sulle sue.

È una sensazione quantomai erotica. La sua lingua scivola tra le mie labbra per approfondire il bacio. Il calore della sua lingua contro la mia mi fa correre un brivido lungo la schiena. Ora sto fluttuando in una nuvola di pura seduzione, benché i miei neuroni si stiano infiammando per convincermi a fermarmi, per ricordarmi che è sbagliato. Ma non mi fermerò. Non posso.

Un gemito gli esce dalla gola e finisce nella mia. Mi bacia come non sono mai stata baciata prima. Con dolcezza, poi con una foga sfrenata, poi con delicatezza, poi con una passione fuori dal mondo. Mi stringe a sé con le mani, spingendo i miei fianchi contro i suoi, mentre il suo corpo asseconda i movimenti del bacio. Non sono mai stata così eccitata in vita mia. Lecca, poi succhia, poi massaggia la mia lingua con la sua in una perfetta sincronia. Il suo anello labiale che sfrega il mio labbro inferiore mentre lo succhia e che poi affonda tra le mie labbra quando ghermisce quello superiore mi dà delle sensazioni terribilmente erotiche.

Questo è il tipo di bacio di cui si parla nelle canzoni. Un'esplosione devastante, sconvolgente e cataclismatica di due forze che non erano destinate a scontrarsi.

Hawke mi afferra ora i lati del viso con le mani e si allontana appena per riprendere fiato. Si stacca dalle mie labbra e apre lentamente le palpebre per incrociare il mio sguardo. Sento il suo battito cardiaco nell'aria, le sue pupille dilatate assorbono la mia essenza, la sua mano trema.

"Stai tremando" sussurro, poggiando la mano sulla sua, ancora sulla mia guancia.

Hawke si lecca le labbra, abbassa lo sguardo e poi torna a guardarmi negli occhi. "Hai appena..." Emette un rapido respiro. "Cazzo."

Ridacchio leggermente per il fatto che è rimasto senza parole, perché capisco perfettamente la sensazione. Non c'è stato nulla di normale in tutto questo. È sembrato molto più di questo. È stato esplosivo. Alla fin fine, di qualsiasi cosa si tratti, ci bruceremo entrambi.

Hawke si sporge lentamente in avanti, fissando le mie labbra, poi gli occhi, quasi chiedendo il permesso di concedergli di più. Non lo fermo, lascio che si abbandoni come mi sto abbandonando anch'io.

Ci uniamo di nuovo e continuiamo a baciarci insieme sul divano, sdraiati su un fianco sotto la coperta, finché le sue mani non cominciano a esplorare. Percorrono tutto il mio corpo, mi cingono il seno sopra la maglietta e mi fanno inarcare la schiena verso di lui. Fa scendere la mano sul mio addome, poi più giù lungo la gamba prima di risalire lentamente sul lato della mia coscia, lasciando una scia di fuoco al suo passaggio.

Non posso fare a meno di spingermi verso il suo tocco. Mi sfugge un gemito sommesso mentre lui mi succhia il labbro inferiore, esercitando una leggera pressione coi denti. La sua mano è sulla mia coscia e le dita si spostano pian piano sempre più su, ma si fermano appena prima di raggiungere il punto dolente tra le mie cosce.

Sono in fiamme per lui come non sono mai stata prima.

"Toccami" mugolo, perdendo ogni forma di razionalità, tutto il mio autocontrollo.

Mi bacia di nuovo prima di far scorrere le sue lunghe dita lungo la cintura dei miei pantaloncini. Quando immerge la mano, io mi sistemo di più sulla schiena e apro le gambe.

"Cole, dimmi di smettere" mi sussurra in bocca, la sua mano che indugia in quel punto.

"Non lo farò. Non ce la faccio" rispondo senza fiato.

"Ti prego" implora mentre continua a far scendere la mano sempre più giù.

Le sue dita trovano il mio clitoride e scivolano lentamente verso il basso, fino a quando non mi cinge il sesso da sotto i miei pantaloncini sottili. Gemo al contatto, mentre il suo dito medio scivola tra la mia fessura e mi tocca nel punto più sensibile. Stringo forte gli occhi, la mia bocca si apre.

Lui mi guarda, scruta il mio viso, la sua bocca si schiude come la mia come se provasse quello che sto provando io. Il suo dito medio scivola lungo la mia fessura, e sento quanto sono bagnata. Sto morendo, voglio che lui entri dentro di me, che soddisfi quel bisogno profondo che sta aspettando solo lui.

Spinge il medio dentro di me e mi mozza il fiato. Abbassa la testa contro la mia, poi mi bacia lentamente la mascella mentre muove il dito dentro e fuori di me a un ritmo lento e tortuoso.

"Oh, Dio" mormoro con gli occhi chiusi e il viso rivolto verso il soffitto.

Il suo pollice compie dei cerchi sul mio clitoride, un luogo che non è mai stato stimolato in questo modo. L'accumulo di piacere mi travolge mentre continua a farmi un ditalino, a un ritmo lento e costante.

Sento questo profondo desiderio sessuale che è così vicino a traboccare. Allargo di più le gambe in modo che possa entrare più a fondo e i miei fianchi si sollevano.

Mi lecca l'orecchio, facendo scorrere la sua lingua calda e umida lungo il bordo prima di succhiare delicatamente il lobo e di tirarlo con i denti. Infila un altro dito e mi guarda mentre lo prendo sempre di più.

È una sensazione così bella, così erotica, così sbagliata eppur così necessaria.

Ho il fiatone ora, il mio petto ansima come quello di un corridore alla fine di uno sprint alle Olimpiadi, mentre lui prosegue a pompare le dita e poi ad arricciarle con delicatezza dentro di me. Raggiungo il picco del piacere, e quando mi roteano gli occhi dietro il cranio, vedo come delle esplosioni dietro le palpebre. Tutto il mio corpo si irrigidisce, e mi contraggo attorno alle sue dita. Annaspo e trattengo il respiro mentre vengo investita dalla più piacevole delle sensazioni. Parte dal mio sesso e si diffonde come un fulmine sino alle dita dei piedi, e grido. Avverto un formicolio lungo la spina dorsale mentre mi lascio andare completamente a ogni sensazione.

Faccio qualche respiro con gli occhi ancora chiusi, poi li riapro lentamente. Non ho idea di come debba essere sembrata la cosa a Hawke. Trovo i suoi occhi sopra di me e la sua espressione è diversa da quella che pensavo di trovare.

Sembra confuso.

"Questo non..." Aggrotta la fronte. "Non ti è mai successo?"

Se avessi la sensibilità del viso, potrebbe essere imbarazzante in questo momento, ma per mia fortuna sono totalmente intorpidita.

Scuoto la testa, ancora a corto di fiato.

Il suo volto ora è guardingo e il suo corpo più rigido di quanto non fosse prima della domanda. Sto cominciando a percepire la gravità di quello che è appena successo.

È stato un errore sotto molti punti di vista. Ho avuto il mio primo orgasmo con un uomo che non era il mio ragazzo. Sono venuta con qualcuno che non è l'uomo che spero di sposare. Hawke, a sua insaputa, ha privato

Patrick di questo e, a quanto pare, ne è sconvolto.

Ora che la lussuria erotica svanisce come il fumo dalle braci morenti di questo momento, la stanza diventa più chiara e pesante di prima.

"Oh, mio Dio." Mi copro il viso con le mani. Vorrei non farmi mai più vedere da lui.

"Non ti ha mai fatto provare un orgasmo?" mi chiede a bocca aperta, con aria perplessa.

Sono mortificata, imbarazzata, ferita, triste, arrabbiata e dispiaciuta allo stesso tempo.

Mi alzo dal divano per allontanarmi il più possibile da lui e corro in bagno per disprezzarmi per quello che ho fatto. Una volta entrata, chiudo la porta a chiave. Fisso nello specchio il volto di una ragazza arrossata, confusa ma al tempo stesso euforica. Vorrei potermi sbarazzare di questa notte, cancellare questo orribile incubo.

Un incubo che non solo è stato colpa mia, ma anche la mia definitiva rovina.

14

Strascichi

Non so che fare.

Sono rimasta in bagno per quelle che mi sono sembrate ore. Terrorizzata di vederlo. Terrorizzata di affrontare questa nuova realtà.

È ufficiale. Ho tradito Patrick.

L'opprimente senso di colpa mi sommerge mentre annego nelle mie stesse lacrime. Non posso credere di aver permesso a me stessa di cadere in tentazione, di soccombere a un sentimento così immaturo e irresponsabile.

Ero in collera con lui, sì. Avevo bevuto, sì. Ciononostante, ho provato le sensazioni migliori della mia vita. E intendo prima dell'orgasmo.

I flashback del volto di Hawke sopra di me mi riempiono la visuale a ogni battito di ciglia. Non riesco a togliermi questo formicolio alla bocca dello stomaco ogni volta che penso a lui. Mi è entrato sottopelle, in qualche modo si è fatto strada e io sono così accecata dalla passione che stranamente mi ritrovo non soltanto a non volerlo lasciare andare, ma a volerne un altro assaggio.

Ma devo porre fine a tutto questo. È stato sbagliato. Cosa dirò a Patrick? Come farò a rimediare? Giungo all'orribile conclusione che aspetterò qualche giorno, ci penserò su e cercherò di decifrare cosa sia stata questa piccola défaillance mentale prima di confessare le mie malefatte.

Forse ero così sessualmente frustrata per non aver mai avuto quell'orgasmo con Patrick che a un certo punto sono esplosa e mi sono lasciata andare. Non saprei stabilirlo con certezza, ma di sicuro è stato un comportamento fuori dalla norma per me.

Una parte di me sperava di non rivedere mai più Hawke. Mi auguravo quasi che dopo l'accaduto avesse deciso che era meglio salire su un aereo e lasciare il Paese per sempre. Un'altra piccola parte di me desiderava che venisse da me per assicurarsi che stessi bene.

Odio ogni aspetto di questa situazione.

Nell'uscire dal bagno, apro lentamente la porta e sbircio nel soggiorno. Hawke è seduto sul divano, con il braccio appoggiato allo schienale, e sta guardando la televisione come se fosse una serata qualunque. Ma non lo è.

Mi dirigo in punta di piedi verso la camera da letto, ma entro nel suo campo visivo.

"Cole" mi chiama, vedendomi all'istante.

Mi blocco sul posto. Mi volto lentamente per guardarlo, con il cuore che mi batte all'impazzata e una forte nausea.

"C'è Casino in onda. Ti va di guardarlo?"

Il suo tono disinvolto mi spiazza. Forse per lui tutto questo è normale. Della serie: divertiamoci e non pensiamoci più? Non sembra minimamente turbato.

Faccio un respiro profondo e spero che mi esca una voce ferma. "Ah, certo. Solo un secondo."

Mi infilo i pantaloni della tuta e una felpa larga, giusto per fargli capire che quello che è successo non accadrà mai più, poi mi dirigo verso l'estremità opposta del divano.

I suoi occhi mi seguono e gli sfugge una leggera risatina quando coglie le mie intenzioni. Ci guardiamo in silenzio per un po', prima che finalmente parli.

"Guarda che non è successo niente di che." I miei occhi restano fissi sui suoi mentre aggiunge: "Non è un dramma, davvero."

Scuote la testa e alza gli occhi al cielo come se stessi esagerando per quello che è successo. Ha intuito che sono totalmente sconvolta, che mi sto odiando.

Eppure, il suo atteggiamento disinvolto mi infastidisce. È un dramma eccome. Ha un peso enorme per me. Ha cambiato la mia relazione. Ora ho questa nuvola che incombe su di me, mentre Hawke può continuare a vivere la sua solita vita, a uscire con donne diverse ogni settimana. Baci e orgasmi non significano nulla nel mondo di Hawke. Li distribuisce come le cartoline di Hallmark a San Valentino.

"Dai, non te la prendere" sussurra e fa un cenno del capo, aprendo la coperta accanto a sé e accarezzando lo spazio vuoto.

Lo guardo in cagnesco. Diavolo, vorrei tanto odiarlo in questo momento. Vorrei odiare Patrick. Voglio odiare tutti. Ma non ci riesco. Non so perché. Quello spazio accanto a lui mi invita come un serpente, implorandomi di mordere quella mela, di lasciare che i succhi tossici mi scivolino in gola in attesa che mi portino a una morte improvvisa.

Mi alzo, faccio i tre passi che mi separano da lui e mi siedo con uno sbuffo. Un ghigno gli incurva le labbra diaboliche. Quelle labbra che ora so che sanno di cannella piccante e di sigarette finite da tempo. Ora so che quel piercing è fresco contro le mie labbra, conosco la sensazione di quando sfiora leggermente il mio labbro inferiore mentre lui mi bacia. Odio saperlo. Odio che mi piaccia.

Tira la coperta su di noi e si stende di nuovo sul divano con un braccio intorno alle mie spalle. Mi attira contro il suo petto indurito. È un'idea orribile, ma non posso fare a meno di provare un pizzico di conforto.

Forse possiamo farlo. Forse possiamo essere solo amici che si coccolano e all'occorrenza uno fa un ditalino all'altra per darle il suo primo orgasmo. Oh, ma chi voglio prendere in giro? È una cosa del tutto fuori di testa. Ma sto sprofondando sempre di più e, per qualche motivo, l'oscurità non mi è mai sembrata così allettante.

Vengo risvegliata da una sensazione di morbidezza contro le mie labbra. Un bacio. È una sensazione così piacevole che le mie labbra si muovono insieme alle altre. È caldo, delicato, premuroso.

"Patrick, sei tornato presto?" sussurro sulle labbra, poi sento il piercing.

Il piercing.

Apro gli occhi e sussulto. "Oh, mio Dio. Hawke. Io..."

Rimango senza parole. Sono ancora sul divano accanto a Hawke, non nel mio letto come immaginavo. Non so nemmeno cosa dire o fare. Tanto per cominciare, che diavolo gli passa per la testa? Perché mi ha baciato mentre dormivo? E secondo, che diavolo sto facendo io della mia vita in questo momento?! Abbiamo dormito qui. Insieme. Tutta la notte. Di nuovo. È un bel casino!

Si stacca da me e si siede all'estremità del divano con i gomiti sulle ginocchia e lo sguardo fisso sul muro.

"Scusami. Pensavo di essere in camera mia. Mi... mi dispiace." Scuoto la testa e mi sporgo in avanti verso di lui, non sapendo come comportarmi.

Hawke scuote la testa a sua volta, chiude gli occhi e si allontana da me, apparentemente turbato.

"Non scusarti con me. Non avrei dovuto" dice a bassa voce.

Mi mordo l'angolo del labbro. Non so che fare. Sto

aspettando che sia lui a fare la prossima mossa. A dirmi come stanno le cose fra noi adesso. Specie nel momento in cui il mio ragazzo tornerà a casa. Ma lui si limita a scuotere di nuovo la testa e a guardare il muro davanti a sé.

"Ti va un caffè? Avvio la-"

"Sarà meglio che tu vada a sistemarti prima che Patrick torni. Non vorrei che si preoccupasse per una cosa da niente" taglia corto lui.

Accidenti.

Pensa che io senta il bisogno di sistemarmi per non far capire a Patrick che sono una puttana. Fantastico. E preoccuparsi per una cosa da niente? A quanto pare sono solo una destinataria come un'altra delle suddette cartoline di Hallmark.

Si alza bruscamente, marcia verso la sua stanza e si sbatte la porta alle spalle senza dire altro.

Trasalisco, poi faccio un respiro profondo e lo lascio uscire. Non riesco proprio a capirlo. Odio il fatto di averlo ferito, ma siamo poi così sicuri che l'abbia ferito davvero? Non mi sarei mai creduta capace di tanto, a dire il vero. Forse non stava solo giocando con me per divertirsi come fa con tutte le altre ragazze. Forse si trattava di qualcosa di diverso. E se non fossi solo l'ennesimo giocattolo per lui? Le sue parole di ieri sera colpiscono nel segno. Mi distruggi.

In che senso lo sto distruggendo?

In ogni caso, dovevo chiudere questa storia. È sbagliata. Non posso essere una donna che si porta dentro dei segreti - che si riempie di quei segreti fino a quando la pressione non diventa troppo forte e scoppia. Dovevo pensarci bene, in modo da non perdere l'uomo che conoscevo meglio di tutti gli altri. L'uomo a cui non avrei mai dovuto fare questo. Il mio diligente e leale Patrick.

E sta letteralmente tornando a casa. Controllo il telefono per vedere se mi ha contattata. Ho provato a chiamarlo ieri sera e sono stata ignorata. Per quanto mi abbia fatto arrabbiare, sento di essere dalla parte del torto.

Non vorrei che pensasse di essere adirato per il nostro piccolo litigio quando, a dire il vero, avrebbe ben altro per cui arrabbiarsi.

L'ho tradito.

Puntuale come un orologio, il mio telefono squilla.

"Patrick? Sei appena atterrato?" mi affretto a rispondere con un po' troppa enfasi.

"Sì. Tornerò a casa con mio padre. Mi dà un passaggio lui, quindi non preoccuparti di venirmi a prendere."

Non ci stavo nemmeno pensando. La mia mente era presa da altro.

"Oh, bene. È fantastico. Allora ci vediamo presto" ribatto, cercando di asciugarmi i palmi sudaticci sul piumino che sto abbrancando.

"Alla grande. E Nic..." La sua voce è soave ed esitante.

Sento una fitta di nervosismo nello stomaco.

"Sì?" chiedo con voce squillante.

"Mi sei mancata" dice con voce triste.

Inspiro profondamente, espiro profondamente.

"Anche tu mi sei mancato" sussurro.

Riattacca e io mi butto a faccia in giù sul letto. Mi odio. Da morire.

Passano alcune ore, durante le quali mi dedico al mio lavoro. Manoscritti a destra e a manca, pagine di annotazioni, modifiche, appunti per me stessa. È chiaro che mi sto impegnando al massimo per scomparire in un mondo immaginario piuttosto che concentrarmi sui miei problemi. In ogni caso, in qualche modo ho raggiunto un discreto risultato in poche ore.

Mi tolgo gli auricolari e controllo di nuovo l'orologio. Patrick deve essere vicino. Indosso dei leggings e una bella maglietta e lascio i capelli sciolti lungo la schiena. Casual, comoda ma carina. Per lanciare il messaggio: 'Non voglio strafare visto che ho rovinato tutto mentre tu eri via.'

In cucina, macino un po' di carne per i tacos,

supponendo che abbia fame al suo arrivo. Un po' lo faccio con quell'intento, e un po' perché il cibo ha il potere di rendere le persone più felici. Quando lascio vagare lo sguardo verso la stanza di Hawke, mi accorgo che la luce è spenta. Presumo che a un certo punto se ne sia andato mentre stavo lavorando. Forse è uscito per non dover affrontare Patrick in prima persona dopo quello che abbiamo fatto. Voglio dire, erano amici, o qualcosa del genere.

"Nic?" Sento la voce di Patrick vicino alla porta e mi si stringe il cuore.

Esco dalla cucina e lo scorgo sull'uscio con le sue valigie e un mazzo di fiori in mano.

Alla vista dei fiori aggrotto dapprima la fronte, poi sfoggio un sorriso addolorato. Dio, sono il peggior tipo di essere umano che esista.

"Patrick, non avresti dovuto. Sei così dolce" gli dico, prendendoglieli dalle mani.

Entra in casa, posa le valigie sul tavolo della cucina e poi rimane a braccia aperte ad aspettarmi.

Gli faccio un altro sorriso timido, poi mi accosto a lui. Mi avvolge con le sue braccia e mi bacia la testa, mentre io respiro il suo odore. Profuma ancora dei gigli e dei narcisi che ha portato a casa.

"Mi dispiace, Nic." Si stacca dal nostro abbraccio e mi guarda negli occhi.

"No, no, davvero, è-"

"No, hai ragione" taglia corto. "Dovrei sempre venire prima da te. Siamo una squadra. Lavoriamo meglio quando lavoriamo insieme. Non prenderò mai una decisione senza di te, né ti farò sentire come se non fossi fondamentale nella nostra unione. Ho evitato il problema piuttosto che affrontarlo e tener conto dei tuoi sentimenti."

Gira pure il coltello nella ferita una volta che mi sono pugnalata da sola. È una sensazione fantastica.

Mi cinge i lati del viso con le mani, poi mi bacia la fronte prima di poggiarvi sopra la sua.

"Dobbiamo davvero parlare." Sospiro, guardando il pavimento.

Sto davvero per farlo? Troverò il coraggio di dirglielo?

"Più tardi, angelo. Possiamo discutere di tutto più tardi. Adesso voglio solo mettermi comodo e passare un po' di tempo con te."

Mi stringe di nuovo al petto e mi accarezza le braccia con le mani. Digrigno i denti, trattengo le lacrime che sento sull'orlo di spillare e arriccio il naso per trattenere il dolore.

Passiamo il resto della serata a mangiare tacos, a ridere, a coccolarci, a guardare film e a riconnetterci insieme, solo noi due. Non abbiamo affrontato le questioni in sospeso, né da parte sua né da parte mia. Abbiamo dei problemi da risolvere? Certo, è assolutamente vitale per la sopravvivenza del nostro rapporto. Ma stasera sembra che entrambi volessimo dimenticare.

15

Sparito

Il mattino seguente mi sono svegliata con delle braccia familiari intorno a me. Ero qui con Patrick, ma nella mia mente ero ancora a letto con Hawke.

Ho sognato che Patrick non era più tornato. Che aveva accettato il lavoro in Colorado, senza dirmi una sola parola al riguardo. Nel sogno ho cercato disperatamente di contattarlo, senza successo, ma Hawke era lì per me. Mi ha sostenuta mentre cadevo a pezzi. Mi ha baciata quando sentivo di non poter essere amata. Mi ha detto che era meglio così. Che era così che doveva andare. Mi ha condotta nella sua stanza dove siamo rimasti insieme, fianco a fianco, mentre mi baciava la fronte e mi ripeteva che lui non se ne sarebbe mai andato, e che col tempo avrei capito che in realtà il bugiardo era Patrick.

Non ho idea di cosa significasse tutto questo, ma so come mi ha fatta sentire. È stato così vivido. Stupendo. Mi sembrava giusto. Ora, al risveglio, mi sento in colpa e provo una profonda tristezza. Ma la tristezza è per

Patrick? O è per Hawke?

Bacio Patrick sulla guancia, e lui fa un piccolo sospiro e un sorriso prima di girarsi su un fianco. Ieri sera è stato dolcissimo in tutto e per tutto. Ce l'ha davvero messa tutta per rendermi felice, per farmi sentire come ai vecchi tempi. Si capiva. Questo mi fa sentire ancora di più in colpa. Mi alzo, mi infilo la vestaglia e vado verso la macchina del caffè.

Spero di vedere Hawke? Sì, per qualche motivo lo spero. Non è mai tornato a casa ieri sera, non che io sappia, e vorrei davvero parlargli. Chiarire un po' le cose in modo che non sia tutto così imbarazzante ora che siamo di nuovo tutt'e tre sotto lo stesso tetto. Ma non solo, voglio recuperare il mio rapporto con lui. Non voglio che corra cattivo sangue tra di noi, e non solo per il fatto che Hawke custodisce uno dei miei più grandi segreti, ma perché mi mancano davvero lui e l'amicizia che avevamo stretto.

Purtroppo, lui non c'è. Non è nemmeno nella sua stanza. La porta della sua stanza è rimasta socchiusa, e io muoio dalla voglia di entrarci. Vorrei saperne di più su questa curiosa creatura che in qualche modo è riuscita a entrare e a impadronirsi dei miei pensieri. Sembra avere così tante storie ancora da raccontare. Una pletora di segreti che sono stati racchiusi in quel cuore di pietra. Al punto che sembra aver quasi dimenticato cosa lo ha fatto diventare così. Voglio sapere cosa lo ha reso ciò che è.

Me ne sto in cucina a bere il mio caffè, fino a quando non ho sorseggiato fino all'ultima goccia dalla mia tazza preferita. Sono seduta su quella sedia - quella rivolta verso la porta della sua stanza - assorta nei miei pensieri, persa nei miei sentimenti.

Patrick esce dalla camera da letto e mi raggiunge al tavolo. Il suo sorriso accogliente e i suoi occhi gentili mi riportano alla realtà. Ha davvero una presenza così rassicurante. Una presenza che mi fa sentire a casa quando c'è lui.

"Dov'è andato Hawke?" chiede, guardando la porta

e poi il mio viso pallido.

"Non ne ho idea" rispondo con la massima disinvoltura possibile.

"Strano. Sarà a casa dei suoi amici o di qualche ragazza, immagino." Fa spallucce.

Il solo pensiero mi irrita.

"Non lo so e non mi interessa. Comunque, cosa facciamo oggi? Pensavo che potremmo pranzare da qualche parte, magari andare a vedere un film o provare quella nuova arrampicata al centro sportivo."

Abbiamo bisogno di questa giornata insieme. Dopo il suo viaggio di lavoro, ci occorre del tempo per ritornare a essere noi.

Patrick inclina la testa, poi fa una piccola smorfia e mi rivolge un'occhiata mortificata. "Mi dispiace, baby, so che ti avevo detto che avremmo avuto tutta la giornata a disposizione per stare insieme, ma devo davvero completare la relazione del nostro viaggio."

Punto lo sguardo alle sue spalle e scruto un piccolo segno sul muro che è lì da quando abbiamo spostato il divano in salotto.

È stata una bella impresa montare il nostro divano componibile. Ci avevano mandato il raccordo sbagliato per tenere insieme i divani, così, la prima volta che lo abbiamo provato, i sedili si sono separati e siamo atterrati insieme sul pavimento in mezzo a essi. Abbiamo riso per ore, prendendoci in giro a vicenda su chi avesse la colpa. Abbiamo riso così tanto che alla fine ho pianto.

A un certo punto Patrick ha smesso di ridere, mi ha guardato con occhi pieni d'amore e le sue labbra si sono piegate in un sorriso affettuoso. Era il tipo di sorriso che vorresti ti venisse rivolto sempre. Sembrava così innamorato. Un uomo che si sentiva il più fortunato del mondo per averti trovata. Mi ha messo una mano sulla guancia e mi ha detto che mi amava più di ogni altra cosa.

Ce lo eravamo già detti, ma ho vissuto quel momento come qualcosa di epocale, come se sapessi che in quel preciso momento stavamo costruendo un ricordo che avrei richiamato spesso in futuro. Mi ha tirata a sé per baciarmi, poi mi ha abbracciata forte e io mi sono ritrovata con lo sguardo puntato alle sue spalle. È stato così che mi sono accorta del segno sul muro. Gliel'ho indicato con una faccia divertita, e allora abbiamo ricominciato a sbellicarci per la nostra incapacità di spostare e montare i mobili.

Mi ci è caduto spesso lo sguardo e mi sono sempre detta che prima o poi l'avrei ridipinto, eppure è rimasto lì. Il ricordo di un tempo in cui ci eravamo ripromessi di rendere nostra questa casa. Per fare davvero il grande passo verso la coppia che abbiamo sempre sognato di essere. Ora quel segno sul muro è lì a schernirmi.

"Mi dispiace, Nic, è il mio-"

"Lavoro" finisco io per lui, ancora concentrata su quel segno. "Lo so."

Non mostro emozioni nel mio tono. Non posso più permettermelo. Non voglio essere la persona che implora qualcuno di darle attenzioni. Fa male al mio ego. Fa male al mio cuore.

Dopo avermi dato un bacio dolce e intimo, Patrick se ne va al lavoro e io passo il resto della giornata a fare editing, aspettando con ansia il ritorno di Hawke. Un ritorno che non avviene mai.

Sono stanca di aspettare le persone. Sembra che io non faccia altro che aspettare. Aspettare una vita che mi era stata promessa, aspettare che i sentimenti di un amore travolgente si facciano sentire, aspettare un momento profondamente commovente che mi faccia capire che questo è il posto in cui dovrei essere nella vita, e che questo è ciò che dovrei fare.

Ma sembra che non accada mai. Succede a tutti? È solo un sogno che noi adulti ci ficchiamo in testa, o che usiamo come fonte di ispirazione nelle storie di fantasia? Forse la vita non dovrebbe essere come un romanzo. Forse la cosa giusta da fare è abituarci a una realtà che ci delude sempre. Sopravvivere, e sperare per il meglio. Punto e basta.

Arrivo al pub con mezz'ora di anticipo. Ho lisciato i capelli per il turno di stasera, perché volevo sentirmi diversa. Mi sono persino truccata un po' più del solito, applicando un eyeliner nero e un ombretto per far risaltare le pagliuzze verdi nei miei occhi nocciola. Sono vestita con un top corto nero abbinato a dei jeans neri a vita alta strappati all'altezza delle ginocchia. Ho abbinato il look a degli stivaletti neri coi lacci, che mi danno un po' di altezza in più. Il mio umore di oggi è nero, quindi mi sembrava un abbigliamento appropriato.

"Accidenti, bambina, se non stessi per diventare padre, ti chiederei di uscire a bere qualcosa!" esclama John da dietro il bancone quando entro, facendomi diventare tutta rossa.

"Chiudi la bocca." Rido, ma mi sento in imbarazzo.

Lui ridacchia mentre io vado dietro al bancone. "Com'è? Nuovo look?"

"Avevo bisogno di qualcosa di diverso." Sospiro e mi registro al computer.

"Ti capisco eccome. A volte mi faccio i colpi di sole per sentirmi più cazzuto" afferma con aria seria.

Non riesco a trattenermi e scoppio a ridere. "John, oh, mio Dio. Non ho idea di come Anna faccia a sopportarti."

"Mi ama. Sopporterebbe qualsiasi cosa pur di tenermi con sé." John fa un sorrisetto orgoglioso, con il mento inclinato in alto.

"Siete proprio carini voi due" ammetto con un sorriso sincero.

"E tu e P? Per favore. Adorabili!" annuncia animatamente.

Il mio sorriso si spegne un po' mentre guardo il pavimento, ripensando alla totalità degli ultimi giorni.

"Oh. Che c'è? Che cos'è quella faccia?" mi chiede, percependo tutto ciò che non volevo captasse.

Rifletto per un attimo, cercando di trovare le parole giuste. "John, come hai fatto a capire che Anna era quella giusta, come si suol dire?"

John sbatte le palpebre un paio di volte, contempla le

bottiglie sullo scaffale alle mie spalle e ci riflette prima di tirare un sospiro. "Beh, dal momento in cui l'ho incontrata, ho capito che per essere felice non potevo non averla nella mia vita. Non avrei mai potuto sorridere come sorrido quando sono con lei. Mi permette di essere me stesso e ama i miei difetti tanto quanto i miei pregi. Non si può chiedere di più a qualcuno."

Mentre assimilo le sue parole, il mio cuore si stringe nel petto per lui. Glielo si legge negli occhi quando parla di lei. Ogni donna merita che qualcuno parli di lei come John parla della sua Anna.

"Faccio fatica a credere che tu abbia un qualche difetto." Increspo le sopracciglia, poi gli rivolgo un sorrisetto dubbioso.

Lui inforca gli occhiali e li spinge sul naso con il medio. "Oh, sono pieno di difetti, Nic."

Ridiamo entrambi di lui e della sua battuta. È meraviglioso il loro legame, ma allo stesso tempo mi fa male il cuore. Patrick non amerà mai i miei difetti. Le parti contaminate di me saranno la nostra condanna.

Ora che sono al lavoro, mi sento molto meglio rispetto a quando ero seduta a casa con il broncio. C'è un gran daffare stasera, anche se è venerdì sera. Le mance arrivano a raffica e purtroppo credo che abbiano a che fare con il top corto che indosso. In ogni caso, John e io ci muoviamo dietro il bancone come una macchina ben oliata, servendo clienti a destra e a manca.

"Ehi, posso avere un whisky liscio?" Una voce familiare mi giunge alle orecchie.

Quando mi volto in quella direzione, vedo Kid appoggiato al bancone sui suoi gomiti magri e tatuati. I suoi occhi si spalancano quando mi riconosce, e gli spunta un ghigno sul viso. "Sei tu! Come va, ragazza? Non ti avevo riconosciuta sul momento. Sei sexy da morire!"

I suoi occhi scrutano il mio corpo da capo a piedi, mentre inclina la testa da un lato all'altro e si lecca le labbra.

"Kid, ti prego. Non farlo." Ridacchio e sento il mio

viso arrossire per l'imbarazzo.

"E mi hai pure chiamato per nome?" Si stringe la maglietta sul cuore.

Gli verso un whisky liscio mentre segretamente mi chiedo con chi sia venuto qui.

"Hawke è laggiù, se te lo stai chiedendo" mi informa, guardandomi in attesa di una reazione.

Il mio stomaco precipita di cinque piani in un secondo. "Bene. Non me lo stavo chiedendo, ma divertitevi."

Inarco le sopracciglia e spingo il drink verso la sua mano sul bancone di legno. Lui rimane un attimo a guardarmi mentre aggiungo il whisky al suo conto prima di porgergli il talloncino. Evito il suo sguardo e mi volto verso il cliente successivo.

Scorgo un cliente che stona in questo ambiente. Accanto al bancone c'è un uomo in giacca e cravatta. Troppo elegante per un locale come questo.

"Cosa posso portarti?" chiedo con un sorriso gentile.

"Ci sto ancora pensando." Mi sogghigna, con uno sguardo poco leggibile.

La sua voce è profonda e sembra avere un lieve accento straniero. Deve essere qui per affari o qualcosa del genere. Non ha l'aspetto del tipico cliente del 9-5 Slider. Tanto per cominciare, non ha una barba lunga e folta.

Annuisco e mi avvicino a Leonard per prendere un altro bicchiere per Mister Giacca e Cravatta prima di tornare da lui.

"Hai deciso qualcosa?" domando di nuovo.

"Sì" risponde prima di sporgersi in avanti sul bancone, come per sussurrarmi all'orecchio la sua ordinazione. Mi sporgo a mia volta e giro il viso mentre lui continua: "Quello di cui ho veramente sete è di stare una ventina di minuti con te nel retrobottega."

"Come scusa?"

Mi allontano da lui, ma lui mi serra la mano intorno al polso e assottiglia pericolosamente gli occhi.

"Lasciami!" esclamo cercando di strappare il polso dalla sua presa.

Lui mi stringe le ossa con fermezza, le labbra arricciate mentre si gode la mia lotta. Prima che io possa fare una scenata, mi lascia cadere il polso e si allontana da me, indietreggiando dal bancone. Con un ultimo ghigno, si fa largo a forza tra gli ospiti per dirigersi verso la porta.

Rimango imbambolata per un attimo, stupefatta da quanto è appena successo, mentre mi strofino il polso e guardo verso la porta per assicurarmi che se ne sia andato. Che incontro bizzarro.

Scrutando l'ingresso, noto Hawke contro la parete in fondo, che guarda i suoi amici prima che i suoi occhi incontrino i miei.

Ci fissiamo per un attimo e sento un formicolio irrefrenabile nel profondo del ventre che si irradia in pochi secondi in tutto il mio corpo. Come una calda scossa elettrica che mi pervade le viscere.

I suoi occhi non mi dicono molto, si limitano a fissare i miei. Non riesco a decifrare la sua espressione. Ha un'aria cupa, ma da fuori è freddo e raccolto come pochi. Si passa una mano tra i capelli scompigliati prima che una ragazza con una minigonna di pelle gli si avvicini, premendosi contro di lui e ostacolando il nostro sguardo.

Mi costringo a concentrarmi sul lavoro. Rifornisco gli scaffali, asciugo i bicchieri puliti e, naturalmente, rabbocco i drink a destra e a sinistra. Non volevo che un solo attimo di inoperosità mi desse la possibilità di cercarlo di nuovo con lo sguardo. Ma, a quanto pare, quest'opportunità mi viene preclusa.

Hawke, Kid e un altro tizio che non ho mai visto prima vengono tutti verso il bancone.

"Shot!" grida Kid mentre io rubo uno sguardo a Hawke, i cui occhi sono già incollati ai miei.

"Cosa volete?" chiedo direttamente a Kid.

"Che cosa hai per me stasera?" Si lecca le labbra, guardandomi con fare lezioso, prima di beccarsi un pugno nel petto da parte di Hawke. "Cazzo, e va bene, d'accordo... prendiamo tre Jameson."

Verso tre bicchierini di Jameson e li spingo verso i ragazzi.

"Vuoi qualcosa di più forte, Kid?" lo prendo in giro.

Il loro amico cerca di trattenere la risata. Hawke solleva un sopracciglio divertito verso Kid, prima di tornare a guardarmi con gli stessi occhi tetri di prima. Restiamo in contatto visivo per un breve secondo prima che io sbatta le ciglia per interromperlo.

È troppo per me, troppo diretto.

Il sorriso di Kid si spegne. "Credevo che fossimo amici."

"Lo siamo. Offre la casa" gli dico, facendogli tornare sul volto il suo grande sorriso smielato.

Prendono i loro shot e io sbircio di sottecchi verso Hawke. Un rapido sorso e l'alcol è sparito come niente fosse nella sua gola.

Distolgo lo sguardo prima che appoggi il bicchiere sul bancone.

"Grazie, tesoro. Mi piace molto questo nostro rapporto. Io compro, poi tu compri... molto new age da parte nostra."

Dopo aver rivolto a Kid un'occhiata di scherno, lui e l'altro ragazzo se ne vanno tra la folla, mentre Hawke si sofferma per un momento. Apre la bocca come se stesse per dire qualcosa prima che una ragazza formosa con i capelli biondi e un sacco di tatuaggi lo abbracci.

Le sue mani gli vagano addosso mentre gli sussurra qualcosa all'orecchio prima di stringerlo da qualche parte sotto il bancone. Poi lei se ne va, e lui si volta a guardarmi con un sorrisetto laterale e un'alzata di spalle.

Scuoto la testa e vado dal mio cliente preferito, Leonard.

"Hai bisogno di qualcosa, capo?"

Lui alza lo sguardo dal libro e poi osserva il fondo del whisky rimasto nel suo bicchiere. "No, sto a posto con questo. Grazie, tesoro."

"Cosa leggi stasera?"

"Anna Karenina, l'hai mai letto?"

Quando il coltello è entrato e girato nella piaga, perché non tirarlo fuori e girarlo di nuovo.

"Sì" rispondo semplicemente.

Sono io Anna in questo momento. Infedele, lussuriosa, piena di vendetta per una vita che non le si addice. Spero solo di riuscire a trovare una soluzione prima di buttarmi sotto un treno.

"È una lettura interessante. Questo Tolstoj è un tipo particolare, te lo dico io." Ridacchia.

Quest'uomo. Adoro Leonard. È così... fuori dagli schemi. È rinfrancante. Quale grosso motociclista cazzuto con dei tatuaggi sbiaditi, una folta barba trasandata e i capelli lunghi legati all'indietro in una coda di cavallo viene in un pub per leggere costantemente dei romanzi classici? Leonard, ecco chi.

"Fammi sapere cosa ne pensi." Gli faccio l'occhiolino e gli do una pacca sulla spalla.

Mentre pulisco il bancone, vedo Hawke seduto su uno degli sgabelli vicino alle freccette con la stessa donna di prima tra le gambe. Lei si appoggia a lui, gli bacia il collo o gli sussurra qualcosa all'orecchio prima che lui si alzi. Hawke si dirige verso Kid e gli dice qualcosa, prima di afferrare quelle che sembrano le chiavi dell'auto che si scambiano spesso. Attraversa le porte ed esce dal locale, con la donna alle calcagna.

Cerco di scrollarmelo di dosso tirando un grosso sospiro. Questo è Hawke. È questo che fa. È ora che ci faccia il callo e volti pagina. Torno a setacciare la folla ora in calo e incrocio gli occhi di Kid. Mi sta osservando con una certa curiosità, e posso solo pregare che non abbia visto i miei occhi seguire Hawke fuori dalla porta.

Vuole di più. Lo sento. Lo mando a fanculo sollevando il medio, al che lui alza un sopracciglio e indica sé stesso.

"Se non stasera, allora presto!" urla Kid da lontano, facendomi ridere.

Il suo comportamento volgare mi fa alzare gli occhi

al cielo. Ora rido, ma devo davvero concentrarmi sull'essere più discreta davanti a lui. Ora ho dei segreti che non possono essere svelati.

16

Una fastidiosa pugnalata

Finalmente sdraiata accanto a Patrick dopo il mio turno di lavoro, emetto un sospiro soddisfatto.

Mi volto verso di lui e lo guardo respirare pacificamente. È davvero bello e tenero, nel più desiderabile dei modi. Mi chino in avanti, appoggio la mia bocca sulla sua e sulle sue labbra si forma un piccolo sorriso.

"Sei a casa" bisbiglia con gli occhi chiusi.

"Sono a casa" sussurro a mia volta tra le sue labbra, prima di dargli un altro bacio.

Lui mi avvolge con le braccia e mi attira contro il suo petto. È una bella sensazione, calda e confortante. Si rotola sopra di me e schiaccia la mia schiena contro il letto mentre le sue labbra scendono lungo il mio collo. Le sensazioni mi infiammano il corpo e comincio a pensare che forse questa volta riuscirò a raggiungere l'orgasmo con lui. Ora che so come funziona, cosa si prova.

Infila la mano sotto la maglietta e mi palpa il seno. Emetto un respiro carico di piacere per quel contatto di cui ho un gran bisogno. Ho bisogno di Patrick per cancellare il ricordo macchiato di Hawke. Mi bacia lungo la mascella, scende lungo il collo e fino al petto, quindi mi passa la lingua sul capezzolo.

Gemo per la sensazione, per il formicolio che si aggiunge al calore che già avverto lì sotto. Sono pronta ad avere di più, lo voglio dentro di me. Si avvicina al comodino e prende un preservativo. Durante quel breve intervallo, sento un rumore ritmico di colpi contro il muro. I miei occhi guizzano per la stanza e poi tornano su Patrick.

Sul suo volto cresce un sorriso. "Sembra che stasera abbiamo avuto tutti la stessa idea."

Grazie a Dio è piuttosto buio qui dentro. Non vorrei che Patrick vedesse l'espressione di totale disgusto sul mio volto. So chi si è portato Hawke lì dentro. So chi si sta scopando in questo preciso momento, e la cosa peggiore è che posso sentire tutto. Queste pareti sono sottili.

Patrick si infila il preservativo e si china in avanti per baciarmi di nuovo. Faccio del mio meglio per entrare in sintonia con lui, per togliermi dalla mente tutto tranne questo momento tra noi due soli. Non è facile, ma sto cercando di concentrarmi. Lui mi penetra e sento Hawke gemere forte, mentre la donna urla e il letto scricchiola sotto di loro. Non potrebbe essere peggio di così.

"Gesù, devono fare tutto questo chiasso?" brontolo.

Patrick fa una risatina leggera mentre si muove dentro e fuori di me. "Non pensarci."

Cerco di concentrarmi di nuovo su di noi e muovo i fianchi per incontrare i suoi. La sensazione di lui dentro di me mentre sento la voce di Hawke mi manda su di giri. Mi ritrovo a immaginare che sia lui a riempirmi, a fare quei rumori sopra di me.

"Afferrami" dico a Patrick, perché ho bisogno di qualcosa che non riesco a ottenere.

Lui mi stringe il fianco con una mano ed entra con più vigore dentro di me. Gli conficco le unghie nelle spalle con foga, facendolo gemere. Lo tiro verso di me, gli mordo la parte superiore della spalla e assecondo ogni sua spinta. Sto iniziando a prenderci gusto, a sentire il profondo bruciore che mi avvolge, che mi conduce verso il piacere che cerco. La sensazione di lui che mi penetra mentre immagino cose che non dovrei immaginare mi porta al limite.

Lui caccia un gemito forte e, dopo un paio di spinte più brusche, capisco che è finita.

Sospiro, poi trattengo il fiato. Mi copro gli occhi con le mani mentre Patrick si accascia al mio fianco.

"Nic, è stato pazzesco. Sto sanguinando."

Mi sollevo sui gomiti e valuto il danno che ho fatto.

"Oh, mio Dio, Patrick." Mi metto a sedere. "Lascia che ti prenda qualcosa. Andiamo."

Ci alziamo e andiamo insieme in bagno, io in vestaglia e Patrick in boxer. Appena entrati, sento la porta d'ingresso chiudersi. Frugo nell'armadietto alla ricerca di una pomata antisettica che so di aver comprato in qualche momento ma che non ho mai usato.

Hawke irrompe dalla porta con indosso solo i boxer, e i miei occhi tradiscono la mia mente mentre lo osservo da cima a fondo. Il petto e l'addome scolpiti e disseminati di frasi e immagini, i boxer che pendono storti sui suoi fianchi come se li avesse indossati in fretta e furia. I suoi capelli sono tutti spettinati - la tipica acconciatura meglio conosciuta come 'capelli da sesso' - e non riesco a sopportare che sembrino così perfetti.

I suoi occhi sono spalancati dalla sorpresa mentre osserva la scena che ha davanti. Le spalle di Patrick sono insanguinate, con delle striature che provengono chiaramente dalle mie unghie e il segno di un morso. Mi appoggio al lavandino e sento il rossore del sangue che mi affluisce in faccia.

"Oh, merda..." borbotta lui, passandosi una mano tra i capelli. "Scusate, stavo solo..." Lascia la frase a metà e indietreggia lentamente verso l'uscita con un sorrisetto singolare sulla bocca.

Patrick ridacchia, quasi orgoglioso delle sue ferite.

Sono sicura che questo gonfia il suo ego sessuale. Non fa altro che farmi venire voglia di sbattere la testa contro questo lavandino di porcellana finché non si spaccherà in due.

Che nottata orribile.

La mattina dopo mi sveglio presto, faccio la doccia e poi mi infilo dei leggings comodi e il mio maglioncino corto. Voglio prendere il mio caffè e mettermi al lavoro. Ho una scadenza per uno dei manoscritti su cui sto lavorando, e l'editing su questo testo è stato davvero un'impresa.

Quando arrivo in cucina, mi trovo davanti la schiena tatuata della persona che preferirei evitare. Medito di tornare in camera da letto, ma decido di non farlo. Questa è anche casa mia, e ho il diritto di muovermi liberamente senza preoccuparmi che ci sia qualcosa di imbarazzante. È imbarazzante solo se sei tu in imbarazzo, no?

Hawke mi sente entrare e si gira, appoggiandosi al bancone con i palmi delle mani, cosa che gli fa flettere i bicipiti e il petto. I suoi occhi mi percorrono in lungo e in largo mentre mi avvicino e sento il calore su ogni centimetro di pelle su cui li posa. Inclina la testa all'indietro con uno sguardo complice, scrutandomi attraverso le ciglia mentre gioca con l'anello sul labbro.

"Che c'è?" chiedo, incapace di trattenere la mia impazienza e ostilità.

"Non ne avevo idea" mormora con un tono rauco e mattutino, sollevando le sopracciglia per la sorpresa.

Lo guardo con aria distaccata, incrociando le braccia sul petto e aspettando che continui, ma non lo fa. Faccio uno sbuffo di scherno e mi muovo intorno a lui per prendere la mia tazza e riempirla. Con mia grande sorpresa, lui mi segue e si china intorno a me, appoggia ciascuna delle sue mani sul bancone e mi accerchia, in modo che io non possa muovermi. Il mio respiro accelera per la vicinanza, mentre lui preme la sua fronte sulla mia schiena. Mi blocca i fianchi contro il bancone, e sento la sua virilità gonfiarsi tra le mie natiche.

"Ho solo una domanda" mi bisbiglia all'orecchio, infilando il naso tra i miei capelli per annusare il mio odore.

Deglutisco e stringo forte gli occhi, ma mi sfugge un respiro.

"A chi stavi pensando quando ti sei trasformata in un'animale?" sussurra prima di spingere con decisione i fianchi contro il mio sedere, togliendomi il fiato. "Ti svelo un piccolo segreto." Mi scosta i capelli dalla spalla per esporre il mio collo. "Anch'io stavo pensando a te" mormora contro la mia pelle.

Formicolio. Ovunque nel mio corpo. Mi mordo il labbro e caccio un piccolo gemito di cui mi pento all'istante. Stava pensando a me mentre si scopava quella ragazza, proprio come la mia mente è andata a lui mentre ero con Patrick. È stato proprio il pensiero di lui a provocare quello che sta insinuando. Mi ha trasformata in una specie di animale assetato di sesso.

Le sue labbra sfiorano il mio collo e la mia spalla. Avverto un lieve pizzicore e sussulto quando mi rendo conto che mi ha dato un piccolo morso. Proprio nel punto in cui ho morso Patrick. Mi volto immediatamente e lo spingo via da me.

Lui grugnisce appena per la spinta decisa, poi sorride, rivolgendomi un'occhiata diabolica mentre si allontana e prende posto al tavolo della cucina.

Quest'uomo è un guaio. *Un gran bel guaio.*

Patrick ci raggiunge dopo un breve momento di silenzio tra me e Hawke. Tutto tronfio, gira intorno al tavolo, mi prende per mano e mi fa girare tra le sue braccia. Sorrido per la sua energia vivace. Mi posa una mano sulla guancia prima di baciarmi.

"La mia ragazza scatenata." Sorride e mi schiaccia contro il suo busto.

Arrossisco, ben consapevole che non siamo soli, e quando sbircio oltre la spalla di Patrick mi aspetto di trovare lo sguardo compiaciuto di Hawke dietro di noi. Ma non c'è. Sta solo fissando la sua tazza di caffè.

"Torno stasera. Magari possiamo ordinare qualcosa da mangiare prima che attacchi al lavoro?" propone.

"Sì, dipende da quando torni. Fammi sapere."

Mi bacia la mano e mi fa l'occhiolino prima di salutarci e uscire dalla porta.

"Che ti prende? Hai contratto una malattia incurabile ieri sera?" Scherzo sullo strano atteggiamento di Hawke, avvicinandomi al tavolo.

Lui mi sbircia con aria vacua da sotto le ciglia, senza rispondere, poi torna a guardare il suo caffè. Fa scorrere il dito sul bordo della tazza mentre rimane assorto nei suoi pensieri. Il suo umore sembra essere cambiato drasticamente.

"Ti va di fare due chiacchiere?" gli chiedo in tono più dolce.

"No."

Okay, non funziona. Escogito un altro piano che sono certa che avrà successo.

"Ti va di guardare Carlito's Way?" Agito le sopracciglia in modo giocoso.

"Cazzo, sì" risponde lui, alzandosi dalla sedia con il suo caffè.

Torniamo alle nostre abitudini. Ci sediamo uno vicino all'altra e guardiamo film di mafia sorseggiando i nostri caffè. È curioso come riusciamo a essere a nostro agio l'uno con l'altra. Quando non mi stuzzica e non si comporta in modo ridicolo, riusciamo ad avere delle conversazioni fantastiche. Mi cinge le spalle con un braccio e mi attira al suo fianco. Mi appoggio a lui mentre le sue dita giocano dolcemente con le mie. Stiamo di nuovo superando quel limite. Questa situazione sembrerebbe estremamente sospetta a chiunque la guardasse da fuori, eppure è così spontanea.

Sbircio di nascosto il suo viso, e qualcosa non quadra.

"Cosa c'è che non va, Hawke? Puoi parlare con me" gli assicuro, intuendo che questo insolito contegno non accenna a passare.

Lui sospira e si passa la mano libera tra i capelli.

"Niente, Cole."

"È tutto pronto per il tuo nuovo lavoro? È questo che ti preoccupa?"

Fissa il muro con aria assente, la mascella si stringe e poi si allenta di nuovo.

"Sono sicura che andrà bene. Gli orari non sono atroci, e almeno comincerai a vedere un po' di soldi."

"Non ho bisogno di soldi" sbotta bruscamente.

Metto in pausa il film e mi volto per affrontarlo. C'è qualcosa che non va.

"So che ti piace vivere una vita semplice, ma-"

"Ho così tanti soldi che non so cosa farmene" mi interrompe con un tono freddo e sprezzante.

Ha dei soldi? Al punto che l'unico motivo per cui ha accettato questo lavoro è per rispettare i termini della libertà vigilata e per rientrare nella società, come dice lui? Ma da dove vengono questi soldi? Non vorrei che si trattasse di qualcosa di illegale.

"Allora, cosa c'è che non va?" insisto.

Lui guarda il soffitto, così gli prendo la mascella e cerco di fargli abbassare la testa per guardarmi. Si sposta e punta lo sguardo di lato, così gli tiro su la testa per guardarmi. Sta cercando di evitarmi. Mi respinge di nuovo e guarda verso la porta.

Quindi, è questo il gioco che vuole fare.

Gli salgo giocosamente in grembo, gli afferro la testa e la abbasso verso di me ridacchiando. "Hawke. Dai, sei ridicolo."

Il suo labbro si solleva in un angolo e si increspa leggermente mentre mi guarda. Almeno si diverte con le mie buffonate.

"Cosa c'è?" domando con un tono calmo e premuroso.

La sua bocca si apre per dire qualcosa, ma si ferma e si lecca le labbra, guardando il pavimento.

Mi rendo perfettamente conto di quanto siamo vicini. Le mie gambe circondano le sue mentre mi siedo sul suo grembo, le mie mani sul suo mento. Se Patrick rincasasse in questo momento, sarebbe difficile spiegarglielo.

"Dovresti levarti di dosso" afferma con freddezza, scostando la testa in modo che le mie mani cadano tra di noi.

Le mie sopracciglia si alzano mentre mi guardo le mani.

Non capisco perché faccia così. Un minuto fa mi raccontava che ha immaginato di scoparmi, mentre mi faceva scorrere le labbra sul collo, e poi si comporta come se fossi l'unica a provarci con lui, mi tratta come se fossi totalmente fuori strada.

Non ne posso più. Con questo tira e molla. Mi confonde sempre di più. Non mi parla dei suoi sentimenti, quindi non ho idea di cosa gli passi per la testa. Ogni volta che fa così, non fa che ribadire quanto io sia stupida a volergli stare vicino, a cercare di stare con lui.

Mi stacco da lui, scuotendo la testa, e mi dirigo verso la mia stanza. Lo sento imprecare e lanciare qualcosa contro il muro. Qualunque sia il demone con cui ha a che fare, dovrà affrontarlo da solo, com'era sua intenzione.

Sento sbattere la porta d'ingresso. Non posso fare a meno di chiedermi cosa abbia passato. Cinque anni di prigione? È chiaro che ha ancora addosso la pesantezza di quell'esperienza, che lo sta facendo sprofondare sempre di più in quel luogo oscuro. Vorrei che ne parlasse con me. Vorrei che capisse che io ci sono per lui. Che non lo giudicherei o penserei male di lui per un passato che non può più controllare.

In ogni caso, ho deciso che devo sapere.

17

Segreti

Se n'è andato. Per chissà quanto tempo. Ma devo approfittare di quest'occasione.

Afferro la maniglia della sua porta e batto delicatamente le dita sull'ottone. So che è una cattiva idea, ma voglio vedere con i miei occhi chi è, e se non ha intenzione di dirmelo lui, lo scoprirò da sola.

Devo sapere con chi ho a che fare. Devo sapere chi è quest'uomo che mi fa sentire come fa lui. Merito di sapere la verità, no?

Apro la porta, e lo scricchiolio che produce mi fa trasalire. Mi volto verso la porta d'ingresso per assicurarmi di essere ancora sola.

Faccio un respiro profondo, soffio fuori l'aria ed entro nella sua stanza.

È sorprendentemente pulita per un maschio. Mi sarei aspettata una montagna di vestiti sparsi, involucri di fast food, monetine buttate sul comò, e invece no. Niente di tutto ciò. Quando passo davanti al suo comò, sfioro con la punta delle dita i vestiti appesi nell'armadio. Afferro la manica di uno dei suoi giubbotti e la annuso. Ha il suo stesso odore: cuoio, cannella e sigarette spente. Qualcosa dentro il mio petto si rimesta.

Non ci sono quadri né altra roba appesa alle pareti. Nell'angolo della sua stanza c'è un televisore, un bello schermo piatto, oltre ad alcuni vecchi DVD a caso nel mobile sotto di esso. Mi avvicino alla scrivania. Ha un portatile niente male. A dire il vero, fa concorrenza al mio. Apro i cassetti della scrivania, ma non scorgo nulla all'interno, finché non arrivo all'ultimo in fondo. C'è una vecchia scatola di scarpe lì dentro.

Mi allungo immediatamente, tiro fuori la vecchia scatola di cartone e mi siedo sul pavimento accanto ad essa. Non dovrei farlo. Dovrei metterla via e lasciare subito la sua stanza. Ma non ce la faccio. Devo sapere qualcosa, qualsiasi cosa su quell'uomo misterioso che resta blindato come Fort Knox.

Apro la scatola. All'interno ci sono alcune carte del tribunale, documenti che presumo siano relativi al suo caso, e sotto di esse trovo un piccolo, splendido ciondolo a forma di croce d'argento con una spirale incisa sopra, attaccato a una catenina d'argento. Lo prendo in mano e ci strofino sopra il pollice. È di una bellezza ammaliante.

Tornando alla scatola, una foto piegata attira la mia attenzione. La estraggo per ispezionarla più da vicino e riconosco un ragazzo che avrà più o meno una quindicina d'anni. Sembra che l'immagine sia stata strappata da un giornale. È consumata, sottile e in bianco e nero. La didascalia sotto la foto riporta il nome di Ben Collins. È un ragazzo carino, sembra avere i capelli biondi o comunque chiari, arruffati, e un sorriso fantastico.

Chi sei, Ben Collins?

Rimetto la foto nella scatola dove l'ho trovata e poso il ciondolo in cima mentre sfoglio varie carte del tribunale. Non riesco a capire… perché è tutto qui dentro? Proprio mentre sfoglio i documenti e sto per leggerli, sento la porta d'ingresso aprirsi.

Merda.

Rimetto il coperchio sulla scatola e la ributto nel cassetto quando entra Hawke.

Non c'è niente che possa dire a mia discolpa. Sono stata colta in flagrante a frugare tra le sue cose. Il mio stomaco sprofonda per l'imbarazzo. Ho i battiti a mille per la paura e la trepidazione, mentre i suoi occhi si stringono in due fessure.

"Che cazzo ci fai qui dentro?" mi chiede, notando la mia mano ancora nel cassetto.

"Stavo solo..." Ho la bocca secca mentre cerco di formulare le parole. "Volevo solo sapere-"

"Sapere cosa?!" sbotta lui, parlandomi sopra.

"Sapere cosa è successo" sussurro.

I suoi occhi si ammorbidiscono per un momento mentre guarda il cassetto, poi si stringono di nuovo quando li riporta su di me.

"Esci dalla mia cazzo di stanza" ordina. "Subito!"

"Hawke…" dico con un filo di voce, alzandomi e camminando verso di lui.

Lui alza le mani per respingermi. "No."

"Parlami" lo imploro, toccandogli le mani e facendolo trasalire.

Si lecca le labbra, chiude gli occhi, poi li riapre per guardarmi. Vi colgo dentro tutto il suo dolore. Un'afflizione profonda si è insinuata in quegli occhi misteriosi, mescolata con tutte le loro sfumature verdi e blu.

"Parlare con te? A che pro? Fidati, non sono cose che vuoi sapere."

"Sì, invece. Capirei" lo supplico, lasciando cadere le mani tra di noi e appoggiando le dita sul suo petto duro.

Si comporta come se il mio tocco lo bruciasse, sussulta al contatto mentre il suo petto si alza e si abbassa tra di noi.

"Non farmi questo." La sua voce si incrina, e sento tutta la sua tormentata agonia.

Ha bisogno di aprirsi, ma sente di non poterlo fare. I suoi occhi mi dicono che vuole che io sappia, ma c'è ancora un'esitazione. So che non crede di potersi fidare di me. Non gli ho dato un valido motivo per farlo. Ma ora lui significa qualcosa per me, anche se non so cosa.

"Chi è Ben?" chiedo dolcemente, alzando lo sguardo sulla sua espressione angosciata.

Punta lo sguardo sul muro alle mie spalle, a bocca aperta, mentre si passa la lingua sui denti, cercando di trattenere il dolore muovendo la lingua senza pensare. Quel nome lo affligge. Lo addolora profondamente. Lo capisco dalla sua mano che si chiude a pugno sul fianco, da come gli si increspano gli occhi per trattenere l'agonia.

"Permettimi di essere qui per te" bisbiglio, trascinando lentamente le dita lungo i suoi pettorali prima di avvolgerlo in un dolce abbraccio.

Ho bisogno di toccarlo, di consolarlo. Sento di essere l'unica persona al mondo che può e vuole capirlo. E desidero disperatamente dimostrarglielo.

Il suo respiro cambia, gli occhi si chiudono e la bocca si schiude.

"Vuoi essere qui per me?" chiede con un filo di voce, aprendo gli occhi per guardarmi con una nuova oscurità.

Il mio labbro inferiore si libera dai denti mentre annuisco. "Sì. Sono qui."

Non so cosa sto facendo, ma non posso fare a meno di premere tutto il mio corpo su di lui. Hawke è la mia calamita, e non ho modo di respingerlo. Non riesco più a oppormi a questo desiderio devastante.

"Allora sii qui per me" afferma prima di afferrarmi la nuca e tirarmi verso le sue labbra.

Gemo nella sua bocca al contatto con la sua lingua che sfiora la mia.

Succede tutto così in fretta. Retrocede mentre mi bacia, finché non raggiungiamo il letto. Afferrando la parte posteriore delle mie cosce, mi tira sulle sue ginocchia. Mani selvagge e spericolate afferrano la mia felpa e me la sfilano rapidamente sopra la testa.

Mi bacia con tale avidità, con tale bisogno. Trascina la sua lingua sul lato del mio collo, costringendomi a mordermi il labbro mentre mi sfugge un gemito.

"Cazzo" sibila contro la mia pelle.

Mi lecca il labbro inferiore prima di spingere di nuovo la lingua nella mia bocca. Senza accorgermene, avvolgo le braccia intorno al suo collo e le mie mani si dirigono istintivamente verso i suoi capelli. Glieli tiro mentre il nostro bacio si fa più profondo. Lui geme e solleva i fianchi per incontrare i miei. Siamo fuori controllo, in un inferno di lussuria. Non c'è modo di fermarci. Ho bisogno di lui e non so perché.

Qualsiasi pensiero cosciente ha abbandonato la mia mente mentre le sue mani perlustrano il mio corpo, le sue dita mi slacciano il reggiseno e lo buttano via prima che io gli tolga la maglietta. Siamo in rotta di collisione, e niente può arrestarla.

Le sue mani mi toccano i seni e geme di puro piacere. Mi stringe delicatamente i capezzoli tra le dita, infiammando il mio ventre per lui. Ne porta uno alla bocca e lo succhia, assaporandolo mentre caccia il più sexy dei ringhi dal profondo della sua gola.

Lo spingo all'indietro contro il letto e mi allungo per sbottonargli i pantaloni. Le sue palpebre socchiuse lasciano filtrare uno sguardo selvaggio. Mi vuole, ha bisogno di me, proprio come io ho bisogno di lui. Sibila mentre tiro giù la cerniera, il rigonfiamento che preme contro i suoi jeans mi fa avvampare in tutto il corpo.

Allo stesso tempo, afferra i miei pantaloni e li abbassa, e io me li sfilo rapidamente di dosso. Accade tutto in un lampo. È come se sapesse che, se avessi un secondo per riflettere, mi fermerei all'istante. Ma io non penso, non penso a nulla se non a questa sensazione che ho dentro di me, un bisogno di piacere, un bisogno di connessione profonda con lui.

Immergo la mano nei suoi boxer e osservo il cambiamento sul suo volto quando avvolgo la mano intorno a lui. È così caldo, così duro, così grosso. Geme e getta la testa all'indietro mentre lo accarezzo in tutta la sua lunghezza. Non ne ho mai abbastanza delle sue espressioni, dei suoni erotici che gli sfuggono dalle labbra lussuriose. È inebriante e coinvolgente. Ne voglio ancora. *Lo bramo.*

"Cole." Geme di nuovo, con la bocca che si apre. "Cazzo."

Sono ammaliata dall'improvviso potere che ho su di lui. Continuo a strofinarlo con la mano, meravigliandomi delle sue dimensioni, prima che lui mi afferri il polso per fermarmi.

"Vieni qui" ordina con voce affannosa.

Mi tira su, in cima al letto, e mi fa sdraiare sulla schiena, con indosso solo la biancheria intima che ho messo stamattina. Le sue labbra iniziano a posare dei baci sulla mia pancia, fino a trovare il mio seno. Mi lecca il capezzolo, poi lo circonda con la bocca. Lo sfregamento del suo piercing labiale sulla mia pelle, lo sguardo nei suoi occhi mentre mi scruta attraverso i capelli neri che gli cadono davanti al viso come un velo, coprendogli leggermente gli occhi. Tutto questo mi sconvolge le viscere.

Si sporge su di me, prende un preservativo dallo scaffale, lo guarda e poi osserva me con aria incerta.

"Quello che stiamo per fare è sbagliato." Strappa il preservativo con i denti e sputa via il bordo dell'involucro. "Molto, molto sbagliato."

In questo momento non riesco a concentrarmi su nient'altro che su di lui. La sua ampia struttura che mi sovrasta, e lo guardo mentre arrotola il preservativo sulla sua virilità e mi scruta come un animale affamato. I miei feromoni sono in fiamme per lui. Il desiderio irradia dalla sua pelle, non emana altro che pura e appassionata lussuria dai suoi occhi, dai suoi muscoli contratti mentre si prepara per me.

Si china e si sistema tra le mie cosce.

"Ti prego, dimmi di non farlo" sussurra contro la mia bocca.

Vuole che lo fermi. Lo chiede sempre, ma questo fuoco tra noi non si può spegnere. È fuori controllo e deve fare il suo corso, bruciando tutto finché non rimarrà altro che cenere fluttuante.

"Devi dirmi che lo vuoi" aggiunge con cautela.

Premo le mie labbra sulle sue e lo bacio, prima di tirarmi indietro e di allungare la mano tra di noi per togliermi la biancheria intima.

"Ne ho bisogno" mugolo. "Ti prego."

Ho perso ogni forma di autocontrollo sotto di lui. I rimpianti che ne deriveranno verranno affrontati a tempo debito.

Tornando a sistemarsi tra le mie cosce, si struscia contro di me, facendoci ansimare entrambi, prima di allinearsi alla mia entrata. Ci guardiamo negli occhi mentre lui si spinge dentro di me, con una lentezza dolorosa. Faccio una smorfia quando mi penetra sempre più in profondità.

"Ancora un po'" dice con un tono teso, cercando di rassicurarmi mentre mi dilata a livelli che non ho mai provato.

Abbassa la fronte sulla mia una volta che siamo completamente connessi e si prende un attimo di pausa per permettermi di adattarmi.

"Sei perfetta come immaginavo" sussurra sottovoce, chiudendo gli occhi.

Sono tesa intorno a lui mentre il piacere si diffonde nel mio sesso. Mi sento così piena, così intorpidita e così incredibilmente carica allo stesso tempo.

"Hawke" bisbiglio senza fiato.

I suoi occhi trovano i miei, e qualcosa cambia in lui. "Cameron."

Deglutisco, presa alla sprovvista.

"Chiamami Cameron" chiarisce, guardando dai miei occhi alle mie labbra e viceversa, prima di chiudere di nuovo gli occhi per la sensazione che prova ora che è dentro di me.

Non mi sono mai sentita così legata a qualcuno come in questo momento. Non so come gestirlo.

"Cameron" ripeto con voce affannosa.

Al suo nome, apre rapidamente gli occhi, e io la vedo. Vedo la sua anima attraverso quegli occhi turbati. Ora è legato a me, così come io sono legata a lui.

Si ritrae lentamente, senza mai interrompere il contatto visivo. E poi comincia a fare avanti e indietro, quasi sincronizzando i suoi movimenti con il ritmo crescente del suo cuore. Mi aggrappo al suo collo e apro le gambe per lui mentre ci uniamo ancora e ancora. La tenerezza delicata si trasforma lentamente in una collisione brutale. Se avessi ancora un briciolo di autocontrollo, mi preoccuperei dei suoni che sto emettendo, ma non ce l'ho. Gemo e grido mentre lui affonda dentro di me, la sua voce roca e i suoi versi che riempiono l'aria insieme ai miei.

Mi avvolge la coscia e se la issa attorno al bacino, tenendomi stretta per fare leva mentre mi trascina sempre più a fondo nell'oscurità con lui.

Le sue labbra entrano in contatto con il mio collo, proprio sotto l'orecchio. Tira fuori la lingua e prima lecca, poi succhia. Con l'altra mano mi stringe il seno in una presa decisa, poi lo massaggia dolcemente. Sembra tutto così perfetto, come se fosse destinato ad accadere. Dovevo solo provare queste sensazioni così stupefacenti per fugare ogni dubbio.

"Mi stai rovinando." Geme contro le mie labbra. "Maledizione, Cole."

Sento che sto per raggiungere l'apice, il piacere è a portata di mano. Come se lo percepisse anche lui, avvolge l'altra mano intorno alla mia nuca e mi tiene in posizione mentre mi penetra, osservando attentamente il mio viso, studiando i miei occhi, le mie labbra, la piega tra le sopracciglia, mentre perdo il controllo.

Grido e stringo forte gli occhi mentre mi disfo come non ho mai fatto prima. Sento che mi contraggo attorno a lui mentre vengo travolta da ondate di piacere rovente. Lui non si ferma. Continua ad andare avanti mentre io cavalco l'orgasmo. Sento una pulsazione elettrica che mi attraversa ogni volta che mi riempie. È la sensazione più duratura e straordinaria che abbia mai provato.

Abbassa la testa sulla mia spalla e le sue spinte si fanno più scoordinate e lente, mentre le mie dita si aggrappano alla pelle della sua schiena. Viene con un gemito cavernoso contro la mia pelle, avverto i suoi respiri affannosi sul mio collo.

Non appena finisce, rimaniamo uniti mentre torniamo lentamente a terra. Sento l'ondata di rimpianti che mi inonda subito dopo che ho toccato la superficie e mi trascina sotto le sue acque soffocanti. Mi vengono le lacrime agli occhi mentre fisso il soffitto. Non riesco a credere a me stessa. *Che cosa ho fatto?*

Hawke solleva la testa e mi guarda, annaspando per riprendere fiato. Esamina il mio cambiamento di emozioni, i suoi occhi si spostano tra i miei.

"Te l'ho detto. Ti ho detto di dirmi di fermarmi. Ti ho pregato" mormora, scuotendo la testa mentre le lacrime mi scendono sulle guance.

"Lo so, è solo che..."

Non so cosa sto provando. Provo rimpianto, ma non perché non mi sia piaciuto. Provo rimpianto perché è stata una delle sensazioni più incredibili che abbia mai vissuto e non riesco a elaborarla.

Si stacca pian piano da me e si ravvia i capelli con una mano. Il suo volto sembra così ferito, così deluso.

Mi sporgo verso di lui. "Hawke."

"Tranquilla. Tanto non significava nulla" dice in tono freddo, rimettendosi i pantaloni.

Il mio cuore si spezza a metà. Mi sono buttata tra le sue braccia per poi sentirmi dire che non ha avuto alcun valore? Pensavo che l'avesse avuto. Pensavo che ci fossimo davvero uniti. Ho sentito che si stava aprendo con me. Ma ora che ci vedo più chiaramente, capisco che ha usato il sesso per evitare di affrontare le mie domande. Ho mandato all'aria la mia relazione per una sveltina con un ragazzo cattivo che mi si è insinuato sottopelle, come fa con tutte. Ha ragione. Non c'era niente di speciale in tutto questo.

"Cole, vattene e basta." Scuote la testa e si dirige verso la porta.

Il panico mi assale quando mi rendo conto di aver completamente distrutto tutto con ben due decisioni orribili, infantili e impulsive. Sono ferita per motivi completamente diversi. Ho appena rischiato di perdere tutto per qualcuno che non è disposto ad ammettere che quello che abbiamo fatto ha avuto un valore.

"Non dirai nulla, vero?"

Lui scruta il pavimento e solleva le sopracciglia quasi con incredulità.

"No, Cole. Non lo farò se tu non vuoi." Sospira e si passa di nuovo la mano tra i capelli.

Mi rivesto in fretta, eppure mi sento ancora più nuda ed esposta che mai mentre gli passo accanto.

Esco dalla stanza e faccio per chiudere la porta, ma rimane accostata. Mi fermo fuori, nel corridoio a sbirciare la sua sagoma attraverso la fessura. Lo guardo mentre cade in ginocchio e si strofina il viso con le mani. Apre il cassetto inferiore della scrivania, quello in cui si trova la scatola di scarpe. Ci appoggia sopra la mano per aprirla, poi richiude rapidamente il cassetto, producendo un forte botto, prima di posare la testa tra le mani.

Alcuni segreti sono sepolti così in profondità che l'unico modo per scoprire la verità è trovare da soli le profondità delle tenebre.

18

Tre son troppi

Distanza.

È di questo che ho bisogno. Di spazio. Di un po' di tempo lontano da lui per elaborare tutto quello che è successo. Ho la mente così confusa, così annebbiata quando sono in sua presenza che tutti i pensieri razionali finiscono fuori dalla finestra. Ho bisogno di schiarirmi la mente per fare i conti con tutta l'erroneità, la bruttezza e l'atrocità di questa situazione.

Sono rimasta in camera mia finché non è tornato Patrick dal lavoro, a mangiarmi le unghie finché non c'è più stato nulla da mordicchiare. Non mi sono mai sentita così nervosa, così in ansia, così disgustata dalle mie azioni sconsiderate. Così confusa. Non so proprio come gestire tutte queste emozioni. Sembra che voglia ciò che non posso avere. Ho bisogno di qualcosa di cui non so nulla – perché non ne so nulla davvero. Mentalmente prosciugata non rende nemmeno l'idea.

So di doverlo dire a Patrick, ma come? Quando? Mi perdonerà? Possiamo lasciarci alle spalle questa situazione? Lo voglio?

Entra dalla porta allegro come sempre, il che non mi aiuta. Mi sento malissimo, e ho paura che Hawke decida di non mantenere il nostro piccolo segreto e di spifferarlo a lui, se non altro per il fatto che io ho violato la sua privacy, e lui poteva violare la mia. 'Abbiamo fatto del sesso fantastico e le ho fatto provare un orgasmo. Tu che cosa hai fatto oggi?'

"Tesoro? Perché sei così pallida? Ti senti bene?" mi chiede, togliendosi il cappotto e posandolo sull'angolo del letto.

Mi metto una mano sulla fronte. "Devo aver mangiato qualcosa di strano."

"Beh, spero che passi presto" commenta con un sorriso eccitato.

"Perché, che succede?"

"Vieni con me."

Mi prende per mano e mi trascina in cucina. I miei occhi cercano nervosamente Hawke, ma mi tranquillizzo quando mi accorgo che non è qui, bensì ancora nella sua stanza. Mi chiedo per un attimo cosa abbia fatto o pensato dopo il nostro piccolo incontro.

Patrick mi conduce al tavolo e io mi siedo. Va verso la porta di Hawke e bussa un paio di volte.

Ho un sussulto. "Cosa stai-"

Hawke apre la porta e scruta Patrick. Indossa una maglietta nera morbida e dei pantaloni grigi della tuta. Gli lancia un'occhiata incuriosita prima di rivolgere lo sguardo a me.

Dio, è comunque così bello, anche senza sforzo. E ora che so tutto quello che c'è sotto quei vestiti… Riesco quasi a scorgere l'impronta dell'affare che è stato dentro di me poco fa. Ingoio la bile. Il mio viso deve avere assunto una tonalità che rasenta il bordeaux con tutto il calore che mi sento ora sulle guance.

"Che c'è?" chiede con noncuranza, strofinandosi la nuca.

Il mio stomaco sta letteralmente facendo un'intera

sessione di esercizi a corpo libero dentro di me. Credo di essere sul punto di svenire.

Gli occhi di Hawke passano da me a Patrick, e la preoccupazione che vi colgo dentro è evidente. Pensa che gliel'abbia detto o che l'abbia in qualche modo scoperto da solo.

"Vieni fuori un attimo. Dobbiamo parlare" lo esorta Patrick con un sorriso rilassato.

Mi mordo il labbro inferiore mentre ci sediamo tutti insieme al tavolo della cucina. Hawke si appoggia allo schienale con fare apparentemente rilassato. Le mie mani grondano di sudore e me le tengo infilate nella felpa.

"So cosa sta succedendo" esordisce.

Spalanco la bocca, tutta l'aria lascia la stanza. Hawke stringe gli occhi in due fessure, spostando lo sguardo fra me a Patrick.

"Voi due non andate molto d'accordo" conclude.

Tiro un respiro per la prima volta da quelle che sembrano due ore.

"So che è difficile avere un nuovo coinquilino e tutto il resto, soprattutto visto che siete così diversi e vi tocca condividere questo spazio durante il giorno. Ma ci tengo davvero che questa convivenza funzioni per il momento. Voglio che ci comportiamo tutti da adulti."

Non sopporto quando Patrick fa queste paternali alla gente, soprattutto quando le fa con me.

"Ci stiamo comportando da adulti, Patrick. Ci stiamo solo dando lo spazio di cui abbiamo bisogno" chiarisco.

"Non saprei. Forse ha ragione" interviene Hawke. "Forse dovremmo impegnarci di più per passare un po' di tempo insieme. Per conoscerci davvero" commenta con tono divertito. "Voglio dire, si vede che non facciamo altro che evitarci."

Si appoggia alla sedia e mette entrambe le mani dietro la testa, con un sorrisetto sulle labbra. I miei occhi si stringono in due fessure dall'altra parte del tavolo. So cosa sta facendo. Si sta prendendo gioco di me.

"Esatto. Grazie, Hawke." Patrick annuisce. "Visto

che ultimamente sono stato così spesso via per lavoro, non vorrei che si stesse creando un po' di imbarazzo qui."

Faccio uno sbuffo di scherno e alzo gli occhi al cielo, prima di guardare verso la cucina. Dall'altra parte del tavolo gli occhi di Hawke sono puntati su di me. Perché è fatto così? Serio, sensuale, poi sadico.

"Dai, Nic..." mi rimprovera Patrick.

"Già, Nic." Hawke pronuncia il nome con uno schiocco. "Magari possiamo stare insieme e diventare amici."

Non fingerò nemmeno di non aver colto la sua battuta. Carina. Davvero carina. Se il mio sguardo potesse sparare proiettili, lo starebbe facendo.

Menomale che Patrick è così sprovveduto. Mi sento malissimo. Sta facendo di tutto per rendermi felice. So che è così. Si preoccupa che io debba affrontare questa situazione che lui stesso ci ha causato. Se solo sapesse.

Afferro le mani di Patrick sul tavolo e mi volto verso di lui con occhi dolci e supplichevoli. "Quello che vorrei davvero è passare un po' più di tempo con te."

Hawke alza gli occhi al cielo, mentre Patrick mi sorride amorevolmente.

"Beh, sei fortunata." Sorride. "Ho preso i biglietti per andare a vedere Divine Intervention in città domani sera."

"Cosa?" gli chiedo, guardando da lui a Hawke.

Il suo volto lascia trapelare umorismo, divertimento e sorpresa.

"Divine Intervention?" chiede Hawke.

"È un gruppo rock cristiano. Stanno avendo un grande successo." Patrick sorride orgoglioso. "Comunque, ho preso i biglietti per noi tre. Ho pensato che potremmo metterci in marcia domani quando stacco dal lavoro e rimediare qualcosa da mangiare lungo la strada."

"Patrick. Devo lavorare." Scuoto la testa.

"Problema già risolto. Ho chiamato per chiedere se potesse sostituirti qualcuno e John ha detto che si sarebbe inventato qualcosa."

Vedo che Hawke avrebbe voglia di scoppiare a ridere mentre ascolta. È talmente divertito nel vederci interagire, e io potrei ucciderlo. Potrei letteralmente ucciderlo.

"Non sono contenta che tu l'abbia fatto. John ti ha detto così solo perché è un bravo ragazzo. Ora gli toccherà fare i salti mortali per cercare di coprirmi il sabato sera." Sospiro, sentendomi frustrata.

"Nic, tranquilla. È una serata importante. Ne abbiamo bisogno" risponde lui.

"Sì, Nic, sarà un bene. Per tutti noi" aggiunge Hawke, stringendo gli occhi in due fessure su di me. Gli rispondo con un'occhiataccia.

"Come vuoi" brontolo, voltandomi verso Patrick.

"Ottimo. Siamo sulla buona strada." Patrick si appoggia allo schienale e ci guarda con orgoglio.

Sarà una bruttissima serata.

"Sei uno schianto" mi dice Patrick avvicinandosi allo specchio dietro di me.

Arrossisco mentre finisco di arricciare le ultime ciocche. Non avevo idea di cosa indossare per un concerto di rock cristiano, così ho optato per un miniabito a fiori di girasole, con un grazioso giubbetto di pelle sopra, calze autoreggenti e stivaletti neri con la zeppa.

Potrei sembrare un tantino troppo audace per il God-Rock, ma eccoci qui.

Patrick indossa un paio di jeans con un maglione con la zip color crema e un paio di Dottor Martens. Lo prendo in giro perché ha il classico aspetto del figlio di papà straricco, mentre lui mi sfotte perché sembro una groupie.

Siamo tornati a scherzare l'uno con l'altra, e per quanto mi senta in colpa per i terribili errori che ho commesso, sono grata che per il momento siamo di nuovo in grado di flirtare e divertirci. Questo fino a quando non si scatenerà l'inferno, appena la verità verrà a galla.

Andiamo in cucina, con Patrick che non mi leva le mani di dosso, mentre Hawke esce dal bagno. Si è acconciato i capelli all'indietro con qualche ciocca che gli penzola davanti. Indossa dei jeans neri strappati e aderenti con una maglietta grigio scuro che aderisce alla sua sagoma muscolosa. Stivali da combattimento neri, alcune catene al collo e anelli in pendant. Ha un profumo incredibile, una specie di colonia speziata che credo sia dopobarba, o qualsiasi altra cosa si mettano i ragazzi.

Lo osservo dalla testa ai piedi e deglutisco l'ondata di calore che mi sale dentro. Ha un aspetto delizioso, come lo sono di solito le cose tossiche. Hawke sembra avere lo stesso problema, perché se ne sta lì, un po' impacciato, a fissarmi.

"Pronto ad andare?" gli domanda Patrick eccitato.

Mi cinge la vita con le mani mentre ci dirigiamo verso la porta. Mi dà una strizzata, e io strillo, ma poi posa le labbra sulle mie. Hawke ci sta sbirciando da dietro, con un pugno premuto sul mento per scrocchiarsi il collo, e ci segue fino all'auto.

"Una Kia, eh?" chiede Hawke dal sedile posteriore mentre partiamo per il viaggio di un'ora verso la città.

"Sì, sì. So come la pensi. Però consuma pochissimo. Perfetta per i viaggi di lavoro."

Gli sorrido e gli stringo la mano, al che lui la solleva e mi dà un bacio sul dorso. Dio, sono la peggiore degli esseri umani. Percepisco il ghigno di Hawke alle mie spalle, sapendo cosa è successo poco prima che Patrick tornasse a casa. Mi chiedo se ci stia ancora pensando anche lui come io non riesco a smettere di fare. Le sue mani, i suoi gemiti, i suoi occhi, il suo viso, il suo cazzo. Probabilmente il preservativo è ancora nella spazzatura della sua stanza. *Gesù, sto per vomitare.*

Arriviamo al locale, e non è quello che mi aspettavo. Speravo di trovare quantomeno un po' di brio, e invece vedo solo uomini vestiti come se stessero andando a un torneo di golf e donne pronte per un brunch domenicale. Certo, ci sono persone vestite in modo un po' più spinto, ma con tutto il mio vestito a fiori e il giubbetto di pelle mi sento la gangster più cattiva di questa parte di Harlem.

L'espressione di Hawke dice tutto. Cammina dietro di noi con un solco sulla fronte e una smorfia. Credo che i rave a cui va lui non siano affatto come questo.

Troviamo un posto in piedi nell'area aperta, vicino al palco, e Patrick decide di prenderci alcune birre.

"Vuoi che venga con te? Ti servirà una mano per portare-"

"No, tesoro, ci penso io. Tu... chiacchiera con Hawke." Mi bacia il naso prima di allontanarsi e dirigersi verso il bar tra la folla crescente di persone.

Brontolo e poi affronto con riluttanza Hawke, che mi sogghigna ancora una volta in modo diabolico. Per lui è tutto un gioco. Il suo unico obiettivo è giocare con me e con le mie emozioni.

La calca aumenta e sempre più persone riempiono il piccolo spazio di fronte al palco. Hawke e io veniamo spinti più vicini. Lui tiene le braccia aperte per farmi da scudo mentre un gruppo di ragazzi di non più di sedici anni ci passa accanto.

Si sistema dietro di me e coglie l'occasione per avvolgermi le braccia intorno alla vita e tirarmi a sé. Affonda il naso tra i miei capelli e trova il mio orecchio. Sento la sua bocca calda e umida avvolgermi il lobo, provocando un'ondata di piacere sotto la mia vita. Mi sfugge un gemito affannoso mentre i suoi denti si trascinano sulla pelle sensibile.

Mi riprendo e lo spingo via da me mentre lui ridacchia.

"Cosa diavolo ti salta in mente?! Sei impazzito?" gli chiedo mentre lancio un'occhiata alle sue spalle per assicurarmi che Patrick non sia nelle vicinanze.

"Scusa, ho solo visto qualcosa che mi piaceva" risponde con la testa piegata di lato, leccandosi il labbro inferiore e giocherellando con l'anello.

"Non puoi fare così!" lo rimprovero.

Mi giro di nuovo verso la band, che si sta preparando per iniziare. Patrick ci raggiunge e ci passa le birre. Mi abbraccia e sorseggia con disinvoltura la sua birra mentre la musica inizia.

La band non è poi così male. Ondeggio al ritmo della musica, mentre anche il resto della folla si gode l'orecchiabilità del pezzo. Sbircio Hawke, che è un po' più indietro rispetto a noi, appoggiato a un pilastro con una caviglia incrociata sull'altra, a sorseggiare la sua birra.

Un gruppo di ragazze gli passa accanto, ridacchiando e lanciandogli occhiate, ma lui non ci bada. I suoi occhi sono puntati sulla mano di Patrick che scivola lungo la mia vita. Vorrei davvero che si concentrasse su qualcos'altro.

Patrick mi palpa il culo con una mano e affonda il naso fra i miei capelli mentre continua ad ascoltare la band.

L'imbarazzo sta diventando eccessivo tra tutt'e due e sento gli occhi di Hawke su di me come dei raggi laser. Arrossisco, mi sento a corto di ossigeno, come se tutto ciò che mi circonda mi stesse schiacciando. O forse è solo la mia coscienza che mi urla contro.

"Vado a prendere dell'acqua. Torno subito!" esclamo a voce alta.

Patrick annuisce e io mi spingo fuori dalla folla. Passo davanti a Hawke senza guardarlo o dire una parola, e la sua testa si gira per seguirmi.

Prendo un bicchiere d'acqua dal bancone sul retro, faccio un respiro profondo e mi concedo un attimo di relax. Non so se sia stata la folla, le mani di Patrick su di me o gli occhi di Hawke a farmi sentire come se non riuscissi a respirare, ma qui dietro sono molto meno congestionata.

Trovo una serie di scale che portano alla balconata e le prendo per vedere meglio la band. È piacevole stare quassù, lontano da tutti i miei problemi. Immagino di non essere autorizzata a stare qui, perché non c'è nessun altro quassù, ma mi piace questo spazio. Finalmente sento di poter respirare. Appoggiata alla ringhiera, guardo il gruppo scatenarsi cantando la loro nuova canzone 'Saved by Your Grace.' Deve essere la loro hit, perché la folla sa tutte le parole a memoria.

Mentre mi tengo alla ringhiera con entrambe le mani, sento le mani di qualcun altro scivolare intorno alla mia vita. Sussulto per l'improvviso contatto, non sapendo chi possa essere. È quello che succede quando hai un fidanzato ma ti scopi comodamente anche il tuo coinquilino.

Mi tira all'indietro verso di sé, le mani scivolano intorno alla mia vita fino ai fianchi. Sento un corpo duro alle mie spalle e capto l'odore di quella squisita acqua di colonia nello stesso istante in cui individuo Patrick tra la folla.

"Cosa stai-"

"Sss..." mi interrompe.

Le sue mani si dirigono verso la parte anteriore delle mie cosce esposte e risalgono lentamente. Siamo rintanati quassù, al buio, e non c'è nessuno intorno a noi. È il preliminare per qualcosa di terribile.

Mi rilasso appena contro di lui, prendo fiato, mi appoggio all'indietro e mi godo la sensazione del basso che mi rimbomba nel petto mentre le dita di Hawke trovano il punto di incontro delle mie gambe.

Gemo quando mi tocca sotto il vestito, le sue dita compiono dei cerchi all'esterno delle mie mutandine, facendomi impazzire. Applica la giusta pressione. Una quantità di sfregamento di una perfezione devastante, che mi fa aumentare il battito cardiaco e venire il fiatone. L'accumulo di piacere sta diventando eccessivo.

Con l'altro braccio mi cinge la vita per tenermi ferma, mentre si preme con decisione contro il mio sedere per farmi capire quanto sia eccitato anche lui.

"Gesù, sei zuppa" mi sussurra all'orecchio. Tastando l'umidità all'esterno dei miei slip continua a strofinare la mia fessura con un dito.

Le sue parole, il tono della sua voce profonda e rauca e quello che le sue dita stanno facendo al momento mi fanno vorticare in un'ebbrezza di lussuria.

Sbatto le palpebre nel tentativo di risvegliarmi, quando le sue labbra trovano di nuovo il mio orecchio e la sua lingua si insinua sul mio collo.

"No" sussurro senza fiato, premendo il sedere all'indietro contro la sua erezione.

"Vuoi che mi fermi?" bisbiglia sulla mia pelle sensibile prima di piantarvi dei baci con la bocca aperta.

"Oh, sì" gemo, lasciando cadere la testa all'indietro su di lui. L'altra mano si immerge nel mio giubbetto, mi tocca il seno e mi sfiora il capezzolo indurito con il pollice.

Scuoto la testa, apro gli occhi e vedo Patrick sotto di noi che sta guardando la band.

"No" sussurro concitata. "No!"

Gli afferro le mani e le spingo giù, poi mi giro e lo spintono all'indietro contro il muro. "Basta! Dobbiamo smetterla! È una follia!"

Finalmente sono tornata in me. Non riesco a trattenermi con lui, e lui lo sa. Se tutto ciò che vuole è scopare con qualcuna, deve trovarsi qualcun'altra con cui farlo.

I suoi occhi duri trovano i miei e sfoggia un'espressione confusa. Scuote la testa una volta prima di afferrarmi le braccia e tirarmi verso di lui. Ci fa girare bruscamente in modo che la mia schiena sia contro il muro e schianta le sue labbra sulle mie.

Le sue labbra sono così morbide, eppur roventi per me. La sua lingua si immerge nella mia bocca mentre le sue mani scivolano ai lati del mio collo. Mi inchioda contro il suo corpo mentre le sue labbra scorrono contro le mie senza staccarsi nemmeno per un attimo. Geme nella mia bocca e preme la sua erezione contro la mia coscia. È una sensazione magnifica. Troppo bella. Così bella che so che è sbagliato.

"Hawke, fermati!" dico infine, spingendolo di nuovo

via da me.

Lui se ne sta lì con le mani alzate, gli occhi socchiusi e la bocca aperta, come se fosse inebriato quanto me da questa nostra chimica.

"Scusa, è solo che… da come ti comportavi non mi sembrava che volessi che mi fermassi."

"La parola 'no' non significa nulla per te?" sbotto.

"Beh, non quando è seguita da un gemito e da un 'sì'." Fa il suo solito sorrisetto laterale e presuntuoso. "Stai mandando segnali contrastanti."

"Che te ne pare di questo segnale?" rimarco, alzando il medio.

"Di nuovo?" Inclina la testa di lato. "Così presto?"

Il suo sarcasmo mi manda su tutte le furie. Mi dirigo a passo di marcia verso le scale, lasciandolo lì con una faccia divertita.

"Non seguirmi" lo avverto, voltandomi per vedere il suo sorriso sexy un'ultima volta.

Le sue mani sono alzate, a lasciarmi intendere che sa che non me le deve mettere addosso. Faccio un respiro profondo nel tentativo di sbollire prima di tornare da Patrick.

Devo davvero rimettere in ordine le mie priorità. Ho quasi provato un orgasmo a un concerto rock cristiano.

L'inferno è a un tiro di schioppo.

19

Erosione

"Spegni gli abbaglianti, pazza, finirai per accecare qualcuno!" mi urla Hawke dal sedile del passeggero.

Gli lancio una rapida occhiataccia prima di spegnerli.

Non sono abituata a guidare la macchina di Patrick, e mi dimentico come funziona. Dopo la fine del concerto, ci siamo riavviati verso casa. Patrick ha chiesto di sdraiarsi sul sedile posteriore per recuperare un po' di sonno. Sonno di cui a quanto pare l'ho privato io con quel sesso folle e selvaggio.

Hawke era più che contento di lasciargli il posto dietro per potersi sedere davanti con me. Ho gemuto al solo pensiero.

Non solo si è rivelato insopportabile come passeggero, di quelli che mettono continuamente bocca sulla tua guida, ma ha anche lanciato piccole allusioni sessuali a ogni occasione buona. Al momento sono un po' stufa di questo lato stronzo di Hawke. Tuttavia, non mi dispiacerebbe rivedere Cameron.

Sentire Patrick che russa leggermente dietro è l'unica

cosa che mi ha evitato di perdere la testa all'interno di quest'abitacolo.

"Allora, dimmi una cosa, ti è sempre piaciuto il rock cristiano?" mi chiede, giocherellando con uno dei suoi anelli al dito.

Lo guardo con la fronte aggrottata e la faccia contorta. "No."

Ride, mettendo in mostra i suoi denti bianchi.

"A dire il vero, l'ultimo concerto a cui sono andata potrebbe sorprenderti" aggiungo.

"Okay, lasciami indovinare." Si drizza sul sedile e si gira verso di me. "Jonas Brothers."

Gli lancio la mia migliore occhiataccia per la sua risposta sardonica.

"Okay, non i Jonas Brothers, che ne dici di... Kelly Clarkson?"

"Gesù, mi reputi davvero bigotta, eh?"

"Beh... sì." Fa spallucce.

"Vaffanculo." Faccio uno sbuffo di scherno. "No, l'ultimo concerto a cui sono andata è stato l'estate scorsa, il RockFest. Sono andata a vedere i Disturbed con mia sorella."

Hawke mi guarda come se avessi detto la cosa più assurda che abbia mai sentito.

"Disturbed?! Tu?!" Scuote la testa. "Non ci credo."

"Beh, credici, perché è vero."

"Accidenti, non avevo idea che fossi tipa da 'Down With the Sickness'" risponde, guardando attraverso il parabrezza anteriore, ancora sotto shock.

"Già. Sono un po' 'Stupified'" commento, stando al gioco.

Lui ridacchia tra sé e sé borbottando "incredibile" sottovoce. "Quanti anni ha tua sorella?" mi chiede, cambiando argomento.

"Ha due anni più di me. Si chiama Johanna. Non potremmo essere più diverse, ma almeno siamo legate dalla musica." Mi stringo nelle spalle.

"Quindi lei è selvaggia e spericolata mentre tu sei

fredda e composta." Sorride.

"Più o meno." Annuisco. "È stato difficile per te? Essere figlio unico?" domando con cautela.

Mi ha accennato di essere figlio unico durante le nostre conversazioni sul divano, che erano rimasti solo lui e suo padre per un po' prima che morisse.

"Intendi se è stato difficile stare da solo, senza nessuno che mi coprisse le spalle in alcuni dei momenti più brutti della mia vita?" Fa una pausa, con lo sguardo fisso sul cruscotto. "Sì, è stato difficile."

Mi si spezza il cuore per lui.

"Beh, i fratelli non sono sempre come si racconta in giro. Diavolo, quando ho detto a Johanna del tuo arrivo, l'unica cosa a cui riusciva a pensare era che moriva dalla voglia di venire a trovarci per-" Mi impedisco di finire la frase.

Ricordando la nostra conversazione della settimana scorsa, mi rendo conto che non avrei dovuto tirarla fuori.

Hawke si incuriosisce. "Venire a trovarci per fare cosa?" Sogghigna, con uno scintillio malizioso negli occhi.

"Fai finta che non ho detto niente."

"Vuole scoparmi fino a farmi scoppiare il cervello? Darmi tutta sé stessa? Prendersi un po' di cazzo di qualità con il coinquilino cattivo per una notte?" chiede, facendomi arrossire per la volgarità delle sue parole.

"In parole povere."

"Allora, quando viene a trovarci?"

Gli colpisco il petto con la mano libera, facendolo ridacchiare, poi mi volto verso il sedile posteriore. Patrick è ancora privo di sensi.

"Voglio dire, se ti assomiglia, direi che è un successo."

Arrossisco al suo commento e cerco di non sorridere.

"È molto più bella" ammetto.

Noto con la coda dell'occhio che mi sta soppesando, studiando chiaramente ogni dettaglio della donna seduta accanto a lui, forse ripercorrendo la strada dei ricordi del mio corpo nudo nel suo letto. È una situazione oltremodo spiacevole.

"Ne dubito" afferma con sicurezza. "Ma credo sia meglio di niente."

"Che classe." Faccio uno sbuffo di scherno alla sua battuta.

"Perché, ti darebbe fastidio?" domanda a voce più bassa.

"Cosa? Se ti scopassi mia sorella?"

Mi giro verso di lui, che sta aspettando con un sopracciglio alzato. Sospiro e torno a guardare davanti. Riflettendoci un attimo, mi rendo conto che mi darebbe fastidio. Ma non dovrebbe. Io sto con Patrick. Non posso accampare pretese nei confronti di quest'uomo, né chiedo di farlo, ma se devo essere sincera con me stessa, mi darebbe fastidio. Il problema è che non riesco a essere onesta con lui.

"No. Perché dovrebbe? Io ho una relazione seria e tu sei libero di scopare con chi ti pare, come del resto hai fatto finora."

Rimane in silenzio per un momento. Non replica con qualche commento ironico come al solito. I miei occhi lo sbirciano lentamente e scopro che sta guardando fuori dal parabrezza con un'espressione strana. Improvvisamente mi pento di aver deciso di non dire la verità.

Dopo un attimo di silenzio, lui interviene: "Non ti aspetterai davvero che io ci creda, eh?"

Lo guardo, e il suo sorriso presuntuoso è tornato come se non se ne fosse mai andato.

"E va bene" comincio, controllando il sedile posteriore nello specchietto retrovisore prima di aggiungere a bassa voce: "Mi darebbe fastidio. Un po'. Ecco. È questo che volevi sentire? Sei contento adesso?"

Lui si mette le mani sulla testa, sposta il sedile indietro e si accascia con un sospiro soddisfatto. "Sì."

Alzo gli occhi al cielo per il suo compiacimento. Mi ha lanciato un'esca. Io sono stata sincera e ora mi sento una stupida.

"Non hai già abbastanza donne in attesa di una tua chiamata?" chiedo con tono borioso.

"Nessuna che mi implori come te" sussurra con voce roca e un sorrisetto che si allarga di secondo in secondo.

"Oh, mio Dio, smettila."

Ride, poi gioca con l'anello al labbro. So che adora mettermi in imbarazzo. Glielo fa letteralmente venire duro.

"Sei un petardo e non lo sai nemmeno. Ma non fa niente, so essere paziente." Mi fa un leggero cenno con la testa.

"E questo cosa vorrebbe dire?"

"Vuol dire che non sai nemmeno chi sei, eppure apparentemente ti trattieni. Non lo capisco. Ma sarò qui quando lo scoprirai."

Le sue parole colpiscono qualcosa di profondo dentro di me. È un pensiero che mi è già passato per la testa. Mi chiedo se non stia vivendo nella menzogna. Mi chiedo se questa vita che sono stata così determinata a pianificare sia davvero ciò di cui ho bisogno o se sia solo diventata un'abitudine. Un'abitudine confortevole che mi dà serenità. Come fa a leggermi così bene? Mi irrita.

"Parla il ragazzo che si tiene tutto dentro e si fotte tutto quello che cammina."

Ridacchia, poi il suo volto diventa serio. "Quello è... diverso."

Lo guardo, e lui mi lancia un'occhiata di traverso attraverso le ciglia scure. Vedo la tristezza dentro di lui. Con uno sguardo, posso sentire che sta soffrendo in un luogo che non lascia vedere a nessuno. Forse percepisce che io vedo un lato diverso di lui. Ho sempre l'impressione che voglia dirmi qualcosa, ma che sia frenato da una forza che sfugge al suo controllo. Come se pregasse che io lo indovini, così da non dovermelo rivelare apertamente.

"Okay, abbiamo stabilito che a volte il sesso significa qualcosa per te." Cerco di continuare una sorta di conversazione.

"Non scopo poi così tanto" ribatte.

"Oh, ti riferisci a quella ragazza magra e bruna in cui mi sono imbattuta per caso? O forse la rossa alla porta. Ah, no! Scommetto che c'era qualcosa con quella ragazza bionda e formosa. Sì, scommetto che con lei significava qualcosa." Lo schernisco come lui fa con me.

"Sai, sei molto attenta per essere una a cui apparentemente non interessa nulla. Si vede che il tuo pensiero ci va spesso." Lui sogghigna, e io capisco che è tornato a essere giocoso.

Sento Patrick che continua a russare dietro di me.

"Non ci penso affatto." Sorrido compiaciuta, mentendo tra i denti.

Non ho mai smesso di pensarci.

"Okay, se vuoi pensare a me quando... sai" commenta a bassa voce, dando un'occhiata al sedile posteriore e poi di nuovo a me, con quel sorriso diabolico e malvagio sul viso.

La mia bocca si spalanca e sussulto di fronte alla sua crudezza.

Si alza sul sedile e si sporge su di me, mi sistema una ciocca di capelli dietro l'orecchio e tiene prudentemente d'occhio il sedile posteriore. Deglutisco per la sua vicinanza e chiudo gli occhi al suo tocco, facendo del mio meglio per non muovermi e rimanere concentrata prima di mandare l'auto fuori strada.

"Perché ti garantisco che io penserò a te, stretta come una morsa intorno a me, che vieni sul mio cazzo, mentre mi masturberò sotto la doccia stasera" sussurra, con il piercing che mi solletica l'orecchio.

Il mio petto si alza e si abbassa velocemente mentre le sue parole mi inebriano ancora una volta. Seduzione piena di lussuria. No, non di nuovo.

"Me-mettiti la cintura di sicurezza!" balbetto tutta trafelata.

Perché le sue parole mi provocano un solletico tra le cosce? Hawke apre la bocca, e a me viene voglia di fare cose brutte. Avverto un bisogno impulsivo di lui e non riesco a controllarlo. Fa un effetto ai miei ormoni che non riesco a elaborare mentalmente. Hawke è cattivo. È un male per me. È un'orribile tentazione a cui non posso resistere.

"È allacciata." Ridacchia, chiaramente divertito dalla mia incapacità di parlare.

"Immagino che tu stia recuperando il tempo perduto, come ha detto Kid."

"Cosa?" Si raddrizza sul sedile. "Cosa ti ha detto di me?"

Il suo tono passa da scherzoso ad arrabbiato nel giro di pochi secondi.

"Solo che ti stavi rifacendo degli ultimi cinque anni con tutte queste donne."

Lui guarda fuori dal finestrino laterale, passandosi una mano tra i capelli mentre soffia fuori l'aria.

"Non è così" afferma in tono diretto, rivolto verso la strada.

"Non c'è problema. È solo sesso. Non significa nulla, giusto?" rispondo, usando le sue parole con un pizzico di sarcasmo.

Non riesco a togliermi dalla testa il fatto che dopo quello che c'è stato fra noi lui ha detto che non significava nulla. Per quanto sbagliato fosse, per me ha significato comunque qualcosa, anche se non ho ancora capito cosa sia questo qualcosa.

Lui fa uno sbuffo di scherno, poi scuote la testa quasi infastidito.

"A volte può significare qualcosa" sussurra dopo un piccolo silenzio, abbassando di nuovo lo sguardo sugli anelli. Torna a guardarmi con la mascella serrata e un'espressione triste, come se quello che sta per dire lo ferisse in modo inspiegabile. "Con te aveva un significato."

La sua mano sfiora la mia sul bracciolo e il suo mignolo si intreccia con il mio. Il piccolo gesto parla chiaro e mi fa immediatamente emozionare. Lo guardo e sento il peso del tempismo e di come questo cambia tutto.

"Ha significato qualcosa anche per me." Sospiro, optando per la schiettezza.

Patrick grugnisce dietro di noi, muovendosi nel sonno, e Hawke aspira subito un respiro e si ritrae dal contatto. È un momento... così cruciale, come se entrambi avessimo finalmente ammesso che c'è stato qualcosa di autentico, ma avessimo riconosciuto che il tempismo ci ha portato via ciò che abbiamo appena scoperto.

Alla fine torniamo a casa, dopo il resto del viaggio trascorso in un silenzio gravido di domande. Domande che mi frullavano in testa. Mi sono sentita per tutto il tempo più smarrita che mai, come se la mia testa e il mio cuore non fossero allineati come una volta. Sono combattuta.

"Casa dolce casa" mormora Hawke con sarcasmo prima di scendere dall'auto e fare una corsetta verso l'ingresso.

Non posso fare a meno di contemplarlo mentre varca la porta con disinvoltura. Gli viene così naturale come atteggiamento. È sicuro di sé, sexy. È davvero ingiusto che io ci faccia caso anche dal suo modo disinvolto di correre. È attraente, non si può negare.

Ingrano la marcia del parcheggio e slaccio la cintura, quindi mi volto per svegliare Patrick. Entrata in casa, mi dirigo verso la nostra camera da letto per mettere qualcosa di più comodo, quando Patrick mi arriva alle spalle. "Scusa se mi sono addormentato. Sono così stanco ultimamente."

Mi giro verso di lui. Il suo dolce sorriso mi accoglie, le sue mani mi cingono la vita. *Che cosa sto facendo? Sono davvero una persona orribile.*

"Ti amo, Patrick" gli confesso, tenendogli il viso tra le mani, di nuovo gravata dal senso di colpa.

Come ho potuto fargli questo? Non è mai stato altro che dolce e fantastico. Si è impegnato così tanto per migliorare la mia vita, e io cosa faccio? Mi comporto come una bambina, agisco impulsivamente, faccio quello che mi passa per la testa, non importa a chi faccia male.

"Anch'io ti amo." Lui sorride di rimando, i suoi occhi gentili sono come un coltello nel mio cuore. "Sono così felice di te e di come stanno le cose..."

Ingoio un enorme groppo che mi si è incastrato in gola, provando solo rammarico. Mi spezza il cuore la consapevolezza di ciò che gli ho fatto. Non si merita questo. Devo risolvere questa faccenda e farla finita.

"Voglio solo che tu sappia che anche se starò via di più, lo faccio solo per te, per noi."

"Aspetta, cosa?"

Si siede sul letto e mi attira a sé. Non di nuovo.

"Ho un altro viaggio in programma."

Il mio cuore affonda.

"Un'altra volta, solo per un paio di giorni. Di nuovo in Colorado." Fa una pausa e mi guarda con un'espressione dolente. "Sei arrabbiata con me?"

"Cosa vuoi che ti dica, Patrick? Non posso farci niente. Se mi lamento, sono una ragazza fastidiosa ed egoista, e se non lo faccio, soffro internamente." Mi passo una mano tra i capelli, tirandoli alle radici.

"So che non è facile. Ma sto cercando di organizzare una vita per noi due."

"Una vita in cui tu sei sempre in viaggio e io sono sola? Forse è quello che tua madre ha accettato con tuo padre, ma io non mi sono mai aspettata questo nella mia vita. Non ha mai fatto parte dei tuoi piani. Pensavo che odiassi il fatto che tuo padre fosse sempre in viaggio durante la tua infanzia. Non ho mai voluto questo. Io volevo te. È per questo che mi sono trasferita qui. Per questo ho lasciato la mia vita a casa, per stare qui con te, non da sola."

"Lo so. So che hai rinunciato a tutto. So che non hai nessuno qui." Mi afferra le mani e se le tira in grembo. "Ma sono io quello che sta foraggiando le tue scelte di vita. E ho bisogno di questo lavoro per farlo. Sto iniziando dal basso, anche se si tratta dell'azienda di mio padre, e mi sto facendo strada. Per riuscirci, devo cominciare con un lavoro di livello inferiore."

Lo sta facendo di nuovo. Mi sta facendo sentire una nullità senza rendersene conto. Capisco che sia lui a portare il pane in tavola fra noi due, ma per me la vita non si basa solo sulle apparenze e sui soldi. Non mi interessa ostentare ricchezza. Non mi servono abiti all'ultima moda o le auto più nuove, non me ne faccio nulla della casa più grande dell'isolato. Volevo solo qualcosa di genuino.

"Parto il prossimo fine settimana, ma ho preso qualche giorno di ferie per passare più tempo insieme." Gira la testa per guardarmi con il suo adorabile sorriso.

"Davvero?" chiedo entusiasta, sentendomi riempire di un pizzico di gioia.

Ci sta provando. Sta scendendo a compromessi per me. E io non lo merito nemmeno.

"Sì, e potrei anche aver programmato un piccolo appuntamento galante per noi due."

"Patrick." Mi mordo il labbro inferiore per trattenere le emozioni che stanno per sgorgare. "Sul serio?"

"Sto solo cercando di renderti felice." Arriccia il naso e mi arruffa i capelli in modo giocoso.

Ci accoccoliamo nel letto insieme per il resto della notte, solo noi due, abbracciati a guardare qualche programma su Netflix sul mio portatile come ai vecchi tempi. Spero in qualcosa di più, spero in una sorta di cambiamento tra noi. Stare qui con lui mi conforta, anche se non me lo merito.

Cado in un sonno profondo prima ancora di scoprire se l'acqua del bagno sta scorrendo.

20

Lo specchio dell'anima

I giorni successivi sono stati incredibili.

Io e Patrick siamo tornati a essere quelli di una volta. Due giocherelloni, ci siamo toccati di continuo, ci siamo baciati ogni volta che è stato possibile, abbiamo riso tutto il tempo...

Sembravano i Patrick e Nic che conoscevo un tempo. Ci siamo riavvicinati dopo che finalmente ci è stato concesso il tempo di cui avevamo bisogno.

Hawke non l'ho visto molto. Ha iniziato il suo lavoro presso la società di spedizioni e, agli inizi, svolgeva il terzo turno. Le ultime sere non c'è stato mai e ha dormito quasi tutto il giorno, oppure è stato fuori di casa in compagnia di Kid o forse di qualche ragazza. In tutta onestà non lo so. Ho cercato di non pensarci, sapendo che non avrei dovuto.

I nostri appuntamenti a base di caffè sono stati inesistenti nelle ultime mattine. Non so se questo abbia a che fare con il fatto che Patrick si è preso una pausa dal lavoro e Hawke voleva solo evitare di stare insieme a noi o cosa. Forse è azzardato da parte mia pensare di avere tutto questo effetto su di lui. Forse era solo stufo di avermi tra i piedi. Una parte di me si è preoccupata, ma mi sono alzata comunque presto ogni mattina con un briciolo di speranza che mi desse il buongiorno con quel suo sorriso scanzonato.

Patrick si è davvero prodigato per farmi sentire amata. Mi ha portato fuori a cena e mi ha offerto ottimi pasti e vini. Mi ha comprato dei fiori. Mi ha regalato un maglione nuovo. Mi ha tenuta per mano e mi ha aperto le porte. È stato sorprendentemente travolgente, in senso buono.

Per puro egoismo, non gli ho detto cosa è successo tra me e Hawke. Perché? Perché ho avuto paura. Ho temuto le ripercussioni che avrebbe comportato. Mi lascerebbe e non mi perdonerebbe mai per la mia infedeltà. Rimarrei senza un tetto. Da sola. Lo direbbe alla sua famiglia e a tutti quelli che conoscono tramite la chiesa. Tutti in città saprebbero che sono la puttana che ha spezzato il cuore del povero Patrick. Tutti mi odierebbero. Tutto ciò che ho conosciuto negli ultimi quattro anni della mia vita si dissolverebbe davanti ai miei occhi. Non saprei a chi rivolgermi.

Ho deciso di portarmi dentro il mio senso di colpa, almeno fino a quando non riuscirò a elaborare le mie prossime mosse. Il senso di colpa, però, è qualcosa di strano. È come una nuvola pesante che ti segue sempre. A volte, se glielo permetti, ti sommerge completamente, facendoti sentire inzuppata e indegna del sole. Ce l'ho messa tutta per non lasciarmi inondare dalla mia nuvola, ma l'ombra sotto cui mi sono abituata a vivere non sembra volersi spostare.

Stasera abbiamo deciso di restare a casa a guardare un film, ordinare una pizza e poltrire. È la nostra ultima sera insieme prima che lui parta per altri due giorni. Ho appena servito i nostri tranci su un paio di piatti in cucina quando Hawke entra all'improvviso dalla porta.

"Ehi, come mai sei già qui?" gli chiede Patrick dal

divano.

Hawke entra in cucina senza guardare nella mia direzione, apre l'armadietto sopra il frigorifero e prende la bottiglia di whisky. Scorgo un lembo di pelle tatuata sotto la sua maglietta, proprio sopra i jeans a vita bassa, e subito arrossisco e distolgo lo sguardo. La vista mi riporta alla mente le mie mani che vagavano su quella pelle.

Apre la bottiglia e inghiotte almeno cinque sorsi abbondanti del liquido scuro. Abbassa la bottiglia e guarda Patrick mentre si pulisce il labbro inferiore con il dorso della mano. "Mi sono licenziato."

"Ma hai appena iniziato" ribatte Patrick, voltandosi dal divano.

"Sì, e ho appena finito." Beve un altro sorso.

Lo osservo con aria interrogativa, vorrei che vedesse i miei occhi, che sapesse che sono qui per lui, ma lui non guarda mai dalla mia parte. Mi sta evitando, e lo capisco, ma in un certo senso lo odio.

Patrick si alza e ci raggiunge in cucina. "Lo sai che devi tenerti un lavoro per-"

"Non venirmi a dire quello che devo fare" sbotta Hawke, puntandogli un dito sul petto.

Sta accadendo qualcosa di strano. L'energia nella stanza è cambiata. Rimango impalata con gli occhi spalancati ad assistere al loro scambio.

"Non sto cercando di dirti cosa fare. Ma sai che se non mantieni quel lavoro il tuo agente di sorveglianza verrà a chiedere conto, e dovrò essere sincero" spiega Patrick con calma e un pizzico di autorità nel tono che mi fa stringere gli occhi in due fessure.

Hawke lo fulmina con lo sguardo, serrando la mascella e stringendo il pugno sul fianco. Il suo respiro accelera e sembra un toro pronto a caricare, ma qualcosa lo trattiene.

Perché Patrick lo tradirebbe in questo modo? Non dovrebbero essere amici? Certo, Hawke non si sta esattamente comportando da amico per quanto riguarda me.

"Ehi, ehi... non dobbiamo ancora dire nulla. Lasciamo che sia lui a capire come muoversi" intervengo io, mettendomi in mezzo a loro. "Sono sicura che ha già un piano di riserva."

Guardo Hawke con le sopracciglia alzate e i suoi occhi finalmente si incontrano con i miei. Il suo volto si addolcisce appena, prende un respiro e lo lascia uscire.

"Sì, troverò una soluzione" conferma, raffreddando gli animi.

Mi osserva per un attimo, cercando di comunicare con me senza parole. Ho il sentore che se Patrick non fosse qui, mi direbbe cosa c'è che non va, ma visto che c'è, è in trappola e non può essere chi vuole essere con me. Non può aprirsi.

"Bene. Problema risolto. Ora mangiamo e guardiamo questo film." Patrick sorride e prende il suo piatto di pizza. "Unisciti a noi."

Hawke rimane in piedi, con la mascella serrata e gli occhi socchiusi, mentre Patrick torna verso il divano.

"Stai bene?" chiedo a bassa voce.

Lui sbatte le palpebre e scuote leggermente la testa, poi la gira per guardarmi. "Mai stato meglio."

"Vuoi parlarne?" insisto, avvicinandomi a lui.

Odio avere la sensazione che stia passando un brutto momento e non abbia nessuno con cui sfogarsi.

"No" risponde piatto.

Mi passa accanto mentre io sospiro. Non voglio mettergli pressione, ma sono molto curiosa di sapere cos'è successo. Odio immaginare che si tenga ancora più cose sepolte dentro di sé senza avere nessuno con cui confidarsi.

Va nella sua stanza e sbatte la porta, mentre io mi mastico il labbro inferiore e mi lascio uscire un altro sospiro pieno di rammarico. Raggiungo Patrick sul divano enorme, e insieme finiamo i nostri tranci di pizza. Dopo aver mangiato, spengo le luci, faccio partire il film e mi siedo di nuovo accanto a Patrick. Lui mi solletica la vita, cosa che gli fa guadagnare uno schiaffo giocoso, prima di tirarmi a sé e baciarmi quel punto del collo che ama tanto.

Non so cosa passi per la testa a Patrick, fatto sta che mi fa sedere tra le sue gambe, con la schiena rivolta verso di lui, stende la coperta sopra di noi e le sue mani si insinuano sotto e cominciano a esplorare.

Deglutisco nervosamente mentre la sua mano si muove lentamente lungo la mia spalla e sotto il mio braccio. Passa sotto l'ascella, scivola sulla mia cassa toracica e mi stringe un seno. Trattengo il fiato al contatto, specie quando il suo pollice mi sfiora il capezzolo.

Mi appoggio a lui, che si reclina a sua volta sul divano. Sento la sua erezione contro la mia schiena. Gli piace quello che stiamo facendo, è evidente, e sta diventando sempre più audace.

Le mani di Patrick stanno iniziando a diventare estremamente ardite, le dita dell'altra mano scendono sulla mia pancia e si infilano nella cintura dei miei leggings. Non starà pensando sul serio di farlo proprio adesso. Non è affatto da lui. Non è mai successo niente al di fuori della camera da letto. La posizione del missionario sotto le lenzuola è sufficiente per mandarlo in estasi.

Le sue dita si insinuano ancora più sotto finché non mi cinge tutto il sesso. Mi lecco le labbra, cercando di calmare il battito cardiaco mentre scruto la coperta. Inizia a muovere lentamente il dito medio lungo la mia fessura, facendomi rabbrividire.

Proprio quando mi tocca nel punto più sensibile, sento la porta di Hawke aprirsi. Tiro un sospiro brusco quando entra in cucina con dei nuovi pantaloni della tuta verde sporco e a torso nudo e decide che è il momento migliore per venire a farci compagnia. È come se avesse un radar che gli segnala: 'Cole è bagnata.'

Si mette a sedere all'altro capo del divano con un'aria incazzata.

Afferro la mano di Patrick per fermare i suoi movimenti, perché lo trovo estremamente inopportuno, ma lui se la scrolla di dosso.

Hawke ci lancia un'occhiata furiosa, e per un attimo ci guardiamo negli occhi. Distolgo subito lo sguardo, ma lui continua a fissarmi. Perché ora? Perché ha deciso di venire qui fuori? Per fortuna, dalla posizione in cui ci troviamo, Patrick non riesce a vederlo perché ha la mia testa davanti.

Rabbrividisco leggermente e strizzo le palpebre quando Patrick muove di nuovo le dita. Riapro gli occhi e li porto su Hawke, che sta ancora guardando nella mia direzione, totalmente rapito dal mio insolito comportamento.

Solleva un po' la testa e stringe gli occhi in due fessure mentre mi fissa, masticandosi distrattamente il pollice. Mi si chiudono di nuovo le palpebre e la mia bocca si apre appena quando le dita di Patrick iniziano a compiere dei cerchi intorno al mio clitoride.

Sono in trappola. Sono bloccata in uno dei momenti più imbarazzanti della mia vita e non posso fare nulla per cambiarlo, perché non voglio fare una scenata. Dev'essere estremamente ovvio quello che stiamo facendo. Il fatto che Patrick stia continuando a farlo, pur sapendo che è proprio lì sul divano di fronte a noi, è assurdo per me.

Patrick non sa dove sono i miei occhi, ma sono incollati su quelli di Hawke. La mascella di Hawke si stringe quando Patrick spinge un dito dentro di me. Emetto un piccolo gemito affannoso, mentre Hawke socchiude minacciosamente gli occhi come per intuire la situazione.

Sa cosa sta succedendo, e non riesco a capire se gli piaccia quello che vede o se ne sia infastidito. Si lecca le labbra, si aggiusta un po' sulla seduta e poi rovescia la testa contro il divano e mi fissa con fare pericoloso. La sua lingua scivola fuori dalla bocca e giocherella con il piercing mentre Patrick aggiunge un altro dito.

Mi mordo il labbro inferiore mentre Patrick inizia a farmi un ditalino sul divano. La sensazione della sua mano contro il mio clitoride mentre gli occhi di Hawke mi infiammano mi porta sull'orlo dell'orgasmo. Sono così vicina a lasciarmi andare. I miei occhi non si separano mai da quelli di Hawke, quindi deve sapere che sto pensando a lui. Sta solo assistendo al tutto in diretta.

È così sbagliato. Mi godo le sensazioni che mi dà Patrick immaginando che sia Hawke. Ripenso al nostro sesso disinibito, al modo in cui usava la sua bocca sul mio corpo, trovando quelle zone erogene che sapeva mi avrebbero fatta eccitare, mentre intanto si accaniva su di me con il suo cazzo enorme, ancora e ancora, assicurandosi che venissi prima di lui. Anche quando ho raggiunto l'orgasmo, ha continuato a portarmi inesorabilmente oltre il limite, facendomi cadere in una spericolata spirale di piacere sessuale finché non è venuto insieme a me.

Ora, al ricordo di tutto quello, sono vicina e fradicia mentre Patrick continua a giocare con me. La mia bocca si apre di nuovo mentre i miei occhi si chiudono e precipito nell'orgasmo, tremando silenziosamente.

Hawke mi fissa con le labbra aperte. Mi guarda con aria stralunata, meravigliata, ma con una certa sfacciataggine e un certo ardimento negli occhi. Odio quanto mi piaccia. Odio che sappia che è stato tutto merito suo. È talmente assurdo tutto questo. Il suo sguardo cambia rapidamente quando Patrick ritira la mano e mi spinge ad alzarmi. Lo sbircio confusa, prima che lui si scusi per andare in bagno.

Sento il lavandino scorrere e il cuore mi crolla nello stomaco, un'espressione corrucciata che si impadronisce del mio viso.

Hawke fa una smorfia e guarda verso il bagno, chiaramente attonito. *Già, suppongo che lavarsi dopo aver toccato il proprio partner non sia normale.* L'ennesima pugnalata al cuore.

Le mie emozioni sono contrastanti. Mi sento benissimo, ma allo stesso tempo in un forte imbarazzo. Sono confusa dalla mia reazione emotiva a tutto questo, mentre in qualche modo provo un'ondata di eccitazione e di lussuria per questo strano momento di voyeurismo. Patrick e io stiamo bene insieme. Dovremmo essere felici, soprattutto dopo questi ultimi giorni, ma ora mi sento tutt'altro. Mi sento ferita e adesso, come se non bastasse, mi sento sporca.

Come se finalmente avesse capito, Hawke scuote la testa con un'aria completamente turbata. Sposta lo sguardo da me alla porta del bagno e poi di nuovo me. Un'espressione di pena si impadronisce del suo viso, prima di essere soppiantata dalla rabbia. Si china in avanti verso di me e mi tocca il mento, passandomi delicatamente il pollice sul labbro inferiore.

"Io le avrei leccate per bene" mi bisbiglia all'orecchio, prima di arretrare di nuovo nella sua posizione sul divano. "Che si fotta" borbotta.

Com'è possibile che, anche dopo aver appena provato un orgasmo, le sue parole mi provochino questo formicolio tra le gambe? Il solo pensiero di lui che succhia il mio sapore sulle proprie dita mi fa avvertire un desiderio alla bocca dello stomaco. Dovrei odiarlo per aver mandato Patrick a farsi fottere davanti a me, e invece mi sento solo giustificata nel sentire che è sbagliato il fatto che lui avverta il bisogno di pulirsi dopo aver avuto un rapporto sessuale con me. Allo stesso tempo, sono inorridita e me ne vergogno da morire.

Lo fulmino con lo sguardo. La mia rabbia nei confronti di Patrick ora si irradia da me e si riversa su Hawke. Odio i sentimenti che provo per lui anche dopo che ho cercato di reprimerli, odio il fatto che sembri essere l'unico a farmeli provare, così come odio il fatto che Patrick non riesca più a farmi provare le stesse emozioni da quando ha conosciuto Hawke. Hawke rende tutto più complicato.

"Perché non sei rimasto nella tua stanza?" sibilo a denti stretti, scagliando la mia rabbia su di lui.

Lui piega la testa di lato e mi rivolge ancora una volta quel sorriso pericoloso. "Perché se non posso essere io a farti venire, voglio almeno vedere la tua faccia mentre pensi a me."

"Stronzo arrogante."

Come si permette? Come può dare per scontato che avrei pensato a lui per eccitarmi? Non riesco a sopportare quanto abbia ragione.

Hawke si alza e si avvicina al mio lato del divano, sfoggiando un sorriso arrogante prima di accostarsi al mio orecchio. "Dovresti ringraziarmi."

"Vattene e basta" mormoro con un cipiglio, guardando la TV alle spalle della sua testa.

Lui fa uno sbuffo di scherno e torna nella sua stanza.

Patrick mi raggiunge, sorridendo come se avesse appena realizzato l'impossibile - probabilmente perché è così. È la prima volta che raggiungo l'orgasmo con lui. Ma non è suo il merito, non si merita l'aria pomposa che ha in questo momento. Non tollero che pensi che sia tutta farina del suo sacco. Non è così.

È stato tutto merito di Hawke.

È sempre stato merito di Hawke.

21

Parole al vento

Avete presente la sensazione di quando siete agitati e la presenza di un'altra persona vi fa letteralmente impazzire?

Ecco, io mi trovo in questa situazione. Dopo l'incidente sul divano, sono andata a letto. Volevo starmene un po' per conto mio per elaborare le mie emozioni. Per riflettere e arrivare a una sorta di comprensione o chiarezza sul perché mi sono comportata così, ma anche sul perché Patrick si è comportato così.

È anomalo per me essere così sconsiderata e ingannevole.

Tuttavia, pur con la mia infedeltà, non riesco più a sopportare Patrick.

Mi ha seguita in camera da letto con il suo passo sicuro, e già solo questo mi ha uccisa. Sono stata con lui per anni. Anni. E nemmeno una volta ho avuto gli orgasmi esplosivi che mi sembra di avere con Hawke. Sono venuta letteralmente guardandolo negli occhi.

Chi diavolo lo fa?

Credo che la parte con cui sto lottando di più è che voglio disperatamente che Patrick sia quello giusto. Quello che mi fa ribollire le viscere alla sola vista di lui. Quello che mi sfiora il braccio con la punta delle dita e mi fa prendere fuoco. Quello che mi seduce con i suoi occhi e mi fa innamorare con le sue parole.

Ma lui non è quel tipo di persona, e questa realizzazione mi fa cadere in un vortice di confusione.

Lui è un porto sicuro. È felicità. È - per mancanza di una parola migliore - facile.

Stare con Patrick è stato sinceramente facile. Non litighiamo spesso. Non urliamo praticamente mai. Fa del suo meglio per rendermi felice. Si impegna per costruire un futuro per noi. Ma forse è proprio questo il problema. Viene tutto nascosto sotto il tappeto. Le questioni più profonde, i progetti per il futuro, la verità del passato… rimane tutto in sospeso.

Nel momento in cui prendo il telefono per fare la famosa ricerca su Google della verità che ho rimandato, le risposte a ciò che è successo a Hawke, Patrick fa scorrere la sua mano sul mio addome.

Rimango immobile, cercando di inviare tutti i segnali possibili del caso. Non sono dell'umore giusto.

"È stato piuttosto eccitante prima. A te è piaciuto?" mi chiede dietro la nuca.

Si accoccola tra i miei capelli, cercando di entrare in contatto con la mia pelle.

"Sì, è stato bello, solo... diverso." Rabbrividisco mentre pronuncio queste parole.

"Diverso?"

"Sì, voglio dire, Patrick, non l'hai mai fatto prima. Perché hai continuato dopo che Hawke è uscito dalla sua stanza? È stato.... imbarazzante."

Non è stato così imbarazzante. È stato necessario. Ma ciò non toglie che non era affatto da lui.

"Non lo so. Ho solo pensato che forse volevi provare qualcosa di diverso. Ho provato a cambiare per te, e ora vengo sgridato. Non riesco a renderti felice, mi becco sempre qualche rimprovero."

"Pat, dai, non puoi dire sul serio."

"Nic, faccio del mio meglio per renderti felice, davvero" rimarca con tono più morbido. "Ma ultimamente sono stanco di provarci. Lavoro così duramente per noi, e poi torno a casa e ti trovo sempre pronta a criticare qualcosa. Dovrebbe essere facile tra noi a questo punto della nostra relazione. Sai cosa mi aspetto."

"Quello che intendi dire è che ormai dovrei darti retta e attenermi a quello che vuoi in fatto di relazioni e non aprire bocca se qualcosa mi turba." Il mio sarcasmo trabocca.

"Che ti succede ultimamente, piccola? Credevo che avessimo passato una bella settimana." Fa una faccia addolorata, come se il mio sarcasmo lo avesse ferito.

Sospiro frustrata, non sapendo cosa fare per migliorare la situazione. Sì, abbiamo avuto una buona settimana. Finalmente si è dato da fare per noi, ma ogni volta che cerco di affrontare un problema, vengo trattata come se stessi solo assillando e lamentandomi. Come faccio a dirgli veramente come mi sento? È come se le mie fossero solo parole al vento.

"Senti, domani parto. Non voglio litigare stasera" afferma, cingendomi la vita con un braccio e tirando la mia schiena contro di lui. "Non voglio andarmene con il malanimo."

"Pat, non lo so più..."

"Nic, mi stai prendendo in giro. Hai idea di quanto sei fortunata? Di quanto sei fortunata di avere un uomo che si fa il culo per mantenerti?"

"Queste sono cose di cui non parliamo, cose di cui invece dovremmo andare a fondo."

"Non ricominciare con questi drammi. Sai come sono fatto." Cerca rapidamente di mettermi a tacere.

"E invece non lo so. Non come dovrei. E nemmeno tu mi conosci come dovresti..." Mi soffermo a chiedermi se sia il caso o meno di vuotare il sacco.

"Io ti conosco. Non ti avrei fatta trasferire qui se non ti avessi conosciuta. Ora diamoci un taglio. Domani me ne vado, e non con questo spirito. Fine della conversazione."

Continua a fare così. A negarmi il tentativo di esprimermi. Liquida qualsiasi questione io gli sottoponga. È come se i miei sentimenti non contassero nulla. Non abbastanza da smuovere le acque, comunque. Non ci sto se dovrà andare sempre così.

Avvolge saldamente un braccio intorno alla mia vita e mi tira di nuovo a sé. So che nella sua testa aveva programmato di fare sesso stasera. Pensava che era ciò che sarebbe seguito all'episodio in salotto, come se glielo dovessi. Ma io non ce la faccio. Non sono nel giusto stato d'animo. A dire il vero, non lo sono più da quando è arrivato Hawke.

Le sue mani si fanno più audaci mentre scendono lungo le mie cosce, per sfiorare la mia fessura con le dita.

Mi volto verso di lui. "Dovremmo davvero riposare un po'. Dobbiamo alzarci presto per il tuo volo."

"Dai, non ci vorrà molto" mi dice, incitandomi.

Fidati, lo so.

"Mi dispiace Patrick, sono molto stanca" ribatto.

Lui sbuffa e si gira dall'altra parte. Perché è arrabbiato? Non lo so. E francamente non mi interessa. Non è che io non mi sia mai trovata nella sua posizione. Anzi, vado a letto ogni sera con lo stesso stato d'animo dopo che abbiamo avuto un rapporto.

Per fortuna prendiamo sonno, e prima che me ne accorga lo sto salutando all'aeroporto il giorno dopo. L'energia tra noi è strana. C'è una certa esitazione, e viene da me. Se ne va con la solita promessa di chiamarci e mandarci messaggi spesso, ma tanto già so come andrà a finire. Quando se ne va, mi sento di nuovo in fondo alla sua lista di priorità, più in basso di quanto dovrei. C'è qualcosa che mi fa sentire come a un punto di svolta nella nostra relazione. Sto prendendo coscienza di me stessa e dei miei bisogni, e questo può significare solo una cosa.

Una fine.

Trascorro il resto della mattinata lavorando al mio portatile, recuperando manoscritti, inviando il mio lavoro e editando finché il mio cervello non mi comunica letteralmente che ho bisogno di nutrirmi. Il brontolio è un conto, ma questo giramento di testa non mi aiuta più a essere produttiva.

Con riluttanza, mi dirigo verso la cucina nella speranza di trovare qualcosa di rapido da mettere sotto i denti per poi continuare a lavorare. Non appena esco dalla camera da letto, incrocio lo sguardo di Hawke nel soggiorno. Lui si gira verso di me dal divano su cui è seduto. Continuo a dirigermi verso il frigorifero mentre lo vedo alzarsi e avvicinarsi con la coda dell'occhio.

Sono tesa. Mi conosco, e so che non posso resistergli. Soprattutto sapendo che Patrick non è qui adesso. Le tentazioni sono troppe per me, e devo stare attenta. Sono troppo confusa, sia a livello emotivo che mentale, e non è giusto nemmeno quello che sto facendo a lui.

"Cole?" La sua voce è soave alle mie spalle.

"Sì?" rispondo in fretta, senza voltarmi.

Prendo l'occorrente per un panino e lo dispongo sul bancone.

"C'è qualche possibilità che tu possa uscire di casa oggi pomeriggio?"

La mia fronte si aggrotta e lascio cadere il coltello da burro. Mi volto verso di lui con la bocca aperta. Lui picchietta le dita sui jeans, sollevando appena le sopracciglia, con gli occhi che vagano per la cucina fino a posarsi su di me, come se stesse aspettando il mio assenso.

"Uscire di casa?" gli chiedo per assicurarmi di aver sentito bene.

"Sì, tipo... tra qualche minuto."

Lo dice con zero rimorsi negli occhi, controlla l'orologio sui fornelli e poi torna a concentrarsi su di me.

Sta arrivando qualcuno.

"Stai scherzando?"

Increspa le sopracciglia. "No, ho solo bisogno che tu te ne vada per un'ora."

La sua risposta candida, senza alcun accenno di empatia, è scioccante.

"Accidenti." Faccio uno sbuffo di scherno e metto via gli ingredienti per il panino.

Non riesco a credere alla sua faccia tosta. Mi sta chiedendo di andarmene per poter scopare e non si sente nemmeno in colpa? Scusa se ti rendo complicato portare le donne nella tua tana del cazzo. Non mi importava prima che mi scopasse, ma ora credo che si faccia degli scrupoli. O forse è solo che non vuole che le donne si chiedano se vive con un'altra donna, il che gli rende più facile ottenere da loro ciò di cui ha bisogno. In ogni caso, il pensiero mi disturba.

Metto il portatile e tutto il resto nella borsa per uscire, ma mi fermo e mi volto verso di lui in cucina, dove è appoggiato al bancone e mi sta guardando. "Sai, è davvero meschino. Persino per te."

Se ne sta lì con una faccia sofferente, e io non ci capisco niente. Perché ti senti ferito dal fatto di avermi costretta ad andarmene? È una mossa da stronzo.

Raccolgo le mie cose e passo il resto del pomeriggio in una caffetteria della città con il mio portatile. Non riesco a lavorare. Non riesco a ragionare. Aspetto e guardo l'orologio mentre le ore scorrono, sapendo che il mio turno di notte sta arrivando più in fretta di quanto sperassi.

Clicco sul mio computer, selezionando il motore di ricerca di Google sullo schermo. Lo fisso. Poi decido di indagare.

Digito il nome nell'intenzione di capire qualcosa di più della situazione che mi circonda.

Ben Collins.

Vengono fuori tonnellate di articoli con questo nome. È abbastanza comune, quindi restringo la ricerca alla città di Clarkston.

Appare subito un articolo con un'immagine allegata.

Riconosco il ragazzo. È lo stesso ragazzino di cui Hawke ha una foto nella scatola delle scarpe. Lo stesso giovane trasandato, con i capelli biondo sporco, un sorriso che potrebbe spezzare i cuori e occhi gentili. Scorrendo la pagina, trovo un elogio funebre.

'Ben Collins, figlio amorevole e premuroso di Darla e Jim Collins, ha tragicamente lasciato questo mondo anzitempo. È stato molto amato e nutriva una grande passione per l'architettura. Amava i suoi amici e gli piaceva passare del tempo con loro nella baita di famiglia. La sua risata unica e squillante e il fatto che fosse sempre presente per le persone che avevano bisogno di lui sono le cose che ci mancheranno di più. Era la nostra luce, la nostra felicità, la nostra gioia. Ci mancherà oltre ogni dire.'

Mi reclino sulla sedia, assimilando il tutto. Phil Collins, il tatuaggio preferito di Hawke. Potrebbe avere qualcosa a che fare con la morte di questo ragazzo o con la situazione che la riguarda? È per questo che è finito in prigione? Che cosa è successo?

Cerco l'articolo successivo per scoprire cosa è successo quando il mio telefono squilla, facendomi trasalire. Spero che sia Patrick, magari per avvisarmi che è atterrato, ma quando guardo lo schermo, leggo il nome 9-5 Slide.

"Pronto?"

"Nic! Ehi, sono John. Scusa se ti disturbo a casa."

Ah, se solo sapesse.

"Tranquillo, John, di cosa hai bisogno?"

"Non è che puoi venire un po' prima stasera? C'è una festa di matrimonio in programma, e se sei disponibile mi farebbe piacere se mi aiutassi." Sospira, sembra affaticato.

"Non preoccuparti. Sarò lì a breve."

"Ah! Nic, sei la migliore!" esclama.

Dalla caffetteria mi dirigo direttamente al pub, con indosso i jeans strappati e la vecchia maglietta dei Kiss annodata che ho indossato stamattina. Di norma passerei da casa a cambiarmi, ma pazienza. Non ci vado. Non

voglio avere a che fare con Hawke e la sua sfilza di donne.
Piuttosto preferisco morire.

22

Si fa sul serio

John e io iniziamo un'altra serata impegnativa. Accolgo il lavoro a braccia aperte. Qualunque cosa pur di tenermi in movimento e distrarmi da quanto sono diventata confusa e frustrata tra Patrick e Hawke.

"Che cos'hai?" mi chiede John mentre riempie un boccale di birra accanto a me.

Scuoto la testa e alzo gli occhi al cielo, cercando di dimenticare il motivo esatto, finché quel motivo non entra letteralmente dalla porta.

Hawke sta spegnendo una sigaretta prima di entrare con passo sicuro nel locale con Kid al suo fianco. Si passa una mano tra i capelli, scostandoli dal viso, prima di fare cenno a Kid di andare a occupare il loro tavolo.

Lancio un'occhiata nella loro direzione, e John se ne accorge.

"Aah... problemi di convivenza, eh?" mi chiede con fare complice.

"Qualcosa del genere" brontolo.

Lui ridacchia, guardando da Hawke a me e poi di

nuovo a Hawke. "Sembra incazzato."

"Sai che novità."

"Merda, sta guardando" mormora John prima di spalancare gli occhi e allontanarsi.

Hawke mi guarda fisso mentre si avvicina al bancone. Io lo fulmino con gli occhi, senza sottrarmi al suo sguardo diretto.

Appoggia entrambe le mani sulla superficie di legno, e io contemplo la sua figura, in maglietta nera aderente, le braccia coperte da quei tatuaggi buttati lì senza criterio, i capelli color inchiostro acconciati alla perfezione all'indietro, con qualche ciocca che cade in avanti come sempre.

Incrocio le braccia sul petto al suo approccio minaccioso.

"Perché non sei tornata a casa prima del tuo turno?" mi chiede bruscamente.

"Cosa?" *Che domanda bizzarra.*

"Perché non sei tornata prima del tuo turno?!" ripete con tono aggressivo, guadagnandosi un'occhiata interrogativa da parte dell'uomo accanto a lui, che poi sbircia anche me.

Cosa diavolo gli importa, e perché è così arrabbiato?

"Hawke!" lo rimprovero, sentendomi ridicola per la figura che mi sta facendo fare in questo momento.

Faccio un cenno a John per comunicargli che mi prendo un minuto di pausa. Devo affrontare la questione lontano da tutti gli altri avventori e clienti abituali.

Faccio il giro del bancone e tiro Hawke per il braccio fino al corridoio vicino ai bagni.

"Che diavolo ci fai tu qui?" domando, lasciandogli cadere il braccio.

"Sono venuto a bere una cosa. Perché non sei tornata? Ti avevo chiesto di andartene per un'ora, non per tutto il giorno. Perché cazzo non sei ripassata da casa?" domanda di nuovo a voce alta.

"Per vederti mentre portavi fuori di casa la spazzatura? No, grazie." Faccio uno sbuffo di scherno, guardandolo con sufficienza.

"Non è..."

Si ferma, digrigna i denti, si raddrizza e si passa entrambe le mani tra i capelli mentre elabora le mie parole.

"Ah." Stringe gli occhi in due fessure e annuisce come se avesse capito. "Quindi, è così? Okay, Cole."

"Come altro potrebbe essere? Usare le persone deve essere il tuo passatempo preferito. Dio solo sa se lo hai fatto abbastanza con me."

"Oh, e invece tu non stai usando me?" ribatte lui.

"Come scusa?!"

"Sì, l'ho detto. Tu mi usi. Mi usi per darti uno sballo, qualsiasi cosa pur di sentirti viva nella tua misera e banale vita. Ma per te non è più di quello, nel tuo piccolo mondo perfetto e calcolato. Sei troppo bloccata per vedere la verità che hai davanti agli occhi. Troppo dannatamente cieca per svegliarti. Di nuovo a fare supposizioni. Forse farei meglio a darti seguito e ad essere chi pensi che io sia, mm?"

"Sei proprio uno stronzo" sibilo a denti stretti, e mi sento sull'orlo delle lacrime.

"Mi hai usato per eccitarti con il tuo fottuto ragazzo. Hai idea di quanto fastidio mi abbia dato?" ringhia, appoggiandosi a me contro il muro.

Deglutisco, guardando da quegli occhi appassionati alle sue labbra piene e viceversa.

"Ti ha dato fastidio?!"

Mi guarda in cagnesco, mi penetra con quei suoi occhi, ribollendo al ricordo di Patrick che mi toccava. È geloso.

"Le sue mani su di te. La sua mente su di me. L'ho visto coi miei occhi. Perché cazzo continui a sopportare lui e le sue stronzate non lo capisco. Pensavo di conoscerti meglio, e invece credo di non conoscerti affatto."

Ogni momento con lui ha significato molto di più di quanto Hawke immagini. Non l'ho mai usato in questo senso. Semmai, mi sono solo lasciata andare sempre di più a questo innegabile sentimento per lui. Ho paura di questa verità che lui sta cercando di cavarmi fuori.

Si china più vicino, con uno sguardo cupo nei suoi occhi blu e verdi, e allunga una mano per sistemarmi i capelli dietro l'orecchio, facendomi sentire il calore del suo tocco prima di sfiorarmi l'orecchio con le labbra. "Mi chiedo se anche dopo il matrimonio avrai bisogno di pensare a me per eccitarti."

Lo spingo via da me più forte che posso, finché non sbatte contro la parete opposta del corridoio. Vi si schianta con un grugnito, l'aria che gli esce dal petto.

"Vattene, Hawke!" sbraito prima di girarmi e lasciarlo contro il muro.

Torno dietro il bancone e faccio del mio meglio per dimenticare la sua presenza, ma naturalmente lui e alcuni dei suoi uomini si riuniscono tutti insieme verso il fondo, lasciando intendere che non andranno da nessuna parte tanto presto. Potrei ucciderlo per quello che ha detto. Sa come entrare sotto la mia pelle, giocare con me, stuzzicarmi, ma in gran parte temo che abbia ragione.

Dopo aver servito una manciata di nuovi clienti, mi rivolgo a John per capire in cosa posso aiutarlo.

"Ehi, Nic, puoi portare un vassoio di shot al tavolo in fondo?" mi domanda John, alle prese con la cassa.

È oberato di lavoro dopo il breve 'momento' che mi sono presa per andare a parlare con Hawke, e mi sento in colpa per averlo mollato da solo. Questo finché non capisco per chi è quel giro di shot.

I miei occhi si dirigono verso Kid, che è appoggiato al bancone e sfoggia un sorriso a trentadue denti. "Mi saresti molto d'aiuto, Nic. Grazie mille!"

Con un gemito fra me e me, prendo il vassoio e lo porto al tavolo dove sono seduti tutti i ragazzi. Poso ogni bicchierino per loro, mentre Hawke se ne sta con la schiena appoggiata alla sedia, un braccio tra le gambe, l'altro agganciato allo schienale e una ragazza praticamente svestita sul suo grembo. Reclina la testa all'indietro e mi guarda mentre lo servo. C'è un'arroganza nello sguardo che mi fa venire voglia di spaccare qualcosa.

Sono bollente dentro. Brucio di rabbia.

"Sei la migliore, piccola. Tieni, ne ho ordinato uno in più per farti brindare con noi." Kid sogghigna e allunga uno shot verso di me.

"No, non lo regge. Sembra il classico tipo di ragazza che ha problemi con il riflesso faringeo" commenta Hawke con una faccia piatta, mentre la ragazza sulle sue ginocchia mi guarda prima di ridacchiare.

I ragazzi ridono tutti a mie spese. Stringo gli occhi in due fessure e affondo le unghie nel palmo della mano. È proprio una testa di cazzo. È acido perché lo faccio ingelosire. Ora se la prende con me nell'unico modo che conosce. Mettendomi in imbarazzo.

"Io scommetto che lo regge." Kid aggrotta le sopracciglia con fare provocatorio.

Afferro lo shot e me lo scolo tutto d'un fiato. Odio il whisky, ma l'avrei tracannato davanti a loro a qualunque costo. Con gli occhi ardenti e fissi in quelli di Hawke, faccio scivolare il bicchierino vuoto fino a farlo tintinnare contro il suo sul tavolo.

"Riportateli al bancone quando avete finito" commento con il veleno sulla lingua prima di voltarmi, lasciandoli tutti a bocca aperta.

Sento Kid ridere, poi prendere in giro Hawke per qualcosa, ma mi sono già allontanata prima di poter udire altro.

Cerco di tenermi impegnata, ma ogni volta che alzo lo sguardo vedo Hawke nel mio campo visivo. Non potevano andare in un altro pub?! Me lo sta facendo apposta. Sa che lo vedo. La sua accompagnatrice sta diventando sempre più civettuola e lui, a quanto pare, ne sta approfittando. Sta davvero cercando di farmi ingelosire? È pazzo se pensa che questo possa funzionare per conquistarmi. Anzi, mi fa arrabbiare ogni secondo di più.

Vengono insieme al bancone e Hawke ordina uno

shot per lei. Faccio finta di essere occupata, così è John a prendere la loro ordinazione - cosa che chiaramente non voleva Hawke. Non appena mi libero, lui si esibisce infilandole la lingua in gola e perlustrandole il corpo con le mani. È disgustoso, e mi infastidisce più di quanto voglia dare a vedere.

Finisco la serata un po' prima. John mi lascia andare quando la folla inizia a scemare, anzi mi sprona a tornare a casa dopo aver saputo che ho passato il pomeriggio in caffetteria e aver visto coi suoi occhi la collera che provo per il mio insopportabile coinquilino.

Prendo la borsa, controllo se ci sono chiamate perse o messaggi e vedo un messaggio di Patrick.

Patrick: Qui.

Qui. Ottengo solo un 'qui.' Un 'qui' forzato, semplicemente perché mi sono 'lamentata.' Per non parlare del fatto che in teoria dovrebbe essere arrivato ore fa, ma a giudicare dall'ora del messaggio sembra che si sia ricordato solo da poco di mandarmelo. Alzo gli occhi al cielo, rimetto il telefono nella borsa e lo appoggio sul bancone per registrare la fine del turno.

Mi affaccio un'ultima volta per sbirciare il loro gruppo tutto accalcato in un angolo, a giocare a freccette e a sorseggiare i loro drink vicino a uno dei tavoli del pub. Hawke se ne sta seduto al tavolo per conto suo, accasciato, con lo sguardo rivolto al suo drink mentre il dito scorre lungo il bordo. Sembra assorto nei suoi pensieri. O almeno è quello che presumo. Ho notato quanto ha bevuto stasera, e non è molto.

Mi metto la borsa in spalla e mi volto per andarmene quando vengo accolta dagli occhi curiosi di quel vecchio jukebox. Kid mi sta occhieggiando con la testa piegata di lato. Il mio battito cardiaco aumenta perché so che mi ha appena vista sbirciare Hawke. Mi fa un piccolo saluto con due dita prima di tornare verso i ragazzi, sapendo che me ne sto andando, e io di rimando gli faccio un piccolo cenno con la testa e un abbozzo di sorriso. Non è da lui essere così silenzioso quando me ne sto per andare, o in qualsiasi altro momento se è per questo, considerando la sua personalità esuberante.

Decido di non pensarci e varco le porte. È una notte piovosa e fredda, piuttosto in linea con le mie emozioni mentre mi dirigo verso la mia auto. Salgo e faccio per metterla in moto, ma quando giro la chiave non si accende. Non parte. *Merda.*

Sbatto le mani sul volante, oltremodo frustrata, poi decido di andare a piedi alla fermata dell'autobus in fondo alla strada. Magari riesco a prendere l'ultimo in tempo. Mi precipito fuori dall'auto, tenendo la borsa sopra la testa per cercare di risparmiarmi un po' di pioggia, ma è inutile. Piove a dirotto e io sono inzuppata in poco tempo. Odio ogni cosa di questa giornata.

Mentre cammino sul ciglio della strada, guarda caso un'auto si avvicina lentamente alle mie spalle. Non ho nemmeno bisogno di voltarmi per sapere chi è. Lo sento dal modo in cui mi si rizzano i peli sulle braccia, lo stomaco si ribalta, il cuore ha un rapido sussulto.

"Sali" mormora Hawke dal finestrino della vecchia Mustang.

"Sai, non dovresti rubare auto. Potresti finire in galera per questo" sputo.

"Sali su questa cazzo di macchina, Cole."

"Vaffanculo."

Di solito non dico parolacce, ma oramai sono fuori di me. Non permetterò mai a Hawke di fare la parte dell'eroe in questa giornata.

No.

Mai.

Sono troppo testarda per questo.

23

La macchina

L'auto parcheggia e sento Hawke sbattere la portiera, seguito da uno scalpiccio che si muove verso di me.

Mi afferra per il polso, facendomi girare verso di lui. "Andiamo. Non torni a casa a piedi con questa pioggia."

"Lasciami andare, stronzo!" urlo, tentando di strappare il polso dalla sua presa salda.

Non mi lascia andare. Mi trascina verso l'auto e io gli pianto le mani contro il petto, allontanandomi da lui in ogni modo possibile. Lottiamo l'uno contro l'altro mentre la pioggia si abbatte su di noi, i miei capelli sono ormai fradici quando lui preme i fianchi contro i miei per bloccarmi.

"Sali su questa cazzo di macchina!" urla, sbattendo il pugno sul tettuccio.

La sua voce mi fa trasalire e mi fermo sul posto, studiando il suo atteggiamento rabbioso.

"No! Lasciami in pace!"

Apre lo sportello posteriore, mi cinge la vita con un braccio e mi lancia sul sedile. Rimbalzo con un grugnito per la potenza con cui mi ha scaraventata. Mi scosto le ciocche di capelli bagnati dal viso e mi volto per ritrovarlo sul retro accanto a me.

"Cosa stai facendo?!" Cerco di spingerlo indietro, la rabbia mi scorre dentro, ma lui mi afferra rapidamente i polsi e mi tiene inchiodata.

"Tu non mi ascolti!" ringhia.

"Non toccarmi! Ti odio!" grido, sentendomi travolta e sconvolta dal fatto che mi stia sopraffacendo così.

Mi ghermisce le braccia e mi tira più vicino a sé, serrando la mascella alle mie parole. Lo sguardo nei suoi occhi è selvaggio. La pioggia gli ha scompigliato i capelli, l'acqua gli cola dalle ciocche. Le sue braccia toniche sono bagnate e scivolose e la sua maglietta aderisce a tutti i muscoli che ha là sotto.

Le emozioni traboccano. Tutta la confusione, la lussuria, l'imbarazzo, il rimpianto per le ultime settimane... si sta trasformando tutto in furia. Le parole sembrano colpirlo, così le ripeto.

"Ti odio! Ti odio, cazzo! Sei malato! Tutta quella roba che stavi facendo lì dentro, tutti gli atteggiamenti che hai messo negli ultimi giorni... Per cosa?! Hai detto che non significava nulla per te! Smettila con questi giochetti mentali! Lasciami in pace!" gli urlo in faccia, battendo gli avambracci contro il suo petto.

E dico davvero. Lo odio per come mi fa sentire. Odio che la vita non sia più semplice. Odio il fatto che lui sia l'unico in grado di farmi prendere fuoco, e odio il fatto che mi costringa a guardarmi veramente dentro, a fare i conti con la persona che sono diventata. Odio sentirmi nuda e vulnerabile con lui.

"Odi quello che ti faccio provare. Odi la tua incapacità di smettere di pensare a me. Odi il fatto che il pensiero di me con un'altra ti faccia impazzire, ma senti di non avere il diritto di provare quei sentimenti. Smettila di mentirmi" afferma con tono deciso, scuotendomi le braccia mentre parla.

Alzo il mento in segno di sfida contro tutte queste

verità. "È *te* che odio."

I suoi occhi scuri sfavillano. La mia rabbia non lo scoraggia minimamente. Anzi, sembra che non faccia altro che aumentare l'intensità della situazione. La sua bocca è aperta e il suo respiro è irregolare e fuori controllo, come il mio.

"Ah, sì? Fammi vedere quanto cazzo mi odi." Fa una smorfia, quindi aggancia le asole dei miei jeans e mi strattona in modo da farmi scivolare giù, con la schiena sul sedile.

"Smettila, Hawke!" strillo.

Si ferma un attimo, cercando di riprendere fiato. Nei suoi occhi c'è un dolore profondo e cupo. Si china lentamente in avanti, sopra di me, con le braccia che sostengono la sua struttura grondante di gocce di pioggia.

"Dimmi che preferiresti che non avessimo mai scopato" ringhia mentre la sua mano si insinua per stringere la mia nuca e costringermi a guardarlo.

So cosa sta per fare, e non riesco a fermarlo. Mi sta facendo affrontare ciò che non voglio affrontare. La realtà.

Stringo forte gli occhi e lui serra la presa, forzandoli ad aprirsi. "Dimmi che odi come ti faccio sentire."

La potente aggressività che trasuda da lui mi fa girare la testa. Non voglio che mi piaccia, ma qualcosa di profondo dentro di me lo brama. Voglio che mi possegga come gli viene così naturale fare.

La sua mano scende dal collo al petto e poi giù per l'addome, mentre le sue dita abili aprono il bottone dei miei jeans.

"Hawke." La mia voce è affannosa e incontrollabile mentre sollevo i fianchi per permettere ai pantaloni di calare.

So cosa sta succedendo e non voglio che si fermi. Vorrei opporre resistenza, negare quello che provo, ma non posso più farlo. Ho voglia di lui in tutti i modi in cui vorrei non averne.

Mette la mano sui miei slip e strofina il punto che mi duole di più. "Tu lo vuoi. So che lo vuoi. Hai bisogno di me. Dimmelo."

"No. Non dovrei più fare questo. Non con te. Non così" gemo, allontanando la sua mano da me.

Lui si siede sui talloni e dà una botta al sedile dell'auto con il dorso della mano, urlando: "Non sai cosa vuoi!"

Ha ragione, sto cercando di comportarmi come se non lo sapessi, mentre al momento tutto quello che voglio è che lui continui a spingermi oltre l'orlo di quel baratro, che mi ci faccia precipitare dentro, perché so che se sarà lui a darmi quella spinta, io ci cadrò volentieri. Viceversa, potrei rimanere rinchiusa per sempre in questa prigione di mia iniziativa.

"Maledizione Cole, mi fai impazzire, cazzo!" Si tira le radici dei capelli, poi si trascina le mani sul viso. "Dimmi che non ti è venuta voglia di spaccare qualcosa in quel locale quando mi hai visto con quella. Dimmi che non ti ha fatto uscire di testa."

"Hawke." Mi sollevo su un gomito e lo agguanto per la maglietta.

Stava facendo tutto questo solo per ferirmi come io l'ho ferito ogni giorno con Patrick.

"Sai di avere bisogno di questo. Io so che ne hai bisogno perché ne ho bisogno anch'io." Si abbassa di nuovo su di me e comincia a baciarmi il lato del collo.

"Hawke" mugolo senza fiato, e non riesco più a capire se sto cercando di fermarlo o meno.

"Baciami" chiede, afferrando il lato del mio collo.

Schianta la sua bocca sulla mia e io trasalisco per il dolore. È il dolore dovuto alla consapevolezza che è lui ciò di cui ho bisogno. Mi sto solo rifiutando ostinatamente di ammetterlo, e sto perdendo la battaglia a ogni secondo che passa.

"Baciami, dannazione" mormora contro la mia bocca prima di affondare la lingua tra le mie labbra.

Caccia un gemito cavernoso mentre preme la sua erezione contro di me attraverso i jeans. Il suo bacio è disperato. Muore dalla voglia di me quando le nostre lingue si toccano. Le sue mani percorrono ogni curva del mio viso, i nostri respiri si incontrano nell'aria mentre precipitiamo in questo ciclo vizioso in modo folle e incontenibile. Sono la sua droga, e ora sta finalmente ricevendo la sua dose. Il bacio si intensifica, e quando si allontana io mi ritrovo a gemere. Voglio di più. Ho bisogno di più.

Si raddrizza, mi sbircia dall'alto col fuoco negli occhi mentre si slaccia rapidamente i pantaloni e li abbassa quel tanto che basta per tirare fuori la sua erezione. È dura e pronta per me. La mia bocca si apre a quella vista, mi sento gli occhi improvvisamente pesanti di lussuria. L'eccitazione che si sta accumulando dentro di me è come se stesse per tracimare. Chiudo gli occhi, ingoiando qualsiasi tipo di rimpianto che potrebbe seguire a tutto questo, e ruzzolo sempre più in profondità nell'oscurità insieme a lui.

Strappa la bustina di un preservativo con i denti prima di infilarlo, afferra la parte anteriore della mia biancheria intima e la scosta bruscamente di lato, poi si allinea con la mia entrata e spinge con forza dentro di me.

"Oh, Dio" piagnucolo per l'improvvisa pienezza, gettando la testa all'indietro contro il sedile dell'auto mentre lui mi fissa.

Si tira indietro e schiaccia le labbra contro le mie. È aggressivo nei suoi movimenti. I suoi respiri corti e veloci fanno credere che non abbia il controllo su tutto questo.

"Mentimi, Cole. Dimmi che mi odi." Un altro gemito profondo gli esce dalla gola, mi guarda mentre si tira fuori quasi completamente da me, lasciandomi dentro solo la sua punta.

Mi aggrappo alla maglietta bagnata della sua schiena e la artiglio, perché ho bisogno di ciò di cui mi sta privando. Odio questo bisogno di lui che provo. Odio il fatto che mi faccia impazzire di passione. Odio il fatto che da qualche parte, in qualche luogo recondito di me, non sia mai stata soddisfatta finché non è arrivato lui.

"Ti odio." Ansimo quando lui affonda di nuovo

dentro di me. "Oh, ti odio così tanto."

Mi stringe i capelli dietro la testa in un pugno e li tira con forza, costringendomi a guardare in alto verso di lui mentre aumenta la forza delle sue spinte. Allargo le cosce per accogliere il suo corpo, poiché ho bisogno di sentirlo più a fondo possibile.

"Oh, cazzo" sussurra con voce roca, premendo la maggior parte del suo peso su di me contro il sedile posteriore dell'auto.

È di nuovo così bello averlo dentro di me. Scivoloso, caldo e duro, che entra ed esce dal mio sesso bagnato. In tutto il mio corpo divampa un fuoco che mi mancava. Sono attraversata da scosse che infiammano ogni terminazione nervosa nel giro di pochi secondi. Non c'è modo di sostituire questa sensazione insuperabile. Hawke è un enigma, l'unico problema che valga la pena di risolvere per me. È tutto ciò di cui odio ammettere a me stessa di aver bisogno.

"Dimmi che ti è mancato questo" dice con un tono supplichevole che mi fa quasi male al cuore.

So quanto aveva bisogno di me già solo dal modo in cui i suoi occhi mi trapassano l'anima.

Col fiatone per la sua potenza, cerco di formulare delle parole. Parole che sgorgano senza fiato dalle mie labbra. "Mi è mancato. Mi è mancato da morire."

Lo stringo a me, aggrappandomi ai capelli della sua nuca. È come se non potessimo essere abbastanza vicini fisicamente. Entrambi ci avvinghiamo l'uno all'altra, ci tiriamo, per connetterci a un livello che trascende quello possibile sul piano fisico.

"Cazzo, ho bisogno di te" ammette prima di premere con foga le sue labbra contro le mie.

Mi bacia come se fossi l'unica cosa che lo tiene qui. L'unica ancora di salvezza che lo tiene in vita. La mia lingua a contatto con la sua lo calma come nessun alcolico, nessuna droga, nessun'altra donna potrebbe mai fare.

"E io ho bisogno di te, Cameron." Mi tiro indietro e gli prendo il viso fra le mani per assicurarmi che le mie parole gli arrivino forti e chiare.

La verità è lì per lui. Non posso più contrastarla. Non voglio negare questo a me stessa. Non ce la faccio. Deve esserci dell'altro in questa sensazione di innegabile necessità. Non è solo lussuria.

I suoi occhi cercano disperatamente i miei, come se stesse tentando di appurare la validità di questa verità.

Appoggia la sua fronte alla mia e continuiamo a fissarci mentre raggiungiamo insieme il picco del nostro piacere. Grido e gli artiglio la nuca con una mano, mentre con l'altra gli impugno la maglietta. Vengo con lui dentro, perdendomi nel momento prima che anche lui si riversi con un profondo gemito gutturale. Siamo entrambi con l'affanno, a crogiolarci nei postumi di questo nostro momento.

Ed è solo ora che mi rendo conto di quanto siamo stati avventati. È stato così facile ricadere nel ciclo di follia che si è generato tra noi. Mi sto letteralmente perdendo in lui e nella mia incapacità di rifiutarlo.

Il suo viso sfiora il mio, con la bocca ancora aperta, mentre sembra sul punto di perdere i sensi.

"Cole..." bisbiglia senza fiato, cercando nei miei occhi il rimpianto, temendo che quello che è successo finisca come l'ultima volta.

Ma non posso più negare quello che provo. Mi ha costretto a farci i conti, e ora non si può tornare indietro. Mi allungo, gli stringo i capelli sulla nuca e tiro il suo viso verso il mio. Voglio di più. Mi serve di più. Lui è la droga di cui non sapevo di aver bisogno. Lo sballo da cui non voglio più tornare indietro. Sono caduta. A fondo, in modo irreversibile.

E ci baciamo. Ci baciamo mentre siamo ancora uniti. Ci baciamo finché le nostre labbra non sono gonfie e consumate. Le sue mani mi sfiorano delicatamente il viso, memorizzando la curva dei miei zigomi, la sensazione del mio naso contro il suo, l'angolo della mia mascella.

L'auto è ormai completamente appannata, i nostri respiri si regolarizzano lentamente. Alla fine, si tira fuori da me, e si riassesta, e io faccio lo stesso, arrancando per rimettermi i pantaloni bagnati.

Perché non riusciamo a fermarci? È così irresponsabile, eppure sembra così indispensabile. Non posso lasciarlo andare.

Proprio quando sto per ricadere nei soliti scrupoli che mi faccio, lui si gira verso il finestrino posteriore e inizia a scrivere qualcosa al contrario sul vetro appannato. Le mie sopracciglia si increspano mentre cerco di leggerlo.

'Abbiamo appena scopato.'

Si gira verso di me, con un sorriso stupefacente sulle labbra, mentre io emetto un sussulto scherzoso per la sua volgarità. Apre la portiera, scende dal sedile posteriore e mi tende una mano. La prendo, e i nostri occhi si incrociano. C'è una dolcezza, una consapevolezza. Sembra che siano cambiate così tante cose tra noi in pochi minuti.

Un attimo prima ci stavamo urlando addosso sotto la pioggia, un attimo dopo abbiamo scopato selvaggiamente in macchina, un attimo dopo ancora abbiamo scherzato fra di noi.

Non so cosa succederà dopo. Non c'è un manuale d'istruzioni per questo tipo di situazioni. Stiamo fluttuando senza pensieri nel tempo e nello spazio, facendo sconsideratamente quello che ci pare, non importa a chi faccia male, non importa quanto sembri atroce - perché a noi sembra giusto. È una presa di coscienza terrificante.

Dopo essere rientrato in macchina, Hawke si allunga, mi prende la mano e se la tira sulle ginocchia. Si gira verso di me, si porta la mia mano alle labbra e bacia dolcemente ciascuna delle mie nocche. Lo sguardo nei suoi occhi, penetrante e serio, non contiene altro che il peso delle sue emozioni. C'è ancora così tanto sotto quell'aspetto esteriore, ma ora che gli ho ammesso finalmente la mia verità, ho oltrepassato quel primo strato apparentemente invalicabile.

Trattengo il fiato per il gesto dolce e inaspettato.

Ci mettiamo in marcia per tornare a casa, e noto un nuovo sguardo nei suoi occhi. Uno sguardo determinato che prima non c'era. Sembra così sicuro e lucido all'improvviso, come se ora sapesse esattamente cosa vuole. È un pensiero che mi sconcerta. Come si può provare un sentimento così profondo per una persona che ha tutti quei segreti?

Continuiamo a percorrere insieme la nostra strada buia, sprofondando sempre più nell'ombra dei nostri desideri, mentre l'auto appannata che reca la scritta 'abbiamo appena scopato' attraversa questa piccola cittadina piena di intolleranti.

24

Un mattone da un muro

Dopo aver parcheggiato nel vialetto di casa, ci soffermiamo entrambi un attimo a scambiarci un'occhiata imbarazzante.

Io mi mordo il labbro per trattenere un sorrisetto, mentre lui reclina la testa contro il poggiatesta e gioca col suo piercing al labbro, guardandomi con quel sorrisetto sulla faccia che ho cominciato ad amare.

Non sappiamo come muoverci dopo quello che è successo, cosa dire.

"Togliamoci questi vestiti di dosso" dice lui, pizzicando la spalla della mia maglietta bagnata.

Alzo le sopracciglia con fare provocatorio.

"Perché sei fradicia, scema. Ti ammalerai o qualcosa del genere" chiarisce.

Entriamo in casa e io cammino davanti a lui in direzione della cucina. L'ambiente è buio e freddo, e decisamente sprovvisto di Patrick.

Sento quella fitta di senso di colpa che mi trafigge di nuovo il petto, sapendo di aver allungato la lista delle mie trasgressioni. Persa nei miei pensieri, tengo gli occhi fissi su ciò che ho davanti a me.

Sul tavolo c'è una serie di snack. Sto parlando di popcorn, junior Mints, Sour Patch Kids, Mike and Ikes, Milk Duds, Skittles, Butterfingers, Nerds, Reese's Peanut Butter Cups e così via. Ogni tipo di spuntino da cinema che vi viene in mente è ammassato sul tavolo della cucina. Nel soggiorno, tutte le coperte sono ammucchiate, con i cuscini sparsi a formare un enorme letto sul pavimento.

Sento Hawke arrivare alle mie spalle, gettare le chiavi dell'auto sul bancone e studiarmi chiaramente mentre assimilo il tutto. Stringo i molari e trattengo il dolore con una smorfia.

"So che non sarebbe compito mio, ma ho pensato che magari una serata cinema a vedere un po' di film di mafia ti avrebbe tirato su di morale."

Mi passo una mano sul viso mentre le lacrime mi riempiono gli occhi.

"Ehi, scusami se ho dato per assodato che ti andasse-"

"No" lo interrompo e tiro su col naso. "È solo che non sai quanto mi odio. Odio quello che sono. Ho presunto che tu fossi-"

"Non farlo. Non odiarti. Va tutto bene, Cole. So bene in che cosa mi sono imbattuto. Tu hai ancora una relazione e io... beh, sono letteralmente piombato qui e so che non ti sto facilitando le cose." Abbozza un sorriso, cercando di tirarmi su il morale. "Sei una persona fantastica, sei-"

"Non riesco a credere che tu abbia fatto tutto questo. E per me? Sono stata così cattiva con te." Le lacrime continuano a scorrere.

Non riesco a sopportarlo. Non sopporto che l'uomo che mi conosce da meno di due mesi abbia fatto qualcosa di più significativo del ragazzo che conosco da anni. Farmi dei regali è un conto, impegnarsi per capire cosa mi piace è ben altro.

I miei pensieri corrono a Patrick mentre i miei occhi

cadono sul pavimento. La sensazione di nausea prende di nuovo il sopravvento.

Hawke mi raggiunge e mi attira verso il suo petto, quindi mi avvolge con le braccia prima di sollevarmi la testa per guardarlo.

"Cole, basta, sono stato uno stronzo. Volevo farti provare il dolore che hai fatto provare tu a me, così mi sono comportato come un idiota per darti fastidio. Non sono meglio di così. Inoltre, se ti fa sentire meglio, sappi che non era questo il motivo per cui ti ho chiesto di andartene oggi pomeriggio."

Deglutisco, agitata all'idea di sapere quale fosse il vero motivo. Torno a guardarlo, asciugandomi gli occhi, in attesa della verità. Prego che questo non fosse un appuntamento organizzato per qualcun'altra.

"Non volevo che tu fossi qui quando è passato il mio agente." Sospira come se gli facesse male ammetterlo.

"Intendi il tuo agente per la libertà vigilata?"

"Sì. È solo che..." Si ferma e si ravvia i capelli, prima di afferrare le mie mani tra le sue.

Gliele stringo delicatamente, strofino i dorsi coi pollici per confortarlo, ben conscia che non è facile esporre questa parte di sé per una persona così chiusa come lui.

"Vorrei che tu non dovessi mai avere a che fare con questo lato della mia vita. Non è ciò che sono, non mi definisce come persona, e non volevo metterti in una situazione spiacevole."

Il mio cuore si spezza a metà. Sono proprio una persona di merda. Lui sta architettando dei piani per cercare di proteggermi dal suo passato - un passato che lo perseguita a ogni ora del giorno - e poi organizza una serata divertente con tutto ciò che amo di più per tirarmi su di morale, e io me ne sbatto altamente di tutto.

"Cam" mormoro, allungandomi per cingergli il lato del viso. "Sei molto più di un passato."

Il suo corpo si affloscia visibilmente, come se le mie sole parole avessero sollevato il peso che si portava addosso. I vortici blu e verdi dei suoi occhi sprigionano la tortura che ha dentro mentre mi guarda nel profondo.

Si sta chiedendo se ci sarò io a prenderlo quando cadrà, perché sa che quel giorno arriverà. Ci sarà un momento in cui mi rivelerà tutto. Verrà il momento in cui troverà il coraggio di confidarmi ogni suo segreto. Solo che non l'ha ancora capito.

Inclino la testa verso l'alto e mi sporgo verso le sue labbra per dargli un bacio dolce, morbido e confortante. Le sue labbra sulle mie mi fanno sentire a casa. Il posto in cui ho bisogno di stare quando il mondo intorno a me sta crollando.

"Andiamo. Togliamoci questi vestiti di dosso. Potresti ammalarti o qualcosa del genere." Ripeto le parole che mi ha detto un minuto fa con un sorrisetto malizioso.

Lo tiro per la maglietta bagnata verso il bagno. Una volta entrati, l'atmosfera giocosa è cambiata di nuovo. Ora è tutto diverso e, come se entrambi ne fossimo consapevoli, i nostri sorrisi si sono spenti e il desiderio sta cominciando a prendere la meglio nel nostro sguardo.

Si toglie la maglietta, scompigliando i capelli umidi nel farlo, prima di aiutarmi con la mia. Mi giro e apro il rubinetto della doccia, mentre lui si sfila rapidamente i pantaloni. La mia bocca si spalanca alla vista di lui nudo davanti a me. Mi sento di nuovo una vergine che assapora per la prima volta la visione di un uomo davanti a sé.

Sto arrossendo. Il calore del mio viso mescolato al bisogno che si sta di nuovo accumulando dentro di me creano una combinazione pericolosa.

Lui avanza con sicurezza e viene verso il punto in cui sono rimasta congelata. Mi fa scivolare giù le spalline del reggiseno, una per una, e mi osserva in attesa di una reazione.

"Hawke." Deglutisco.

"Scusa." Alza le mani e fa un passo indietro.

"No" sussurro, scuotendo la testa. Avanzo per colmare la distanza che ha messo tra noi e mi faccio cingere dalle sue braccia. "È solo che... mi rendi un po' nervosa."

Lui piega la testa di lato con aria apprensiva. "Perché?"

"Perché non riesco a controllarmi con te. E io sono una persona piuttosto controllata." Sorrido.

Si lecca le labbra mentre fissa le mie. "Perdere il controllo è ciò di cui hai bisogno per liberarti."

Ci penso su un attimo, ma prima che io possa ribattere, lui si china e mi bacia di nuovo. Mi lecca il labbro superiore con la lingua, poi mi succhia quello inferiore tra i suoi prima di infilare la lingua per lambire la mia.

Il modo in cui bacia mi eccita. È così preciso nei suoi movimenti, alterna la pressione, passando dalla dolcezza e dalla morbidezza ai colpi decisi della sua lingua che massaggia la mia.

Ha un corpo mezzo nudo davanti a sé, eppure non fa altro che tenermi il viso mentre ci baciamo, come se non ne avesse mai abbastanza. Il modo in cui mi tiene il collo e la nuca con le sue grandi mani, facendomi capire che baciarmi in questo modo lo eccita, mi basta a spingermi a slacciarmi i pantaloni per unirmi a lui.

Si stacca dal bacio e appoggia per un attimo la testa sulla mia. Chiude gli occhi con forza, poi si lecca le labbra prima di indietreggiare bruscamente ed entrare nella doccia. Rimango lì, sgomenta dal suo distacco. Lo guardo attraverso il vetro appannato. Si passa grossolanamente le mani tra i lunghi capelli in cima alla testa, si strofina il viso e poi appoggia un braccio contro la parete del soffione, lasciando che l'acqua gli piova addosso.

Ha di nuovo addosso una coltre di dolore. I mattoni che si stavano lentamente staccando da quel muro per me si sono fermati. Non riesce a farmi entrare perché ha paura di quello che potrebbe succedere se lo facesse.

Non so cosa fare. So cosa dovrei fare, e cioè lasciare questo bagno. Ma non ce la faccio. Mi tolgo i vestiti che mi sono rimasti, allontano i pantaloni bagnati con un calcio e mi tolgo il reggiseno prima di entrare nella doccia calda.

Con il petto che si alza e si abbassa e la sensazione di svenire, mi avvicino a lui da dietro e sfioro con lentezza e delicatezza i muscoli tatuati della sua schiena. Al contatto con i suoi muscoli, lui inspira e si volta verso di me.

L'acqua gli scende dalla schiena e piove dal suo corpo sul mio. Schiude le labbra e cerca nei miei occhi qualcosa, qualsiasi cosa che gli dia una sorta di rassicurazione. Avverto la sua esitazione.

"Hai detto che avevi bisogno di me" dico a bassa voce, ricercando la verità nel suo sguardo. "Eppure ho l'impressione che tu non sia il tipo di persona che ha bisogno di qualcuno."

"Non lo sono" risponde prontamente.

Mi mordo l'angolo del labbro e distolgo lo sguardo.

"Allora cos'è questo, Hawke? Cosa sta succedendo tra noi?"

Usa le sue dita bagnate per farmi girare di nuovo verso di lui.

"Non lo so. Ma è la sensazione peggiore del mondo." La sofferenza per le verità che sta esprimendo è palpabile.

"Cosa vuoi dire?"

Emette un respiro profondo e mi sposta in modo che io sia contro la parete posteriore della doccia. Appoggia un braccio sul muro sopra di me per proteggermi dall'acqua. Con l'altra mano mi scosta i capelli dalla fronte e me li sistema dietro l'orecchio. Mi tiene il lato del collo, il suo pollice percorre la lunghezza della mia mascella prima che i suoi occhi si incontrino con i miei.

"Sto fissando l'unica cosa che mi abbia fatto provare dei sentimenti dopo anni di insensibilità. Gli unici occhi che mi abbiano fatto dubitare di me stesso e di chi sono nel loro riflesso. Sei proprio qui davanti a me, eppure siamo appena fuori dalla nostra portata."

Strabuzzo gli occhi, sapendo esattamente a cosa si riferisce. Lui mi vuole, ma ha il sospetto che io non mi butterò, che non cadrò con lui quando si getterà da quel cornicione, che me ne starò lì a guardare mentre precipita verso il fondo da solo.

"Non ci capisco nulla" sussurro, esternando le mie emozioni, cercando di elaborare tutto.

"Non occorre che tu lo faccia. Non sforzarti di dare un senso a tutto questo. Non ne ha. Non deve averlo."

"Ho bisogno che abbia un senso."

"Perché? Per giustificare quello che provi?"

"Hawke-"

"Stammi a sentire, Cole. Qualunque cosa ci sia tra noi, è reale. Non lasciare mai che i tuoi pensieri o quelli degli altri mettano in dubbio questa consapevolezza" afferma, premendo il suo petto contro il mio, con uno sguardo colmo di una profonda solennità.

Prendo fiato, la mia bocca si apre per la vicinanza con lui. Sì, sono una persona calcolata, ma tutto ciò che lo riguarda è una scommessa. La parte che mi spaventa è che non sono mai stata così pronta a mettermi in gioco senza sapere se tutto ciò che ho in mano andrà in fumo appena verrà girata la prossima carta. Sento che vale sempre di più la pena di rischiare già solo per la possibilità di vincere lui.

"In macchina mi hai detto che non so cosa voglio."

"Non so se lo sai." Scuote la testa, spostando lo sguardo tra i miei occhi. Trasmette una grande tristezza.

I nostri visi sono a pochi centimetri l'uno dall'altro, e ora lui muove lo sguardo dai miei occhi alle mie labbra, aggrappandosi alle mie parole come se il suo prossimo respiro dipendesse da ciò che mi uscirà di bocca.

"E invece lo so. Voglio te."

Mi trema il labbro inferiore mentre pronuncio queste parole. Non mi sono mai sentita così ansiosa, così spaventata, così vulnerabile, così aperta. Mi sento come se mi stessi spogliando del corpo in cui sono nata, liberandomi di tutta la pelle e delle ossa fino a quando non resta che il mio cuore pulsante davanti a lui. Esposto e in attesa.

Il suo volto mostra un guizzo di sollievo che viene

rapidamente sostituito dal dolore, come se si fosse appena avveduto di qualcosa. Fa una pausa, la fronte aggrottata prima di serrare la mascella.

"Non mi conosci nemmeno."

Si allontana fulmineo da me, permettendo all'acqua del soffione di raggiungermi e di stemperare il gelo che le sue parole mi hanno appena lasciato addosso.

25

Breccia

Mi lavo, poi esco dalla doccia.

Le sue parole, benché fredde e scoraggianti, non sono sufficienti ad allontanarmi. Non ora. Non dopo tutto quello che è successo.

Mi infilo qualcosa di comodo, un paio di pantaloni pesanti e larghi abbinati a una felpa corta in tinta. Mi faccio uno chignon con i capelli ancora bagnati e vado in salotto alla ricerca di Hawke.

Il soggiorno è buio e vuoto, e mi domando se se ne sia andato. Forse è troppo per lui aprirsi con me. Ha paura dei suoi sentimenti, proprio come me, anche se per motivi diversi.

Passo davanti alla cucina vuota, poi busso delicatamente alla porta della sua stanza. Si apre con uno scricchiolio, così sbircio all'interno, ma è buio, e lui non c'è.

Con un sospiro frustrato, appoggio la testa al telaio della porta quando il mio telefono mi avvisa dell'arrivo di un messaggio. Mi avvicino al tavolo su cui ho posato la borsa, la apro e tiro fuori il cellulare. È un messaggio di Patrick. Vengo subito colta da un certo nervosismo.

Patrick: Ho appena saputo che la tua macchina è ancora parcheggiata al locale. Che cosa è successo?

Mi sta prendendo in giro. Qualcuno in città ha informato Patrick di dove si trova la mia auto? Lo stomaco mi sembra cadere in picchiata di trenta piani mentre ripercorro i miei passi e mi chiedo se qualcuno abbia visto l'interazione tra me e Hawke in fondo alla strada del pub. Potrei letteralmente vomitare.

Io: Eh, non partiva. Hawke era al locale con i suoi amici e mi ha dato un passaggio fino a casa. Domani farò dare un'occhiata da Marty.

Questo dovrebbe sistemare un po' la situazione, no? Attendo con ansia una risposta.

Patrick: Devi prenderti cura delle tue cose in modo che questo non accada. Fammi sapere cosa dicono domani.

Incredibile. Alzo gli occhi al cielo e sbuffo con rabbia. Non c'è nessun 'stai bene?' O 'sono felice che ci fosse Hawke per darti un passaggio,' oppure 'tranquilla, faccio io uno squillo all'officina per spiegargli cosa è successo.' No, è colpa mia se è successo, spetta a me risolvere il problema. Sono in grado di cavarmela da sola, ma sarebbe carino se avessi un compagno che si interessi abbastanza da tentare di darmi una mano.

D'altra parte, chi sono io per parlare? Sento la porta dietro di me aprirsi, così lascio cadere il telefono. Hawke sta chiudendo la porta e si sta togliendo il giubbotto. Avverto subito una zaffata di fumo che mi fa capire dov'è appena stato.

"Ehi" esordisce, lasciando cadere il giubbetto sullo schienale della sedia vicino alla porta e fissandomi con un'espressione seria. Sembra svuotato. Emotivamente svuotato, come se avesse combattuto una battaglia interiore e fosse sul punto di cedere. Mi addolora vederlo così.

"Vieni qui" gli chiedo, guardandolo lì, a torso nudo, con le mani nelle tasche della tuta. Si avvicina a me, mordendosi il labbro inferiore e guardandomi con la testa piegata di lato. Gli lancio un sacchetto di Skittles sul petto e lui lo prende al volo. Abbassa lo sguardo e poi torna a guardarmi con un'espressione confusa.

"Fai il carico di zuccheri. Ho bisogno che tu sia bello sveglio. Ozark non si guarda da solo."

Gli rivolgo un ghigno, mentre lui si tiene il pacchetto di Skittles sul petto e risponde con un sorriso sereno che spazza via la precedente serietà. È come un momento tacito di tregua. Non c'è bisogno di capire tutto in questo istante. Lui ha bisogno che io lo risollevi, proprio come lui aveva progettato di tirare su di morale me con questa serata da passare semplicemente insieme, a rilassarci come due amici che hanno bisogno del sostegno reciproco. Ora è il momento di goderci il tempo da soli che abbiamo a disposizione. Non me lo lascerò scappare così facilmente.

Racimoliamo tutte le leccornie che ha comprato e le portiamo sulle coperte, sistemando tutti gli spuntini al centro.

Ridiamo, parliamo di argomenti leggeri, ci tiriamo i popcorn in bocca a vicenda. L'atmosfera è incredibile. Le nostre vibrazioni sono totalmente in sintonia. Stiamo entrambi velatamente flirtando e ci stiamo divertendo in maniera spensierata, e sento davvero che con questa serata si è chiuso il cerchio. Hawke si toglie il sale dei popcorn dalle dita, si appoggia alla base del divano in mezzo al mucchio di cuscini e mi guarda con quella che posso solo definire ammirazione.

Forse la gente non sa come prendere un tipo come Hawke. L'aspetto esteriore ruvido sbarra il cuore gentile che c'è dentro. Dentro c'è un'anima tenera, sensibile, che ha impiegato anni per costruirsi quel muro intorno. Sono sicura che la sua vita gli ha fornito poche opportunità per mostrarlo, ma io lo vedo. Lo vedo nelle piccole attenzioni che mi riserva. È premuroso ed empatico per natura.

"Allora, raccontami qualcosa di sincero" lo esorto. "Può essere qualsiasi cosa, purché sia genuina."

Lui appoggia la testa all'indietro sul divano e riflette con gli occhi rivolti al soffitto. Ne approfitto per ammirare la sua gola e il pomo d'Adamo. È di una bellezza assurda e così mascolina. "Beh, non mi sono dimesso dal lavoro. Sono stato licenziato."

"Hawke! Cosa? Stai scherzando? Che cosa è successo?" Mi si spalanca la mascella mentre mi sporgo in avanti per saperne di più.

"A dire il vero, volevano farmi passare al primo turno, il che significava che avrei avuto un orario di lavoro normale durante il giorno. Ho detto loro che non mi andava e che sarei rimasto al terzo turno, e il tipo ha minacciato di licenziarmi se non mi fossi piegato. Quindi... sì."

"Aspetta, cosa? Perché non vuoi lavorare in orari normali? Il terzo turno fa schifo."

Si strofina la nuca, corrugando la fronte nel più delizioso dei modi, e guarda me, poi il muro dietro di me, e poi di nuovo me. Non vuole dirmelo.

"A dire il vero, non volevo rinunciare al nostro tempo insieme." Lo fisso incredula. "Se facessi il primo turno, non ti avrei mai per me e non potrei proprio sopportarlo" confessa con gli occhi socchiusi. Si mette la mano davanti alle labbra e si mordicchia la punta del pollice, studiandomi in cerca di una reazione.

"Hawke" mormoro con tono quasi di rimprovero. Lui fa

una scrollata di spalle, come se non potesse fare a meno di pensare che per lui il bisogno di tempo con me vale più della perdita del lavoro. Dato che di giorno lavoro da casa, si è imposto di trovare un lavoro a tutte le ore della notte solo per assicurarsi che potessimo passare le mattine da soli insieme, a sorseggiare caffè e guardare film di gangster, anche se questo significava che sarebbe arrivato prosciugato ed esausto. Il mio cuore si gonfia così tanto nel petto che penso che potrei esplodere davanti a lui.

"Poter stare con te, in queste ultime settimane, è diventata la mia ancora di salvezza."

Mi avvicino a lui e mi sistemo tra le sue gambe divaricate, con la mano appena sopra il suo ginocchio.

"Cosa vuoi dire?"

Lui sospira, guardando la mia mano prima che le sue dita giochino con la punta delle mie. La sensazione mi fa svolazzare le farfalle alla bocca dello stomaco. "Mi hai impedito di distruggermi più di quanto non sia già."

Non voglio mettergli pressione, ma ho come l'impressione che stare con me lo abbia aiutato a uscire dalla sua testa, a concentrarsi su qualcos'altro che non sia la pesantezza in cui si sta impantanando. Faccio fatica a credere che qualcuno voglia veramente e concretamente conoscere Hawke per quello che è. Lui è il cattivo ragazzo, quello pericoloso con un passato criminale, da usare per una notte selvaggia di divertimento e di festa. Forse il fatto che io continui a cercare di conoscerlo lo aiuta a capire il suo valore?

Porta la mia mano alla sua bocca e bacia dolcemente ogni singolo polpastrello. Le mie labbra si separano mentre mi si accorcia il fiato per quella sensazione che sembra essere direttamente collegata al mio sesso.

"Tocca a te" borbotta contro il mio mignolo.

"Eh? Ah, sì... certo. Ehm, qualcosa di sincero..." Mi mordo l'angolo del labbro e decido dove voglio andare a parare.

"Qualcosa di vero" puntualizza Hawke, aspettando e guardando.

Faccio un bel respiro e dico la prima cosa che mi viene in mente: "Ho il terrore di perderti."

L'ho detto. È vero. È onesto. È reale. Quando Patrick tornerà, le cose cambieranno tra me e Hawke. Comunque si metterà la situazione al suo ritorno, ci sarà un punto di svolta e sono terrorizzata dal fatto che, se affronterò tutto questo nel modo sbagliato, finirò per perdere lui. Che si chiuderà a riccio e non si aprirà più.

Hawke fa una smorfia e poi deglutisce, fissandomi per tutto il tempo. I suoi occhi si muovono avanti e indietro tra i miei. Mi tira il braccio verso il suo petto e mi fa sedere sul suo grembo, con le gambe a cavalcioni su di lui, che è seduto a terra e con la schiena appoggiata al fondo del divano. Attira la mia schiena fino a quando il mio bacino è attaccato al suo, poi mi prende delicatamente il viso fra le mani e appoggia la testa contro la mia.

"Ti prego, non farlo" afferma con un filo di voce, rispondendo alla mia affermazione.

Tiro appena indietro la testa per guardarlo negli occhi. Vi colgo un tale bisogno dentro. Un bisogno che non desidero altro che soddisfare. Nemmeno lui vuole perdermi. Deve averci pensato anche lui a come cambieranno le cose quando Patrick tornerà. "Hawke, io..."

Si sporge in avanti e preme le sue labbra contro le mie, catturando le mie parole con il suo bacio. Mi mette una mano intorno alla nuca mentre con l'altra mi cinge la vita. Lo sento premere contro di me con i fianchi e realizzo che è eccitato. Gemo contro il suo labbro inferiore e gli succhio l'anello labiale tra i denti per poi lasciarlo andare quando il suo labbro scatta all'indietro. Appoggia la testa contro il divano e mi guarda con curiosità.

Mi chino sul suo collo e gli poso dei baci a bocca aperta lungo tutta la vena pulsante. Con il petto ansante, deglutisce, quasi come se la cosa lo turbasse. "Stai bene?" gli chiedo a bassa voce, incrociando di nuovo il suo sguardo e passandogli le mani tra i capelli in cima alla testa. Le sue mani si posano sui miei fianchi, mentre mi scruta con il desiderio che sgorga da quegli occhi color oceano.

"Non sto bene affatto. Non starò mai più bene."

Tutto in lui è così determinante, così significativo, così pesante. Dentro di me sento questo bisogno totalizzante di tuffarmi e cercare di afferrare qualsiasi cosa che possa collegarci a un livello a me ignoto. Com'è possibile che solo guardando negli occhi un'altra persona si possa provare una sorta di nostalgia per un passato che non si è mai conosciuto, un terrificante conforto che non si è ancora conquistato? Con lui mi sento a casa in un modo che ho sempre sognato di trovare finora. Studia il mio viso prima di far scivolare le mani sui miei fianchi, sulla schiena, sotto il maglione, e premere i palmi sulla mia pelle, trascinandoli dolcemente fino a raggiungere il collo. Mi attira di nuovo verso le sue labbra, ha bisogno di questo contatto per sentirsi di nuovo completo.

"Mi fai impazzire" mormora tra un bacio e l'altro, le sue mani che trovano il bordo del mio maglione e lo tirano su. Mi stacco dal bacio per permettergli di sfilarmelo. Mi toglie il reggiseno, lo slaccia da dietro e lascia che le spalline cadano libere lungo le mie braccia, lasciandomi esposta e vulnerabile alla luce. Incrocio subito le braccia sul petto.

"Cole, non farlo. Sei così bella" mi sussurra prima di far scendere una mano dal collo lungo il mio petto. Infila un braccio tra i miei seni e appoggia il palmo della mano sul mio cuore. Mi bacia, con la sua mano lì, nel modo più intimo. Con l'altra afferra la mia e se la poggia sul petto, sopra il cuore, mentre le nostre lingue danzano a un ritmo incalzante. Non mi sono mai sentita così legata a qualcuno. Il nostro bacio continua finché non mi sento mancare per la lussuria. Sono consumata da lui, in tutti i sensi. C'è una connessione inespressa che condividiamo ed è più potente di qualsiasi altra cosa abbia mai provato. Faccio rotolare i fianchi in avanti contro il suo grembo, per essergli più vicina, e mi guadagno un gemito affannoso da parte sua. Scivolo di lato, mi tolgo i pantaloni della tuta con il suo aiuto e torno sulle sue ginocchia, ora senza nulla indosso. Le sue mani grandi e venose trovano le mie cosce e risalgono lungo il mio corpo. Mi formicola la pelle, e quella sensazione mi fa venire i brividi. Hawke fa un respiro e lo lascia uscire quando i suoi occhi raggiungono finalmente i miei, apparentemente sopraffatti.

"Non si ferma mai" ammette a bassa voce, passando il pollice sul mio labbro inferiore.

"Cosa?" domando con la testa piegata di lato.

"Ogni secondo con te me ne fa bramare un altro" spiega, come se fosse addolorato da questo pensiero.

Mi fermo, con il cuore che mi duole nel petto. Allungo una mano tra di noi e la faccio scorrere lungo il suo petto, verso il rigonfiamento sotto la sua tuta. Con gli occhi nei suoi, gli abbasso i pantaloni, finché non siamo premuti l'uno contro l'altra così come siamo stati creati.

"Non smettere mai" sussurro contro le sue labbra.

"Non smettere mai di fare cosa?" mi domanda, facendo scorrere le dita su e giù per la mia schiena.

"Di avere bisogno di me" rispondo, e poi ricadiamo nel nostro bacio, come se non l'avessimo mai interrotto.

26

Mai abbastanza vicini

Sono sopraffatta dalle emozioni.

Qualcosa in quest'uomo sotto di me parla a una parte della mia anima che è rimasta intatta fino a lui.

"Ho bisogno di essere dentro di te" mormora sul mio collo, disseminando il mio petto di baci.

"Cam, ti prego" lo imploro, passandogli le dita tra i capelli.

Continuo a roteare i fianchi contro di lui, le sensazioni date dall'essere così vicini eppure non connessi ci fa impazzire entrambi.

"Non ho niente qui in salone." Si lecca le labbra, cercando i miei occhi.

Capisco a cosa si riferisce. Sta insinuando che devo alzarmi per permettergli di andare a prendere ciò che ci occorre per farlo. Ma io sono inebriata dalla lussuria, ebbra di bisogno, e ho un bisogno folle di sentirlo senza nulla che ci separi.

"Non m'importa" sussurro, arrotolando le punte dei suoi capelli con le dita e strusciandomi di nuovo contro di lui.

"Cole..." mi avverte con cautela, sapendo che non dovremmo.

"Ho bisogno di sentirti" sussurro contro le sue labbra.

"Ti fidi di me?" mi domanda, arretrando per guardarmi in faccia e scrutando il mio viso alla ricerca di qualsiasi indizio che possa farmi tirare indietro.

"Mi fido. Voglio dire, mi auguro che tu mi fermeresti se fosse una cattiva idea."

"È una cattiva idea" commenta con un piccolo sorrisetto.

Alzo gli occhi al cielo e sorrido a mia volta.

"Prendo la pillola, se te lo stai chiedendo."

Sta ancora ansimando mentre mi struscio lentamente su di lui durante la nostra rapida conversazione. Il pensiero di essere dentro di me senza protezioni gli fa girare gli ingranaggi nella testa.

"Okay" sussurra, apparentemente nervoso.

Senza saperlo, mi sta aiutando a cadere, mi sta rendendo spericolata, selvaggia e senza inibizioni. Tutto ciò che ero - calcolata, prudente, impaurita - viene scagliato fuori dalla mia essenza. Hawke mi fa attingere a una parte sconosciuta di me stessa che non ho mai raggiunto. Una forza che deriva dal lasciarsi andare.

"Non l'ho mai fatto prima." Deglutisce.

Lo guardo ammettere qualcosa che non mi sarei mai aspettata.

"Nemmeno io" confesso.

I suoi occhi si illuminano di sorpresa e confusione. Ma è vero. Non ho mai avuto un'esperienza simile con Patrick prima d'ora. Anche perché avrebbe sicuramente oltrepassato il limite di ciò che è igienico e accettabile dalla religione cattolica. Quello strato sottile di lattice lo fa sentire come se non stesse peccando e non si stesse avviando verso la dannazione eterna. Ma con Hawke, entrambi ci immergiamo di buon grado negli abissi dell'inferno.

Allungo una mano tra di noi e la avvolgo con grazia intorno a lui.

Lui trae un respiro, abbassa lo sguardo e poi torna a guardarmi negli occhi con un'espressione incerta, il petto ansante per l'affanno.

Mi piacciono questi lati di lui. La serietà, la verità, la parte di lui che mi rivela che ciò che sta accadendo tra noi non è quello a cui era abituato. Si sta aprendo con me, mi sta dicendo che questo significa qualcosa, che quello che c'è tra noi non è ordinario.

Mi sollevo sulle ginocchia, sostenendomi sopra di lui mentre si allinea con il mio ingresso. Mi guarda con il tipo di rispetto che si riserva a una regina che ti sta puntando un coltello al collo. Sa che potrei ucciderlo con un solo taglio, che potrei farlo morire con la vulnerabilità che mi sta offrendo, ma, nonostante ciò, apprezza il potere che ho su di lui.

Si struscia contro il mio sesso fradicio, facendoci gemere all'unisono. Il fatto che la parte più intima di lui sia a contatto diretto con la mia mi fa desiderare questo momento di pura connessione.

Ci guardiamo mentre inizio a calarmi su di lui, ad affondare sulla sua spessa erezione. È dolorosissimo da questa angolazione, visto anche quanto è duro e che non c'è altro che la nostra pelle a contatto. È l'incontro più bello e crudo di due individui che hanno bisogno di essere uno solo.

Mi afferra la nuca, la sua bocca si apre mentre cerca di tenere gli occhi aperti e fissi su di me. Solleva delicatamente i fianchi mentre io mi siedo sul suo grembo. Gemo forte, provando un'eccitazione che non ho mai provato quando raggiungo la base del suo membro, e debbo fermarmi un attimo per adattarmi.

È diverso rispetto alla macchina. In macchina è stato selvaggio, vorace, aggressivo. Questo è lento, meticoloso, appassionato. Mi sollevo e mi abbasso su di lui, la mia eccitazione cola lungo la sua erezione, rendendo il suo spessore facile da accogliere nelle mie pareti.

"Sento che è giusto" bisbiglio col fiato corto. "Stare con te."

Le sue sopracciglia si increspano e perlustra incredulo i miei occhi, prima di leccarmi il labbro superiore e farsi strada di nuovo nella mia bocca.

"È così che doveva andare" mormora tra un bacio e l'altro. "Tu tra le mie braccia, io dentro di te."

Intreccio le mie dita con le sue, gli blocco le mani all'indietro sul divano e lo uso come sostegno mentre lo faccio scivolare lentamente dentro e fuori da me. Il cuore mi sta schizzando fuori dal petto per come mi sta fissando con quegli occhi di fuoco.

È una presa di coscienza terrificante quella che nulla è paragonabile a ciò che provo in questo momento. Non posso perderlo. Ora è una mia paura razionale. Mi sto innamorando di lui, in tutti i modi in cui non vorrei.

Piega le ginocchia verso l'alto e fa leva sui talloni per spingere i fianchi contro di me. Gode di tutti i modi in cui questa posizione mi fa gemere e non riesce a smettere di fissarmi. È totalmente concentrato, affascinato dai suoni e dalle espressioni che faccio. Si compiace della possibilità di essere lui a procurarmi il piacere.

Le sue mani si staccano dalle mie, desiderose di toccarmi. Mi massaggia i seni con i palmi e fa scorrere i pollici sui miei capezzoli sensibili e doloranti, mentre io rotolo i fianchi contro di lui.

"Cazzo, mi dai delle sensazioni mai provate prima." Geme e afferra la carne del mio sedere con le sue grandi mani, tirandomi giù con forza su di lui.

"Hawke!" grido mentre mi riempie, ancora e ancora.

La sensazione gli fa rovesciare gli occhi dietro il cranio. Mi avvinghio al suo petto e sento il bisogno di sfogarmi, il brivido dell'orgasmo imminente che mi fa provare un tremito lungo la spina dorsale.

"Sì, baby, lasciati andare" mormora lui, stringendo la mascella mentre mi guarda perdere il controllo.

Grido, gli metto le mani intorno al collo e lo stringo forte mentre precipito nell'intensità dell'orgasmo.

Hawke mi stringe contro il suo petto, avvolge entrambe le braccia dietro la mia schiena e ci tiene incollati mentre si spinge dentro di me. Crollo attorno a lui, lasciando che i fuochi d'artificio dietro le palpebre si impossessino della mia vista mentre soccombo a quella splendida sensazione di torpore.

Lui rabbrividisce dentro di me e continua a spingere fino a quando le sue spinte non si fanno più scoordinate, il suo corpo duro che si contrae sotto di me. Sento il calore di lui che mi riempie, il seme che cola intorno alla sua erezione. È una delle sensazioni più erotiche e provocanti che abbia mai provato, a cui penserò anche molto dopo che sarà finita.

Con il petto ansante come quello di un corridore olimpico al termine della sua maratona, lascia cadere la testa all'indietro contro il divano e mi attira verso le sue labbra.

Il bacio è morbido e sensuale. Anche dopo tutta questa passione è in grado di trasmettere queste emozioni.

"Mi stai uccidendo, Cole" sussurra quando infine si stacca dalle mie labbra, guadagnandosi un sorriso di ammirazione da parte mia. "Non ci sono parole, cazzo."

Alla fine, una volta che le nostre labbra sono ancora una volta turgide per gli infiniti baci che ci siamo dati, mi allontano da lui e vado a prendere un asciugamano dal bagno per pulirci prima di rimetterci entrambi indosso le nostre comode tute.

Accarezza lo spazio libero accanto a lui sulla pila di coperte e cuscini. Mi accoccolo nel suo calore, la mia guancia è appoggiata al suo petto, il suo braccio mi circonda e le nostre gambe sono intrecciate. Le coccole sono una cosa che sappiamo fare, e bene.

Hawke mi tocca continuamente il viso, mi passa le dita sulle braccia, mi accarezza i capelli con le dita. Capisco che sta memorizzando ogni singolo dettaglio in vista di un momento in cui potrebbe non avermi. Il pensiero che stia registrando nella sua mente questo momento, con la consapevolezza che potrebbe non verificarsi mai più, uccide un pezzo del mio cuore.

"Che significato ha questo?" chiedo, facendo scorrere le dita sul tatuaggio sulla sua gabbia toracica che assomiglia a una specie di molecola.

Si alza un po' per capire quale sto strofinando, poi sorride e torna ad appoggiare la testa ai cuscini.

"È il mio tentativo di mantenermi in funzione nei momenti bui della mia vita. È una molecola di dopamina."

"Lo adoro" sussurro continuando a passarci sopra il dito. Spero fra me e me che non sia mai arrivato al punto di averne bisogno. "E questo?"

Ne indico un altro nei pressi che sembra lo scheletro vecchio e decrepito di un topo morto, riverso sulla schiena.

"Questo ha un doppio significato. Da un lato, è la preda che ho conquistato, sia in senso metaforico che fisico. Voglio dire, di cognome faccio Hawke." Fa un sorrisetto e una leggera scrollata di spalle. "Ma è anche una rappresentazione di ciò che provo per i ratti."

Non fingerò di non aver visto la sua mascella irrigidirsi a quell'accenno.

"Ne hai così tanti" commento a bassa voce, tracciandone alcuni.

Contemplo la collezione davanti a me, un uomo con la propria storia scritta sulla pelle - una storia che solo i fortunati hanno la possibilità di leggere.

"Questo è il mio preferito." Indica la sagoma di Phil Collins, il tatuaggio su cui mi sono fatta un sacco di domande. "L'ho fatto in onore di Ben." Gira la testa, incrocia lentamente i miei occhi e sento che sta decidendo di aprire questa ferita profonda per me.

Carezzo delicatamente il suo tatuaggio, avvicinandomi ancora di più a lui, mentre lui torna a fissare il soffitto prima di parlarmene.

"Adorava Phil. È così strano che un ragazzo abbia un'ossessione del genere per Phil Collins, ma Ben faceva quello che gli passava per la testa e tutti lo amavano per questo. La prima volta che l'ho conosciuto mi ha persino detto che erano parenti, e io ci ho creduto. Maledetto ragazzino." Ridacchia al ricordo.

Mi sento come se qualcuno stesse stringendo il mio cuore in un pugno nel vederlo parlare del suo amico, soprattutto sapendo che è morto.

"Ben era il mio migliore amico. Non passava giorno che non mi facesse ridere. Trovava sempre il modo di tirarmi su, soprattutto nei giorni in cui non ci riuscivo da solo. Ci capivamo su un livello diverso. Mi vedeva per quello che ero, non per quello che potevo fare per lui. È stata la persona più vicina a un famigliare dopo la morte di mio padre." Hawke deglutisce, fissando il ventilatore a soffitto, e io sento tutto il peso di questa amicizia per lui.

"Dopo la sua morte, sono crollato. Mi sono chiuso in me stesso, diventando insensibile a tutto e a tutti quelli che mi circondavano. Ho dovuto farlo per sopravvivere. Ho dovuto, fino a che non sei arrivata tu."

Gira la testa verso di me, con un'aria triste e del tutto vulnerabile per la sua stessa ammissione. Afferro subito la sua mano nella mia e me la stringo al petto, contro il mio cuore che batte forte. Mi rannicchio al suo fianco il più possibile, perché voglio che sappia quanto significhi per me che lui mi stia lasciando entrare, quanto significhi lui per me.

"Voglio chiudere con Patrick" gli comunico, facendo scorrere le dita lungo l'interno del suo palmo, prima di voltarmi verso di lui.

Lui si guarda la mano e osserva quello che sto facendo mentre si passa la lingua sui denti, pensieroso.

"Non farlo per me" afferma con cautela.

"Non si tratta solo di questo. È per via di tutto quello che mi hai fatto capire di me stessa."

Studia il mio viso mentre io elenco mentalmente tutto ciò che non va nel nostro rapporto.

Sospiro prima di aggiungere: "Devo solo capire come procedere."

"Capisco" sussurra lui prima di sfiorarmi la guancia con il dorso della mano. "Non sarà facile."

"Lo so." Mi si incrina la voce mentre parlo, e mi mordo l'interno della guancia al pensiero penoso.

"Ehi" mormora lui, percependo il mio struggimento e drizzandosi per girarmi verso di lui. "È tutto a posto. Andrà tutto bene."

Vorrei che la vita fosse così facile. Vorrei poter chiamare Patrick e dirgli: 'Indovina un po', è finita.' Ma la realtà è che questo ragazzo è tutto ciò che ho conosciuto negli ultimi anni. La mia vita, purtroppo, è intrecciata alla sua.

Come una stupida, ho investito tutto quello che sono in una relazione che non è mai stata destinata a funzionare. Ho ignorato i segnali, ho trascurato i miei stessi pensieri, pensando di star esagerando e di essere pazza. Patrick era fantastico sulla carta. Dovrebbe esserlo anche nella vita reale, giusto? Ho lavorato così duramente per far funzionare la nostra relazione che ora non mi resta altro che il rimpianto del fallimento.

Dovrò organizzarmi, mettere in conto la ricerca di un posto in cui vivere in questa cittadina, perché non appena la verità verrà a galla, so dove mi troverò. Sarò in mezzo a una strada. E Hawke? Non posso essere io la causa del fatto che non ha un posto dove vivere. Non posso dire a Patrick la verità su Hawke e me, perché Hawke non ha bisogno di altri intoppi in questa vita che sta lavorando duramente per correggere.

Non voglio peggiorare la sua vita: voglio migliorarla, in ogni modo possibile.

Si reclina di nuovo, tirandomi a sé e avvolgendo una coperta intorno a noi. Ce ne stiamo sdraiati insieme sul pavimento, tra i cuscini, e per quanto ci addormentiamo con le braccia e le gambe intrecciate, sembra che non riusciamo mai ad avvicinarci mai abbastanza.

Non saremo mai abbastanza vicini.

27

Se si potesse uccidere con uno sguardo

Il mattino dopo, mi sveglio al suono di un respiro leggero. Devo orientarmi per un attimo, perché ho come l'impressione che tutto quello che è successo ieri sia stato un sogno.

È buffo come pochi momenti fugaci possano cambiare drasticamente l'intero esito della tua vita, facendo sì che tutto ciò che pensavi di sapere si capovolga. Una singola decisione ti porta in un'altra vita, in una direzione completamente nuova. Chiunque dica di non poter controllare il proprio destino non ci ha mai provato.

Io non ci ho mai provato prima di Hawke. Sono stata risucchiata dalla convinzione che il potere fosse fuori dal mio controllo e che dovessi considerarmi benedetta e fortunata di essere dov'ero e lasciare che le cose restassero così.

Non sto assolutamente dicendo che non sono fortunata. Sono sana, sono viva, ho la libertà di scegliere. Ma è proprio qui che risiede il potere. Ho delle scelte.

Parecchie. Scelte che devo fare per trovare me stessa, e quello che farò avrà un impatto monumentale.

Hawke si muove accanto a me prima di sospirare, attirarmi di nuovo contro il suo corpo e rimboccarmi la coperta. Sorrido tra me e me, adorando il fatto che lo stia facendo nel sonno. Gli viene naturale accudire.

Mi sporgo un po' sopra di lui per contemplare il suo viso rilassato, le sue labbra imbronciate che implorano di essere baciate. Quando vi premo la bocca sopra, sento il metallo freddo del suo piercing. Mi tiro indietro e sorrido al suo viso addormentato. Mi piace concedermi questo piccolo momento a sua insaputa.

Allungo una mano sul lato del suo viso e scosto i capelli color inchiostro dalla sua fronte. Gli sfioro appena l'orecchio con le labbra e gli bisbiglio le parole di una delle mie poesie preferite di Jonathan Muncy Storm che mi ha fatto pensare a lui: "Sei la mia calma nell'anima, la mia follia nella carne."

Gli poso un bacio soave sul lobo, poi ritrovo le sue labbra e rubo un altro bacio. Lui tira un respiro, poi inizia lentamente a muovere le labbra contro le mie man mano che si sveglia e si rende conto di cosa sta succedendo.

"Mm" mugugna contro di me, facendomi sussultare il cuore. "Beccata" sussurra con la voce impastata. "Ora sai come mi sono sentito io."

Mi si allarga un sorriso sul volto al ricordo della volta in cui mi ha baciata e svegliata dopo le coccole. Non è riuscito a trattenersi, e l'idea che stesse pensando quello che sto pensando io mi riscalda da capo a piedi.

Sbatte le palpebre e mi sbircia attraverso le ciglia socchiuse. La sua fronte si corruga mentre si guarda intorno nella stanza.

"Che ore sono?"

"Le nove" rispondo, controllando il mio telefono.

Già, niente più messaggi, niente chiamate perse. Come se non esistessi affatto. Sinceramente più di ogni altra cosa mi suscita rabbia. Non sono nemmeno più triste per questo.

"Merda" borbotta Hawke bruscamente. "Devo scappare."

Si alza in fretta, si passa una mano tra i capelli e si tira su la tuta che gli pende dai fianchi, cosa che mi fa avvertire un formicolio nel sesso. Quando è a torso nudo non riesco mai a non eccitarmi. Si china e inizia a raccattare le coperte dal pavimento e a piegarle.

"Ci penso io. Tranquillo. Fa' quello che devi fare" gli assicuro, afferrando una coperta con un sorriso rilassato.

Non ho idea di dove debba andare o perché, ma presumo che abbia a che fare con un nuovo lavoro.

Mi ignora, continuando a piegare le coperte fino a quando non sono tutte sistemate e i cuscini rimessi al loro posto. È chiaro che non voleva che lo facessi da sola. Si cambia rapidamente e indossa un paio di jeans e una maglietta nuova, si infila gli stivali e prende le chiavi dell'auto di Kid - o meglio l'auto che un tempo era la sua.

"Oggi ho un paio di faccende da sbrigare, ma stasera ti trovo prima del lavoro?" mi chiede, venendo verso di me.

"Ehm, oh merda. Stasera attacco presto, quindi no. Oggi c'è un torneo di poker al VFW e molti dei giocatori vanno al 9-5 subito dopo. Ho detto a John che avrei aperto io il locale."

Si lecca le labbra, guarda per terra e poi riporta lo sguardo accigliato su di me.

"Fino a che ora lavori?"

"Probabilmente finisco verso le nove, se non c'è troppa gente. La maggior parte di loro se ne andrà presto perché è un evento che dura tutto il giorno." Faccio spallucce.

"Va bene, passo da te più tardi" mi dice, guardandomi con un sorrisetto che gli incurva le labbra perfette.

"Davvero?" domando, ricambiando il suo ghigno.

"Certo, avrò bisogno di vederti" risponde, come se fosse assurdo presumere altrimenti.

Non riesco a contenere il sorriso che Hawke mi fa

spuntare sul viso. Non dovrei mai provarci.

"Beh... allora ci vediamo più tardi." Mi mordo l'angolo del labbro.

Non posso fare a meno di essere un po' delusa. Pensavo che avremmo avuto una giornata da trascorrere tutta insieme.

Si accorge del mio improvviso cambiamento di umore. Fissa le mie labbra, la sua lingua giocherella con il piercing. Mi afferra la vita, tirandomi a sé in modo che siamo attaccati uno all'altra.

"Non vedo l'ora di vederti" sussurra, senza staccare gli occhi dalla mia bocca.

"Mi stai vedendo ora, scemo." Sorrido, il mio cuore che torna a palpitare per la nostra vicinanza.

"E già mi manchi" puntualizza in tono serio, premendo la fronte contro la mia.

Le sue mani mi avvolgono, una dietro la schiena, l'altra al lato del collo, mentre col pollice traccia il bordo della mia mascella.

"Ieri sera è stato fantastico" mormoro, poi mi schiaffeggio mentalmente perché devo essere sembrata proprio una stupida.

"Tutto ieri è stato fantastico" risponde lui, fissandomi intensamente. "Ma tutto con te lo è sempre."

Aspiro un po' d'aria, sentendomi svenire alle sue parole. Mi fa sentire così rara, così incomparabile. Come se la mia presenza nella sua vita lo avesse cambiato. Nessuno mi ha mai fatto sentire così importante, nessuno mi hai dato l'impressione che la mia esistenza fosse così fondamentale per la sua sopravvivenza.

Abbassa la testa, come se stesse per baciarmi, ma si ferma improvvisamente per controllare i miei occhi, come per avere il permesso. Annuisco, e finalmente preme le sue labbra sulle mie, in modo dolce e delicato, prima di baciarmi la fronte. Appoggia di nuovo la testa sulla mia, come se sapesse di dover andare, ma si stesse aggrappando a questo momento finché il tempo glielo consentirà.

Dopo che ne se va, passo qualche ora a pulire la casa. Lavo i piatti e penso a lui. Faccio una lavatrice e penso a lui. Preparo il caffè e penso a lui. Hawke è l'unica cosa a cui penso, la sua presenza ora domina tutta la mia coscienza. Non mi sembra salutare. Non riesco a togliermelo dalla testa, ma non riesco nemmeno a pensare a Patrick.

Ho riflettuto sull'opportunità di chiamarlo, ma a che pro? Per sentirmi come se lo stessi importunando di nuovo? Può telefonarmi lui se vuole. È lui che se n'è andato. Non appena tornerà, dovremo parlare seriamente di cosa fare, di come andare avanti, ognuno per la propria strada. Sono nervosa solo al pensiero, perché in cuor mio so che non sarà facile.

Trascorro il resto del pomeriggio a lavorare per inviare alla casa editrice alcuni documenti per la bozza finale che sto editando, mentre nel frattempo mi chiedo curiosamente dove sia Hawke e cosa abbia fatto. Quando mi appoggio allo schienale della sedia della mia scrivania e bevo un sorso di tè, sento bussare alla porta e mi sorprendo.

Strano. Hawke non busserebbe mai, e nemmeno Patrick. Nessuno viene qui oltre a noi tre.

Mi dirigo verso la porta, la apro e davanti a me trovo un uomo grosso e corpulento con una cartellina in mano.

"Buongiorno, signora!" esordisce con tono vivace. "Devo solo effettuare una consegna. Ho bisogno di una firma."

Non ha in mano un pacco, né alcuna posta, se è per questo. Inarco il sopracciglio, ma lui continua a sorridermi.

È allora che noto la mia auto parcheggiata nel vialetto dietro di lui. Me l'hanno riportata a casa. Dal pub?

"Oh, sì, certo" balbetto, non avendo idea di come sia arrivata qui.

"Aveva bisogno di una nuova batteria. Il signor Hawke ha detto di fargliela avere prima delle tre." Accenna un altro sorriso mentre io firmo il foglio, prima di notare il nome dell'officina cucito sulla sua uniforme.

Il signor Hawke, eh?

Sento di nuovo nel cuore quella cosa che non vorresti mai sentire. Quella forte stretta, quell'incapacità di respirare correttamente, che insinua qualcosa che non dovrebbe essere. Cerco di reprimere il mio sorriso prima di riconsegnargli la cartellina e salutarlo.

Rimango lì con le braccia conserte e appoggiata alla porta aperta a fissare la macchina, con la fresca brezza mattutina che mi sfiora il viso e non fa nulla per raffreddare il calore che mi brucia dentro.

C'è molto da fare al lavoro.

Sembra che quest'anno il torneo di poker abbia registrato una grande affluenza. Il locale pullula di facce nuove insieme a quelle vecchie, la maggior parte delle quali è già in procinto di crollare. Non posso fare a meno di sbirciare con bramosia la porta, in attesa che Hawke arrivi. So che è un atteggiamento stupido, ma non riesco a trattenere l'eccitazione che provo ogni volta che la porta si apre alla possibilità che sia lui.

John arriva qualche ora dopo con un grande sorriso sulla faccia. Questo ragazzo è sempre così genuinamente felice. È contagioso stargli vicino.

"Nic, Nic! Eccola!" esclama, venendo dietro il bancone e dandomi un piccolo abbraccio di lato. "Come stai, mia cara?"

"Bene, oggi c'è un sacco di gente" commento, facendo un cenno col capo verso il viavai di persone.

"Lo so. Avresti dovuto chiamarmi. Avrei potuto venire prima ad aiutarti."

"Figurati, nulla che non possa gestire." Gli faccio l'occhiolino prima che la porta si riapra.

È assurdo. Avverto la sua presenza prima di vederlo.

Mi si rizzano i peli sulle braccia e divento immediatamente ansiosa eppur calma alla sua vista. È una sensazione stranissima, a cui evidentemente non sono abituata.

Eccolo lì, con i suoi jeans neri strappati, la maglietta nera morbida che aderisce alla sua forma, e quei tatuaggi, il complemento perfetto per il suo look. Hawke ha di nuovo i capelli leggermente arruffati, con quelle ciocche che gli cadono in avanti e gli finiscono negli occhi, mentre la sua forma alta e statuaria fa sembrare le persone intorno a lui del tutto insignificanti.

Kid entra dietro di lui e si dirigono verso il tavolo in fondo. Mentre passa, Hawke gira la testa e incrocia i suoi occhi con i miei. Il suo volto duro cede il posto a un timido mezzo sorriso, mentre un pezzo del mio cuore si spezza e mi cade nella bocca dello stomaco.

Siamo complici del nostro piccolo segreto, e mi eccita come non mai già solo sapere che neanche ventiquattr'ore fa lui era dentro di me. Si passa una mano tra i capelli, prima di leccarsi le labbra e rivolgermi un'occhiata maliziosa. Mi mordo l'angolo del labbro e sospiro, mentre lui scambia due parole con Kid.

"Sembra che andiate di nuovo d'accordo, eh?" La voce di John mi tira fuori dal mio stordimento e mi fa trasalire.

"Sì... andiamo d'accordo" mi affretto a rispondere, quindi mi volto per mescolare nella ghiacciaia i cubetti di ghiaccio - che non hanno alcun bisogno di essere mescolati.

John si appoggia al bancone, incrocia le braccia con un sorriso interrogativo, fissa Hawke e poi di nuovo me.

"Credo che abbia una cotta per te" commenta mentre Hawke mi guarda dal posto in cui è seduto, facendomi arrossire.

È appoggiato all'indietro sulla sua sedia, con un gomito sullo schienale e una gamba distesa in avanti con disinvoltura, mentre mordicchia la punta del pollice come fa sempre lui, fissandomi come se stesse immaginando tutte le cose che vorrebbe farmi in seguito.

"È ridicolo" rispondo a John, continuando a fissare gli occhi di Hawke, perché non riesco proprio a staccarli.

"Beh, questo spiegherebbe la rabbia. Stava combattendo i suoi sentimenti per te, probabilmente odiava vederti con Patrick e sperava di averti lui tra le braccia di notte. Deve essere imbarazzante, eh?" scherza con una risata prima di spingersi via dal bancone e prendere dei bicchieri appena lavati per ordinarli.

Potrei morire.

"Chiudi la bocca, John." Gli do una spinta giocosa sul petto mentre lui continua a ridere.

Hawke socchiude leggermente gli occhi e si raddrizza sulla sua sedia per guardarci meglio. Sbatto le ciglia, sentendomi un po' sconvolta, prima di scuotere la testa per liquidare la conversazione e tornare al lavoro.

John e io lavoriamo in modo straordinario insieme, come sempre, muovendoci avanti e indietro, riempiendo i drink l'uno per l'altra, segnando le bevande sul conto dei clienti, riscuotendo i pagamenti mentre l'altro prepara i cocktail. Sto giusto per preparare un rum e cola per un cliente quando la cola alla spina finisce.

"Merda" impreco fra me. "John, devo andare a prendere altra cola. Torno subito."

Alza il pollice nella mia direzione e si sporge sul bancone per cercare di sentire un altro ragazzo con la musica ad alto volume.

Mi dirigo verso il corridoio posteriore che porta al magazzino. Quando apro la porta, delle dita mi afferrano per la parte superiore del braccio e mi spingono all'interno del piccolo spazio buio. Ho un sussulto prima di rendermi conto di chi si tratta. Mi volto e trovo Hawke chino su di me con un sorrisetto beffardo. Mi accompagna nel piccolo ripostiglio e si chiude la porta alle spalle.

Preme con vigore le sue labbra contro le mie e trova subito la mia lingua. Gemo e mi accascio contro la parete opposta mentre le sue mani mi cingono il viso. Faccio scorrere le mani lungo la sua schiena, mi faccio strada sotto la sua maglietta e tasto la sua pelle calda mentre continuiamo a baciarci. È così impellente questo bisogno di toccarlo, di assaggiarlo di nuovo. Si tira indietro, apparentemente senza fiato, prima di sfoggiare di nuovo quel suo mezzo sorriso perfetto.

"Cole, cosa mi stai facendo?" mi chiede prima di posare dei baci soavi e dolci su tutto il mio viso.

Agguanto la sua maglietta e lo tiro verso il mio corpo, poiché ho la necessità di sentirlo di nuovo a contatto con me. Si preme contro di me, bloccandomi i fianchi contro il muro. Mi appoggio a lui e gli lecco il lato del collo. Quando trovo un piccolo lembo di pelle appena sopra la clavicola, lo succhio e vi trascino vigorosamente i denti. Lui emette un gemito gutturale e lascia cadere la testa mentre io gli lascio un segno.

"Cazzo" sussurra senza fiato, premendo la sua erezione contro di me. Solleva il bordo della mia maglietta e trova la pelle sopra il mio fianco.

"Hawke, devo tornare là fuori." Sorrido mentre mi bacia il collo.

Lui si lagna e affonda il viso nell'incavo del mio collo.

"Lo so. Non sono riuscito a trattenermi. Mi mancava il tuo sapore." Fa scorrere le labbra lungo la mia mascella.

Lo spingo un po' indietro per le spalle in modo da poterlo guardare. Gli passo le mani intorno al collo e i pollici lungo la mascella.

"Stamattina sei andato a far riparare la mia macchina?"

"Certo, oggi dovevi andare al lavoro" risponde, come se fosse assurdo da parte mia pensare che non l'avrebbe fatto.

Sospiro e sposto lo sguardo dalle sue labbra a quegli occhi dolci che mi distruggono l'anima.

"Grazie. Grazie mille. Non so come-"

"Cole. Smettila" mi interrompe. "Farei qualsiasi cosa per te."

Mi si rivolta lo stomaco, ora invaso dalle farfalle alle sue parole. Lo osservo sbalordita, assorbendo tutto ciò che ha detto.

"Su, fammi sollevare questa roba per te, così puoi tornare là fuori" mi dice, prendendo la scatola alle mie spalle.

Usciamo entrambi in momenti diversi, lui un minuto prima di me, giusto per essere sicuri di non essere scoperti da nessuno. Sorrido tra me e me mentre torno dietro al bancone. Mi accorgo che nessuno ha fatto caso a noi e riprendo a riempire i drink e a prendere le ordinazioni.

Verso alcuni shot per un gruppo di uomini di mezz'età quando odo un leggero trambusto provenire dall'angolo in fondo. L'angolo di Hawke.

"Mi sa che oggi ci tocca bere con la feccia!" urla un uomo chiaramente ubriaco.

Giro di scatto la testa alle sue parole. Sta guardando il tavolo a cui sono seduti Hawke, Kid e alcuni altri amici. Hawke se ne sta lì seduto a squadrare il tizio con occhi stretti in due fessure, il corpo rilassato, il mento alzato e le sopracciglia abbassate - chiaramente non divertito.

"Drogati del cazzo dappertutto!" continua a sbraitare l'uomo.

John è all'altro capo del bancone e sta servendo alcuni clienti, ignaro del trambusto, così mi dirigo io verso di loro. Hawke mi vede avvicinarsi e sul volto gli compare subito un'espressione di inquietudine.

"Che spreco di spazio. Bisognerebbe tenere chiusi in gabbia gli animali come te" borbotta l'uomo, rivolgendo la sua rabbia a Hawke.

La mia bocca si spalanca di fronte alla sua irriverenza, mentre i miei occhi guizzano tra Hawke e quest'uomo.

"Signore, deve andarsene" affermo severamente, avvicinandomi al suo fianco.

"Cosa?" Si gira verso di me. "No, col cazzo!" mi urla in faccia.

Hawke sbotta, si alza in piedi, fa volare la sedia all'indietro e si pianta bruscamente tra di noi, fissando l'uomo con aria pericolosa. All'improvviso sembra così intimidatorio e minaccioso. È molto diverso dal ragazzo dolce e gentile con cui mi sono appena incontrata nel retrobottega.

"Kid, portala fuori di qui" sibila con calma ma a denti stretti, senza mai staccare gli occhi dall'uomo che ha di fronte.

Kid mi afferra delicatamente la parte superiore del braccio. "Avanti, lasciamo che se la vedano fra loro."

Mi riaccompagna verso il bancone e io gli prendo il polso e gli giro il braccio all'indietro per liberarmi dalla sua presa.

"Ahia! Dannazione, ragazza!" grida.

Torno verso l'uomo che se la sta prendendo con Hawke e mi avvicino a loro di lato, pronta a sbatterlo fuori dalla porta se necessario.

"Come ci si sente a essere un pezzo di merda nel vero senso della parola?" gli ringhia contro l'uomo con un sorriso disgustosamente compiaciuto.

Sono arrivata al limite della sopportazione. Lo sta provocando, lo sta umiliando sapendo che Hawke non può farci nulla. Presumo che sappia chi è dal modo in cui gli si rivolge. Conosce chiaramente la sua storia e il fatto che sia stato in prigione.

L'espressione sul volto di Hawke è sufficiente a spezzarmi il cuore. Colgo il suo dolore, la sua rabbia. Socchiude gli occhi e stringe forte la mascella, con i pugni serrati sui fianchi. È irato ed emotivamente sconvolto, ma non è nella posizione di poterlo manifestare.

Appoggio delicatamente la mano sulla spalla di Hawke, sperando di farlo calmare, ma lui indietreggia e schiva bruscamente il mio tocco, spaventandomi un po'. Inspiro e mi scanso, improvvisamente intimorita.

"Avanti, dillo. Ti sfido a farlo" minaccia Hawke tra i denti, con il petto gonfio di rabbia.

"Ah, sì? E cosa vuoi fare? *Uccidermi*?" risponde l'altro con un'espressione eloquente.

Un'espressione eloquente accompagnata a una

parola che mi fa correre un brivido immediato lungo la schiena.

Il tipo di brivido che mi scuote nel profondo.

28

Fammi provare qualcosa

'Cosa vuoi fare? Uccidermi?'

Non riesco a togliermi dalla testa quella frase. Perché l'ha detta in quel modo? Era come se stesse insinuando che Hawke avesse già ucciso in passato. Non riesco a immaginare che sia capace di un gesto così orribile, così efferato. Non mi sembra neanche lontanamente possibile. Non è l'uomo che ho imparato a conoscere.

Poco dopo che l'uomo lo ha affrontato, la tensione era altissima e avevo il terrore che Hawke potesse esplodere, ma non l'ha mai fatto. È rimasto lì di fronte agli insulti, lasciando che rimbalzassero sulla sua scorza dura come uno scudo formato dalle tragedie del suo passato.

È stato così forte, ha tenuto duro con i pugni che gli tremavano lungo i fianchi, quando sapevo che l'unica cosa che avrebbe voluto fare era cedere. Sapeva quali sarebbero state le conseguenze di un eventuale passo falso, benché fosse nel giusto. Sono rimasta sbalordita dal suo controllo.

John è accorso da dietro il bancone e ha interrotto

quella scenata con il suo tono forte e severo. Ha cacciato via l'idiota ubriaco insieme ai suoi amici che si stavano scaldando a loro volta. Con quella voce, un giorno sarà un ottimo padre. Mi ha messa in soggezione, con tutti gli occhiali e le Crocs.

Hawke si volta verso di me, sapendo che siamo ancora osservati da tutti, dato che l'incidente ha causato un po' di scompiglio.

"Scusami, io... non sapevo che fossi tu che mi stavi toccando..."

Dimentico lo stato mentale in cui si trova ancora, sempre bisognoso di proteggersi le spalle. Non sa mai chi sarà il prossimo ad attaccarlo. Cinque anni di prigione fanno questo effetto, ne sono certa.

"Stai tranquillo Hawke. Non sarei dovuta intervenire."

"Forza, amico mio. Andiamocene alla baita, piuttosto." Kid gli si affianca e gli dà una pacca sulla schiena. "Non hai bisogno di questa merda."

Hawke si gira verso di lui e si strofina la nuca con una mano prima di voltarsi di nuovo verso di me.

"Mi sa che vado" afferma, fermandosi per un attimo.

Kid si dirige verso la porta mentre io fisso il pavimento e poi torno a guardare lui.

"Sì."

Sono così confusa. Il mio cuore soffre per lui e per la sua situazione, eppure c'è qualcosa in tutto questo che mi terrorizza. Come si fa a capire se si conosce davvero una persona? Dipende da come ti fa sentire o da quello che ti mostra? È una questione di azione o di emozione? Ogni volta che penso di sapere chi è Hawke, vengo colpita dalla fredda consapevolezza di non conoscerlo affatto. Non voglio scavare nel suo passato. Voglio fidarmi di lui. Ma posso fidarmi del fatto che non mi stia nascondendo delle cose che mi spaventerebbero?

"Stai bene?" mi chiede a bassa voce, prima di allungare una mano verso il mio viso.

Si ferma subito e stringe la mano a pugno prima di

fingere di grattarsi un prurito, dimentico di dove si trova.

"Dice il ragazzo che è stato molestato da uno stronzo che sapeva che non potevi reagire. Sono così arrabbiata per te" brontolo, incrociando le braccia sul petto prima di sbirciare verso la porta d'ingresso.

Hawke si appoggia le mani sulla testa, sospira e mi guarda con un'espressione cupa, quasi triste.

"Cosa c'è?" chiedo con dolcezza davanti al suo strano atteggiamento.

"È che... beh, pensavo che forse..." balbetta, poi scuote la testa e si blocca.

"Cosa? Pensavi che avrei avuto paura di te? Pensavi che avrei dato retta a quel tizio? Che avrei creduto alle sue parole nei tuoi confronti?" domando, interrogandomi su cosa stesse pensando.

Apre la bocca, ma le parole non escono.

"Non ho paura di te, Hawke. So che non mi faresti mai del male. E non posso nemmeno immaginare quello che hai passato-"

"Hawke! Marion è arrivata! Usciamo" lo esorta Kid, interrompendo la nostra conversazione dalla porta.

Hawke si gira per alzare un dito mentre Marion fa capolino dalla porta. È la ragazza che è venuta a casa nostra quella sera. Quella che ha messo la lingua in gola a Hawke. L'idea che vadano tutti insieme alla baita mi disturba. Provo subito un briciolo di gelosia. È una situazione così incasinata.

Sbatto le palpebre e la fisso con un'espressione piatta, ricordando la scena, mentre Hawke si volta di nuovo verso di me. Il suo viso studia il mio con curiosità, come se stesse cercando di inquadrarmi. Ho l'impressione che non voglia davvero andarsene, ma che non possa spiegare a Kid perché preferirebbe restare.

"Beh, dovrei andare..." Punto un pollice sopra la spalla verso il bancone, spezzando il nostro momento di imbarazzo.

Lui mi sfiora quando mi passa accanto e intreccia il suo mignolo con il mio. Rivolto verso la porta, con la bocca accanto al mio orecchio, bisbiglia con un tono profondo ed esigente: "A dopo. Io e te."

Non dice altro prima di superarmi e uscire dal locale. Un'ondata di eccitazione mi solletica le viscere, accendendo un fuoco nel profondo. Cinque piccole parole da parte sua possono cambiare il mio intero atteggiamento, come se avesse appena premuto un interruttore.

Me ne vado dal pub verso le nove e mezza per tornarmene finalmente a casa. Appena salgo in macchina, squilla il telefono.

Patrick.

Appoggio per un attimo la testa al sedile dell'auto. Non so cosa fare. Rispondo? Lo ignoro? Getto il telefono dal finestrino e guido attraverso il paese finché non finisco la benzina?

Decido di rispondere all'ultimo squillo.

"Pronto?"

"Ehi, Nic" esordisce a bassa voce. "Come stai?"

Faccio un respiro profondo per calmare i miei nervi.

"Ehm, bene. Ho appena finito di lavorare e sto tornando a casa."

"Quindi hai riparato la macchina? È andato tutto a posto?"

"In realtà me l'ha fatta aggiustare Hawke. Aveva bisogno di una batteria nuova. Ha pagato lui."

Non sto nemmeno fingendo di non essere tagliente con la mia risposta. Ci ha pensato Hawke. Si è preso cura di me mentre Patrick non c'era, e non solo in un senso.

"Davvero?" domanda incredulo. "È sorprendente."

"Sì, *davvero*." Alzo gli occhi al cielo e scuoto la testa mentre imbocco la nostra strada di casa.

"Bene. Sono contento che sia stata riparata."

Stringo gli occhi in due fessure per la sua risposta. A quale tipo di uomo sta bene che un altro uomo si prenda cura della propria donna al posto suo? A lui non interessa nulla, letteralmente. Non gli importa che Hawke abbia pagato l'intervento. Non gli importa che si sia fatto avanti per aiutarmi. Niente.

Rimango in silenzio, non sapendo nemmeno cosa dire.

"Come va per il resto? Tu e Hawke andate d'accordo? Non ti sta dando problemi, vero? Sean mi ha detto di aver visto un po' di macchine nuove nell'isolato e ha pensato che avesse organizzato una festa o qualcosa del genere."

"Patrick, stai scherzando?" Faccio uno sbuffo di scherno.

Ma certo. Questo spiega tutto. Sean, il fratello maggiore di Patrick, di un anno e mezzo più grande. Anche lui lavora nell'impresa di famiglia, ma evidentemente non è andato in viaggio con loro. No, è rimasto in città a spiare la casa, a controllare dove si trova la mia auto. È uno stronzo. Odio Sean.

"Mi voglio solo assicurare che non ti stia mettendo nei casini a casa" commenta.

"È stato bravo" ribatto, tagliando corto, mentre parcheggio l'auto e mi appoggio al sedile.

"Va bene, era giusto per controllare. Sei a casa adesso?"

"Sì, ho appena parcheggiato. Ora saluto Sean."

"Non è divertente" risponde. "Ma sul serio... mi manchi."

Per quanto voglia essere arrabbiata, c'è una piccola parte di me che è triste. Sono triste per quello che gli ho fatto. Sono triste per la piega che sta prendendo la vicenda. Sono triste per la fine che ci si prospetta.

"Davvero?" chiedo, sinceramente curiosa.

"Certo, Nic. So che ultimamente è stata dura, ma quando tornerò ti prometto che andrà tutto meglio."

Dio, non so nemmeno cosa dire. Stringo il volante tra le mani e chiudo forte gli occhi.

"Ma ora devo andare a letto. Domani mattina ho un'altra riunione e poi tornerò a casa da te."

"Okay" sussurro. "Beh, buonanotte."

"Buonanotte, tesoro. Ci vediamo presto."

E poi riattacca. Sbatto la fronte contro il volante, odiando tutto ciò che è la mia vita. Odio il fatto di non poter dire nulla. Non posso certo dirglielo al telefono. Non so nemmeno se posso dirglielo. Non è più solo la mia situazione a essere a rischio, e questo rende tutto ancora più difficile.

Entro nella casa buia, accendo le luci e butto la borsa e il telefono sul tavolo della cucina. Mi dirigo subito verso la doccia e lascio che l'acqua calda sia il tocco curativo di cui ho bisogno. In piedi sotto il calore scottante del getto, spero silenziosamente di trovare delle risposte, di farmi chiarezza. Ma non succede nulla. È solo una doccia come un'altra per una persona che si sente in colpa e che cerca una soluzione in luoghi in cui non li troverà mai.

Indosso dei leggings e una maglietta molto ampia, poi lascio asciugare i capelli all'aria dopo averli pettinati. Esco per prendere un bicchiere d'acqua dal frigorifero quando vengo sorpresa dalla sagoma di una persona seduta al tavolo della cucina.

"Gesù Cristo!" grido vedendo Hawke. "Mi hai spaventata a morte!"

È appoggiato alla sedia con un braccio sullo schienale, i polpastrelli che picchiettano sul mio telefono sul tavolo, e ha uno strano sguardo negli occhi.

"Com'era la baita?" chiedo, non sapendo che energia c'è tra di noi in questo momento.

"Patetica come sempre" risponde un po' freddo.

Posa la mano sul mio telefono per un attimo, prima di appoggiarvela accanto. "Patrick ha dimenticato di dirti che ti ama."

I suoi occhi guizzano per un attimo verso i miei, e mi sento come se mi avessero colpito con un mattone nella pancia. Faccio un respiro e ingoio quello che mi sembra vetro nella gola improvvisamente secca. Afferro il telefono e leggo il messaggio di Patrick, che deve essere apparso sullo schermo mentre era seduto ad aspettare che uscissi dalla doccia.

"Ha chiamato mentre stavo tornando a casa dal

lavoro. Non è come pensi-"

"Cole, fermati" taglia corto mentre si alza in piedi.

Mi guardo intorno, cercando disperatamente le parole giuste, ma non so proprio che dire. È ferito. Posso percepire fisicamente il suo dolore. Dopo tutto quello che ha passato stasera, ora pure questo.

Viene verso di me e io lo guardo con ansia. Il suo sguardo passa dai miei occhi alle mie labbra e viceversa, come se improvvisamente, a causa di questo messaggio, ci fosse una barriera tra noi che prima non c'era. Ora sta addirittura valutando se toccarmi o meno.

"Non c'è bisogno che ti spieghi" mormora.

Il modo in cui incombe su di me, così vicino eppure apparentemente lontano, mi devasta.

Afferro il bordo inferiore della sua maglietta e lo tiro a me prima di avvolgergli le braccia intorno alla vita. "Ma voglio farlo."

La mia mossa lo scuote, poi il suo corpo rigido si appoggia lentamente al mio, il suo cuore batte contro il mio orecchio.

"Devo spiegarti. Non voglio farti del male. Non so nemmeno se te ne sto facendo. Non so cosa sto facendo" ammetto esasperata, alzando lo sguardo verso di lui, con il mento ancora sul suo petto.

"Vieni qui" mi sprona in tono rassicurante, portandomi sul divano per accomodarmi con lui.

Si siede sul divano e apre le gambe per me. Mi insinuo nello spazio e mi accoccolo a lui mentre mi cinge con le braccia in un abbraccio confortante. Mi massaggia dolcemente la schiena con i polpastrelli.

"Non stai-" esita, cercando di trovare le parole. "Non mi stai facendo del male. Capisco la tua posizione, non che questo lo renda più facile. Ma so che ci vorrà del tempo per sistemare ogni cosa."

Mi volto a guardarlo e mi appoggio all'incavo del suo gomito mentre mi stringe. Stare così vicini e toccarci è qualcosa di così calmante e consolatorio. Detestavo che non lo stessimo facendo solo un minuto fa. Ho odiato la sua remora a toccarmi. Non voglio mai più tornare a quella situazione.

"Ricordi quando ti ho detto che non sai ancora chi sei? E che ti trattieni, ma che io sarò qui quando lo avrai capito?" mi domanda, compiendo dei cerchi soavi con le dita sulla mia coscia.

"Me lo ricordo" rispondo, rammentando quel momento tra di noi in macchina, di ritorno dal concerto.

"Beh, lo stai capendo" ammette orgoglioso. "Io sono qui. E sarò qui. Ho solo... pensato che dovessi saperlo."

In pratica mi sta dicendo che non se ne andrà da nessuna parte. Che mi sta aspettando. Sta aspettando che io cresca, che diventi quello che sono. Hawke è la rete che mi acchiapperà al volo quando cadrò.

Mi volto verso di lui mentre si sdraia, guardandomi in cerca di una risposta.

"Ho il terrore di farti del male" confesso in tutta sincerità. "Ho solo bisogno di tempo per raccapezzarmi, ma lo farò."

"Sono un uomo adulto, Cole. Sono in grado di sopportare molte cose. Sopporterei più di quanto probabilmente dovrei per te."

"Hawke-"

"È solo per dirti… di non preoccuparti per me" mi interrompe.

Mi solleva per rivolgermi verso di lui. Siamo di nuovo a pochi centimetri di distanza, i nostri occhi riflettono quelli dell'altro, vedono l'anima dentro di noi, la riconoscono e ritrovano la nostra casa perduta.

"Distruggimi, frantumami, annientami, sii la mia rovina. Non mi interessa, fammi provare di nuovo qualcosa" sussurra contro le mie labbra.

"Cam" bisbiglio io, trasalendo alle sue parole.

Gli prendo il viso tra le mani e passo i pollici sul suo labbro inferiore. Sfioro il piercing al centro, poi mi avvicino a poco a poco. Mi fermo un attimo e alzo lo sguardo verso di lui in cerca di approvazione, e Hawke mi fa un piccolo sorriso e un cenno del capo, come ho fatto io con lui stamattina.

Premo le mie labbra sulle sue, e subito riesco a respirare di nuovo. È lui la fonte di tutta la mia calma, il creatore della mia felicità, l'ispirazione che ho sempre cercato ma che non sono mai riuscita a trovare.

Geme in segno di approvazione e fa scivolare la sua lingua nella mia bocca. Ogni bacio con lui è più erotico del semplice sesso. È così intimo e sensuale il modo in cui lavora con la lingua. Comunica le sue emozioni, i suoi sentimenti con la sola forza del suo bacio.

Una cosa tira l'altra, e prima che me ne accorga mi ritrovo supina sul divano con lui di nuovo sospeso su di me. Mi osserva dall'alto con i capelli che gli cadono negli occhi, le braccia muscolose che lo sorreggono sopra di me, il respiro già affannoso. Siamo ricascati senza intoppi in tutto questo, siamo tornati ad avere bisogno di più di quanto sembriamo essere in grado di ottenere l'uno dall'altra.

"Cosa stiamo facendo?" domando con un sorriso leggero, passando le dita in una ciocca di capelli davanti al suo occhio.

Lui sorride di rimando, studiando il mio viso sotto di lui prima che il suo volto diventi serio. "Ci stiamo perdendo l'uno nell'altra."

Deglutisco alle sue parole, sapendo che ogni passo che facciamo ci fa precipitare un po' più in basso. Si china e si lecca le labbra prima di posarle sulle mie. Si appoggia di peso a me, facendomi sentire tutto il suo corpo, mentre ci perdiamo insieme nel nostro parco giochi di oscurità e desiderio.

29

Selvaggia

"*Scusa*." Sbatto le ciglia e mi mordo il labbro inferiore mentre le mie dita tracciano i graffi sul suo petto.

"Ma per favore." Fa uno sbuffo di scherno sotto di me. "Queste ferite valgono la pena."

Osservo i segni dei morsi, la fila di succhiotti che gli ho lasciato lungo la clavicola e la spalla e mi torna in mente la foga di ieri sera.

"Ho fatto una discreta quantità di sesso in vita mia, ma niente... niente è paragonabile a questa roba qui." Punta le dita sul mio corpo e mi scruta da capo a piedi con uno sguardo incredulo.

Arrossisco mentre sono a cavalcioni sul suo grembo, la sua schiena contro la testiera del letto e le sue mani che ora massaggiano le mie cosce nude, mentre la luce del mattino filtra dalla finestra.

La situazione ha preso una piega un po' selvaggia ieri sera. Non ho mai provato nulla di simile. Hawke mi ha insegnato come si farebbe con un'allieva zelante, facendomi provare esperienze nuove che mi hanno mandato le viscere in fiamme. Ci siamo esplorati a vicenda e abbiamo scoperto che cosa ci mandava su di giri.

Lui è stato davvero straordinario con me, mi dava piccoli elogi, mi diceva quanto fossi brava, quanto lo facessi impazzire. Il suo tono profondo e rauco quando mi ha detto che stava per venire dentro di me mi ha portata a un picco di piacere così intenso che mi si sono girati gli occhi dietro il cranio per il piacere.

Eravamo come dei tossici. La nostra nuova droga, il nostro insaziabile appetito reciproco. Non era mai abbastanza, non riuscivamo ad essere abbastanza vicini. I nostri corpi si sono sincronizzati come se fossimo in sintonia da anni.

A un certo punto, ero sopra di lui sul suo letto mentre lui mi teneva le mani dietro la schiena per trattenermi mentre mi portava sull'orlo dell'orgasmo. Le sensazioni sono diventate così intense che mi sono liberata dalla sua presa, mi sono avvinghiata al suo petto e ho fatto scorrere le unghie sulla pelle abbronzata e tatuata, lasciandogli dei graffi sulla loro scia.

"Credo che tu abbia fatto emergere un nuovo lato di me." Ridacchio, leggermente imbarazzata.

"No, c'è sempre stato, solo che non è mai stato sfruttato" dichiara, scuotendo la testa. "Che peccato, cazzo."

Mi mordo l'angolo del labbro, arrossendo di nuovo per le sue parole, prima di afferrargli le mani e unire i nostri palmi.

"Cameron Hawke" sussurro, misurando le nostre mani.

"Cam e Cole" chiarisce con un timido sorriso, osservando la mia piccola mano contro la sua.

"Perché non ti fai mai chiamare per nome?" domando con curiosità.

Lui sospira e abbassa lo sguardo sulle nostre mani congiunte prima di parlare. "Il soprannome di mio padre, quando era in Marina, era Mouse. Lo chiamavano così per scherzo, perché ai loro occhi non sembrava mai all'altezza del suo nome. Lo trattavano malissimo. Specie quando ha iniziato a diventare sempre più debole, senza sapere che per tutto il tempo stava combattendo la sua battaglia contro il cancro al colon."

Mi siedo ad ascoltare con attenzione la sua storia, mentre intreccio lentamente le mie dita con le sue.

"Quando avevo dieci anni, ci trasferimmo da Virginia Beach dopo che lui fu congedato per esigenze mediche. Mi portò qui per concentrarmi sulla sua salute, sulle sue cure. In effetti, per anni la sua condizione clinica rimase stabile, prima che la malattia si ripresentasse di nuovo, ma a quel punto non ce la faceva più a continuare a lottare. L'ultima cosa che mi disse fu di non permettere mai a nessuno di etichettare ciò che non capisce, e che solo tu puoi definire chi sei."

Gli stringo le mani, tenendole contro il mio petto, mentre i miei occhi si increspano alle parole di suo padre in punto di morte.

"Era l'uomo più forte che abbia mai conosciuto. Decisi che avrei adottato quel soprannome per mio padre e che sarei andato a caccia nella vita come un falco. Mi sono sempre presentato così. Non che mi sia stato d'aiuto. Senza di lui mi sono sentito perso, e dopo Ben è stato il tracollo definitivo. Sono stato traviato da lupi che hanno approfittato della mia debolezza. Non sono in molti a conoscere il mio vero nome, a parte gli avvocati e tutto il resto."

"E io" rimarco dolcemente, sentendomi oltremodo privilegiata di conoscere questo lato intimo di lui.

"Sì, anche tu." Mi sorride, poi si passa la lingua sul labbro inferiore mentre contempla il mio.

Mi chino in avanti, catturando il suo labbro inferiore con la bocca e succhiandolo lentamente finché non sguscia fuori, cosa che lo fa sorridere.

"E la tua famiglia? Mi hai parlato di tua sorella, ma che mi dici dei tuoi genitori?" mi chiede, portando le nostre mani intrecciate alle sue labbra e strofinandovi le nocche sopra mentre mi guarda con le sopracciglia alzate.

Faccio un respiro profondo e lo lascio uscire. "Beh, siamo rimasti solo noi e nostro padre. Hanno divorziato dopo che mio padre ha tradito mia madre con una donna più giovane, che si dà il caso si chiami Nicole. Questo, insieme ad altri motivi, ha distrutto la nostra famiglia." Mi concedo un attimo per riflettere sul dolore per la perdita di mia madre, ma poi lo scaccio rapidamente. "Mio padre ce la sta mettendo tutta per imporla nelle nostre vite." Scuoto la testa in segno di disapprovazione.

"Merda." Hawke fa una smorfia, e finalmente sembra aver capito il motivo del mio odio per quel nome.

"Sapessi quanto ce l'avevo con lui" commento, abbassando lo sguardo sulle nostre dita. "Per via del tradimento..."

Mi sento un tantino ipocrita, benché la mia situazione sia diversa. Nel mio caso non si tratta di un matrimonio, ma il principio di fondo è lo stesso.

I suoi occhi vanno avanti e indietro tra i miei, leggendomi. Mi capisce senza bisogno di parlare.

"A volte non si possono controllare..." mormora, studiando il mio viso, facendo scorrere il dorso delle dita sulla mia guancia. "Questi sentimenti."

Questa giornata segna la fine del nostro comodo rapporto segreto. Abbiamo giocato a fare la coppia, per così dire, ma la realtà sta per schiaffeggiarci dritta in faccia. È stata una scappatoia facile, tanto Patrick era fuori città. Tutto ciò che accadrà da oggi in poi sarà complesso. Mi sento in ansia. Nervosa per il suo ritorno. Cambierà tutto. L'intera dinamica che Hawke e io abbiamo creato verrà stravolta. Devo essere molto cauta d'ora in avanti.

"Non so proprio come comportarmi." Soffio fuori una grande boccata d'aria.

"Devi solo fare quello che ti sembra giusto, qualunque sia la tua decisione."

Lo dice come se sapesse che lui potrebbe non far parte di ciò che sento giusto per me, come se ci fosse la possibilità che io non scelga lui, come se si stesse già preparando a questo scenario.

Ce ne stiamo accoccolati insieme, con me sulle sue ginocchia, le sue mani sul mio viso, e ci studiamo a vicenda, traendo il massimo da questi secondi che sembrano scorrere più velocemente quando siamo insieme. Conosco ogni minima lentiggine sul suo naso. Conosco la curva delle sue ciglia e le pagliuzze marroni nei suoi occhi verdi e azzurri. Ce ne stiamo lì con la musica in sottofondo a godere di ogni singolo minuto che abbiamo insieme, consapevoli che questo momento è a termine, che finirà oggi pomeriggio.

Le sue mani circondano i lati del mio collo, e mi carezza il labbro inferiore con ambo i pollici. Il suo viso diventa serio mentre studia la curva del mio sorriso.

"Non perdermi nella follia" sussurra.

Le sue parole mi fanno male al cuore.

Scuoto la testa come per fargli capire che sarebbe impossibile.

"So che effetto ti fa lui. Ti entra nella testa" aggiunge, leccandosi le labbra mentre scruta le mie. "Stai attenta alle persone nelle quali riponi la tua fiducia."

Le sue parole toccano un nervo scoperto. Mi sta dando una specie di avvertimento, come se prevedesse una ricaduta.

"Stai dicendo che non dovrei fidarmi di lui?" domando, cercando di dare più senso alle sue allusioni.

La sua mascella si stringe mentre deglutisce. Mi sta nascondendo qualcosa. Ho la sensazione che sia al corrente di qualcosa, ma che non trovi il coraggio di dirmelo. Mi sta di nuovo guardando in profondità negli occhi, come al suo solito, quasi augurandosi che io ci arrivi da sola.

I suoi occhi scendono sul mio grembo, poi dietro di me verso la sua scrivania. La scrivania con la scatola di scarpe contenente i ricordi di Ben.

"Che cosa è successo tra di voi?" sussurro con cautela, analizzando il suo volto in cerca di una reazione. Ho bisogno di risposte.

Capisco già solo dal suo sguardo che le parole che mi ha detto quando eravamo sul divano settimane fa riguardavano me. 'Un giorno. Un giorno scoprirai la verità, e cambierà tutto.'

Avverto un'ondata di nausea ed entro in modalità panico puro appena sento le chiavi nella toppa della porta d'ingresso.

Gli occhi di Hawke guizzano verso la porta e poi tornano su di me, prima che scatti in azione e mi aiuti a scendere dalle sue ginocchia.

"Cazzo" borbotta sottovoce.

Corro verso l'angolo della stanza, con entrambe le mani a tapparmi la bocca e indosso solo la maglietta extralarge che avevo ieri.

Pantaloni. Dove sono i miei pantaloni?!

Con uno sforzo di memoria, mi sovviene che i pantaloni sono sul pavimento vicino al divano, nel punto in cui Hawke me li ha strappati dalle gambe.

Oh, mio Dio. Ci siamo. È la fine.

Gli occhi spalancati di Hawke mi dicono tutto su come sta prendendo la situazione. Si infila un paio di pantaloni della tuta e chiude in fretta la porta a chiave. Sento Patrick dall'altra parte che entra dalla porta e lascia cadere le valigie vicino al tavolo.

"Cazzo!" mimo a Hawke con le labbra.

Lui mi guarda portandosi le nocche alla bocca, con gli occhi che setacciano la stanza. Trova un paio di pantaloncini da basket e me li lancia perché li indossi.

Il mio cuore batte all'impazzata e ho come il sentore che tutto intorno a me si stia offuscando. Sto perdendo la sensibilità delle gambe.

"Stammi a sentire" afferma Hawke con tono calmo e sommesso. "Io vado di là e tu sgattaioli fuori da questa finestra. Gli dirò che sei andata a fare una corsa e lo distrarrò, poi tu entrerai e filerai dritta sotto la doccia, intesi?"

Il mio petto ansima mentre le sue mani mi tengono per la parte superiore delle braccia, il suo viso dritto di fronte al mio per costringermi a guardarlo.

"Okay?!" insiste concitato.

Ingoio la bile che sta tentando di salire e annuisco. "Okay."

Mi accompagna alla finestra e la apre piano per non fare rumore. Non posso fare a meno di sentirmi la vera e propria puttana che sono in questo momento. Mi viene in mente la prima volta che ho incontrato Hawke e c'era un'altra donna che sgattaiolava fuori da questa stessa finestra.

Mi sorregge con le mani per aiutarmi a scendere e si trattiene ancora per un attimo, cosa che mi porta ad alzare di nuovo lo sguardo verso di lui nella stanza.

"Cole, ce la puoi fare" mi assicura, con gli occhi determinati e preoccupati allo stesso tempo.

Annuisco in silenzio, poi mi dileguo fino a raggiungere gli alberi vicini, verso il retro della casa. Una volta nascosta dietro i cespugli, mi annodo la maglietta e arrotolo i pantaloncini in modo che mi stiano meglio. Scarpe.

Sono scalza.

Mentre sono sull'orlo di una crisi totale, mi sovviene il paio di scarpe che ho lasciato fuori in veranda per quando va falciato il prato. Dopo aver fatto un respiro profondo e instabile, mi dirigo verso il marciapiede e inizio a camminare intorno all'isolato, diretta verso la parte frontale della casa.

Le mani sono scosse da un tremore incontrollabile. Non riesco a immaginare che tipo di conversazione stia avendo Hawke con lui. Chissà se è agitato, se è preoccupato per me. Mi rammento che non indossava la maglietta, bensì solo i pantaloni. I succhiotti, i graffi, tutti in bella mostra.

"Oh, che cazzo di vita!" Mi piego in due sul marciapiede, respirando a fatica, quando passa un'auto. Alzo la mano e saluto con un sorriso forzato, come se fossi piegata in vita solo per riprendere fiato dalla corsa a piedi nudi che sto facendo, non per il fatto che sto per vomitare tutto quello che ho nello stomaco perché sono una sgualdrina fedifraga che è stata quasi colta in flagrante.

Sento di nuovo la voce di Hawke nella mia testa. 'Cole, ce la puoi fare.'

Mi passo le mani sul viso, metto un piede davanti all'altro e torno indietro. La macchina di Patrick è parcheggiata nel vialetto, e la sua vista è come un pugno al petto. Mi infilo le scarpe da ginnastica chiazzate di verde che giacciono accanto alla porta, felice di aver pensato di poter tagliare il prato senza Patrick. La mia mano tremante afferra la maniglia e apre la porta.

Sto sudando, le goccioline di sudore mi imperlano la fronte, e sembra davvero che abbia appena fatto attività fisica. I miei occhi inquieti scrutano la cucina e la trovano vuota. In salotto, vicino a me, scorgo i ragazzi seduti a parlare sul divano. Hawke è ancora a torso nudo.

"Tesoro! Eccoti qui" esordisce Patrick alzandosi dal divano.

Gli occhi di Hawke si dirigono verso di me colmi di fiducia. Sento di nuovo la sua voce nella mia testa.

"Ehi! Sei tornato! Scusa, sono andata a correre. Fammi fare una doccia al volo." Sorrido, poi filo nel bagno.

Chiudo la porta, mi appoggio ad essa e scivolo sul pavimento. Prendo fiato come se avessi partecipato a una gara di triathlon. Mentre cerco di calmarmi, sento Patrick che inizia a parlare del Colorado. Tiro un piccolo sospiro di sollievo, apro l'acqua ed entro nella doccia.

Quando torno in salotto dopo essermi cambiata, sono gli occhi di Hawke a trovarmi per primi, facendomi fare una capriola allo stomaco. Patrick segue il suo sguardo e si gira verso di me. Si alza dal divano.

"Ehi, baby" dice con un sorriso, avvicinandosi a me e tirandomi tra le sue braccia.

"Sei tornato a casa presto." Ricambio il sorriso e il suo abbraccio.

Sbircio Hawke al di sopra della spalla di Patrick, che mi fissa con un'espressione illeggibile prima che mi stacchi dall'abbraccio.

"Volevo farti una sorpresa. La mia riunione mattutina è stata cancellata, così ho spostato il volo. Speravo di svegliarti con la colazione a letto." Sorride, indicando il tavolo della cucina su cui c'è un sacchetto arrotolato del bar.

"Oh, è molto gentile da parte tua." Forzo un sorriso, sentendomi in colpa.

"Ti senti bene? Sei un po' pallida" mi chiede, appoggiando il dorso della mano sulla mia guancia.

"Sì, ho solo un po' di giramento di testa, tutto qui. Non dovrei andare a correre senza qualcosa nello stomaco. Che stupida."

"Beh, vieni, siediti." Mi guida verso il divano e mi fa sedere accanto a Hawke. "Ti porto un bagel."

Non ho mai desiderato così tanto essere altrove. Sono la persona peggiore del mondo. Sono così invischiata in questa rete di bugie e di emozioni aggrovigliate.

Hawke si china in avanti e appoggia i gomiti sulle ginocchia accanto a me, con gli occhi su Patrick mentre mi sussurra: "Respira, Cole."

Aspiro un respiro profondo, poi lo rilascio con un sospiro e mi stampo un sorriso finto in faccia quando Patrick torna con un bagel farcito.

"Grazie mille."

"Ma ti pare, angelo?" Sorride, guardando tra me e Hawke. "Allora, riesci a credere a questo ragazzo? Hai visto il suo petto?!"

Patrick scuote la testa incredulo con un sorriso sulle labbra, mentre la mia bocca si spalanca completamente.

Vomito. Sto per vomitare.

"Che cosa è successo?" domando come un'idiota, tenendo lo sguardo sul bagel e rifiutandomi di guardare Hawke, perché so che se lo facessi potrei crollare.

"Una notte folle, a quanto pare!" risponde Patrick con una risata, continuando a scrutare Hawke.

Hawke si pizzica il ponte del naso, scuote la testa e ridacchia leggermente. Si capisce che non vuole svelare nulla. Vorrebbe che Patrick non glielo chiedesse affatto.

"È stata una roba selvaggia." Sogghigna, guardando il pavimento mentre si passa la lingua sui denti.

"Mi fa venire in mente te." Patrick mi dà una leggera gomitata e si china verso il mio viso per sfiorarlo con il suo.

Voglio morire.

"Dovrei andare." dice Hawke bruscamente, scattando in piedi dal divano.

"Hai dei colloqui oggi?" indaga Patrick mentre Hawke stringe leggermente gli occhi in due fessure.

Colgo che è seccato dalla domanda, ma si sta contenendo.

"Sì, un paio. Mi tolgo dai piedi e vi lascio passare un po' di tempo insieme." La sua risposta mi fa sprofondare il cuore.

Non voglio che se ne vada, eppure per me è davvero imbarazzante averli entrambi nella stessa stanza.

"Un po' di tempo da soli." Patrick sorride e mi cinge la vita con un braccio. "Proprio quello di cui abbiamo bisogno."

Guardo Hawke mentre si fa strada intorno al divano, ma lui non ricambia lo sguardo. Esce dalla stanza e tira dritto verso il bagno senza mai voltarsi. L'ultima cosa che scorgo è il suo riflesso nello specchio del bagno, mentre si passa le mani sul viso prima che la porta si chiuda.

La disponibilità di Hawke ad accettare questa situazione per il momento mi mette in apprensione. Ho già paura di perdere lui e tutto quello che abbiamo costruito insieme. Ci siamo aperti, abbiamo raggiunto un profondo livello di fiducia e non posso tornare indietro.

Al di là di tutto quello che mi ha detto sul fatto che mi capisce e che aspetterà che io risolva la situazione, una parte di me paventa che l'unica cosa che gli fa provare delle emozioni finirà per essere la sua rovina.

30

Evitamento

Il giorno e mezzo successivo è stato praticamente insopportabile. Hawke si è imposto di stare alla larga da Patrick e da me da quando è tornato, per ovvi motivi. È fisicamente doloroso non vederlo in giro e mi chiedo incessantemente cosa stia pensando o facendo. Dopo le due notti passate insieme, sembra che si sia dimenticato di me, o che ce la stia mettendo tutta. È stato completamente assente, e questo mi addolora come non mai.

Patrick si toglie le scarpe e si mette comodo sul divano, trovando finalmente il tempo per stare con me dopo essere dovuto tornare in ufficio anche oggi per completare i resoconti del viaggio.

Ho provato a parlargli da quando è tornato, ho provato a spiegargli che le cose tra noi non vanno e che non hanno preso una buona direzione, ma è come se ogni volta che apro quella porta lui la chiudesse di proposito, affermando che questo è il momento sbagliato per parlarne. Non c'è mai un buon momento.

"Vieni qui, angelo. Mi è mancato il tuo sorriso stamattina." Tocca lo spazio vuoto accanto a sé sul divano con un sorriso smagliante. "Abbiamo un sacco di puntate di Survivor da recuperare."

Deglutisco, mi lecco le labbra e guardo il pavimento, prima di alzarmi e andarmi a sedere più vicino a lui, con il senso di colpa che ancora mi pervade.

"Senti, Patrick... vorrei davvero parlarti di una cosa" inizio con voce tremante.

Mi rigiro la felpa tra le dita sudate e mi schiarisco la gola, che mi sembra piena solo di sabbia.

Lui gira la testa e mi fissa con la fronte aggrottata, sapendo benissimo cosa sto facendo. "Nic, ti prego, non cominciare. Sono appena tornato a casa dal lavoro. Voglio rilassarmi, stare con te, non dover pensare a nessun tipo di dramma. Sono esausto."

"Non è un dramma, Pat. Sono preoccupazioni legittime che sto cercando di esprimerti, ma tu non mi vuoi ascoltare."

"Quali preoccupazioni potresti mai avere? Stai vivendo un sogno. Io lavoro duramente per entrambi, così tu puoi stare qui a inseguire il tuo sogno di scrivere e fare la barista. Non devi preoccuparti di nulla. Sono io che pago letteralmente tutte le bollette. Diavolo, al momento non puoi nemmeno permetterti di stare senza di me."

Chiudo gli occhi. Sapevo che quella che ho di fronte sarebbe stata un'ardua montagna da scalare. Inspiro un grosso respiro e ritento, quando lui mi disorienta.

"Guarda! Te l'avevo detto che Colby non ce l'avrebbe fatta!" Ride, mi accarezza la coscia e guarda la televisione, ignorando chiaramente il mio messaggio.

Dio, non ci arriva proprio.

"Patrick, ti prego, dobbiamo davvero-"

"Nic, dai, non ora." Mi liquida di nuovo e appoggia le gambe sul tavolino davanti a sé. "Qualunque cosa sia, può aspettare. Godiamoci questo momento. Tieni, questa è per te."

Mi porge un'altra ciambella che ha preso per noi

tornando a casa dall'ufficio e dà un morso alla propria, con gli occhi ancora puntati sullo schermo. Poso la ciambella sul tavolo e sprofondo nel divano, incrociando le braccia sul petto e cacciando un forte sospiro.

"Fra l'altro, quando ho parlato con mio padre mi ha accennato che giovedì organizzeranno un brunch di famiglia e che vorrebbero che partecipassimo. Gli ho detto che ci saremo." Sorride, mentre il mio stomaco si stringe in una morsa.

Non posso partecipare a questo evento di famiglia con lui. Non quando non so nemmeno più cosa provo per lui. La sua famiglia è la peggiore, la più potente e influente di questa piccola cittadina. Non esserci significa insinuare qualcosa di brutto, ma esserci sarà fisicamente uno strazio.

"Ho detto a Sean che avresti preparato le tue famose patate al formaggio. Mi ha supplicato di assaggiarle dopo che gli ho detto quanto fossero fenomenali." Mi tira a sé.

Faccio un leggero sorriso, anche se Sean è letteralmente l'ultima persona che vorrei gustasse le mie patate. Guardo la televisione senza concentrarmi su nulla, sentendomi intrappolata in tutti i modi possibili.

Non so se sia colpa dell'enorme quantità di stress che ho interiorizzato o delle notti insonni passate con Hawke, fatto sta che prima di rendermene conto mi sto già appisolando sul divano. Cado in un sonno profondo dall'altra parte, mentre Patrick continua a guardare Survivor.

Mi sveglio al suono di un vociare sommesso intorno a me prima ancora di aprire gli occhi, ancora stordita.

"Sì, penso che prenderemo qualcosa di pronto da mangiare. Domani cucinerà per la mia famiglia, quindi sono sicuro che stasera non le andrà di farlo."

"Domani? Cosa c'è domani?"

"Un brunch di famiglia."

"Ah..."

"Stai uscendo?"

"Sì, credo di sì."

"Va bene, a dopo."

Sento sbattere la porta, cosa che mi fa alzare di scatto e svegliarmi completamente.

"Che cos'è stato?" chiedo, strofinandomi gli occhi. Mi ritrovo sulle ginocchia di Patrick, il suo braccio appoggiato su di me, la sua mano che mi massaggia il sedere.

Deve avermi messo la testa su questo cuscino sul suo grembo dopo che mi sono addormentata accanto a lui.

"Hawke. È tornato poco fa. È appena uscito con Kid."

Il cuore mi precipita nello stomaco quando mi rendo conto che mi ha vista qui, in questa posizione con Patrick. Le sue parole sono ancora nella mia testa mentre ripasso la loro conversazione. Ha detto a Hawke che avrei preparato del cibo per il brunch di domani con la sua famiglia. Mi si stringe il cuore al solo pensiero. Devo assolutamente fargli capire che non è come pensa, perché al momento sembra che abbiamo fatto pace e che sia tutto di nuovo in ordine. Ma questo è ben lontano dalla verità. La verità è che Patrick mi sta negando la possibilità di parlare con lui, eludendo apertamente le mie preoccupazioni.

"Dove sono andati?" domando bruscamente.

"Cosa? Perché? Chi se ne frega? Probabilmente alla baita per fare chissà quali stranezze fanno lì." Fa uno sbuffo di scherno e una smorfia, scuotendo la testa.

Lo fulmino con lo sguardo, poi mi alzo e mi dirigo verso la doccia.

"Dove stai andando, tesoro?" mi chiede alle spalle.

"Al lavoro" rispondo semplicemente.

Lui si raddrizza, appoggia un braccio sullo schienale del divano e si volta verso di me. "Pensavo che non lavorassi stasera. Speravo che potessimo passare un po' di tempo da soli."

Da come lo dice, so cosa sta insinuando. Non abbiamo fatto nulla di fisico dal suo ritorno. Non ho nemmeno dormito nello stesso letto con lui ieri sera. Gli ho detto che mi sono addormentata sul divano dopo aver guardato un nuovo programma. In realtà, stavo aspettando il ritorno di Hawke. Un ritorno che non c'è mai stato.

"Stasera lavoro. Ho scambiato un giorno con John la settimana scorsa, non che tu lo sappia o te lo ricordi" gli sbotto contro, ma subito dopo mi sento in colpa.

È ovvio che non può conoscere i miei orari o ricordarsene, perché è stato in viaggio. Ma l'aggressività e la rabbia repressa stanno venendo fuori in modi imprevisti.

"Non essere acida con me" dice con aria triste. "Non so nemmeno perché tu faccia ancora questo lavoro. È un tantino indegno per te, Nic. Non è nemmeno necessario."

Una volta arrivata in bagno, sbatto la porta al commento. Vorrebbe essere un complimento, lo capisco. Ma l'idea che fare la barista per lui sia al di sotto del suo status - e di quello che lui crede sia il mio status - mi fa venire voglia di fare la barista per il resto della mia vita solo per fargli un dispetto.

Penso a persone come John, che ha bisogno di fare questo lavoro per guadagnare più soldi per la sua famiglia in crescita mentre al contempo studia, e sono amareggiata dalla superficialità della sua risposta. Patrick non ci arriva. Non si è mai trovato in una posizione in cui accettare un lavoro del genere era una necessità. Faccio un respiro profondo e fermo il tremore delle mie mani appoggiandole a entrambi i lati del bancone. Sto per implodere. Sento che sta arrivando.

Mi preparo con entusiasmo per uscire di casa senza dire una parola a Patrick, che nel frattempo si è addormentato sul divano durante la mia doccia. Evidentemente, il nostro piccolo bisticcio non lo ha infastidito abbastanza da impedirgli di fare un pisolino.

Rimango per un attimo in piedi a guardarlo dormire. Odio il fatto di non riuscire a essere spietata con lui. Mi secca non potermi opporre a lui come vorrei. Detesto che abbia ragione. Non potrei permettermi di vivere per conto mio nemmeno se lo volessi. I soldi che guadagno in quella piccola bettola non sono poi così tanti, e il lavoro di editing era più che altro un'occasione per tentare di costruirmi una carriera da scrittrice un giorno. Diventare così dipendente da Patrick dopo questo trasferimento non mi ha aiutata per niente in questa situazione. Dovrei tornare a casa, ma il pensiero di lasciare Hawke mi angoscia ancora di più.

Ingoio le lacrime, ripensando a cosa ho fatto con Hawke nel punto esatto su cui Patrick è seduto ora. Mi passo le mani sul viso. Sento tutto il peso della mia vita ingarbugliata e della condizione in cui verso in questo preciso momento.

Arrivata un po' prima di quanto avrei fatto normalmente per un mercoledì sera, entro al 9-5 Slide in mezzo a una discreta folla, pronta a prendere il posto di John per il resto del turno.

Ha organizzato una cena per la sua ragazza e i suoi amici, quindi sostituirlo per le ore che restano era il minimo che potessi fare, soprattutto alla luce del fatto che mi ha rimpiazzata per il concerto.

"Ehi, John." Sbuffo, lascio cadere la borsa sul bancone, piego la testa e gli faccio un flebile sorriso.

"Oh, no" fa lui, captando immediatamente il mio stato d'animo. "Che cosa è successo?"

Sospiro, poi mi risollevo e porto le mie cose dietro il bancone. "Solo drammi, e tanti."

Non voglio spiattellare nulla. Non vorrei che John avesse di me una considerazione bassa quanto ce l'ho io.

"Sputa il rospo. Tira fuori tutto. Sono qui per ascoltarti" mi assicura, appoggiandosi al bancone con l'avambraccio e incrociando le caviglie, per mettersi comodo.

Scuoto la testa e fisso la fila di bottiglie sulla parete adiacente a lui. "Non posso."

Le sue sopracciglia si increspano mentre mi studia, prima di alzarsi e avvicinarsi. "È tutto okay, Nic? Mi stai spaventando. Non sei in qualche guaio, vero?"

"No, niente del genere. È solo che... ho delle cose su

cui farmi chiarezza" rispondo, prima di mordermi il labbro inferiore.

"Stai pensando di rompere con Patrick?" mi domanda pacato.

Trasalisco leggermente al solo sentirlo nominare.

"Ci stai pensando" conferma con cognizione di causa. "E hai paura di come andrà a finire."

Alzo lo sguardo verso di lui e i miei occhi gli danno la risposta che sta cercando.

"Oh, Nic" mormora, tirandomi al suo fianco per un abbraccio. "È dura. Soprattutto conoscendo quella famiglia. Non sono nemmeno originario di qui, ma so che tipo di potere sembrano avere su questa piccola cittadina di provincia."

"Già." Sospiro e mi lecco le labbra.

"Andrà tutto bene. E io sono sempre a una telefonata di distanza. Se ti serve un posto dove dormire, fammelo sapere. Anna sarebbe felicissima se venissi a passare del tempo con lei" mi dice con un sorriso gentile.

"Grazie, John, lo apprezzo molto. Ma ora tu vattene da qui! Va' a divertirti stasera." Lo esorto a uscire dalla porta con un sorriso forzato.

"Un giorno alla volta, ragazza. Ce la puoi fare." Mi fa l'occhiolino e prende le sue cose. "Sicura che te la senti?"

"Sì." Annuisco fiduciosa.

"Ecco la mia ragazza!" Mi dà il cinque, facendomi ridacchiare e alzare gli occhi al cielo. "Ci aggiorniamo. Chiama se hai bisogno di qualcosa!"

Valuto un'idea. Forse potrei stare da loro finché non trovo una sistemazione più stabile. Il pensiero di chiedere di andare a vivere con loro mi sembra un filino invadente, soprattutto ora che sono così vicini alla data del parto. Chi vuole una nuova coinquilina mentre sta per avere il suo primo figlio? È una persona troppo gentile.

John alla fine se ne va mentre io inizio il mio turno. Servo alcuni clienti, rassetto parecchio e aspetto con ansia chiunque possa o non possa varcare quelle porte.

Guardo costantemente verso la porta d'ingresso,

ogni volta che la sento cigolare. Non posso fare a meno di sperare che Hawke venga qui stasera. Il pub è un posto su cui so di poter contare per conversare con lui senza il senso di colpa o la preoccupazione di essere scoperti.

Qualche ora noiosa dopo, la porta si apre e vedo Kid entrare. Sento subito le farfalle nervose allo stomaco mentre cerco un certo uomo al suo seguito. Entrano altri ragazzi e prendono posto al tavolo in fondo.

Aspetto ancora, sperando che sia fuori a fumare, quando Kid si avvicina al bancone.

"Come va, signora?" mi saluta eccitato, passandosi una mano tra le punte bionde selvagge e spettinate.

"Al solito. Cosa posso offrirti?"

"Oltre a una chance, prendo un Jack con ghiaccio." Sogghigna, aspettando che io colga la sua allusione.

Alzo gli occhi al cielo per i suoi continui tentativi di flirtare con me prima di voltarmi per preparare il suo drink.

"Dov'è il tuo amico?" domando, perché ho bisogno di sapere dov'è Hawke.

"Quale? Hawke?" chiede, come se volessi davvero sapere dove sono gli altri suoi amici. Non li conosco nemmeno.

"Sì, Hawke, dov'è?"

Appoggia il gomito sul bancone e sfoggia un sorrisetto malizioso, con la testa piegata di lato. "Perché lo vuoi sapere?"

"Oh, per favore, smettila. È il mio coinquilino. E per qualche motivo se ne va sempre in giro con te e il tuo culo. Come mai non stasera?"

Mi sto frustrando. Dove diavolo può essere? Non ha una macchina, e Kid è qui. Mi sto davvero preoccupando per lui, soprattutto dopo aver scoperto che cosa ha visto oggi sul divano e che ieri sera non è mai tornato a casa. Il mio cuore sta praticamente balzando fuori dal mio petto al ritmo del jukebox.

"È alla baita. O almeno lo era l'ultima volta che l'ho visto."

Il mio primo pensiero è che sia lì con Marion, a fare chissà cosa per dimenticarmi. E quel pensiero mi fa lo stesso effetto di una coltellata al petto.

"Ah" commento, cercando di rimanere impassibile. "C'è una festa stasera?"

Sto cercando di cavare informazioni, sperando che mi dia qualche indizio su cui concentrarmi.

"No" risponde con aria blanda.

Grazie per l'aiuto, Kid, lo apprezzo molto.

"Oh, un appuntamento?" Sorrido, facendo finta di essere entusiasta della cosa.

Lui inclina la testa e mi guarda con curiosità, con uno strano e misterioso sorrisetto sul volto. Per un attimo sento che ha capito che sto recitando, e il bisogno di deglutire non è mai stato così pressante.

"No, niente del genere." Scuote la testa. "Ma c'è un po' di gente laggiù. Probabilmente sta per andare in coma etilico."

"Cosa?" domando bruscamente, sentendo l'ansia schizzarmi in tutto il corpo.

"Sì, non lo so. Si comporta in modo strano e sregolato. Ha preso una bottiglia di Henny per andare alla baita e poi, appena arrivati, mi ha detto di correre qui per incontrare Toad."

Maledizione. Non può permettersi di mettersi in questo genere di guai.

"Immagino che finalmente si sia lasciato andare di nuovo e sia pronto a far festa con il tuo ragazzo qui! Quindi, eccomi qui, con te e Toad." Fa un cenno con la testa verso il tizio dall'altra parte del bancone che ormai so chiamarsi Toad - lo spacciatore.

"Ah, capisco." Annuisco, con la massima disinvoltura del caso, prima di cambiare argomento per distrarlo. "Beh, volete un giro di shot? Offro io."

"Ooooh, ragazza, sai sempre come arrivare dritta al mio cuore" mormora, afferrandosi il petto.

"Liquore gratis? Non sei difficile da accontentare." Sbuffo.

Il suo sorriso si spegne. "Mi riferivo a gesti di gentilezza."

Reprimo un sorriso mentre prendo qualche bicchierino. Cammino al fianco di Kid e li porto al loro tavolo, cercando di non fasciarmi la testa per Hawke.

"Sai, se mai dovessi mollare quel bigotto, credo proprio che tu e io andremmo d'accordo" commenta Kid mentre camminiamo.

Ne approfitto per dargli uno schiaffo sulla nuca.

"Dannazione, ragazza! Visto?!" Il suo shock si trasforma in un ghigno malizioso. "Però, mi piace questa roba-"

"Buona bevuta!" dico al tavolo posando i bicchierini davanti a loro, poi mi ritiro al mio posto dietro il bancone.

Conto ogni secondo dell'ultima ora di lavoro, finché non arriva finalmente il momento di chiudere. Non sopporto di non sapere cosa stiano facendo. Kid e gli altri ragazzi se ne sono andati poco dopo essersi incontrati con Toad e posso solo immaginare in che razza di guai si stiano cacciando alla baita. Salgo in macchina e mi dirigo subito lì.

Devo parlargli. *Devo vederlo.*

31

Verità nuda e cruda

Faccio molta fatica a trovarla. Ricordo a malapena come ci siamo arrivati l'ultima volta. Dopo aver preso qualche svolta sbagliata, imbocco una stradina secondaria di campagna prima di ritrovare finalmente la strada. Qui fuori è un vero guazzabuglio, e il fatto che sia buio pesto non aiuta.

Alla fine, trovo il cartello della stradina di campagna che conduce alla strada sterrata. Dopo aver percorso il sentiero tortuoso, mi fermo e parcheggio l'auto accanto ad altre.

Busso delicatamente alla porta chiusa, la brezza gelida della notte che mi gela le ossa. Ho il cuore a mille all'idea di non essere desiderata qui. A dire il vero, non so nemmeno chi sia il proprietario di questa baita. È stata un'idea stupida.

Siccome non ricevo risposta, torno giù per le scale, tenendo d'occhio la porta, finché alla fine mi volto e mi incammino di nuovo lungo il vialetto di ghiaia verso la mia auto.

"Cole?" La voce roca di Hawke mi chiama.

Mi volto all'istante, perché già sento la sofferenza nel suo tono.

"Hawke, cosa stai facendo?" gli chiedo, andandogli incontro.

Allungo il passo per salire i gradini e raggiungerlo. È appoggiato con gli avambracci al telaio della porta aperta, a malapena si regge in piedi.

I suoi capelli neri come la pece sono scompigliati e i suoi jeans neri sono slacciati e si tengono a stento sui suoi fianchi stretti. Il fatto che non abbia una maglietta, cosa che lascia in mostra i suoi tatuaggi disordinati e gli addominali tesi, mi fa venire un'improvvisa nausea. Perché è mezzo nudo? Il motivo che posso ipotizzare mi fa rivoltare lo stomaco per un fastidioso disappunto.

"Sto festeggiando, tu cosa stai facendo?" biascica leggermente, evidentemente scombussolato da qualcosa.

Festeggiando? Sento l'odore dell'alcol nel suo alito, ma ho l'impressione che ci sia dell'altro. Le sue pupille sono enormi e i suoi occhi sembrano stranamente concentrati.

"Hawke" sussurro, facendo correre con tristezza lo sguardo sul suo corpo prima di riportarlo sui suoi occhi.

"Nic" sussurra lui di rimando, prendendomi in giro.

Odio che mi chiami così. Per lui non sono Nic, sono Cole. La sua freddezza mi fa venire i brividi lungo la schiena. Questo non è l'uomo che ho imparato a conoscere.

Barcolla all'indietro e annaspa verso la cucina. Lo seguo dentro con le mani nelle tasche dei jeans, e quando sbircio dietro l'angolo, vedo solo un gruppetto di persone nel soggiorno. C'è della musica rock di sottofondo, e un paio di tizi sembrano già privi di sensi.

"Di chi è questa baita?" domando, facendomi lentamente strada verso di lui.

"Tante domande, mai nessuna risposta" borbotta, appoggiandosi al bancone con la schiena. Trova la sua bottiglia di Hennessy, piena solo per un quarto, se la porta alle labbra e beve un lungo sorso del liquore pungente.

Alzo gli occhi al cielo per il suo comportamento. Semmai è lui che mi sta negando tutte le risposte.

"Ehi! Ecco la mia ragazza!" esclama Kid a gran voce dal suo posto in soggiorno, mentre Hawke fa uno sbuffo di scherno.

Tiene il braccio intorno a una ragazza che è distesa pigramente su di lui. Il resto dei presenti si gira verso di me e mi lancia occhiate interrogative. Noto Marion nel gruppo, e mi sento subito male.

"Possiamo parlare?" chiedo a Hawke, afferrandolo per il braccio.

Lui allontana il braccio dal mio tocco come se gli bruciasse. "Parlare? Di cosa?"

"Cam, ti prego" lo imploro a bassa voce, afferrando la sua mano. "Possiamo andare un attimo in una stanza?"

Il gruppo ci fissa, parlotta in silenzio e sorride mentre conversiamo. Gli occhi di Marion si stringono in due fessure, e capisco quanto possa sembrare strano da fuori. Ma non mi importa più. Devo cercare di comunicare con lui in qualche modo.

La sua mascella serrata si allenta quando sente la mia mano nella sua. "Va bene" risponde scuotendo la testa.

Entriamo in una stanza, e lui va a depositare il suo corpo traballante sulla poltrona nell'angolo. Tiene la bottiglia di Hennesy per il collo e la lascia penzolare dal lato della poltrona, mentre si appoggia con la schiena e fissa il soffitto.

Scorgo un paio di mutande da donna sul pavimento tra di noi. Mi si stringe la gola mentre le fisso, e vorrei piangere, ma trattengo il dolore. Lui tira su la testa di scatto, in attesa che io parli quando si accorge che non ho ancora detto nulla.

"Ah, sì. È perfetto" si lagna, gettando di nuovo la testa all'indietro.

È tutto un crescendo. La sua sagoma a torso nudo, la biancheria intima, la droga, l'alcol.

"So cosa ti stai chiedendo. Sì, forse è di Marion" borbotta dopo aver posato la bottiglia. Si solleva su un gomito. "Forse abbiamo solo scopato."

Scrolla le spalle come se l'affermazione non mi avesse appena piantato un coltello nel cuore. Sbatto diverse volte le palpebre, cercando di fare respiri lenti e regolari per non scoppiare in lacrime.

"Forse, dopo aver scopato, si è addormentata sulle mie ginocchia sul divano, mentre io le massaggiavo quel culo perfetto da fottere, mentre progettavamo un brunch di famiglia."

C'è veleno nel suo tono. Le sue parole tagliano in profondità. Ora capisco. Si sta comportando così per farmi sentire il suo dolore e, credetemi, lo sento eccome.

"Ah, è così, dunque? Vedi una cosa e salti subito alle conclusioni su di me, eh?" chiedo, con un cipiglio rabbioso sulla faccia.

"Sto solo prendendo spunto da Nic. Prima si giudica, poi si fanno le domande."

Digrigno i denti per la sua spietatezza. Lo fulmino con lo sguardo mentre lui mi fissa di rimando dalla poltrona e beve un altro sorso, senza mai interrompere il contatto visivo.

Sta soffrendo.

Lo sento dal gelo che irradia dal suo sguardo.

Ma questo è sbagliato.

"Te la sei scopata? Davvero?" domando, con la voce che si spezza all'ultima parola, nonostante stia cercando di non perdere le staffe.

"E pure se l'avessi fatto? Avrebbe importanza?" Piega la testa di lato. "Tanto sono single. Non è che tu abbia scelto me, né che tu abbia intenzione di farlo."

"Non è affatto vero." Mi scivola una lacrima dall'occhio e mi affretto ad asciugarla. "Non è così."

Si rende conto che sto piangendo e il suo viso si addolcisce, le sue spalle si abbassano appena. Deve capire che mi importa, che questo mi fa male, così come so che Patrick fa male a lui.

Fa un respiro profondo e restiamo entrambi in silenzio. Il piccolo orologio appeso alla parete ticchetta, uccidendomi lentamente a ogni secondo che passa.

"Non l'ho scopata. Non le ho messo nemmeno un dito addosso, né ho toccato nessun'altra ragazza, se è per questo. Kid era qui con qualcuno. Sono solo molto sballato." Fa uno sbuffo di scherno e si indica, poi si scompiglia i capelli e appoggia di nuovo la schiena alla poltrona.

"Tu sei meglio di così, Hawke. Non resterò a guardarti mentre ti autodistruggi con i tuoi alcolici e le tue droghe. Non ce la faccio a vederlo" commento e mi volto per andarmene. Non posso accettare che si annienti in questo modo, mi spezza il cuore.

Spero che mi corra dietro, prego che mi impedisca di andarmene, che mi faccia capire che mi vuole davvero qui e che non vuole cadere in questo baratro da solo, ma che anzi è disposto ad uscirne con me.

"Cole, aspetta" dice, incespicando per alzarsi dalla sedia.

Mi fermo vicino alla porta, con una mano sulla fronte e le chiavi nell'altra. È tutto così pesante.

A volte mi chiedo se valga la pena di soffrire, e se forse starebbe meglio senza di me e senza le mie stronzate che lo spingono oltre il limite, se lo stress di avere a che fare con me sia qualcosa di cui ha davvero bisogno in questo momento. Ha dei problemi profondi di fondo, un'oscurità di cui sembra non riuscire a liberarsi, ed è evidente da questa sbornia che i miei casini personali non gli sono d'aiuto.

"Cole." Mi raggiunge sulla porta e si passa una mano tra i capelli, senza sapere cosa dire o fare. "Non stavo..." Fa una pausa e si strofina il viso con entrambe le mani prima di fare un altro passo avanti. "Non stavo cercando di autodistruggermi." Il suo tono è più dolce ora. Deglutisce e appoggia l'avambraccio sulla porta dietro di me, ostruendola e bloccandomi con la sua alta struttura.

Mi sfugge un sospiro per la sua vicinanza, sono di

nuovo sopraffatta dalle emozioni per il solo fatto di averlo ancora una volta sopra di me. Vorrei allungare la mano e toccarlo per lenire ogni suo dolore, per riparare i pezzi rotti che lo compongono.

Si muove lentamente, porta una mano tremante sul mio viso, traccia con delicatezza il mio zigomo e scende fino alla mascella, senza che i suoi occhi lascino mai le mie labbra. C'è un dolore nel suo sguardo, un desiderio di qualcosa che è così vicino ma appena fuori dalla sua portata.

"Stavo cercando di tornare a non sentire nulla" ammette con un filo di voce, prima di staccare la mano tremante dal mio mento, stringerla a pugno e lasciarla cadere al suo fianco.

Quella frase da sola mi spezza. Stava cercando di tornare a essere insensibile. Dopo anni in cui non ha sentito nulla, sono piombata nella sua vita e gli ho fatto provare delle emozioni. Gli ho fatto provare cose che non è abituato a provare, cose che abbattono il suo muro di forza, solo per poi lasciarlo nel dubbio di cosa farne. È incastrato. Proprio come me. Ricorre alle vecchie abitudini solo per anestetizzare le emozioni che non aveva previsto.

Allungo la mano, gli scosto i capelli all'indietro e glieli tolgo dal viso. Quel viso che sembra essere stato strapazzato. È pallido, le occhiaie non sono mai state così evidenti.

"Non voglio che tu non senta nulla" bisbiglio, guardando tra i suoi due occhi. "Mai più."

Chiude gli occhi con forza, appoggiando la testa contro la porta dietro di me, mentre la sua grande mano sale e gira intorno al mio collo. Le sue narici si dilatano mentre respira pesantemente dal naso.

"Non sopporto la vista di lui che ti tocca." Picchia l'altro pugno contro la porta sopra di me e mi blocca con la mano intorno al collo. Avvicina la fronte alla mia. "Mi manda fuori di testa."

"Lo so" rispondo, posando le mani sul suo petto in

modo lento e dolce nel tentativo di calmarlo. "Lo so, tesoro, ma non era come sembrava. Fidati di me."

Fa uno sbuffo di scherno.

Avvolgo le braccia intorno alla sua solida struttura, attirando la sua pelle calda contro la mia. Lo guardo con una supplica negli occhi - una supplica che gli esprime la mia verità.

"Non è così, Cam. Ho intenzione di troncare la mia relazione con lui. Lo farò."

"Per quanto io lo voglia, non riesco proprio a vedere come possa accadere." Deglutisce e scuote la fronte contro la mia, le nostre labbra sono schiuse a un soffio le une dalle altre.

"Sto cercando di essere onesta con te" dichiaro. "Su tutto."

La mia frase gli fa corrugare la fronte per la confusione, poi fa una risatina e si allontana da me. Si ravvia i capelli con le mani, raddrizza il busto tonico davanti a me e caccia un pesante sospiro.

"Onesta?! Vuoi essere onesta con me, ma non sai nemmeno perché sono andato in prigione. Non c'è onestà qui. Se lo sapessi, non sentiresti il bisogno di essere onesta con me. Te ne saresti già andata. E questa è onestà."

Non riesco a capire se siano le droghe o l'alcol a farlo agire così. Mi chiedo se stia per rivelarmi tutto. Segretamente spero che lo faccia.

Mi avvicino di nuovo a lui, allungo le mani per cercare la sua vita e lo tiro di nuovo a me, perché sento la mancanza del suo calore contro di me.

"Il tuo passato non ti definisce, Hawke. Te l'ho detto. Non puoi lasciare che ti freni."

Inarca un sopracciglio e mi rivolge un'occhiata piena di divertimento, prima di ridere, abbassare lo sguardo sul pavimento e flettere la mascella. "Mi frena eccome, Cole. *Ogni fottuto giorno.*"

Il tono categorico che usa mi fa capire che a quanto pare è legato, messo all'angolo, incapace di difendersi. Non so nemmeno come confortarlo, ma so che voglio farlo. So che lui è più di qualsiasi cosa lo tenga in ostaggio. Merita di meglio - merita moltissimo.

"Ci deve essere un modo. Un modo per risolvere questa situazione. Insieme" lo imploro, andando di nuovo verso di lui. "Non perdermi nella follia."

Ripeto le parole che mi ha detto prima del ritorno di Patrick, sperando che arrivino da qualche parte nel profondo di lui. In un luogo che lo risvegli e gli faccia vedere la realtà che ha di fronte. La realtà del fatto che ho bisogno di lui come lui ha bisogno di me. I suoi occhi trovano i miei e trasalisce prima di schiantare rudemente la sua bocca sulla mia.

Lo bacio con tutta me stessa, dimostrandogli il mio bisogno di lui, sperando che lo senta a ogni colpo di lingua contro la sua. Pian piano, avvolgo le mani intorno al suo collo e alla sua mascella, ma poi lui si aggrappa a entrambi i miei polsi, si tira indietro dal bacio e si toglie le mie mani di dosso. Le tiene tra noi con cautela, ansimando tra le labbra dischiuse.

"Sai, mi sembra di aver trovato una parte di me stesso dentro di te" ammette. Lascia i miei polsi e mi prende le mani, le stinge prima di appoggiarsele sul petto. Il battito del suo cuore rimbomba in me e sento che siamo di nuovo una cosa sola. "La sto guardando. È proprio qui davanti a me, in ogni respiro nei tuoi polmoni, in ogni pulsazione del tuo cuore, in ogni battito dei tuoi splendidi occhi." Sposta lo sguardo dolcemente dai miei occhi, al mio naso, alle mie labbra, e di nuovo indietro. La sua espressione tenera diventa di colpo dura e fredda. Allontana le mie mani dal suo corpo e le lascia ricadere sui miei fianchi. "Ma non posso permettermi di perdere altro di me stesso."

Sussulto di fronte alla sofferenza che sta ammettendo, perché me la sento dentro, nel profondo di me. Non vuole provare più nulla. Non ne vale la pena per lui nel momento in cui tutto ciò che sa di sé stesso mi viene rivelato. È troppo sicuro che non resterò con lui.

Stiamo entrambi mettendo in gioco una parte di noi

stessi. Stiamo camminando in punta di piedi, ma nessuno dei due è pronto a fare l'ultimo passo. Sappiamo che cadremo, ma cadremo insieme? Qualcuno si tirerà indietro all'ultimo minuto e resterà a guardare l'altro che precipita?

Ingoio le lacrime, la mia bocca si apre per cercare di inalare una qualsiasi dose di ossigeno per tenermi in piedi. Tutto questo fa così male.

"Io non vado bene per te, Cole." Ora il suo tono è glaciale, gli occhi scuri e privi di qualsiasi emozione.

"No" mormoro soffocata, con le lacrime agli occhi. "Vai bene per me. Tu sei buono. Sei un bene per me."

Mi avvicino al suo viso, lo cingo e faccio scorrere i pollici sul suo labbro inferiore. Non riesco a sopportare la sensazione di perderlo per colpa sua, di smarrirlo in questo incubo tragico che ha affrontato prima di me. Voglio che sappia che non mi importa. Voglio che sappia che sono qui e che sento che non potrei lasciarlo andare nemmeno se ci provassi.

"Sono un assassino condannato."

La sua dichiarazione mi blocca. Le parole mi fanno venire un brivido nel profondo delle ossa. Si lascia uscire le parole dalle labbra come se niente fosse. Mi sento come se un oggetto appuntito mi avesse appena trapassato il cuore. Faccio fatica a prendere aria.

I suoi occhi fissano i miei, trasmettendo solo verità. Nient'altro che la verità nuda e cruda.

32

Persino gli angeli cadono

"Non è vero" dico scuotendo la testa incredula.

"È vero. Fai delle ricerche. È ovunque" afferma con un'alzata di spalle.

Non è possibile che questo individuo empatico, premuroso ed emotivo abbia fatto una cosa del genere a sangue freddo. Non riesco a crederci. Non riesco a immaginare che sia anche solo lontanamente possibile.

"Non ci credo. Tu non potresti mai... non è possibile" rispondo senza fiato. "Non può essere così semplice. C'è dell'altro in questa storia."

"Ha importanza? Sulla carta, questo è ciò che sono ora. Non posso cambiarlo, Cole. Sono un fottuto assassino!" urla prima di andare a sedersi di nuovo sul bordo della chaise longue e lasciarsi cadere la testa tra le mani.

Io ho lo sguardo perso nel vuoto mentre assimilo il tutto e scuoto la testa per l'incredulità. Stava aspettando che lo scoprissi e dava per assodato che questo sarebbe stato il capolinea, il motivo per cui avrei lasciato questa nostra avventura e non mi sarei mai voltata indietro. Per lui sono pura. Troppo pura per gestire la pesantezza di ciò che comporta la sua condizione.

"Hawke, tu non sei quello che un foglio dice che sei-"

"Cole, non ha più importanza! Puoi provare a dire che non sono quello che sono, ma ti sbagli! Non si può tornare indietro! Qualcuno è morto per questo!" tuona, facendomi saltare.

Si è tenuto dentro molto di quello che ha passato. Come è successo? Chi ha ucciso e perché? Con chi ha potuto parlarne? Con chi ha potuto confidarsi? Com'è riuscito ad affrontare da solo il fatto di andare in prigione in così giovane età? Rinchiuso con gente cattiva, molto cattiva. Non il tipo di persone che ti aiutano a diventare l'uomo che vuoi essere.

Faccio un respiro profondo mentre lui si alza e si mette a camminare avanti e indietro per la stanza nel tentativo di calmarsi. Ho una fitta al cuore per quest'uomo che mi sta di fronte. Non voglio fargli pressioni, soprattutto quando è strafatto di alcol e Dio solo sa cos'altro.

"Sono troppo sballato per queste stronzate al momento." Scuote la testa e si siede di nuovo sul bordo del sedile, con la testa che ricade per l'ennesima volta tra le mani.

Mi avvicino, ma quando apre bocca mi blocco.

"È troppo per te, Cole. Non devi dirmelo. So che è così."

La definitività con cui mi si rivolge mi annienta. Non ha idea di cosa sono disposta a fare per tenerlo nella mia vita. Il solo pensiero che lui non ne faccia parte è devastante. Non mi sono mai sentita prima come mi sento quando sono con lui, e nel mio cuore so che non mi ci sentirò mai più. Il suo passato non definisce ciò che è, e niente di tutto questo è sufficiente per allontanarmi.

Mi lascio cadere in silenzio davanti a lui, le mie ginocchia colpiscono il tappeto soffice sotto la poltrona.

"Dovresti andare" mi dice con un filo di voce. "Patrick si starà chiedendo dove sei."

In ginocchio davanti a lui, gli afferro delicatamente i polsi e glieli scanso dal viso, portandolo ad alzare la testa e guardarmi con aria interrogativa. I capelli gli ricadono sugli occhi iniettati di sangue, i capillari rossi fanno risaltare il verde e l'azzurro delle sue iridi, creando un netto contrasto.

Anche in questo stato, è bellissimo per me. Meravigliosamente spezzato, ma nondimeno di grande fascino.

I miei occhi si concentrano sui suoi, gli scavano dentro. Inclina appena la testa di lato, il dolore che emana dai suoi occhi non è mai stato così palpabile. Si aspetta che io me ne vada, è pronto per il momento per il quale ha fatto di tutto per rendersi insensibile. Sta aspettando con lo sguardo più mesto e definitivo, sapendo che è giunto il momento. Che questa è la parte in cui me ne vado via.

Mi insinuo tra le sue gambe, gli tengo il viso tra le mani e faccio scorrere i pollici sugli zigomi che fino a questo momento non mi erano mai sembrati tanto pronunciati.

"Che si fotta Patrick" rispondo.

Le sue sopracciglia scattano all'insù mentre mi fissa incredulo.

"Per quanto tu sperassi che questo mi spaventasse e mi facesse scappare via, non è successo e non succederà. Io so chi sei. Conosco il tuo cuore. Sei un uomo straordinario, un uomo che ha visto il peggio di questo mondo e ha ancora la capacità di lottare per uscirne. E non è troppo per me, niente affatto. Tu sei tutto, Cam, e non c'è una sola persona su questa terra che possa convincermi del contrario."

Deglutisce, con la testa ancora tra le mie mani. Il movimento della sua gola e l'accorciarsi del suo respiro mi dicono molto. La sua bocca si apre mentre i suoi occhi si stringono forte, poi riporta la sua fronte contro la mia.

Respiriamo la stessa aria, l'orologio scandisce i secondi che ora ci sbeffeggiano per quanto sono rapidi.

"Andiamo via di qui" bisbiglio tirandomi un po' indietro, i miei occhi speranzosi che cercano i suoi.

Il suo petto si alza e si abbassa per il puro sollievo di una risposta che non si aspettava. Annuisce appena, e anche nei suoi occhi compare un'improvvisa speranza.

Inclino la testa verso l'alto e sfioro le sue labbra con le mie. Annuisce di nuovo, aspettando che sia io a baciarlo. Allora premo le labbra sulle sue, dapprima dolcemente, poi con più vigore, mentre chiudo gli occhi e mi stringo a lui.

"Dove vogliamo andare?" mi chiede con un filo di voce quando si stacca dal bacio.

"Ovunque" sussurro contro il piercing sul suo labbro.

Lui mi guarda in faccia e accarezza la mia guancia con il pollice. "Okay, andiamo."

Usciamo dalla casa accompagnati da facce confuse. Mentre ci allontaniamo dalla baita in macchina, Hawke mi suggerisce di andare in un posto che lui conosce.

Si appoggia al sedile del passeggero e si accascia sulla seduta, mentre con una mano si aggrappa alla portiera laterale e pianta l'altra sul poggiatesta in modo insolito.

"Stai bene?" Lo occhieggio, osservando come sposta di nuovo i fianchi.

Lui geme. "Sì, sto iniziando a sentire davvero questa merda."

La sua testa cade all'indietro e sul suo volto si forma un sorriso beato. È così attraente, anche quando questo momento non dovrebbe avere nulla di affascinante. Guardarlo mentre si gode le sensazioni della droga che ha in circolo mi fa venire la curiosità di provare.

"Che cosa hai preso prima che arrivassi?" domando, improvvisamente preoccupata.

"Molly" risponde, girando la testa per guardarmi.

Ecstasy. Gesù.

Mi indica una vecchia strada sterrata, un sentiero che

ci porta a questa piccola svolta che qualcuno nella sua vita deve aver usato come belvedere. C'è una piccola radura tra le sterpaglie, da cui si gode di una vista chilometrica tra gli alberi grazie al solo bagliore della luna.

"Cole, ho bisogno di toccarti" mormora mentre ingrano la marcia del parcheggio.

Strofina metodicamente le mani su e giù per i jeans e si passa la lingua sulle labbra.

"Sei sicuro che non dovremmo-"

"Ho bisogno di sentirti ovunque. Cazzo, mi sento così bene."

"Hawke, aspetta" dico, togliendomi la cintura di sicurezza e voltandomi verso di lui.

Mi scruta con quelle pupille dilatate, le labbra carnose aperte. La mia curiosità ora è completamente stuzzicata.

"Cosa? Cosa c'è che non va?" chiede, improvvisamente troppo apprensivo.

Il mio sorriso si trasforma in un ghigno curioso.

"Vuoi provare?" mi chiede, leggendomi nel pensiero come sempre e aggrottando la fronte con uno sguardo di incredulità.

Faccio una piccola scrollata di spalle e continuo a sorridere.

"No. No, diavolo no. Non sarò io a coinvolgerti in questa storia."

"Hawke, chiudi quella bocca. Sono una donna adulta che sta diventando pian piano sé stessa. Lasciami essere me stessa." Gli rivolgo un sorriso sicuro.

Lui mi fissa per un po', incerto sul da farsi.

"Ne ho un'altra con me. Ma non puoi prenderla tutta. Bisogna iniziare a piccole dosi."

Mi mordo il labbro inferiore. "Okay."

Lui non si muove, si limita a guardarmi con curiosità, chiaramente convinto che sia una cattiva idea.

"Ho detto okay! Voglio provare, e so che con te sarò al sicuro."

I suoi occhi esprimono apprezzamento per le parole

pronunciate, ma è la verità. So che non mi permetterebbe di provare qualcosa che mi farebbe male. Anzi, è proprio la sua presenza mentre sperimento qualcosa di nuovo a darmi sicurezza. So che mi proteggerà mentre mi lascerò andare per una volta.

"Non dovrebbe metterci molto a fare effetto" mormora, trovando la pillola e spezzandola a metà per me. "Apri la bocca."

Tiro fuori la lingua per lui. Lui mi fissa intensamente, poi si china in avanti sul sedile e mi lecca la lingua in modo languido e dolce con la sua.

Gemo quando la leccata si trasforma in un bacio.

"Scusa. Cazzo." Digrigna i denti e si aggiusta i jeans.

Mi dà la pillola, e restiamo ad ascoltare insieme la musica per un po', in attesa che arrivi il mio sballo. Le nostre mani sono intrecciate sul bracciolo, Hawke fa scorrere continuamente i nostri palmi insieme, trascina le dita lungo il mio braccio e la mia schiena.

"Sei così morbida. Adoro il contatto con la tua pelle."

Il mio battito cardiaco accelera man mano che inizio a sentire l'effetto della pillola. Chiudo gli occhi e inizio a respirare con la bocca. Sento gli occhi di Hawke su di me.

"Vieni qui" mormora, porgendomi la mano e spostando il sedile più indietro possibile per farmi spazio sul suo grembo.

Con il suo aiuto, scavalco il bracciolo centrale e mi siedo sulle sue ginocchia, con la schiena appoggiata al suo petto. Comincio ad andare nel panico per il ritmo forsennato del mio cuore, finché lui non comincia a tranquillizzarmi.

"Va tutto bene, non opporti. Lascia che le sensazioni prendano il sopravvento. Sprofondaci dentro."

Imito i suoi respiri, assecondo la sensazione del suo petto che si espande e si contrae dietro di me. Le sue mani mi avvolgono lentamente, una scorre lungo la mia coscia, l'altra risale tra i miei seni e si posa sul lato del mio collo, dove il suo pollice compie dei lenti cerchi.

La sua bocca è vicino al mio orecchio e il suo alito

lieve e caldo contro di me. Le sue labbra morbide mi racchiudono il lobo e lo succhiano delicatamente, facendomi emettere un gemito affannoso.

"Oh, mio Dio, è una sensazione magnifica" sussurro, piegando il collo verso di lui.

Lui trascina i denti lungo il lobo del mio orecchio, poi mi lecca il lato del collo, posando baci umidi a bocca aperta su tutta la lunghezza. Le sensazioni stanno assomigliando sempre più a piccoli fuochi d'artificio che scoppiano dentro di me. Ogni leccata, ogni tocco, ogni gemito che mi risuona dentro è esplosivo.

"Gesù, Cole, voglio di più. Mi serve di più" geme lui, premendo la sua erezione contro il mio sedere. "È così bello."

Le sue mani trovano il bottone dei miei pantaloni. "Sì, Cam" sussurro, mentre lui li sbottona per fare spazio alla sua mano.

Fa scivolare le dita sotto la mia biancheria intima, trova il mio sesso e fa scorrere il dito medio lungo le mie pieghe. I miei fianchi si sollevano per assecondare ogni sua sferzata. Muoio dalla voglia di sentirmi piena. Affonda le dita dentro di me mentre mi tiene attaccata a lui con l'altra mano intorno alla gola. La mia bocca si apre per il piacere e gemo appoggiando la testa al suo petto.

"Così morbida" sussurra, strattonandomi a sé e premendo con forza il suo cazzo indurito tra le mie natiche. "Così fottutamente morbida."

Mi abbandono completamente alle sensazioni, perdo la cognizione del tempo, le inibizioni, tutto. Non vorrei essere in nessun altro posto a fare altro con nessuno. Sono proprio dove devo essere e non me ne può fregare di meno delle ripercussioni. Ogni carezza della sua mano mi fa provare una sorta di piccoli orgasmi che mi attraversano in continuazione, inondandomi ogni volta di calore e trascinandomi nella beatitudine più assoluta.

"Stai bene?" mi domanda con le dita dentro di me, il pollice che circonda delicatamente il mio clitoride. "Ti senti bene?"

È stupefacente che continui a preoccuparsi per me mentre è chiaramente sotto l'effetto di questa sostanza, ma è così premuroso con me, e lo adoro.

Gli sfilo la mano dai miei pantaloni e me li calo lungo le gambe prima di girarmi verso di lui e piantare le cosce ai suoi lati. Poso le mie mani sulle sue spalle e le sue mani trovano la parte superiore delle mie cosce. Mi guarda, i suoi occhi scuri si riempiono di desiderio quando intravede le mie pupille dilatate.

"Mi sento meravigliosamente bene" dichiaro, passandogli le mani tra i capelli e godendo della sensazione di sofficità sotto i miei polpastrelli. "Tu mi fai stare meravigliosamente bene."

Mi sento piena di energia, di potere, di farfalle nello stomaco. Percepisco un senso diffuso di euforia che si propaga lungo ogni arto e raggiunge le dita delle mani e dei piedi. Guardo Hawke e mi sento legata a lui in modi che mi sono totalmente sconosciuti, come se l'universo avesse unito ogni fibra del nostro essere.

Lui si limita a fissarmi con stupore, facendo scorrere continuamente le mani su e giù per le mie gambe scoperte. Mi viene voglia all'improvviso di strofinare le mie labbra con le sue, e lo faccio. Gli faccio correre la bocca sul collo mentre lui alza lo sguardo verso il soffitto, esponendomi la gola. Dopo avergli leccato il pomo d'Adamo, passo la lingua sul suo orecchio e gli succhio il lobo come ha fatto lui con me. Hawke spinge i fianchi verso di me, chiude gli occhi ed emette un gemito sonoro, un verso che mi provoca degli impulsi elettrici dentro.

"Oh, cazzo..."

Mi siedo più dritta sulle sue ginocchia, trovo il suo viso e lo osservo dall'alto, pronta a divorarlo. Lui apre gli occhi e aspetta la mia prossima mossa con un sopracciglio inarcato.

"Continui a sorprendermi." Mi fissa con la bocca leggermente aperta, mentre io faccio ruotare i fianchi per incontrare i suoi.

Gli regalo un sorrisetto diabolico, crogiolandomi

nelle fiamme dei nostri roghi che ci circondano.

"Sei la cosa più pura e al contempo sporca che ci sia." Sogghigna e assottiglia lo sguardo. "Una santa con le labbra di una peccatrice. Una donna che possiede i suoi demoni."

"Lascia che possegga te" sussurro, con le labbra a pochi centimetri dalle sue.

Tiro fuori la lingua per lui in attesa. Lui me la lecca in un attimo, poi attacca brutalmente la mia bocca con la sua, prima di staccarsi e ritrovare i miei occhi.

"Fidati di me, baby, mi possiedi."

33

Non mentirò

Sto andando a fuoco.

Sto bruciando dentro di desiderio, pretendo quest'uomo sotto di me per sopravvivere. Non ce la faccio più a trattenermi, e a giudicare dalla sua faccia, nemmeno lui.

"Cam." Mi sfugge un gemito mentre continuo a strusciare i fianchi su di lui.

Le sue mani risalgono lentamente lungo le mie cosce fino al mio sedere, abbrancano con vigore la mia pelle tra le dita, prima di continuare a salire fino alla sommità dei miei fianchi.

"Non ho mai sentito niente di così liscio." Fa quel suo sorriso pigro e beato, e mi ci vuole tutto il mio autocontrollo per non leccargli tutta la faccia come una maniaca sessuale.

Trovo il bordo della sua maglietta e la tiro su. Lui si raddrizza appena per permettermi di toglierla, i suoi capelli si scompigliano e gli cadono di nuovo negli occhi, facendoci ridere entrambi. Mi sfilo in un attimo il top, poi mi porto le mani dietro la schiena per slacciare il reggiseno.

Non ci sono inibizioni, solo il bisogno di sentire la sua pelle calda contro la mia. Mi sembra di fluttuare su una nuvola fatta di velluto e cuscini, il bisogno di immergermi in queste sensazioni non è mai stato così impellente. Il suo viso si fa serio, il suo sguardo guizza avanti e indietro tra il mio corpo e i miei occhi mentre mi spoglio.

Deglutisce, si lecca di nuovo le labbra e la sua bocca si apre alla vista di me in topless, con nient'altro che i miei slip davanti a lui. Ci tocchiamo, lasciamo correre le mani sui nostri corpi, viviamo le sensazioni, le emozioni profonde che ne scaturiscono. Mi si girano gli occhi dietro il cranio quando Hawke mi stringe i seni con le sue mani grandi e avide.

"Sei bellissima" mi dice, baciandomi tutto il petto e il collo. "Sei incredibile, e sei mia." Mi sfugge un gemito per il suo bisogno di rivendicarmi e mi cade la testa all'indietro mentre mi crogiolo nel piacere.

"Ho bisogno di te." Sollevo la testa per guardarlo in faccia, la disperazione è tangibile nel mio tono supplichevole. "Ti voglio dentro di me. Ho bisogno di sentirti ovunque."

Stiamo entrambi precipitando nella nostra euforia al contatto reciproco. Ci stiamo perdendo nell'eccitazione gratificante di queste sostanze chimiche che si stanno sprigionando dentro di noi.

"Sarà una sensazione migliore di qualsiasi altra mai provata" sussurra, guardandomi negli occhi ardenti e tirandomi per la nuca verso la sua bocca.

Le nostre lingue si intrecciano, scivolando avanti e indietro con foga in un gioco diabolico, mentre i nostri petti si uniscono e sfregano l'uno contro l'altro. Non mi sono mai sentita così desta e presente. Sto vivendo appieno questo momento con lui, godendo finalmente della mia caduta, dell'abbandono delle inibizioni, della trasformazione di me stessa.

"L'hai già fatto prima?" chiedo, non preoccupandomi nemmeno della risposta al momento.

"Mai." I suoi occhi sono spalancati dalla meraviglia e dall'eccitazione. "Ma già lo so."

Allunga le mani intorno alle mie cosce e io mi sollevo ulteriormente sul suo petto per permettergli di slacciarsi i pantaloni e calarseli quel tanto che basta per fare quello che dobbiamo fare. Si libera dei boxer con un leggero grugnito e io scosto le mie mutande di lato prima di mettermi in posizione verticale per lui. Il suo petto si gonfia per i respiri affannosi, i suoi occhi sono fissi sui miei mentre si struscia contro di me prima di premere la punta turgida del suo cazzo dentro di me.

Mi avvinghio al suo petto liscio e caldo e strofino i suoi capezzoli coi pollici, facendolo sibilare tra i denti mentre affondo su di lui. Ogni centimetro che prendo è come un'esplosione di endorfine e adrenalina dentro di me.

"Cazzo, non posso..." Abbassa la testa contro il sedile e chiude gli occhi, lasciando al contempo cadere le mani di lato. "Non ce la faccio."

"Oh, mio Dio, Cam" mugolo senza fiato, mentre scivolo su e giù per la sua erezione dura e bagnata. "È fantastico."

Una volta raggiunta la base lo sento più in profondità che mai, e solo dopo che mi adatto al suo spessore comincio a muovermi più in fretta. Il calore e l'incommensurabile sensazione della nostra connessione mi fanno gridare mentre prendo il mio ritmo. Le sue espressioni facciali e i versi che gli sfuggono dalla gola sono la cosa più sexy al mondo, e farei di tutto per continuare a farlo sembrare immerso nella migliore esperienza della sua vita.

"Stai andando alla grande" mi elogia. "Apri la bocca."

Apro la bocca e tiro leggermente fuori la lingua. Lui mette le due dita che sono appena state dentro di me sulla sua lingua. Le succhia velocemente e poi me le mette in bocca.

"Assaggia il tuo sapore. Sei così dolce, cazzo."

Succhio le sue dita mentre continuo a inghiottire il suo cazzo grosso tra le mie pareti, cosa che gli provoca ondate di piacere in tutto il corpo. Riesce a malapena a evitare di rovesciare gli occhi all'indietro per le sensazioni provocate dall'essere dentro di me in due modi diversi.

Mi afferra la nuca e mi strattona la fronte verso la sua mentre continua a spingere i fianchi verso di me, riempiendomi con il suo cazzo duro e vellutato. "Cazzo, mi fai sentire così vivo."

Adoro questo piacere che sto traendo da qualcosa di così nuovo, così erotico e così sfrenato con lui. Adoro sapere che gli faccio provare le stesse cose, che insieme siamo sprofondati negli abissi dei nostri desideri più oscuri - desideri che stanno andando totalmente fuori controllo.

"Mi hai risvegliata" rispondo. Faccio scorrere la lingua sul suo piercing e mi faccio strada nella sua bocca, baciandolo con tutto il mio corpo prima di ritirarmi per guardarlo di nuovo in faccia. "Ora vedo tutto così chiaramente. Come se avessi dormito per tutta la vita fino a quando non sei arrivato tu."

Stiamo sperimentando il nostro sballo insieme, esplorando queste nuove sensazioni mentre continuiamo a connetterci nel più esilarante dei modi. Non ne ho mai abbastanza di lui. Il mio cuore, la mia anima, ogni lato di me muore dalla voglia di essere la donna giusta per quest'uomo. Ormai mi sono arresa. Mi sono lasciata andare completamente. Sono qui, e ho preso la mia decisione. Sono caduta nell'unica cosa che ho cercato di negare a me stessa. Ma non me la negherò più. Per quanto non abbia senso per me, so nel profondo del mio cuore che è giusto così. Noi siamo giusti.

"Cole" sussurra Hawke, cercando di attirare la mia attenzione.

Ho chiuso gli occhi perché le sensazioni che mi elettrizzano stanno diventando troppo forti da sopportare mentre lo cavalco, il mio sesso si contrae per la goduria ogni volta che muovo i fianchi per incontrare i suoi.

"Baby" fa ancora, volendo dire qualcosa.

Apro gli occhi e mi accorgo che mi sta guardando.

"Dimmi che mi ami" chiede, inchiodandomi con tutte le emozioni che ha negli occhi. "Non importa se non mi ami... non è necessario che tu lo pensi davvero. Voglio solo sentirtelo dire."

Le mie sopracciglia si increspano per la confusione. Sento il dolore, l'agonia, lo strazio che gli brucia l'anima. Per quanto mi piacerebbe credere che sia semplicemente l'ecstasy a parlare in questo momento, ho l'impressione che abbia solo sguinzagliato le sue insicurezze, i suoi bisogni. Ha un disperato bisogno di essere importante per qualcuno, tanto che persino una mia eventuale menzogna soddisferebbe comunque questo bisogno primordiale di essere amato.

"Come hai potuto chiedermi una cosa del genere?" gli domando, sentendomi uno schifo per quello che sta passando.

Pianta le mani sul mio bacino e scava con le dita per sollevarmi e spingersi di nuovo a fondo dentro di me, con un gemito profondo che gli risale dalla gola.

"Dimmelo, dimmi che mi ami" mi supplica.

"Non ti mentirò, Cameron." Mi calo di nuovo su di lui, facendogli chiudere gli occhi e aprire la bocca.

"Voglio solo sapere cosa si prova, solo una volta." Mi tira a sé, mi bacia, la sua lingua accarezza la mia. Piega le ginocchia così da avere più leva per affondare dentro di me.

Non c'è modo di tornare indietro.

"Ti amo" sussurro dopo essermi staccata dal suo bacio, con gli occhi rivolti al suo petto.

Spinge con più veemenza dentro di me, facendomi sussultare e provare una rapida esplosione di piacere, poi mi solleva il mento per guardarlo.

"Guardami" sussurra senza fiato, ma con urgenza.

"Cole, guardami quando lo dici."

Ci stiamo scontrando con una tale forza che mi lacrimano gli occhi. Gemo e grido mentre lui continua a sbattermi, tirandomi giù sul suo grembo ancora e ancora, il retro delle mie cosce che sbatte contro la parte superiore delle sue. Con la mano intorno alla mia nuca, mi tira giù contro di lui, tenendomi saldamente al mio posto, e si pianta in fondo alle mie pareti mentre ci fissiamo l'un l'altro, in attesa che la frase che lui cerca così disperatamente venga fuori.

"Ti amo." Pronuncio quelle parole, trovando la sua anima sotto la superficie dei suoi occhi oceanici. E questo mi cambia. "Ti amo, Cameron."

Non riesco a descrivere la sensazione. È terrificante, è incredibile, è reale e di una brutalità estrema. Mi sento spogliata di tutto ciò che sono perché la mia verità è ora esposta, persino a me stessa. Lo amo, e non riesco a spiegarmelo. Non ha senso, ma non è detto che debba averne.

Hawke mi scruta con l'espressione più triste e riconoscente di tutte. Non so a quando risalga l'ultima volta che si è sentito dire da qualcuno che lo amava in questo modo. Forse mai. Si fida abbastanza di me da lasciarmi entrare, da mostrarmi quanto valore abbia per lui una cosa del genere, come se tutto quello che c'era prima non avesse più importanza, perché ora ha visto l'amore. Ha visto la verità nei miei occhi e ora ci sta annegando dentro.

Contempla con stupore le mie labbra, come se potesse vedere le parole sulla mia lingua veritiera. Mi fissa negli occhi e si ferma un attimo per riprendere fiato.

"Cole, ti amo."

Le parole gli scivolano dalle labbra con tanta semplicità, quasi come se non fossero volute - e invece lo sono.

Sento che comincio a contrarmi ritmicamente intorno a lui e so che è solo questione di secondi prima che cadrò. Mi succhia il labbro inferiore, ruota i fianchi, si muove dentro di me, facendomi sentire così piena in ogni senso. Grido e mi sorreggo con entrambe le mani ai lati del suo collo, le nostre fronti si toccano mentre l'elettricità mi si diffonde in tutto il corpo.

"Oh, Dio, lo sento, sta arrivando" gemo.

"Sì?" ansima lui.

"Sì, ci sono!" grido.

"Oh, sì. Lasciati andare intorno a me." Hawke geme e le sue spinte si fanno più intense mentre raggiungo l'orgasmo. "Vieni per me, baby. Sprofondaci dentro."

Comincio a tremare, accogliendo l'orgasmo esplosivo che si impadronisce letteralmente del mio corpo mentre sento anche Hawke scosso dai brividi sotto di me. Trovando le mie labbra e tenendole incollate alle mie, si perde in me con un ringhio affannoso che gli sgorga dalla gola mentre i muscoli del suo addome si contraggono. La sua bocca si apre mentre gli occhi si chiudono. Sento il suo calore dentro di me. I suoi movimenti non si fermano, ancora più scivolosi di prima visto che non ha usato il preservativo.

"Cameron" bisbiglio a corto di fiato, tenendogli il viso tra i palmi, mentre vengo travolta da una sorta di torpore.

Lui lascia cadere la testa contro il sedile e mi sbircia con gli occhi socchiusi, il petto ansante. Ci stiamo entrambi beando nei postumi del nostro piacere.

"Ti ho detto che non ti avrei mentito" gli sussurro.

"Anch'io ti amo, Cole" risponde con un mezzo sorriso fiacco. Posa il palmo della mano sulla mia guancia, mi sfiora lo zigomo con il pollice. "Dico davvero. Non riesco nemmeno a capire come siamo arrivati fino a questo punto, ma ti amo."

Ci siamo entrambi dentro fino al collo, troppo in fondo. Gli abissi a cui ci siamo arresi ci faranno annegare nell'oscurità - e ne siamo entrambi felici.

34

Sopraffatta

Mi tiene fra le sue braccia mentre il sole sorge dietro la nebbia sulle colline. Ce ne stiamo semplicemente insieme, a tenerci per mano, le nostre dita che si separano appena e poi si ritrovano, mentre ci fissiamo negli occhi che ci riflettono a vicenda.

Questa è stata una delle notti più belle della mia vita. Non ho mai conosciuto una persona in grado di tirarmi fuori così tante emozioni. Qualcuno capace di farmi risvegliare la possibilità di una nuova vita. Di una vita diversa. Di una vita piena di amore e di apertura, una vita all'insegna dell'accettazione e della speranza.

Le sue mani e i suoi occhi stanno facendo di nuovo quella cosa. Sembra che mi stia studiando, che si stia imprimendo questo momento nella memoria. Che lo stia immagazzinando nel suo cervello per il giorno in cui non lo avrà a disposizione. Non riesco a sopportarlo.

"Ti amo" sussurro, passandogli la mano tra i capelli e giocandoci con le dita.

Le sue sopracciglia si increspano e la sua fronte si

corruga. Un'espressione sofferta che mi mostra tutto ciò che sta provando.

"Non l'ho mai detto a nessuno prima d'ora" esordisce. "Non l'ho mai provato. Non l'ho mai sentito uscire dalle labbra di nessuno mentre mi guardava come stai facendo tu adesso." Deglutisce, la sua mascella si stringe mentre sposta lo sguardo tra i miei occhi.

"Ti amo. Ti amo, ti amo." Lo ripeto ancora e ancora, perché ho bisogno di compensare tutte le volte che non l'ha mai sentito.

Lui sorride, mordendosi l'angolo del labbro prima di appoggiare delicatamente la bocca sulla mia per un bacio dolce e sensuale.

"È vero? Dio, mi sembra di sognare" mormora, facendo scorrere dolcemente le dita lungo il mio zigomo, fino alla mascella e alle labbra.

"Conosco la sensazione" rispondo, sentendo quel calore e quella familiare stretta al petto.

"Come facciamo a ridiscendere dalla nostra nuvola?" chiede lui, guardandosi intorno e osservando la nebbia che ci circonda sulle colline.

Siamo nel nostro piccolo mondo quassù, nascosti tra gli alberi, a contemplare la realtà oscura che giace sotto di noi, in attesa di distruggere ciò che abbiamo trovato da poco.

"Lo faremo insieme" gli assicuro, prendendo la sua mano nella mia. "Insieme."

Sembra nervoso, ansioso, insicuro, consapevole che non sarà facile.

Sono stata via tutta la notte con lui. Non so nemmeno se Patrick si sia accorto che non sono tornata a casa. Sul mio telefono non c'è nulla: zero messaggi, zero chiamate. Potrebbe benissimo aver dormito per tutto questo tempo.

Torno verso casa con Hawke in auto accanto a me, con la sua mano nella mia. Entriamo nel vialetto e scorgiamo la macchina di Patrick. Esco dal veicolo col fiato corto ed entro nella casa silenziosa con Hawke alle calcagna. Credo che Patrick non si sia ancora svegliato.

Non avevo pensato a come spiegare il nostro ritorno insieme, ma francamente ho sperato che ci vedesse e basta, così ci saremmo tolti il pensiero una volta per tutte. Quanto è orribile?

Ma non si è ancora alzato. Hawke si dirige verso la sua stanza ma indugia davanti alla sua porta prima di andare a riposare, in attesa di un bacio. Il mio cuore batte nervosamente mentre gli do un bacio fugace. Lui mi rivolge un sorriso adorante e si rifiuta di lasciare la mia mano mentre mi stacco lentamente.

Entro subito nella doccia, lavando via a malincuore i ricordi della notte. Se potessi crogiolarmi nell'odore di Hawke per tutto il giorno, lo farei.

Dopo essere uscita dalla doccia, entro nella camera da letto che io e Patrick condividiamo e sussulto quando lo vedo seduto sul bordo del letto, con i gomiti sulle ginocchia e il viso tra le mani.

Lo sa.

"Oddio, non sapevo che fossi sveglio!" esclamo, con il cuore che mi martella per la paura.

Rimane seduto per un attimo a fissare il pavimento, poi lascia cadere le mani e mi guarda con una faccia seria che lascia a poco a poco il posto a un sorriso.

Sono terrorizzata, sento il gelo del suo sguardo percorrere la mia spina dorsale e sono sicura che si vede.

"Sei pronta per uscire?" mi chiede con voce pimpante.

"Ehm, eh?"

"Il brunch di famiglia. Perché non finisci di prepararti e io faccio il caffè?"

Sa che sono rientrata tardi stamattina? Mi ha sentita con Hawke? Ci ha visti? Ci ha visti qualcun altro? Non riesco a valutare quello che sta succedendo in questo momento.

"Ah, sì... okay. Perfetto" balbetto, cercando di mantenere la calma mentre tento di capacitarmi di tutto questo.

Dopo aver asciugato e arricciato i capelli e aver

indossato un comodo vestitino estivo, cerco di applicare il mio trucco leggero con mani tremanti, riflettendo su come procedere. Non ho nessun piano, nessun discorso preparato, niente.

Sta succedendo tutto così in fretta.

Vado in cucina col labbro inferiore nervosamente stretto fra i denti mentre giro l'angolo, e sono sorpresa di vedere Hawke e Patrick seduti insieme al tavolo della cucina.

Patrick mi vede per primo e il suo volto si illumina con un sorriso.

Forse non lo sa.

Hawke vede il volto di Patrick cambiare e gira la testa, sporgendosi dalla sedia per guardarmi. Patrick si alza e viene verso di me per abbracciarmi, ma io vedo solo gli occhi assottigliati di Hawke che mi scrutano da capo a piedi. Si alza dalla sedia, apparentemente a disagio, mentre le mani di Patrick passano dalla mia schiena alla base del mio sedere per strizzare il punto in cui la natica incontra la coscia.

Deglutisco agitata, osservando il pugno di Hawke che si stringe, prima che Patrick si tiri indietro e io sfoderi il mio finto sorriso.

"Ho gli ingredienti per le patate in macchina. Ho pensato che potessi prepararle lì mentre tutto il resto del cibo è in preparazione" statuisce, prendendo la mia borsa appesa alla sedia su cui è seduto Hawke.

Hawke si sporge in avanti per permettere a Patrick di recuperarla e ci scambiamo un'occhiata imbarazzata. Gli mostro il dolore nei miei occhi per questa situazione. Devo trovare una via d'uscita.

"Pat, mi sento un po' fuori forma. Forse è meglio che prepari le patate e poi me ne torni a casa. Credo che mi stia venendo qualcosa." Mi poso il dorso della mano sulla fronte e stringo forte gli occhi.

"Bel tentativo, Nic. Non te la caverai così facilmente." Alza gli occhi al cielo e ridacchia, mentre Hawke lo guarda in cagnesco da dietro, con la tensione più che evidente sul viso.

Purtroppo ho già usato questa scusa per non frequentare la sua famiglia. Sono fregata.

"Ti fa male la gola? Un po' di dolore? La mia gola è un po' irritata e anche un po' secca." Hawke si stringe la gola e se la schiarisce. "Si vede che sta girando qualcosa."

Sta cercando di aiutarmi. *Accidenti, lo amo.*

"Più o meno, sì..." Annuisco in segno d'assenso.

"Nic, per favore." Patrick fa uno sbuffo di scherno. "Non dobbiamo trattenerci a lungo, te lo prometto."

Mi prende le mani tra le sue e mi fa un sorriso dolce. "Devo solo lavarmi al volo, poi possiamo uscire. Dammi dieci minuti."

Mi dà un rapido bacio sulla guancia sotto gli occhi roventi di Hawke, ancora seduto a tavola. Quando finalmente sento lo scrocio della doccia nel bagno, tiro un sospiro di sollievo.

Mi avvicino al bancone su cui c'è la caffettiera e mi piego in avanti con la fronte contro la superficie fredda mentre il caffè continua a gocciolare accanto a me.

Sento Hawke avvicinarsi da dietro.

"Stai bene?" mi chiede a bassa voce.

Sospiro contro la superficie, poi mi raddrizzo e mi volto verso di lui. "Sì, starò bene. È solo... solo che... non lo so. Mi dispiace."

Mi sbircia attraverso le ciocche scure che gli pendono davanti agli occhi e si avvicina per avvolgermi le braccia intorno alla vita. I suoi fianchi mi bloccano contro il bancone. So che stiamo esagerando, che stiamo sfidando la sorte facendo questo con Patrick letteralmente a nove metri di distanza, ma ormai è incontrollabile.

"Sono dovuto uscire dalla stanza per assicurarmi che tu stessi bene. Sapevo che non ti avrebbe lasciata in pace con questa stronzata del brunch di famiglia" commenta, le sue mani passano dalla mia vita ai fianchi, poi alla curva del mio culo fino allo stesso punto in cui sono appena state le mani di Patrick. "Inoltre, non potevo continuare a chiedermi cosa ti stessero facendo le sue mani. Dovevo saperlo con certezza."

"Cam." Faccio una piccola smorfia, perché detesto che lo faccia stare così male quando in realtà il tocco di Patrick non significa più nulla per me. Non in confronto al suo.

"Dimmi che sei mia" sussurra, avvicinandosi e facendo scorrere le sue labbra contro le mie.

Trattengo il fiato per la sua capacità di farmi precipitare lo stomaco di venti piani con poche parole.

"Sono tua" bisbiglio convinta.

La porta del bagno si apre e ci stacchiamo immediatamente l'uno dall'altra, Hawke prende una tazza dalla credenza, io apro il frigorifero e mi chino, cercando di respirare con un'ansia che mi paralizza.

Sento la porta della nostra stanza chiudersi, quindi so che Patrick è lì dentro a cambiarsi. Mi alzo e mi volto a guardare Hawke con aria preoccupata, mostrando il mio stress. Lui scuote la testa, si passa una mano tra i capelli e mi guarda.

"È tutto a posto, non ci ha visti" dice sottovoce, praticamente mimando le parole con le labbra.

Devo porre fine a tutto questo. Devo chiarire le cose tra me e Patrick. Devo essere onesta con lui - anche se non ho ancora deciso quanto onesta. Non può sapere che c'è di mezzo Hawke. Non posso rischiare che venga cacciato a calci in culo mentre sta cercando di rialzarsi. È una situazione singolare quella in cui mi trovo. Ci siamo dentro tutti.

"Pronta, tesoro?" mi chiede Patrick, venendo verso di me con il suo maglione verde menta con la zip e i pantaloni beige, i capelli con la riga centrale e tirati all'indietro.

È strano come anche in famiglia tutti sentano il bisogno di presentarsi vestiti in modo elegante. Abbasso rapidamente lo sguardo sul mio abito e mi chiedo perché ho sempre sentito il bisogno di fare colpo su queste persone. Con Hawke, potrei indossare un sacco della spazzatura nero e di plastica e lui mi farebbe sentire la persona più eccezionale nella stanza.

Per queste persone non conta quello che hai dentro. È l'esterno che conta, le apparenze.

Hawke si appoggia al bancone con la sua tazza di caffè in mano e ci osserva come, beh... come un falco.

"Goditi la casa tutta per te per qualche ora. Chiama la tua ragazza selvaggia e falla divertire." Patrick dimena le sopracciglia con fare allusivo.

Vorrei poter togliere quel cipiglio dal volto di Hawke, ma ci pensa da solo a cambiare rapidamente espressione. Un ghigno sexy gli incurva le labbra prima che se le lecchi.

"Mi ha fatto divertire eccome. Ieri sera." Si passa la mano sulla nuca e inclina la testa di lato.

Patrick ride. "Amico, non so come fai. Così tante donne."

Mi sento a disagio a stare in mezzo a questa conversazione. Non voglio guardare Hawke negli occhi da dietro Patrick, ma è più forte di me. I miei occhi si spostano lentamente verso l'alto e si fissano sui suoi.

"No, in realtà ce n'è solo una" afferma, guardandomi dritto negli occhi.

Deglutisco e guardo il pavimento mentre prendo ossigeno per sopravvivere.

"Ma davvero? Alla fine lo hai messo sottochiave?" chiede Patrick, fermandosi con la mano sul fianco, stupefatto.

"Pazzesco, vero? Però lei è davvero incredibile. È selvaggia come poche, mi fa impazzire" continua con un luccichio giocoso negli occhi. "Sono innamorato di lei. È assurdo."

"Incredibile." Patrick sospira. "Beh, dovresti portarla qui qualche volta. Potremmo cenare tutti insieme una sera" propone mentre la mia bocca si spalanca dietro di lui.

"Potrei" risponde Hawke con un sorriso complice.

"Bene, allora noi andiamo." Patrick gli fa un piccolo saluto e si dirige verso la porta.

Afferro la maniglia e faccio per chiuderla, ma non prima di aver dato un'ultima occhiata a Hawke davanti al bancone. Mi mordo l'angolo del labbro, cercando di non sorridere alle sue parole. Lui reclina la testa all'indietro con sicurezza, guardandomi attraverso le sue ciglia sexy mentre gioca con il piercing al labbro.

Con quello sguardo mi sento le farfalle dappertutto. Sono davvero sopraffatta da questo ragazzo. Sono sopraffatta da tutta questa situazione.

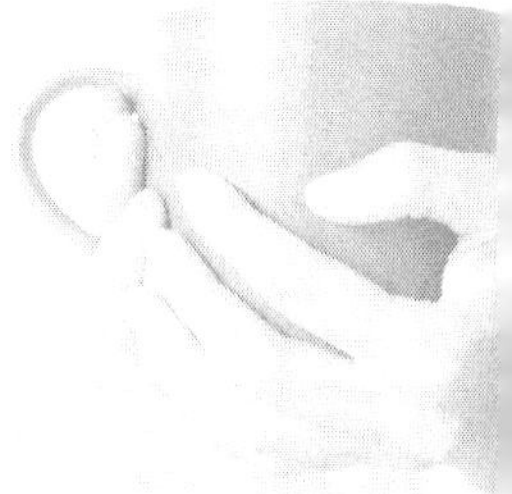

35

Brunch sfacciato

Non potrebbe essere più imbarazzante di così.

Arriviamo al brunch di famiglia a casa dei suoi genitori. È una casa enorme costruita su un vecchio ranch di cavalli con oltre cinquanta acri di terreno e un laghetto privato che ostentano solo una ricchezza esagerata rispetto al resto dei civili che vivono in questa piccola città. Ci sono due grandi cancelli di ferro che si aprono al nostro arrivo, da cui imbocchiamo il tortuoso vialetto fino alla massiccia casa colonica ristrutturata che ci aspetta.

Suo padre è in piedi in cima alle scale del grande portico a giro, in attesa di accoglierci. Patrick e io usciamo dal veicolo con la busta della spesa in mano. È buffo come, con tutti i soldi e il personale che hanno a disposizione, usino ancora questi eventi per sentirsi più comuni e apparire più normali. È davvero strano.

Il padre di Patrick, Dean, ci accoglie con un abbraccio all'ingresso, poi mette subito un braccio attorno al figlio e mi accompagna in cucina con il resto delle donne. È così che funzionano le cose qui. I maschi vanno a gustare i loro sigari e whisky e le donne trovano la cucina.

Saluto alcune delle donne con un sorriso educato mentre piazzo gli ingredienti per le patate sull'isola della cucina per prepararle. Continuano a chiacchierare di una signora che ci è rimasta male perché non ha ottenuto il ruolo principale nel coro della chiesa, quando a un certo punto entra Linda, la madre di Patrick. Sfoggia con il suo sorriso affascinante, con i capelli acconciati alla perfezione e raccolti in uno splendido chignon con qualche ciocca che penzola. Mi si avvicina, mi abbraccia e mi chiede subito del lavoro e di come va la mia vita.

Per quanto apprezzi il suo apparente interesse per la mia vita, so che sotto sotto mi sta criticando per le mie scelte di vita. Dirle che lavoro in un pub di quart'ordine per diletto non è proprio il massimo per la loro famiglia.

Le altre donne chiacchierano del circolo di preghiera che frequentano ogni mercoledì sera e Linda me ne parla con entusiasmo prima di dirmi che dovrei assolutamente unirmi a loro la prossima settimana.

Io faccio un sorriso tirato, annuisco e acconsento, anche se in cuor mio so che non frequenterò mai un circolo di preghiera. Preferirei bruciare nelle fosse di un inferno vero e proprio piuttosto che condurre una vita così fasulla.

Non riesco davvero a credere di aver trascorso così tanta parte di vita a cercare l'approvazione della famiglia di Patrick. Tutto ciò che ho sempre voluto era che mi chiedesse di sposarlo per rendere la cosa ufficiale e sentirmi finalmente a casa. Ma non è mai stato questo il mio posto. Non mi sarei mai adattata a gente come loro, perché io non sono affatto come loro.

"Nicole, cara, ti va di prendere l'insalata di cavolo fatta in casa e portarla sul retro con me? Sto preparando la tavola" afferma Linda, portando due vassoi pieni di focacce appena sfornate verso la porta.

Ignoro il fatto che mi chiami Nicole e porto in tavola la ciotola di cristallo di dimensioni enormi.

Il tavolo di legno allungato, scolorito e verniciato di

bianco, i fiori del mercato rurale in vasi lungo il centro, il runner da tavola fatto in iuta e pizzo. Ogni elemento di questo allestimento starebbe bene sulla copertina di una rivista. Non sembra nemmeno reale. Se non avessi preparato io alcune delle pietanze, penserei che quei panini siano fatti di cartone.

Patrick mi sorride quando mi avvicino a lui e a suo fratello che stanno parlando con quello che sembra un Mimosa in mano. Non posso dire di essere entusiasta di vedere Sean. Quello stronzo ha letteralmente sorvegliato i miei spostamenti mentre Patrick era fuori città. Sono ancora arrabbiata per questo.

"Tesoro, vieni qui! Devi sentire questa." Mi invita a raggiungerli con un sorriso e mi attira al suo fianco una volta che mi sono avvicinata. "Sean è andato in città ieri sera e ha incrociato Neil Lambright."

"Chi?"

"Neil Lambright! L'autore di My One Chance At Faith. Dovresti conoscerlo: hai una certa dimestichezza con i libri e gli autori" dichiara come se lo conoscessi ma non me lo ricordassi. "Beh, comunque, ieri sera ha presentato il suo nuovo libro e Sean ha avuto modo di parlare con lui e di fare delle foto."

"È una persona straordinaria" aggiunge Sean, come se ora lo conoscesse di persona.

"Ah, è fantastico." Faccio un sorriso a Sean e poi a Patrick mentre continuano a parlare di questo Neil, che a quanto pare è il nuovo autore di punta della comunità cattolica.

Ben presto sua madre ci invita tutti a sederci a tavola per iniziare il brunch. Mi siedo tra Patrick e suo padre, suo fratello Sean è proprio di fronte a me, mentre sua madre corre a sistemarsi tra Sean e alcune delle altre donne che sono qui con i loro mariti.

Cominciano il pasto con una preghiera, poi iniziamo a mangiare e a chiacchierare del più e del meno.

"Le patate, tesoro, sono fenomenali" dichiara Patrick dopo il primo boccone. "Non sono fantastiche, Sean?"

"Non le ho ancora provate" risponde lui, alzando lo sguardo dal suo piatto verso Patrick. "Le patate di Nicole." I miei occhi si incrociano con i suoi e il suo viso assume un'espressione sorniona. "Da quello che ho sentito, ne vanno matti tutti."

I suoi occhi si stringono in due fessure e sogghigna. Ricambio lo sguardo, cercando di cogliere il doppio senso della sua affermazione. Mi ha messa in imbarazzo insinuando qualcosa di sessuale. Si sta comportando solo da disgustoso porco qual è? O sa di me e Hawke?

"Oh, tesoro, sono eccezionali" commenta sua madre appena le assaggia, interrompendo i miei pensieri.

"Allora, da quanto tempo state insieme?" mi chiede una donna anziana con i capelli corti e ricci.

"Da quasi tre anni ormai" risponde Patrick, dandomi una gomitata affettuosa.

"Prevedo un grande matrimonio nel futuro, Linda." La signora le sorride. "Sono sicura che sei emozionata."

Mi sento come soffocata da una mano invisibile. Mi manca il respiro mentre li ascolto pianificare il mio futuro senza di me.

"Oh, lo siamo tutti senz'altro."

La conversazione si sposta presto sul lavoro. Dean e Patrick discutono degli affari con il loro cliente in Colorado. Da come si sta svolgendo la conversazione, carpisco che suo padre sta davvero spingendo perché lui assuma il controllo del cliente e potenzialmente faccia crescere l'azienda a livello nazionale. Patrick racconta della città, dato che sua madre sembra molto interessata al valore degli immobili nell'area di Denver. È chiaro che hanno valutato la possibilità di trasferirci lì, e non mi è stato chiesto nemmeno una volta cosa ne pensassi.

"Ma cosa ne fareste della casa, allora?" chiede Sean a suo padre.

"Probabilmente la venderemo. Vediamo se riusciamo a ricavarci qualcosa. Certo, non è che sia stata tenuta molto bene." Dean fa uno sbuffo di scherno.

"Aspetta, stanno parlando della nostra casa?"

sussurro a Patrick.

Lui apre la bocca per dire qualcosa, poi storce le labbra e ci ripensa.

"Ma non avete un accordo? Non dovrebbe prenderla lui?" domanda Sean al padre, sporgendosi in avanti.

Dean si raddrizza sulla sedia, si schiarisce la gola e si aggiusta il colletto della camicia. "Questi non sono davvero affari tuoi, Sean."

Me ne resto lì seduta ad ascoltare con attenzione mentre discutono di cose che chiaramente ignoro. Quale accordo? E a chi si riferiscono? A Hawke?

"Ho sentito delle cose" commenta Sean, inclinando la testa di lato e occhieggiando il padre.

"Beh, non dare retta ai pettegolezzi" aggiunge Patrick, senza alzare lo sguardo dal suo piatto.

"Non posso credere che stiate per ridare la casa a quel drogato. Non se la merita. Dopo quello che ha fatto, poi?!" La voce di Sean si fa più forte. Digrigno i molari alle sue parole. Il mio viso si arrossa per la rabbia che si sta accumulando dentro di me. Non ce la faccio più a stare qui a sentirlo parlar male di Hawke.

"Non è un drogato." Alzo gli occhi al cielo, cercando di fare dei respiri calmi per evitare di esplodere.

"Sean, tesoro, non alziamo la voce a tavola, per favore" implora Linda con un sorriso dolce e una risatina leggera, chiaramente a disagio per quanto sta accadendo in presenza dei suoi ospiti.

"Non spetta a te affrontare l'argomento" interviene di nuovo Patrick, guardando di nuovo il padre e il fratello maggiore.

"Come vuoi. Ma non capisco come facciate a lasciarlo fare. Già di per sé è assurdo che riusciate a vivere sotto lo stesso tetto di un assassino." Sean fa uno sbuffo di scherno e si allontana dal tavolo.

"Un assassino?" Una donna seduta dall'altra parte di Linda ha un sussulto.

Lancio un'occhiataccia a Sean, lanciando nella sua direzione solo coltelli e pugnali.

Patrick sembra ansioso. Ha un atteggiamento nervoso. Armeggia continuamente con l'argenteria accanto al piatto mentre la conversazione prosegue.

"Ora basta" lo rimprovera Linda, cercando di frenare la conversazione sul nascere.

"È stata la cosa giusta da fare" sibila Patrick a denti stretti, occhieggiando Sean e poi scambiandosi un'altra strana occhiata con suo padre.

Ho già sentito questa frase. La cosa giusta da fare. Ma la cosa giusta da fare per chi?

"È un tossico che ha ucciso il suo migliore amico! Un ragazzo che aveva un futuro brillante davanti a sé. Era sballato e hanno fatto un incidente con la macchina. Non c'è davvero niente di peggio. Non c'è nessuna cosa giusta da fare se non lasciare bruciare quel rifiuto!"

Ha ucciso il suo migliore amico? Ben? Omicidio colposo? Ho l'affanno mentre i miei occhi sfrecciano per tutto il tavolo. Tutti guardano Sean scioccati, tranne Patrick e suo padre, che fissano il tavolo.

"Voglio dire, chi fa una cosa del genere? Al suo migliore amico? Ucciso sul sedile accanto a lui solo perché voleva sballarsi come il drogato che è? Merita di marcire all'inferno" continua.

Mi alzo bruscamente dal mio posto, facendo cadere la sedia dietro di me. Tutti gli occhi ora sono puntati su di me, coi pugni così stretti che sento che le unghie stanno per rompere la pelle. Sto praticamente sbuffando fumo dal naso. Non lo sopporto più.

"Non me ne starò qui a lasciarti parlare di lui in questi termini." Rivolgo la mia rabbia a Sean e mi volto a guardare in cagnesco Patrick per aver permesso a questa conversazione di proseguire.

Patrick alza di scatto la testa dal proprio posto e inarca un sopracciglio davanti alla mia affermazione.

"Sto solo esponendo i fatti, tesoro. È un perdente fallito che non solo è pericoloso, ma anche imprudente. Non dovrebbe ricevere alcuna forma di assistenzialismo" commenta Sean, ora un po' più calmo dopo il mio sfogo.

"È ridicolo" annuncio a tutto il tavolo. "Per tutti voi che vi professate cristiani e cattolici e poi ve ne state seduti qui, al vostro brunch di lusso nella vostra casa di lusso, a fare i gradassi con persone che non hanno una vita privilegiata come la vostra, a giudicare persone che possono aver preso decisioni sbagliate o aver commesso degli errori perché erano senza aiuto o senza una guida. Siete davvero i peggiori. Mi fate letteralmente schifo."

Faccio per allontanarmi dal tavolo quando Patrick mi afferra con decisione il polso.

"Mettiti seduta, Nicole" sibila tra i denti.

Strappo la mano dalla sua stretta dolorosa e la strofino con l'altra, scuotendo la testa in segno di disapprovazione.

"Ne ho abbastanza" dichiaro, sopraffatta da tutto questo.

I suoi genitori mi squadrano con disappunto, come se fossi io la fonte del problema, ma oramai non mi importa più. Questa gente, questo posto non fanno per me. Questa non è una casa. È una vetrina. Una stucchevole esibizione di ricchezza e status senza alcuna sostanza sotto.

Devo andare a cercare Hawke.

Rientro in casa a passo spedito e trovo le chiavi dell'auto sul bancone. Voglio prendere l'auto di Patrick e lasciare che se la sbrighi da solo. Appena arrivo alla macchina e la metto in moto, Patrick corre verso il finestrino e batte aggressivamente sul vetro. Guardo in avanti, con le mani strette sul volante, prima di abbassare a malincuore il vetro. Non lo guardo nemmeno in faccia quando inizia a parlare.

"Si può sapere che ti è preso, Nic?!"

"Non posso più farlo, Patrick" affermo, con il cuore che mi batte all'impazzata e ogni singola pulsazione che praticamente mi esce dal centro del petto. "Non è giusto. Niente di tutto questo lo è."

E non mi riferisco solo alla situazione, ma anche a noi.

Si china in avanti, le mani afferrano il telaio della portiera sopra il finestrino dell'auto. "Sei solo stressata. So che ti mette a dura prova l'idea che le cose possano cambiare, ma ti assicuro che è a fin di bene."

"Pat, non hai mai parlato del trasferimento con me. È come se non avessi alcuna voce in capitolo sul nostro futuro." Sospiro esasperata. "Voglio dire, Gesù, non hai nemmeno notato dov'ero ieri sera?!"

Sta uscendo tutto fuori, sto perdendo il controllo.

"So che hai dormito di nuovo sul divano. Pensavo solo che avessi bisogno di un po' di spazio per rimettere in ordine le idee."

"In ordine le idee?!" Faccio uno sbuffo di scherno alla sua ridicola supposizione che io abbia bisogno di ritrovare la lucidità.

Non si è nemmeno accorto che non ero a casa.

"Diamoci una calmata, torniamo dentro, chiediamo scusa per lo sfogo e continuiamo con il pranzo. Questo doveva essere un giorno speciale."

"Speciale? Parlare male del tuo coinquilino, che dovrebbe essere tuo amico, mentre discutevi di cosa fare della casa? Venderla di nascosto da lui? Sono confusa, Patrick. Che cosa è successo? C'è qualcosa che non mi stai dicendo. Che cosa è successo tra voi due?"

Si guarda i piedi prima di osservare la casa con le palpebre socchiuse perché ha il sole dritto in faccia. È come se persino il sole lo stesse mandando in tilt.

"Certe cose è meglio lasciarle nel passato, dov'è giusto che restino."

Scuoto la testa. Non è abbastanza.

"No. Non questo" ribadisco. "Non questo."

"Torna in casa" dice con calma.

"No." Faccio per partire con l'auto, ma mi blocco quando le sue dita si aggrappano al bordo del finestrino.

"Torna in casa, Nic" esige tra i denti, chiaramente infastidito.

"Me ne vado. Fatti dare un passaggio da Sean."

"TORNA IN CASA, NIC!" urla, afferrando il mio

polso sul volante.

Apre la portiera, mi tira per il braccio e cerca di strapparmi dal veicolo. Torco il polso per liberarmi dalla sua presa mentre mi sollevo dal sedile e inciampo sul vialetto di ghiaia. Pianto i talloni per spingere la schiena contro l'auto, con un'espressione di totale shock e dolore sul mio volto.

"Patrick!" sbraita suo padre dalla casa con tono severo.

Mi scendono subito le lacrime dagli occhi. Non mi aveva mai urlato addosso così, non mi aveva mai messo le mani addosso con tanta violenza da lasciarmi un segno sulla pelle. Suo padre esce dalla porta e percorre il portico per venire verso di noi. Afferra il braccio di Patrick e lo allontana lentamente dal veicolo, sussurrandogli qualcosa all'orecchio.

Patrick sembra sconfitto e quantomai turbato, ma annuisce, guardandomi con un'espressione addolorata mentre risalgo in macchina. Lo osservo mentre si dirige verso la casa. Sua madre lo sta aspettando con le braccia conserte vicino alla porta. Le rughe sulla sua fronte non sono mai così marcate rispetto alla sua solita espressione controllata.

Dean si sporge sul finestrino dell'auto, e un brivido mi corre lungo la schiena per il suo atteggiamento calmo e freddo. È un uomo potente, e per un buon motivo.

"Credo che sia meglio che tu te ne vada ora." Annuisce e mi congeda, chiaramente arrabbiato con me per questo inconveniente.

"È quello che stavo cercando di fare" ribatto con tono sarcastico.

Lo fulmino con lo sguardo quando si volta verso Patrick, avvolgendolo con un braccio e dandogli una pacca sulla spalla mentre rientrano in casa.

I loro mormorii continuano a frusciare come piccole foglie smosse dal vento che lasciano tutt'intorno mucchietti di vita in decomposizione. È più che evidente che il passato di Patrick e Hawke è in qualche modo intrecciato. Ci sono dei segreti profondi celati sotto la superficie artificiale della famiglia più prestigiosa di questa piccola cittadina di provincia. Sono determinata a scoprire quanto profondi siano.

36

Ferite che si riaprono

Vado dritta a casa a cercarlo. Devo trovarlo. Devo parlargli. Ho colto gli indizi, i vaghi suggerimenti che fluttuavano intorno a me e che quasi imploravano di essere afferrati, di essere conosciuti. È diventato tutto così chiaro per me.

So che Patrick resterà a casa dei suoi genitori per un po'. È improbabile che se ne andrà da lì a breve. Non è il tipo che mi corre dietro, né i suoi genitori glielo permetteranno. Lo so per certo, ed è per questo che sono scappata.

Devo parlare con Hawke.

Conosco la verità nel mio cuore.

Sfondo la porta, i miei occhi scrutano la cucina, poi il soggiorno, ma li trovo entrambi vuoti. Mi viene il voltastomaco a pensare che la mia partecipazione al brunch con Patrick possa essere stata troppo pesante da sopportare per lui. E se avesse sentito il bisogno di trovare un modo per sentirsi di nuovo insensibile?

Controllo la sua stanza e trovo anche quella deserta. Sto iniziando a perdere ogni speranza, finché i miei sensi non entrano in gioco e sento l'acqua corrente nel bagno. Corro, apro la porta della stanza poco illuminata e scorgo la sua sagoma nella doccia dietro il vetro mezzo appannato. È nella doccia, sotto l'acqua con tutti i vestiti addosso, come se fosse totalmente soprappensiero quando ci è entrato.

Ha gli avambracci appoggiati al muro e si tiene la testa tra le mani mentre l'acqua gli cola sulla nuca. Non ho nemmeno bisogno di chiedere. So cosa sta facendo. Sta soffocando il dolore di non sapere cosa sta succedendo, cosa sto facendo o come sta andando il brunch. Probabilmente sta pensando al peggio. Non è che la sua vita gli abbia dato molte opportunità di vedere il bicchiere mezzo pieno. Aspetta il crepacuore come un animale ferito aspetta la morte. Quel percorso mentale, per lui, è inevitabile. Lascia che l'acqua del soffione della doccia si abbatta sul retro del suo cranio, annegando gli infiniti pensieri che affliggono la sua mente tormentata.

Entro nella doccia insieme a lui, lasciando che i miei capelli e il mio vestito si impregnino dell'acqua che sgocciola dalla sua alta struttura. L'acqua è gelida quasi quanto le intenzioni di coloro che lo hanno lasciato andare in rovina nel suo stesso sconforto.

Gira la testa verso di me e trasalisce alla mia vista.

"Cole? Cosa stai...?" Si raddrizza e si ravvia i capelli con la mano.

Fa un passo verso di me e io ne faccio uno verso di lui. Sento il suo dolore mentre studio i suoi occhi, ripensando alle parole dette da Sean a tavola e provando un irrefrenabile senso di protezione e possessività nei suoi confronti.

"Che cosa è successo? Stai bene?" Si lecca le labbra e mi guarda con la fronte aggrottata e la bocca aperta.

Io mi limito a fissarlo. Lo strazio del mio cuore mi opprime. Tutto quello che gli ho detto, il modo in cui l'ho trattato la prima volta che è venuto qui, sta tornando tutto a galla. Di certo ha pensato che fossi come Patrick e come loro, perché lo ero. Sono stata una stronza moralista e presuntuosa che lo ha trattato come una merda senza nemmeno provare a conoscere l'uomo sotto i tatuaggi e l'aspetto da cattivo ragazzo. L'uomo gentile e amorevole che c'è sotto la superficie.

"È finita, vero?" sussurra, i suoi occhi emanano tristezza e sconfitta allo stato puro. "Resti con lui. Hai scelto lui."

La mia bocca si spalanca di fronte alla sua affermazione. Sono sotto shock solo a sentirglielo dire dopo tutto quello che abbiamo passato.

"Cazzo, lo sapevo. Lo sapevo." Si passa le mani tra i capelli, si piega in vita e si appoggia al muro mentre vedo che fa fatica a respirare. "Cazzo, fa male. Fa malissimo."

Scuoto la testa, afferro il suo polso e lo tiro a me.

"Non posso perderti, non posso. Cole, sei tutto per me adesso." Il suo petto si gonfia per l'affanno, i suoi respiri si fanno sempre più corti.

"No, Cam. No. Non è così" assicuro, strizzando gli occhi per le gocce d'acqua che mi arrivano in faccia. "Me ne sono andata."

I suoi occhi si fanno speranzosi mentre si rimette in piedi. "Te ne sei andata." Ripete le parole, guardando incredulo la mia mano sul suo polso.

È allora che nota i segni. Si avvicina il mio polso al viso per ispezionarlo.

"Che cazzo è questo?" La sua voce profonda si trasforma in un ringhio.

"N-nulla..."

"Ti ha fatto del male?! Ti ha messo le cazzo di mani addosso?!"

"Cameron, fermati, per favore! Stammi a sentire solo per un secondo" lo supplico, cercando di frenare quello che sicuramente si trasformerà in un pestaggio. "Lo so."

Il suo volto si contorce mentre l'acqua continua a gocciolare dalle sue labbra perfettamente carnose. "Lo sai? Sai cosa?"

Scuoto la testa e chiudo gli occhi, perché non volevo che si arrivasse a questo. So quale ferita sto aprendo;

conosco la cicatrice in cui sto scavando, la carne di un passato che non è mai guarita del tutto.

"Non hai ucciso Ben."

Si irrigidisce all'istante a quel nome, il suo volto diventa di pietra.

"Non sei stato tu, vero? Non eri tu a guidare, mm?" gli chiedo, allungando una mano verso il suo petto, sulla maglietta bagnata che gli aderisce alla pelle.

Lui inizia a scuotere lentamente la testa avanti e indietro e si allontana appena da me per valutare lo sguardo nei miei occhi.

"Non prenderti gioco di me, Cole. Non farmi questo" mi avverte, con un'angoscia evidente nel suo tono.

Si è barricato dietro il suo muro. Quello costruito in anni di traumi - anni in cui è rimasto da solo. Finalmente è arrivato qualcuno disposto a sbirciare attraverso le sue crepe, ad offrirgli una mano confortante da stringere. Una mano che lui non è ancora pronto ad accettare. È come un animale selvatico che non si fida dell'uomo dopo una vita passata a conoscere la natura umana. Non posso nemmeno biasimarlo.

Gli tendo le mie mani mentre mi lecco le labbra, le lacrime che mi si sono accumulate negli occhi si confondono con l'acqua che mi scende sul viso.

"Non sei stato tu" sussurro consapevole.

"Ti prego, non farlo." La sua voce si incrina e rimane immobile, terrorizzato, a fissare le mie mani aperte.

"Non l'hai ucciso tu" ripeto. Deve sentirmelo dire. Spero che facendo così forse finalmente comincerà a crederci. "So che non sei stato tu."

Gli metto le mani sul viso e lui trasalisce al contatto. Si è messo all'angolo, è giunta l'ora di affrontare la realtà.

Gli passo le dita tra i capelli, spingendoli via dalla fronte prima di farle scorrere lungo gli zigomi e la mascella. Gli tengo il viso tra le mani e ci fissiamo negli occhi. "Non è stata colpa tua, Cameron."

"È stata colpa mia" ribadisce, cercando di convincermi, ma io so che non è così.

"Tu eri lì, e forse ti sei convinto che avresti potuto cambiare qualcosa, ma non eri tu alla guida di quell'auto. Non l'hai ucciso tu. Sono stati loro." Piango mentre pronuncio queste parole, aspettando che risponda e accetti quella che ora so essere la verità.

È coinvolto in questa storia, ha pagato il prezzo per qualcosa che ha fatto qualcun altro. Ora vedo tutto, capisco il modo in cui le loro vite sono intrecciate. Gli sguardi complici tra Patrick e suo padre durante il brunch hanno parlato chiaro.

Cominciano a tremargli le braccia lungo i fianchi, seguite da tutto il resto del corpo. Stringe forte gli occhi e china il capo.

E poi crolla.

Cade sul pavimento della doccia e si strofina il viso con le mani fra i singhiozzi. Tira fuori tutto. Anni di traumi emotivi intrappolati sotto la sua facciata dura. Finalmente si sta liberando e sta lasciando andare tutto ciò che aveva bisogno di uscir fuori.

Cado con lui, gli cingo le spalle tremanti, lo stringo a me e gli sussurro dolcemente che andrà tutto bene. Gli assicuro che sono qui per lui.

Rimaniamo in quella posizione per un'eternità: il silenzio tra noi parla più di mille parole. Hawke si avvinghia a me, si aggrappa con le dita alla pelle delle mie spalle, come se la sua unica possibilità di avere la vita che vuole fosse qui, sul pavimento di questa doccia con lui, pronta a dissolversi nel nulla come il futuro in cui un tempo sperava. Le sue lacrime sgorgano, il cordoglio per quell'evento scivola via assieme a ogni singola goccia che scorre libera.

Mi tiro appena indietro e chiudo l'acqua prima di spazzolargli via dagli occhi le ciocche fradicie di capelli neri. Gli stringo di nuovo il viso tra le mani e lo guardo, augurandomi che i suoi occhi trovino i miei per avere un po' di conforto, sperando che veda la verità in essi.

"Non l'ho ucciso!" esclama infine. "Non sono stato io, cazzo!"

Sbatte il dorso del pugno contro la parete della doccia, grugnendo di rabbia e frustrazione. Si tira i capelli alle radici urlando, e l'agonia nella sua voce mi spezza il cuore.

"Lo so, Cam. Lo so." Annuisco, piangendo mentre lo ascolto ammettere finalmente questa verità.

"Era il mio migliore amico." Al ricordo crolla di nuovo, gli occhi arrossati che contengono tutto il suo infinito tormento. "L'ho tenuto tra le braccia mentre moriva dissanguato accanto a me. Ha esalato il suo ultimo respiro guardandomi negli occhi. Ce l'ho ancora davanti. Quell'immagine, ogni notte."

"Mi dispiace" mugolo, avvolgendogli la testa con le mani e tirandolo a me per premere la sua guancia contro il mio petto, poiché ho bisogno di averlo vicino al mio cuore. "Mi dispiace tanto."

Non c'è nulla che possa dire per cancellare il suo dolore. Posso solo ascoltarlo e stargli vicino, tenerlo stretto a me mentre dondolo avanti e indietro, confortandolo, conscia della verità che si è tenuto nascosto dentro per tutto questo tempo.

Gli ci è voluto così tanto per arrivare a questo punto - proprio qui, tra le mie braccia, a poter tirare fuori tutto.

Dopo un attimo, fa alcuni respiri tremanti e li soffia fuori prima di appoggiare la testa alla parete della doccia. Il suo volto è smunto, come se rivivere il ricordo avesse riportato in vita i fantasmi. Ha gli occhi gonfi per il pianto, le occhiaie sotto raccontano una storia di instancabile agonia. Siamo entrambi seduti sul pavimento della doccia, nei nostri vestiti zuppi, senza curarci di niente e di nessuno intorno a noi tranne che dell'altro.

"Dobbiamo andare" sussurro, afferrando le sue mani. "Dobbiamo andarcene da qui."

Lo aiuto a sollevare il suo corpo stravolto dal pavimento della doccia prima di toglierci i vestiti bagnati. Hawke appende i suoi abiti alla doccia mentre io butto velocemente il mio vestito nella lavatrice.

Indossiamo una tuta comoda, prepariamo in fretta e

in silenzio una borsa per la notte, poi saliamo in macchina e partiamo. Non so nemmeno dove andremo, ma ci andremo insieme. Stasera. Non c'è un piano, ma non possiamo restare qui e rischiare che Patrick torni.

"Se vai verso Brockton, c'è un motel sulla statale diciannove" mi informa mentre svolto a sinistra verso la città successiva.

Troviamo il motel di cui parlava, un posticino carino, in una zona boscosa e isolata, vicino alla vecchia strada statale. Un luogo perfetto per nasconderci.

Hawke paga in contanti per il pernottamento e gli vengono consegnate le chiavi della stanza. Entriamo, lasciamo cadere le valigie su uno dei letti matrimoniali e ci fermiamo un attimo per riprendere fiato.

È stata una lunga giornata, e anche se c'è ancora molto da scoprire, credo che siamo entrambi esausti ed emotivamente spossati.

Si siede sul bordo del letto, con i gomiti sulle ginocchia e la testa tra le mani. Si infila le dita fra le ciocche prima di mordersi il labbro inferiore e guardarmi con un dolore straziante. Rimango a qualche metro da lui per lasciargli un po' di spazio per riflettere, quando allunga un braccio per invitarmi a raggiungerlo.

"Cole" dice con un filo di voce e una certa esitazione.

Mi avvicino al punto in cui è seduto e mi chino sul pavimento tra le sue gambe, alzando lo sguardo verso i suoi occhi incerti.

"Come l'hai scoperto?" mi domanda, gli occhi appena socchiusi.

Scuoto la testa e colmo lo spazio che ci separa, prendendogli la mascella tra le mani. "Non l'ho scoperto. Lo sapevo e basta."

Deglutisce, chiude gli occhi con forza ed è come investito da un'ondata di gratitudine travolgente.

Afferro la sua mano e mi premo il suo palmo sul cuore, poi poso il mio sul suo. Sospira, la fronte corrugata mentre cerca di trattenere le lacrime. Si lecca le labbra prima di chinarsi e poggiarle sulle mie. Gli bacio il labbro superiore, poi quello inferiore, poi l'angolo della bocca, prima che lui schianti con foga la sua bocca sulla mia. Il bacio diventa rapidamente appassionato, le nostre bocche e le nostre lingue si confortano, si curano, si necessitano.

Per tutto questo tempo lui ha visto oltre la mia facciata, e al contempo si è augurato che io conoscessi i suoi segreti più profondi e oscuri. Ha sperato, con un pizzico di fede, che io lo scoprissi da sola. Immagino il dolore e la tortura di essersi dovuto tenere tutto dentro quando sono sicura che non avrebbe voluto altro che farlo uscire allo scoperto raccontandomi tutto per filo e per segno.

C'è altro da svelare, altro da dissotterrare, ma al momento voglio concentrarmi sul guarirlo, sul mostrargli il mio amore e sul dargli il mio sostegno dopo che ha passato anni a combattere da solo.

Ha sempre avuto bisogno di me, così come io ho avuto bisogno di lui. Finalmente sono qui, nel posto che mi spetta, e non lo lascerò mai.

37

Cicatrici da coprire

Ora siamo qui. Soli in questa stanza d'albergo, con lo spazio che ci serve per essere selvaggiamente innamorati, con la libertà di essere noi stessi.

Resto in ginocchio tra le sue cosce mentre il nostro bacio continua, le nostre labbra e le nostre lingue si muovono insieme in modo impeccabile, manifestando il nostro desiderio, il nostro bisogno incontrollato l'uno dell'altra.

"Ti amo, Cole" sussurra tra un bacio e l'altro. "Ti amo con tutto me stesso."

"Lo so." Stringo gli occhi, sentendo ogni briciola di quell'amore. "So che mi ami."

Le nostre emozioni derivanti da un argomento così pesante si sono tramutate in passione. Voglio cancellare i suoi brutti ricordi e crearne di nuovi, pieni del mio amore per lui e per quello che è. Voglio che si senta desiderato come non ha mai fatto prima, voglio che si senta necessario così com'è.

Le mie mani si spostano dalle sue ginocchia alle sue

cosce, mentre lui tiene il mio viso vicino al suo, baciandomi dolcemente con le sue labbra soffici.

Afferro l'orlo della sua maglietta e vi infilo le mani sotto, tastando il suo addome duro e caldo con i polpastrelli. Lascia cadere le mani, le allunga dietro di sé e si toglie la maglietta in un unico, rapido gesto.

Gli riempio il petto di baci morbidi e bagnati, facendo scivolare delicatamente la mia lingua lungo i solchi profondi dei suoi muscoli che conducono verso l'area rigonfia sotto la sua tuta.

"Voglio baciarti" sussurro contro la sua pelle. "Dappertutto."

La sua bocca si apre, e appoggia le mani dietro di sé sul letto, guardandomi con occhi arrendevoli.

Tiro i suoi pantaloni della tuta, allungo l'elastico e raggiungo l'interno per trovarlo completamente eretto dentro i boxer. Gemo nello scoprire che il nostro bacio lo eccita quanto me.

Hawke sibila quando stringo la mano intorno alla base della sua erezione sempre più massiccia.

"Ah, Cole" sussurra in tono roco.

Lo sbircio da sotto prima di portarmi il suo membro alle labbra. Inizio a baciarne dolcemente la punta, poi trascino le labbra fino alla base. Le sue gambe si distendono, i talloni si conficcano nel pavimento mentre lecco il lato della sua erezione vellutata, la mia lingua che vaga sulle vene che risalgono per tutta la sua lunghezza.

Cade sui gomiti e caccia un gemito rivolto al soffitto quando io inizio a succhiare lentamente, prendendolo in bocca sempre più in profondità, il più possibile, bagnando ogni centimetro di lui.

"Posso...?" Si blocca con un gemito affannoso. "Posso toccarti?"

Annuisco, tenendolo a fondo nella mia bocca.

La mia saliva che umetta la sua erezione permette alle mie mani di scivolare senza sforzo sul resto della sua lunghezza. Hawke raccoglie con delicatezza i miei capelli con una mano e li tiene stretti mentre mi fa muovere la testa, mostrandomi ciò che gli piace.

"Cazzo, Cole, sei proprio brava."

Sentire le sue lodi mi fa venire voglia di fare di più per mandarlo fuori di testa. Gli offro la mia gola quando lui mi tira i capelli con forza, tenendomi in posizione mentre si sbatte dentro di me con foga.

Dopo avergli lasciato prendere il controllo per un minuto, mi sento soffocare dalla sua lunghezza e devo tirarmi indietro per fermarlo e riprendere fiato.

"Merda, baby, scusa" si affretta a dire, sporgendosi in avanti per carezzarmi il viso.

"No." Scuoto la testa e faccio un bel respiro prima di deglutire. "No, mi piace."

"Ti piace?" chiede con un sopracciglio inarcato e un sorrisetto curioso sulle labbra.

"Sì." Alzo lo sguardo verso di lui, con le labbra umide e gonfie per l'uso. "Continua a farlo. Mi eccita."

Mi fissa per un secondo, quasi incredulo.

"Dimostramelo" ordina.

Mi aiuta ad alzarmi e mi fa sdraiare a pancia in su sul letto. Mi abbassa i pantaloni della tuta e io rimango solo con il perizoma e la mia ampia maglietta. Già, non avevo previsto un abbigliamento super sexy, date le circostanze, ma a lui non sembra dispiacere.

Con il mio sedere sul bordo del letto, si inginocchia dov'ero io prima. La sua mano risale la mia pancia e si insinua lentamente sotto la maglietta e sopra il reggiseno, mentre i suoi occhi rimangono concentrati sul mio viso. Mi sfiora il capezzolo sensibile con il pollice, facendomi inarcare verso di esso.

Immerge le dita dell'altra mano nella parte anteriore dei miei slip e li scosta di lato. Mi sento un po' esposta e vulnerabile con il suo viso letteralmente lì, a pochi centimetri dal mio sesso bagnato e desideroso.

Allarga le mie cosce pallide con ambo le mani prima di far scorrere un dito lungo la mia fessura.

"Gesù, ti piace proprio."

Geme alla vista di me nuda davanti a lui e abbassa la

testa tra le mie gambe. Sussulto alla sensazione della sua lingua su di me, dei suoi capelli che mi solleticano le cosce. Il calore della sua lingua unito al freddo dell'anello metallico nel suo labbro mi manda in estasi. La sua lingua esperta mi lecca per tutta la lunghezza, assorbendo tutto ciò che ho da offrirgli. Stringo le lenzuola con una mano, mentre con l'altra gli afferro i capelli in cima alla testa, e mi si girano gli occhi dietro il cranio man mano che lui continua il suo meraviglioso tormento.

Succhia con delicatezza il mio clitoride e al tempo stesso inserisce due dita, facendomi gridare. Mi massaggia con le dita mentre mi lecca in tutti i punti giusti. Gemo e mi contorco sotto il suo tocco, la sensazione straordinaria comincia a crescere.

"Cam, fermati, sto per..."

"Vieni" mi risponde in tono esigente. "Vieni, e viene di nuovo."

Perdo ogni tipo di controllo, mi sottometto alla sua lingua e mi lascio andare intorno alle sue dita, stringendole con il mio sesso. Sento le onde pulsanti del piacere che mi attraversano mentre vengo. La sua lingua implacabile continua fino a quando non sono troppo sensibile e lo imploro di fermare la sua dolce tortura.

Sono completamente senza fiato, mi sento la faccia addormentata, eppure cerco di tenere gli occhi abbastanza aperti da poterlo sbirciare sopra di me.

"Sei così bella quando ti abbandoni" mormora prima di chinarsi e baciarmi il collo.

Gli cingo la nuca mentre il mio respiro torna regolare. Gli infilo le dita tra i capelli mentre lui lecca e succhia il lato del mio collo, sospeso sopra di me. Mi stringe il seno con una mano e geme nel mio collo, giocherellando con il mio capezzolo.

"Dio, sei perfetta e non lo sai nemmeno" bisbiglia prima di trovare con le labbra il mio capezzolo dolorante e indurito.

Succhia la pelle morbida e vi fa scorrere appena sopra i denti prima di ritrarsi e lasciarlo andare. Fa roteare la lingua intorno ad esso e poi ripete lo stesso movimento, mentre io gemo per il piacere che mi procura. Non riesco a spiegarmi come sia possibile che io sia già pronta per altro, ma con lui non si finisce mai. Più ricevo, più bramo.

Allungo una mano verso il basso e trovo la sua erezione dolorosamente rigida e in attesa del suo orgasmo.

"Vieni qui" sussurro indietreggiando.

Ci sistemiamo al centro del letto e ci togliamo il resto dei vestiti. Lui cade di nuovo tra le mie cosce, sostenendosi sulle braccia ai lati del mio corpo mentre mi guarda negli occhi.

"Mostrami le tue cicatrici, Cameron" dico mentre gli accarezzo lo zigomo. "Permettimi di vederle tutte."

L'energia cambia, i suoi occhi si fanno seri e le sue labbra restano a un soffio dalle mie. Non abbiamo mai avuto così tanto bisogno di dimostrare che il nostro amore è vero e giusto.

"Cazzo, ti amo" mormora, scrutando i miei occhi.

Annulla la distanza che ci separa, le sue labbra scivolano sulle mie, poi appoggia la testa sulla mia e si spinge dentro di me con un unico movimento lesto. La mia schiena si inarca e sussulto, accogliendolo tra le mie pareti.

È così pronto, così dolorosamente presente con me in questo momento, così bisognoso di tutto ciò che ho da offrirgli, e non sono mai stata così viva come lo sono ora proprio per questi motivi.

Stringo forte gli occhi, faccio passare le braccia sotto le sue e mi aggrappo alle sue spalle per reggermi mentre mi penetra.

"Apri gli occhi" mi chiede, e mi afferra il mento con il pollice e l'indice.

Apro gli occhi e lo vedo sopra di me: il suo petto ampio e tatuato, i suoi capelli appesi che gli ostruiscono appena la vista. Sbircio il suo addome contratto fino al punto in cui siamo uniti. Guardo i suoi muscoli flettersi mentre si spinge dentro di me, la base della sua erezione luccicante per i postumi del mio orgasmo che ancora cola da me e lo ricopre.

Preme il pollice sul mio labbro inferiore finché non schiudo la bocca per farglielo mettere dentro. Me lo posa sulla lingua e io faccio quello che so che lo eccita: succhio il suo dito mentre lui continua a sbattermi con un vigore sempre maggiore.

"Adoro stare dentro di te, ovunque." Emette un verso roco, lo schiocco della nostra pelle che si scontra riempie la stanza.

Sento che sto ricominciando a contrarmi, la più deliziosa sensazione di formicolio che mi sale lungo la schiena.

"Cam" lo avverto, afferrando le sue braccia flesse.

"Sei vicina" afferma lui con consapevolezza, rallentando i suoi movimenti. "Anch'io sono vicino."

Appoggia il suo peso su di me, poi rotola in modo che siamo entrambi su un fianco, ancora connessi. Sistema la mia coscia sopra il suo fianco e i nostri movimenti diventano lenti e costanti. Gli cingo il collo con una mano e lui trova le mie labbra, le nostre lingue si massaggiano mentre le sue spinte continuano a generarmi ondate elettriche di piacere.

Uniamo le nostre fronti e ci fissiamo negli occhi, avvertendo l'immenso amore che si sprigiona da entrambi.

"Oh, Cam, ti amo" mugolo mentre lui mi studia, le sue spinte che diventano più intense ora. "Ho bisogno di te. Dio, ti amo."

"Non riesco ad avvicinarmi abbastanza a te" ammette, penetrandomi a fondo fino a riempirmi del tutto. Si ferma un attimo per tendersi e raggiungere la parte più profonda di me. "Non è mai abbastanza."

Le sue mani perlustrano il mio corpo, le sue dita scavano nella carne della mia coscia sul suo bacino, i gemiti profondi che gli sfuggono mi rivelano che sta perdendo il controllo.

"Dimmi che saremo sempre noi" sussurra contro le

mie labbra.

Gemo prima di aprire la bocca per catturare le sue labbra e dargli un bacio, che gli risponde prima di me. "Sempre, per sempre."

Rimaniamo imprigionati nel nostro bacio mentre lui si fa strada dentro di me, le grida che provengono dalla mia bocca sono attutite dalle sue labbra contro le mie. Mi perdo nella sensazione elettrizzante, il mio sesso si contrae per il piacere, il mio corpo ha le convulsioni mentre sento che mi stringo intorno a lui, traendo tutto quello che posso da questa esperienza.

I suoi gemiti si intensificano quando arriva il mio orgasmo e, dopo qualche altra spinta, si svuota dentro di me, le sue dita che affondano nella mia schiena per tenermi in una presa salda contro di lui mentre mi riempie. Rabbrividisce, il suo petto si alza a ogni respiro affannoso, poi la sua testa ricade contro il letto e chiude gli occhi.

Un sorriso mi tira gli angoli delle labbra mentre lo guardo scendere dall'apice, quello che ha sempre cercato ma che non è mai riuscito a trovare, l'unica cosa che sembra intorpidirlo e che al tempo stesso lo fa sentire esaltato e vivo.

I suoi occhi si aprono e si accorge della mia espressione tenera. Faccio scorrere il dorso delle dita lungo il lato del suo viso, mentre lui mi cinge il collo con una mano e mi accarezza il labbro inferiore con il pollice.

"Sai che non posso vivere senza di te" ammette a bassa voce.

La serietà dei suoi occhi mi dice che è più che vero, quasi terrificante. È terrificante solo perché lo capisco perfettamente. Non so come potrei sopravvivere un altro giorno se non avessi lui qui in carne e ossa con me. Il solo pensiero mi fa provare uno sconforto che non ho mai sperimentato.

"Sei la mia calma nell'anima, la mia follia nella carne." Gli ripeto le parole dell'altra volta, solo che questa volta lui è cosciente.

Il suo sorriso si allarga nel sentire la poesia, anche se sul suo volto compare un certo nervosismo alla menzione di quelle parole e gioca con il piercing al labbro.

"Che c'è? Perché quella faccia?" domando, sentendomi in imbarazzo per averla detta ad alta voce.

Lui abbassa lo sguardo sul suo petto e poi torna a guardarmi negli occhi. È allora che le vedo.

Quelle stesse parole sono incise sulla sua pelle, sul suo petto. La scritta è appena visibile tra tutti gli altri tatuaggi, ma è lì. Impressa su di lui, sopra il suo cuore.

Sfioro le parole e la mia bocca si spalanca per l'incredulità.

"Cosa? Quando? Come?"

"Ti ho sentita quella mattina. Mi hai sussurrato queste parole all'orecchio mentre pensavi che stessi dormendo, e allora ho capito che mi amavi nello stesso modo folle e incontrollabile in cui io amo te. Quando quella mattina sono uscito per far riparare la tua macchina, mi sono fermato dal mio tatuatore. Sapevo di aver bisogno di portarmele addosso per sempre."

"Davvero?" Sono in un totale stato di shock.

Come ho fatto a non farci caso fino ad ora? Come ho fatto a non accorgermi che mi aveva sentita? Le mie viscere si animano di un amore profondo e consapevole.

"Volevi che ti mostrassi le mie cicatrici? Beh, in realtà le stai coprendo, Cole. Tutte quante."

La morsa che mi attanaglia il cuore mi dà una sensazione impareggiabile. Mi ha segnata nella sua storia ancora prima di sapere se sarei rimasta, perché aveva bisogno di consolidare in modo permanente qualcosa che non riusciva a credere che fosse reale.

Ma è reale. Tutto questo lo è.

Noi.

38

Verità e personalità

Mi sveglio con Hawke addormentato sul mio petto. Il modo in cui il suo corpo è disteso sul mio, la sua testa sul mio torace, le sue braccia avvolte intorno a me, è commovente e straziante allo stesso tempo.

Quest'uomo dolce e distrutto si aggrappa a me anche nei suoi sogni. Non vedo l'ora che si renda definitivamente conto di essere la persona giusta per me. Il giorno in cui sentirà finalmente che il suo cuore e i suoi segreti sono al sicuro con me sarà il più felice di tutti.

Gli accarezzo i capelli con le dita e lo tengo stretto a me. Non desidero altro che abbracciarlo, confortarlo e amarlo ogni secondo che mi viene concesso. Restiamo così per almeno un'ora, mentre lui continua a dormire. Non voglio muovermi. Non voglio svegliarlo dal suo sonno beato, ma non dipende da me quando il mio telefono squilla sulla scrivania accanto a noi.

La sua testa si alza leggermente, gli occhi socchiusi vagano verso il suono. Lo tranquillizzo e gli spingo la guancia contro il mio petto, passandogli le dita tra i capelli mentre lascio che il telefono squilli a oltranza.

So già chi è.

Sospira sulla mia pelle, si rilassa di nuovo per un momento, mi stringe tra le braccia e si lascia sfuggire un piccolo gemito prima di rialzare la testa.

"Non si fermerà finché non saprà dove sei" mormora con voce roca.

Abbasso lo sguardo sulle mie dita ancora immerse tra i suoi capelli e deglutisco a disagio.

"Hai ragione" sussurro.

Hawke si alza e lascia il caldo spazio accanto a me. Si dirige verso il lato del letto e si infila i jeans prima di sedersi di nuovo sul bordo, rivolto verso il muro. Si passa le mani tra i capelli e appoggia i gomiti sulle ginocchia.

La vista mi spezza.

Afferro il lenzuolo, me lo avvolgo attorno al corpo e vado dall'altra parte del letto per indossare i vestiti per la giornata. Nel caos di ieri, non mi sono resa conto di quello che stavo prendendo, così metto addosso una maglietta nera e una minigonna morbida e mi sistemo al volo i capelli in disordine. Almeno le mie Converse sono in tinta.

Gattono verso di lui sul materasso, lo raggiungo per gettarmi addosso a lui, avvolgo le mie braccia sulle sue e premo con forza il busto contro la sua schiena.

Lui alza la mano e mi stringe l'avambraccio, accogliendo la mia stretta. Lo dissemino di baci lungo il collo e sull'orecchio prima di sussurrare: "Amo te e solo te."

Hawke sospira di nuovo e si volta verso di me con un debole sorriso.

"Lo so, baby. Non è questo. So come ti senti, come ti sei sentita. È solo che... tutto il resto non lo sai" commenta, alzando con riluttanza lo sguardo verso i miei occhi.

Vuole dirmelo. Ha bisogno di dirmelo. Soprattutto prima di tornare ad affrontare Patrick. Sento la pesantezza di questo momento. Il dolore e il rimpianto nei suoi occhi. So che vorrebbe non essere lui a dirmelo, ma è ora che io scopra le verità che ha detto che avrebbero cambiato tutto.

"Dimmelo, Cam. Raccontami tutto quello che è successo quella notte."

Capisco che è riluttante, ma deve farlo affinché io possa finalmente farmi chiarezza. Sono arrivata fino a questo punto da sola, ho dedotto che non poteva essere stato Hawke a uccidere Ben. Non si sarebbe mai comportato in modo così sconsiderato se fosse stata coinvolta una persona a cui voleva bene. Ma il resto non verrò a saperlo mai a meno che non me lo riveli qualcuno che era lì in prima persona, l'unico testimone che possa riferire la verità sull'intero evento. Con un respiro profondo, Hawke si libera di tutto.

"Che tu ci creda o no, Patrick e io ci frequentavamo all'epoca, ma non per scelta. Ho sempre pensato che fosse un po' un cazzone, ma Ben mi ripeteva sempre di dare una possibilità alle persone, di non essere così duro con lui, che la mia chiusura faceva più male a me che agli altri. Ben era letteralmente la persona più gentile che abbia mai conosciuto. Metteva in contatto le persone ovunque andasse. Vedeva sempre il buono in tutti e lo tirava fuori quando era in loro presenza. Era così vivace, così positivo, pieno di energia, tutto ciò che io di natura non sono." Fa uno sbuffo di scherno sull'ultima parte, facendomi sorridere.

"Sembra una persona fantastica" commento con un sorriso triste. Mi dispiace di non aver avuto la possibilità di conoscere la persona speciale che fa illuminare Cameron in questo modo quando parla di lui.

"Un venerdì sera, dopo una partita di football, siamo andati tutti nella loro baita di famiglia per festeggiare la sua prima partita nel campionato universitario."

"Aspetta, *quella* baita? La baita in cui andate ancora?"

"Sì." Annuisce. "Dopo tutto quello che è successo, i genitori di Ben hanno dato la baita al fratello maggiore, Mark. Gliel'hanno donata e tutto il resto. Non la volevano più dopo averlo perso. Troppi ricordi, credo. Ma suo fratello si è trasferito fuori dallo Stato e alcuni suoi amici l'hanno affittata. Ora ci si fanno solo le feste."

"Triste" dico senza pensare.

"Già" concorda Hawke con un'aria dolente. "A Ben non piacerebbe."

Gli stringo la mano nella mia mentre continua.

"In ogni caso, siamo andati alla baita e abbiamo fatto festa. Eravamo ragazzi all'epoca e cercavamo di frequentare i più grandi. Abbiamo bevuto, io mi sono fatto di coca, mi sono fatto una canna, Ben era ubriaco..."

Vedo il suo volto trattenere il dolore del ricordo che mi sta confessando. Il suo respiro si fa affannoso mentre fissa il piccolo strappo nel tappeto blu accanto al letto. Gli accarezzo la schiena, cercando di tranquillizzarlo come meglio posso.

"Siamo… siamo stati fuori quasi tutta la notte. La mamma di Ben lo ha tempestato di telefonate, sapendo che era con suo fratello e che probabilmente si sarebbe cacciato nei guai. C'era anche Patrick con altri ragazzi del football, ma dopo essersi reso conto che erano troppo ubriachi per guidare, ha chiesto a Ben se poteva dargli un passaggio."

"Ma Ben non aveva bevuto?"

"Esatto, e anch'io. Non eravamo in grado di guidare e lo sapevamo. Avevamo previsto di restare a dormire lì, ma Patrick è venuto da noi mentre eravamo fuori da soli a fumare e ha iniziato a implorare Ben di andarsene presto. Lo ha assillato, si è offerto di guidare lui la sua macchina visto che non aveva bevuto, gli ha detto che ci avrebbe scaricati e poi sarebbe tornato a casa per il coprifuoco. Era sconvolto dalla cosa." Hawke stringe gli occhi in due fessure, ricordando.

Mi si stringe la mascella nel sentire questa storia, sapendo già come andrà a finire. Conoscendo Patrick e la sua famiglia, già lo immagino sull'orlo della paranoia per aver commesso l'errore di rimanere bloccato a una festa in una baita, in una posizione di vulnerabilità. Ed egoisticamente avrà fatto tutto il possibile per tornare a casa. Mi sento assalita dalla nausea, unita a un'ondata di rabbia incontrollata.

"Ben, da bravo ragazzo qual era, mi ha chiesto se mi andasse bene lasciare la festa prima, visto che eravamo venuti insieme con la sua macchina e sarei dovuto tornare con lui. Mi ha anche promesso che avrebbe trovato delle ragazze per noi un'altra sera. Pensava sempre agli altri prima che a sé stesso." L'abbozzo di un sorriso gli piega le labbra.

Sorrido appena anch'io all'idea di un giovane Hawke che va in cerca di ragazze con il suo migliore amico, ma quel mio sorriso si spegne subito davanti al suo improvviso silenzio. Fa un respiro, cercando a quanto sembra di calmarsi mentre fissa di nuovo il piccolo strappo sul tappeto, quasi avesse bisogno di concentrarcisi sopra. Ha bisogno di qualcosa per scacciare le immagini terrificanti che la sua mente gli sta riproponendo. La sua bocca si apre per parlare, ma si blocca per un attimo, e i secondi sembrano più pesanti di prima.

"Ho commesso il più grande errore della mia vita accettando di andare. Avrei dovuto oppormi, dire a Ben di piantarla di cercare sempre di compiacere tutti. Avrei dovuto far sì che si preoccupasse di sé stesso e di quello che andava di fare a lui per una volta. Ma lui non era fatto così. Era il tipo di persona che avrebbe sempre fatto qualsiasi cosa per chiunque... e Patrick lo sapeva e ne ha approfittato."

I suoi occhi incontrano i miei e scavano in profondità nella parte di me che sa che esiste anche quel lato di lui. È tutto così ovvio che è stucchevole. Sento dove sta andando a parare questa storia, e mi fa venire un brivido freddo lungo la schiena.

"Siamo saliti in macchina, con Patrick alla guida, Ben sul sedile del passeggero e il mio culo sfondato sdraiato dietro. Dopo qualche chilometro di strada, ho iniziato a chiedermi quanto Patrick fosse effettivamente sobrio. Intendiamoci, io ero fatto, eppure... ho comunque capito che c'era qualcosa che non andava."

"Cosa stava facendo?" domando, afferrando di nuovo la sua mano e intrecciando le nostre dita per dargli una sorta di sostegno.

"Stava sbandando un po', è finito per un attimo nell'altra carreggiata, poi è montato sul cordolo laterale, che fa quel rumore forte sotto le gomme. Ricordo di averlo sentito."

"Era ubriaco" mormoro, scuotendo la testa incredula.

"Non lo so con certezza. Non l'ho visto bere alla festa, ma non è che stessi guardando lui. Nessuno ci ha visti andare via insieme perché in quel momento ero fuori a fumare."

"Quindi nessuno ha potuto confermare che se n'è andato con voi e che era lui a guidare" rimarco.

"Esattamente." Annuisce e si lecca le labbra.

Fa un'altra pausa ed emette un respiro tremante, e sento che la parte successiva della storia è quella che vorrebbe poter dimenticare. La parte che ha distrutto un pezzo di lui che non riavrà mai più. *La parte in cui ha perso Ben.*

"È tutto a posto, ci sono io qui" sussurro, avvicinandomi ancora di più a lui.

Gli prendo il viso e gli do dei baci sulla guancia e sulla mascella, lo stringo forte e gli massaggio il braccio.

"È successo tutto così in fretta" sussurra, ma il suo sguardo non vacilla mai. "Così in fretta che non sono nemmeno sicuro di come siamo arrivati a tanto. La cosa successiva che ricordo è che l'auto ha perso il controllo. Mi sono ritrovato sballottato nello spazio tra i sedili anteriori e posteriori. La macchina..." Si prende un altro momento di silenzio nel quale chiude gli occhi.

Lo stringo più forte e gli bacio la spalla.

"L'auto è andata a sbattere contro qualcosa e si è ribaltata. Ricordo che a un certo punto ero in aria, poi ho colpito il tettuccio e sono rimasto tramortito. Quando mi sono ripreso, ero solo nell'auto. Non so come, ma stavo bene. Ero ridotto male, sì, sanguinavo dalla testa, ma sono riuscito a uscire. Mi sono fatto strada passando attraverso uno dei finestrini rotti sul retro e mi sono messo a cercarli."

Mi asciugo velocemente le lacrime che mi scendono dagli occhi. Mentre mi racconta questa storia, riesco a visualizzare tutto nella mia mente, e l'agonia fa male anche a me.

"Ho visto..." La sua voce si incrina quando si ferma per pizzicarsi il ponte del naso e fa uscire un lungo respiro. "Ho visto Ben sdraiato vicino a un albero. Era stato sbalzato dall'auto, aveva un profondo taglio sul lato dell'addome e gli usciva il sangue dalla testa. Sembrava... sembrava…" Prende fiato.

"È tutto a posto" sussurro di nuovo, scuotendo la testa, perché non ho bisogno che continui.

"Sono corso da lui, l'ho preso in braccio e l'ho tenuto stretto mentre lottava per respirare. Gli ho mentito e gli ho detto che sarebbe andato tutto bene, che avrei trovato aiuto, ma i suoi occhi mi hanno detto che sapeva che non ce l'avrebbe fatta. In qualche modo, lo aveva già accettato." Si appoggia sui palmi e respira tra le lacrime, con le mani che tremano, prima di passarsele tra i capelli e imprecare. "Cazzo."

"Sono qui, è tutto okay, è tutto okay" continuo a sussurrare, aggrappandomi a lui mentre mi stringe il braccio per avere qualcosa a cui appigliarsi.

"È morto tra le mie braccia, Cole!" grida, l'angoscia nel suo tono trasmette l'ingiustizia di tutto questo. "Mi sono sempre chiesto quali siano stati i suoi ultimi pensieri e, per quanto sia triste, credo che fosse più preoccupato per me che per sé stesso, anche mentre giaceva lì in fin di vita."

Si perde per un attimo, strizzando gli occhi per il dolore al ricordo di quell'ultimo sguardo. Uno sguardo di preoccupazione per l'amico che conosceva meglio di chiunque altro. Ben stava morendo ed era in pena per Hawke. Preoccupato per come l'avrebbe presa. Per come sarebbe riuscito ad andare avanti senza di lui, quasi come se sapesse che Hawke sarebbe crollato da solo e avrebbe imboccato un sentiero oscuro di profonda sofferenza e perdita. Questo pensiero mi dice tutto quello che devo sapere su chi era Ben per Hawke: era il fratello che non aveva mai avuto. In un secondo è sparito il solo familiare che si sia mai preso cura di lui, l'unico che si preoccupasse così profondamente della sua essenza.

"Magari fosse capitato a me. Avrei dovuto esserci io al posto suo. Ben era una brava persona, un uomo migliore di me." Scuote la testa, stringe il pugno e se lo preme sul cranio, cercando di eliminare il dolore.

Dopo un minuto per ricomporsi, la sua tristezza si trasforma lentamente in qualcosa di completamente diverso. Rabbia. Un rancore radicato che è stato così profondamente represso.

"L'ho visto in piedi sulla strada con la coda dell'occhio."

Non ha nemmeno bisogno di dirmi chi. So che sta parlando di Patrick.

"È rimasto lì a guardare. Gli ho urlato contro a squarciagola, pulendomi il sangue dagli occhi per guardarlo nei suoi. Gli ho chiesto di chiamare qualcuno, di fare qualcosa, qualsiasi cosa, ma lui è rimasto congelato dalla paura. Era terrorizzato perché sapeva cosa aveva fatto."

Questa è la parte che ha legato Hawke a Patrick in modi che non avrebbe mai voluto. La parte che lo tiene in ostaggio in una situazione fuori dal suo controllo.

"Patrick ha ucciso Ben. Ha ammazzato Ben ed è uscito di scena."

39

Individui senza spina dorsale

La rabbia e il tradimento che si sprigionano da Hawke sono palpabili in questo momento.

Si alza dal letto e inizia a camminare avanti e indietro, trascinandosi le mani sul viso.

"Un fottuto assassino vigliacco" ringhia prima di sbattere il pugno contro il muro, facendomi sobbalzare. Lo fa di nuovo, poi vi appoggia la fronte e passa le mani sulla superficie rivestita di legno.

Gli lascio sfogare il dolore senza nemmeno cercare di calmarlo. Ha bisogno di tirare fuori tutto, di scaricarsi.

"Non ne ho mai parlato con nessuno prima d'ora" afferma, con le narici dilatate e le mani che tremano visibilmente quando si gira verso di me e si appoggia alla parete. "Ho sempre pensato che sarebbe morto con me. Non potevo, considerati gli accordi e tutto il resto."

"Gli accordi? Intendi un NDA?" Mi si spalanca la bocca e sussulto per il disgusto. "Ti hanno fatto firmare un accordo di non divulgazione?!"

Torna da me, finalmente si calma e si siede sul letto

accanto a dove sono piantata.

"Patrick è rimasto lì a guardare tutta la scena. Mi ha visto crollare per Ben. Ha visto tutto. Poi, con la stessa rapidità con cui è successo, se n'è andato."

"Se n'è andato." Ripeto la frase quasi in un sussurro, con il fiato corto, sentendo la verità come un pugno alla bocca dello stomaco.

"È corso via da lì, è scappato. Ha lasciato la scena, mi ha mollato lì aggrappato al corpo che aveva ospitato un tempo il mio migliore amico. In quel momento mi sono ritrovato senza nulla, senza nessuno che mi aiutasse, nessuno che mi dicesse cosa fare."

Mi mordo il labbro inferiore, incapace di trattenere le lacrime per lo strazio che gli è toccato vivere da solo.

"Vorrei averti conosciuto allora, vorrei essere stata lì per te. Magari l'avessi saputo prima." Piango, percependo la sua tortura, consapevole della sua sofferenza.

Mi avvolge con le braccia, mi attira al suo petto e mi liscia i capelli. Mi tiene stretta per un momento mentre io lascio uscire il mio dispiacere per la sua storia.

"Sai, quando fai così mi ricordi lui." Sento il suo cuore battere forte mentre parla, il tono profondo e sommesso della voce che gli rimbomba nel petto mi tranquillizza. "C'è una parte di te che pensa sempre a me e ai miei sentimenti, che in qualche modo capisce sempre cosa sto passando e chi sono. Vedi la verità nelle persone, anche quando ti hanno insegnato a non farlo. Tu mi hai visto."

"Ti vedo" sussurro, passando le dita sul suo viso e baciando dolcemente le sue labbra. "*Ti vedo.*"

L'accenno di un sorriso d'ammirazione compare sulle sue labbra e scorgo il sollievo che si diffonde nel suo corpo quando tira un sospiro, prima di continuare il suo racconto.

"Non ci hanno messo molto a trovarci. Mi hanno arrestato immediatamente e mi hanno portato dentro per interrogarmi."

Il pensiero che fosse così giovane e vulnerabile quando ha vissuto un'esperienza così traumatica e che poi sia stato sottoposto a un interrogatorio mentre tutto questo si abbatteva su di lui uccide la parte più profonda del mio cuore. *Era completamente solo.*

"Mi hanno fatto i test, hanno trovato alcol e droghe. Non è servito a nulla dir loro della presenza di Patrick. Non mi hanno creduto. Perché avrebbero dovuto? Per loro ero un drogato che stava solo cercando una scappatoia per aver accidentalmente ucciso il mio migliore amico." Scuote la testa e digrigna i denti.

"Non hanno almeno fatto delle indagini e considerato Patrick come un sospetto? Non hanno interrogato anche lui?"

"L'hanno fatto, ma suo padre ha messo insieme in un lampo un team in sua difesa. Ha inventato un alibi, che suo padre ha confermato. La loro versione era che Dean era andato a prenderlo alla festa e che Patrick era a casa al momento dell'incidente. E anche sua madre ha sostenuto quella tesi. Era la loro parola contro la mia."

"Cristo santo" borbotto sottovoce, scuotendo la testa per l'incredulità. Tutti loro. Erano tutti coinvolti.

"Suo padre ha convinto i poliziotti della centrale a lasciarlo parlare con me, ad 'aiutarmi' e a farmi da consulente, assumendo il ruolo di salvatore del ragazzo sballato che aveva bisogno di essere salvato. Mi ha promesso che si sarebbe occupato di tutto lui per il fatto che mi ero preso la colpa. Mi ha detto che avrebbe trovato il miglior avvocato difensore in circolazione per farmi uscire senza problemi, con la condizionale, in cambio di un sacco di soldi per stare zitto. Sto parlando di centinaia di migliaia di dollari, Cole."

Scuoto la testa, carica di rabbia. "Incredibile, ecco perché... ecco perché mi hai detto che non hai bisogno di soldi." Faccio un respiro profondo, sento che mi gira la testa. "Ti hanno ripagato."

"Ero giovane e stupido. Ho pensato che comunque non sarei mai uscito da quella situazione, almeno stando a quello che mi ha detto lui. Accettare di stare zitto, prendere i soldi e svolgere dei lavori socialmente utili mi sembrava l'unica opzione possibile in quel momento. Mi ha minacciato. Mi ha detto che senza l'aiuto del suo avvocato per ottenere una condanna più lieve sarei rimasto in prigione, forse a vita, e non avrei avuto alcuna via di scampo."

"E allora cos'è successo? Perché non ti hanno fatto uscire come ti aveva promesso lui?"

"Perché in realtà non si è mai preoccupato di mettere insieme un pool di avvocati per me. Mi è stato affidato un difensore d'ufficio che sembrava conoscere il sistema giudiziario meno di me. Sono stato accusato di omicidio stradale e mi è stata inflitta una condanna lampo a cinque anni come se nulla fosse, da un giudice che non mi ha nemmeno guardato negli occhi. Ha solo archiviato il mio caso ed è passato al successivo."

"Hawke, dobbiamo mettere le cose in chiaro. Devono pagarla" dichiaro, con la furia che sprizza dalla mia voce. "Non possiamo permettergli di farla franca!"

Lui distoglie lo sguardo da me e si lecca le labbra per la frustrazione. "Ammiro la tua tenacia, ma non c'è niente da fare. Sono persone potenti. Non pagano per nulla, a parte per coprire gli assegni che staccano."

"Sono disgustata, cazzo." Faccio uno sbuffo di scherno, scuotendo la testa. "Non posso credere che tu ti sia tenuto tutto questo dentro. E la casa? Hanno preso il controllo anche di quella? L'unica cosa che avevi avuto da tuo padre?! Non posso credere di aver vissuto lì con l'idea di..."

Mi fermo a metà frase. I pensieri sul futuro che avevo in mente sono ora macchiati da bugie e inganni, tutto a spese di Hawke e delle disgrazie che ha subito. Sono schifata.

Mi alzo e mi metto a camminare avanti e indietro, tirando i miei capelli alle radici, cercando di comprendere come si possa essere così incredibilmente vigliacchi e crudeli. Togliere la vita a qualcuno e poi servirsi di un altro come copertura. Sento che sto per vomitare. Pensavo di conoscere Patrick, ma in realtà non lo conoscevo affatto.

"Si sono offerti di comprarla prima che io scontassi la mia pena, sapendo che avevo ancora una parte del mutuo da saldare da dopo la morte di mio padre e che non sarei riuscito a pagare mentre ero in prigione. C'era una clausola nel contratto che prevedeva che avrei riavuto la casa, questo per garantire che avrei mantenuto la mia parte dell'accordo nell'NDA per tutta la durata della mia condanna."

"Quindi, sei tornato a vivere in quella casa per riprenderti i tuoi diritti, per riavere il tuo nome sull'atto di proprietà?"

"Questa è la parte più incasinata: sulla carta quella casa è rimasta mia per tutto il tempo. È stato fatto tutto sottobanco."

Sono entrambi intrappolati simultaneamente e in modi completamente diversi. Patrick fa il bravo perché sa che, in qualsiasi momento, Hawke potrebbe buttarlo fuori, svelarmi le sue bugie e riaprire le porte del passato. Hawke è rimasto bloccato sotto di loro, tenuto d'occhio da quando è uscito di carcere per assicurarsi che si comportasse bene e non parlasse.

Ecco perché Patrick stava pianificando in segreto il nostro trasferimento in Colorado. Per fuggire. Ecco perché si è impegnato così tanto per lasciare la città, ancora sotto l'ala di suo padre. Pensavano di poter far credere di aver rivenduto la proprietà a Hawke, così nessuno avrebbe fatto domande.

Me ne sto qui, al centro di questa stanza del motel, a fissare il pavimento e a scervellarmi in cerca di risposte, di un modo per vendicarci di questi codardi che hanno fatto in modo che un ragazzo si prendesse tutta la colpa per mantenere intatto il loro nome. Cristiani un corno - questa gente viene direttamente dalle fosse dell'inferno.

Il mio telefono squilla di nuovo, e mi avvicino al tavolo. Lo prendo, sicura di trovarvi il nome di Patrick e pronta a mandarlo a quel paese per sempre, quando invece leggo quello di John.

"Merda, è John" commento, guardando nervosamente Hawke prima di rispondere.

"John, ehi, che c'è?"

"Ehi, Nic, ho bisogno di un favore" chiede bruscamente, con il fiatone.

"Sì, certo. Cosa c'è? È tutto a posto?"

"No, non proprio" mormora. Sembra stressato. "Anna ha delle fitte alla pancia. Non siamo ancora sicuri di cosa stia succedendo, ma stiamo andando in ospedale. Stasera dovrei fare il turno di notte. Non è che potresti sostituirmi? Non so quanto tempo starò qui e vorrei-"

"John" lo interrompo. "Non dire altro. Certo che ti coprirò, devi stare con lei. Ti prego, tienimi informata. Spero che non sia nulla di grave."

"Oh, Nic, grazie mille. Ti farò sicuramente sapere appena scopriremo qualcosa."

Dopo averlo salutato, mi volto verso Hawke.

"Merda" bofonchio.

Hawke si alza e si avvicina a me. "Dovrai ripassare da casa, vero?"

"Già, non ci stavo nemmeno pensando. Le chiavi del locale sono lì."

Mi prendo un momento per controllare il mio telefono e trovo una marea di messaggi da parte di Patrick. Tonnellate di 'mi dispiace tanto' e 'so che hai bisogno di tempo.' È ridicolo se pensa che lo riprenderei mai dopo il modo in cui mi ha trattata al brunch della sua famiglia. Sul mio polso ci sono ancora i lividi delle impronte digitali della sua mano.

"Beh, non ci andrai da sola" afferma con il veleno sulla lingua, sapendo che entrerò nella tana del leone.

"Potrei doverlo fare. Voglio dire, come facciamo?" chiedo, sedendomi sul bordo del letto e tirando un sospiro. "Non possiamo presentarci lì insieme. Non può sapere di noi. Chiamerà il tuo agente di sorveglianza. Farà di tutto per farti rinchiudere di nuovo! Non posso permettere che accada. Non può portarti via da-"

"Cole, sss, vieni qui, vieni qui..." dice con calma, tirandomi in grembo sul letto e avvolgendomi tra le sue braccia con la promessa non scritta di non lasciarmi mai andare. "Respira, baby."

Non posso perderlo per colpa di Patrick. Non gli permetterò di vincere. Hawke mi tranquillizza finché non riesco a parlare di nuovo razionalmente.

"Devo tornare in città, ma non posso nemmeno lasciarti qui, non hai la macchina."

"In realtà" interviene Hawke, guardando l'ora sul suo telefono. "Kid sarà qui a momenti per risolvere questo problema."

"Aspetta, cosa?"

Kid sta venendo a salvarci? Questo pensiero è esilarante.

"Kid sta portando qui due ruote per me."

"Pensi davvero che sia il momento di andare in bicicletta?" Faccio una smorfia.

Ride alla mia domanda - la prima volta che vedo un sorriso genuino da giorni, da quando sono venuta a conoscenza del suo passato. Sento le farfalle in tutto il corpo a quella vista. "Non quel tipo di due ruote, piccola."

Arrossisco per l'imbarazzo, o forse è per il fatto che mi ha chiamata 'piccola.'

Come un orologio, sento il rombo di un motore fuori dalla porta. Guardo Hawke, che alza le sopracciglia eccitato e mi sorride.

Kid bussa alla porta e Hawke lo fa entrare. Ed eccolo lì, con tutto il suo metro e ottanta di struttura, i suoi capelli biondo candido spettinati che spuntano in ogni direzione, i tatuaggi che coprono quasi ogni centimetro visibile della sua pelle, il suo sorrisetto da scemo a coronare l'intero look stravagante.

"Eccola! Sono qui per salvarti, ragazza" afferma con la sua inconfondibile spavalderia. Piega la testa di lato, stringe gli occhi in due fessure e si lecca le labbra.

"Amico" sbotta Hawke. "Stai al posto tuo."

"Dannazione, fratello, calmati. Si chiama scherzo." Ride istericamente tra sé e sé. "Fra l'altro, noto che è stata presa... di nuovo."

Si acciglia, con un braccio appoggiato al telaio della porta e un'aria sconfitta mentre sposta lo sguardo tra di noi.

Faccio una risatina goffa, ignorando l'ovvietà della cosa. L'unica Bibbia a cui sono devota ormai è Hawke.

"Eh, ho capito che fra voi due c'era qualcosa molto prima di voi. Dal modo in cui lo guardavi al pub, da come lui continuava a fissarti come uno psicopatico. Sapevo che stavate scopando nell'ombra. Però è sexy da morire tutta quella segretezza." Alza le sopracciglia con fare allusivo e io non posso fare a meno di fare uno sbuffo di scherno e un sorriso. "Sei proprio una ragazza cattiva."

Hawke alza gli occhi al cielo e chiede esasperato: "Le chiavi?"

"Qui, amico." Gliele lancia insieme a una busta di plastica arrotolata.

"E questo cos'è?" chiede aprendo il sacchetto.

"Guanti. Per le vibrazioni e tutto il resto."

"Mi hai comprato dei guanti da moto?" Hawke sorride, sbircia il sacchetto e poi torna a guardare Kid incredulo. "Grazie, amico."

Gli dà un abbraccio da uomo, con una pacca sulla schiena, e si capisce che il loro rapporto è unico. Kid, pur rimanendo sempre totalmente impassibile e pur con quell'aria da pazzo, è una persona con un cuore sinceramente gentile. Il tipo di persona che ti rimane sempre vicino anche se si hanno vite diverse. Il tipo di persona che ti copre le spalle mentre sei in prigione e ti passa dei soldi, o almeno così mi ha detto. Ci si aggrappa a queste persone, perché non ce ne sono molte.

"Allora, sei qui per lasciare una moto? Che hai comprato per Hawke? E tu come fai a tornare?" domando a Kid, confusa da quest'organizzazione al momento.

Non ho idea di quale sia il piano, ma sono qui e mi ci

adeguerò.

"No, l'ho comprata io da suo zio. Era ora che mi comprassi un mezzo tutto mio, per mettere a frutto un po' di quei soldi." Hawke sogghigna nello sbirciare la moto parcheggiata nel piazzale alle spalle di Kid. "Ho sempre voluto una Harley classica."

"Vai in moto?" Rimango a bocca aperta, mentre i miei occhi si muovono avanti e indietro tra i due. Cazzo, se non ero già eccitata prima, lo sono di sicuro adesso.

"Ah, e non ho bisogno di un passaggio, se è questo che mi stai chiedendo." Kid mi sfoggia un sorrisetto. "Ho un appuntamento con una ragazza nella stanza accanto." Punta il pollice verso destra.

Le mie sopracciglia scattano all'insù mentre Hawke scuote la testa. "Questo ragazzo non riuscirà mai a essere monogamo. Quello stile di vita non è proprio nel suo sangue."

"Monoga-cosa? *No, cazzo!* Ci sono troppe belle donne a questo mondo, e voglio provarle tutte. Soprattutto tu, il frutto proibito." Mi osserva con un sorriso diabolico, aspettando di vedere se abbocco.

"Fuori dai coglioni" borbotta Hawke con tono brusco, afferrando rudemente il braccio di Kid e spingendolo verso la porta.

Kid fa la sua caratteristica risata da iena mentre viene spintonato fuori, ma si appoggia a Hawke per fare capolino nella stanza un'ultima volta.

"Sono proprio qui se hai bisogno di me, o se vuoi sentire cosa posso fare a una donna, sai… in caso di curiosità." Mi manda un bacio.

Hawke gli strattona il braccio e lo butta fuori dalla porta una volta per tutte.

Mi mordo l'angolo del labbro mentre Hawke torna verso di me con uno sguardo protettivo in quegli occhi gelosi. Quella sola vista mi provoca un formicolio tra le gambe. Mi piace quando si arrabbia con Kid perché ci prova con me. Voglio che Kid continui a farlo solo per vedere la reazione di Hawke. Devo essere pazza.

Flette i muscoli della mascella, mi afferra la vita e mi tira con forza a sé. Inspiro per la sua improvvisa prepotenza e mi godo la sensazione del suo corpo duro e caldo contro il mio. Mi cinge la mascella e mi guarda dall'alto, scruta le mie labbra e poi torna ai miei occhi socchiusi e carichi di lussuria. Farei qualsiasi cosa mi chiedesse in questo momento. Sono totalmente innamorata di lui. Il mio cuore è solo suo.

Con pochi centimetri a separarci, dice con un tono basso e roco: "Andiamo a fare un giro."

40

Dipendenze

Da piccola non mi sono mai immaginata in sella a una Harley, a sfrecciare nel vento, aggrappata a un uomo con un piercing al labbro e coperto di tatuaggi.

E invece eccomi qui, a fare ciò che sento giusto con l'uomo che amo davvero. Non il tipo di amore che ci si aspetta o che si pianifica, ma quello selvaggio e disinibito. Quello che neghi a oltranza finché non ti schiaffeggia in faccia e ti dice la verità.

Stiamo viaggiando in autostrada per testare il suo nuovo acquisto, dimentichi dei nostri problemi attuali. Mi stringo a lui, dopo le sue severe raccomandazioni, e gli avvolgo le braccia intorno alla vita, stringendo la sua maglietta tra i pugni per farlo contento.

Mi viene un formicolio tra le cosce alla vista dei suoi avambracci che si flettono sotto l'inchiostro dei suoi tatuaggi e delle sue mani grandi e forti che si allungano quando afferra il manubrio con i guanti. Mi eccita anche la facilità con cui l'ha messa in moto. Okay, non è stato poi così difficile, ma è comunque incredibilmente attraente per me.

È esaltante sfrecciare tra le strade boscose, sentirci come se fossimo nel nostro piccolo mondo. Mi sento su di giri quando lui aumenta la velocità, superando il limite consentito per provarla. Strillo entusiasta, sentendo l'adrenalina scorrere nelle vene e le vibrazioni che si irradiano nel mio sesso.

Ha un talento naturale. Mi ha raccontato che quando era al liceo gli è capitato di fare qualche giro in moto e che prima o poi avrebbe voluto averne una tutta sua. Ma da come guida... sembra che sia nato per farlo.

Si avvicina a una vecchia area di sosta sterrata e decelera prima di fare marcia indietro per tornare nell'area boschiva. Ci sono un piccolo bagno e alcuni tavoli da picnic nelle vicinanze. È una graziosa area di sosta, che probabilmente non viene visitata da molte persone. Del resto, perché dovrebbero? È fuori dall'autostrada principale. È il tipo di area attrezzata per i camionisti che hanno bisogno di una notte tranquilla di riposo.

Hawke decide di fermare la moto e appoggia i piedi su entrambi i lati per non farci cadere prima di spegnerla. Mi tolgo il casco che mi ha aiutato a indossare, mi sistemo sulle spalle il suo ampio giubbotto di pelle e mi passo una mano tra i capelli indisciplinati.

"Ti è piaciuto?" mi chiede con le sopracciglia alzate, voltandosi verso di me.

Emetto un soffio d'aria dalle labbra e scuoto la testa con un sorriso. "Da impazzire."

"Vuoi guidare tu?"

"Cavolo, no!" Faccio uno sbuffo di scherno prima di scoppiare a ridere. "Sono terrorizzata."

"Ma ti ha fatto piacere questo giro?" mi incalza, improvvisamente temendo di essere andato troppo veloce.

Faccio oscillare la gamba sulla moto e salto giù dalla parte posteriore mentre lui mi guarda, rimanendo a cavalcioni sul sellino.

"Sì. Mi ha aiutata a sgomberare la mente per un momento; d'altronde, dimentico sempre tutti i miei problemi quando sono con te."

Mi fa un sorriso timido, e mi piace l'effetto che parole come queste possono avere su di lui. Ha bisogno di sentirsele dire più spesso.

"Comunque..." Mi avvicino a lui, riducendo la distanza tra noi. "Sarò sincera, avrei preferito montare così..."

Hawke si raddrizza sul sellino, lascia andare il manubrio e mi guarda mentre sollevo la gamba e mi metto di nuovo a cavalcioni sulla moto, solo che questa volta sono rivolta verso di lui. Muovo i fianchi contro di lui, strofinando il mio sesso sul suo grembo, mentre le mie gambe nude si avvolgono intorno alle sue cosce e ai suoi fianchi e con le braccia mi avvinghio al suo busto tonico sotto la maglietta morbida.

Schiude le labbra mentre osserva ogni mia mossa. Sollevo il mento per affrontarlo con un sorrisetto sicuro.

"Beh, sì, così finirei per ucciderci entrambi." Hawke deglutisce mentre rotolo con i fianchi contro di lui. "E non ti permetterò mai più di indossare una gonna in motocicletta. È da incoscienti, cazzo. Avresti potuto ustionarti o scorticarti. Se fosse successo qualcosa a queste gambe perfette... non voglio nemmeno pensarci. È stata davvero una scemenza."

Il suo tono è furioso, più che altro verso sé stesso, mentre le sue mani percorrono lentamente la lunghezza delle mie cosce esposte al di sopra della stoffa, fino a trovare la parte superiore dei miei fianchi, dove la mia vita si assottiglia. Le sue dita scivolano verso l'alto e si insinuano sotto la maglietta. Si aggrappa alla mia pelle, mi attira a sé e spinge i fianchi verso l'alto.

Sì, in questo momento ci stiamo praticamente strusciando uno contro l'altro sulla sua moto.

"Ne varrebbe la pena." Mi mordo l'angolo del labbro e ghigno. "Dai, scopiamo sulla tua moto. Non c'è nessuno in giro. Sarebbe così facile farlo scivolare dentro."

Mi fissa come se avesse visto un fantasma. Ha la bocca aperta e solleva le sopracciglia, sbattendo le palpebre in preda a una beata confusione, prima di corrugare la fronte.

"Chi sei?" chiede con cautela, come se non mi avesse mai vista prima.

Ridacchio per la sua serietà. "Sono Cole" annuncio con orgoglio. "La tua Cole."

"Cazzo. Ti ho trasformata in una bambina cattiva."

"Mm, no. No, credo che tu mi abbia solo fatto capire cosa mi piace." Mi lecco le labbra, mi sporgo in avanti e fisso le sue.

"Sì?" mi chiede con un tono affannoso, gli occhi che diventano sempre più scuri.

Il mio petto si alza e si abbassa più rapidamente tra di noi. "Sì."

Hawke tira fuori il cavalletto e vi appoggia la moto. Con una mano mi raccoglie i capelli dietro le spalle, li tiene stretti nella sua presa e li tira con forza, facendomi sussultare mentre mi costringe a guardare il cielo.

"E cos'è che ti piace, esattamente?" chiede con fermezza, i suoi occhi che ispezionano il mio collo, la mia mascella, le mie labbra, e mi strattona i capelli mentre si prepara a colpire.

Deglutisco e avverto le pulsazioni che mi attraversano la gola. L'effetto che mi fa quest'uomo è ora in bella vista.

"Ti piace che sia duro e veloce?" domanda, leccando il lato del mio collo e facendomi gemere. "O delicato e lento?"

Il modo in cui mi si rivolge, mentre si prende il suo tempo e gioca con me, mi fa precipitare in una spirale. Sento la mia eccitazione tra le gambe, bagnata e pronta per lui solo grazie alle sue parole.

"Duro e veloce" sussurro senza fiato, anche se non so bene cosa possa significare con lui.

Mi succhia un punto della gola e lascia scorrere i denti sulla pelle prima di trovare il lobo dell'orecchio e morderlo, facendomi contorcere contro di lui.

"Bene, perché non abbiamo tempo per nulla di lento e delicato."

"Cam" gemo in attesa, sentendo i miei slip sempre più bagnati.

Allenta la presa sui miei capelli e mi piega in avanti il collo cosicché torni a guardarlo.

"Slacciami i pantaloni" mi ordina, fissandomi negli occhi.

Faccio subito come mi ordina, le mie dita armeggiano con il bottone, e sento il suo membro rigido sotto la stoffa dei jeans che ha indossato questa mattina. Li sbottono, abbasso la cerniera e li apro, quindi riporto lo sguardo su di lui per il prossimo ordine.

"Bene. Ora sdraiati e tira le mutande di lato."

Mi reclino all'indietro, reggendomi con una mano sulla moto mentre lui mi tiene per la vita. Chi è che indossa una minigonna larga per andare in moto? Una ragazza che, a quanto pare, aveva intenzione di scoparcisi sopra il suo uomo, ecco chi. Tiro su la stoffa morbida lungo le cosce, mi affondo i denti nel labbro inferiore e scosto gli slip bianchi di lato, mostrandogli l'effetto che mi fa.

"Cazzo" sussurra sottovoce, osservando il mio sesso scintillante, bagnato dalla mia eccitazione. "Sei così cattiva."

Sposta lo sguardo dal mio sesso ai miei occhi. C'è un'oscurità nel suo sguardo. Un'oscurità che stimola una nuova parte di me, un lato cattivo di me stessa a cui non avevo mai attinto prima. Mi fa sentire viva e piena di energia elettrica, pronta ad affrontare il mondo e tutti coloro che lo abitano. Hawke mi dà potere senza accorgersene nemmeno.

"Alzati." Mi fa un leggero cenno con la testa, il suo tono è esigente. "Voglio che ti sieda sul mio cazzo."

Torno su mentre lui si bilancia sul sellino.

"Tiralo fuori" mi ingiunge a voce bassa. "E sputaci sopra."

Sbatto rapidamente le palpebre mentre prendo fiato, infilo una mano nei suoi boxer e tiro fuori la sua erezione. Lancio un'occhiata fugace al suo viso e poi torno a contemplare il suo cazzo massiccio. Mi sento arrossire alla vista della goccia di liquido pre-eiaculatorio sulla sua punta. Gli sputo addosso mentre lui osserva deliziato.

"Ora spalmacela sopra."

Faccio come dice, poi lui mi prende in vita e mi solleva. Avvolgo le gambe intorno al suo busto, i tacchi dei miei stivali si conficcano nella sua schiena.

"Mettilo dentro" comanda, con le nostre bocche a pochi centimetri di distanza. "Calati sopra."

Allungo la mano dietro di me, scosto la mia biancheria intima e mi allineo con la punta. Lui mi abbranca le spalle, mi cala su di lui, mi penetra con la corona e poi sbatte rudemente il resto della sua lunghezza dentro di me.

Grido per l'improvviso bruciore alle mie pareti che si distendono intorno a lui. Non mi sono ancora abituata alle sue dimensioni, e lo dimostrano le lacrime che mi salgono agli occhi.

"Oh, cazzo, sì. Adoro che tu prenda tutto il mio cazzo" mormora, e fa una smorfia mentre mi guarda in faccia, osservando la mia reazione alla sua veemenza. "Ti piace?"

Stringo forte gli occhi, la mia bocca che forma una 'O' mentre annuisco, incapace di parlare, rimanendo immobile mentre accolgo la sua grossa erezione.

Lui prende qualche respiro e digrigna i denti. "Ora aggrappati alle mie spalle."

Faccio come dice, gli getto le braccia al collo e stringo la sua maglietta tra le dita. I nostri petti ora sono premuti saldamente l'uno contro l'altro. Con le mani sotto la gonna, Hawke mi artiglia il sedere e mi attira a sé mentre si spinge sempre più a fondo dentro di me.

"Voglio sentirti urlare" dichiara, mentre mi muove su e giù per la sua spessa lunghezza. "Non c'è nessuno qui fuori che possa sentirti. Grida per me, Cole."

Lo sento indurirsi ancora di più dentro di me quando grido per la sua potenza. Mi alzo e mi abbasso su di lui, usando le braccia per fare leva. La mia eccitazione sta facendo scemare il dolore, e il piacere di lui che penetra le mie pareti mi rilassa.

Dopo qualche affondo, sento che si sta frustrando. In questa posizione, non può fare ciò che gli occorre. Non può fare quello che il suo corpo gli impone. Non può scoparmi nel modo in cui ha bisogno.

"Sdraiati" ordina, spingendo la mia schiena verso la moto.

Quando vede il punto in cui siamo collegati, geme. "Guardati, mi stai spalmando tutti i tuoi succhi addosso."

Mi strofina il clitoride con il pollice, spargendovi sopra i miei succhi e facendomi ansimare. Poi mi porta il pollice alla bocca e io lo succhio. Questo gli provoca un brivido, il suo cazzo è duro come una roccia dentro di me.

"Aggrappati al manubrio dietro di te con entrambe le mani" mi istruisce.

Faccio come dice e allungo le mani dietro la schiena per tenermi forte.

"Dimmi di fermarmi se è troppo" mi avverte prima di avvolgere lentamente entrambe le mani intorno al mio collo.

I miei respiri sono affannosi, attendo con ansia ciò che sta per accadere. Mi tiene ferma per il collo, si alza e si riaggiusta. Pian piano, si tira quasi completamente fuori da me, guarda il mio corpo e stringe la mascella prima di penetrarmi di nuovo.

Urlo per l'intensità quando inizia a scoparmi. Mi stringe la gola, affonda dentro di me con spinte calde e scivolose, schiaffeggiando con vigore la parte del mio clitoride che non è coperta dalla mia biancheria intima zuppa.

Il doloroso sfregamento della moto contro la mia schiena viene rimpiazzato dalla sensazione forte ma elettrica scatenata dal punto profondo dentro di me che lui colpisce. Sento delle piccole scintille che mi attraversano ogni volta che lo tocca, come dei minuscoli orgasmi che si ripetono. Sono già vicina a venire, o forse l'ho già fatto? Non riesco più a capirlo, perché con questa nuova sensazione è come se un orgasmo si confondesse con il successivo. Non riesco a capire dove inizia uno e finisce l'altro. È tutto così bello.

Non sono mai stata scopata prima - non prima di Hawke. L'emozione di avere un uomo che mi controlla e di sottomettermi alla goduria infinita che mi dà a suo piacimento è migliore di qualsiasi altra cosa abbia mai provato. La sua presa salda sul mio collo mi dà una stimolazione esaltante e del tutto nuova.

Urlo e serro le gambe intorno alla sua schiena, perché ho bisogno di sentirlo quanto più in fondo dentro di me mentre mi contraggo attorno al suo cazzo, attraversata dall'ennesimo orgasmo.

"Oh, Dio" mormora lui, sentendo quello che sta succedendo.

Mi fissa negli occhi lacrimosi mentre le sue spinte si fanno più scoordinate e lente, prima che un profondo grugnito gutturale gli risuoni in gola e lui si perda in me.

Mentre riprendiamo fiato, allenta la sua presa su di me, si piega in avanti e si lecca le labbra prima di baciare dolcemente le mie. Il cambiamento delle sensazioni è ben accetto. Le sue labbra si modellano sulle mie, a riprova del suo amore.

"Cam, è stato..." Mi fermo per prendere fiato. "È stato così bello."

Lui sospira e sfodera un sorriso fiacco, prima di tornare serio e chiedermi: "Ti ho fatto male?"

"Se me ne hai fatto, ancora non lo sento" ammetto con voce affannosa.

Lui ridacchia alla mia affermazione, mi aiuta ad alzarmi e a scendere da lui e poi dalla moto. Ci risistemiamo i vestiti e ci dirigiamo verso uno dei tavoli da picnic per rimetterci in sesto.

Lui ci salta sopra con disinvoltura, poi si gira e si siede sul tavolo, con i piedi sulla panca, mentre cerca qualcosa nella tasca posteriore.

Mi aiuta a montare sul tavolo accanto a lui, tira fuori un pacchetto di sigarette e un accendino. Accende una sigaretta e fa qualche tiro veloce, soffiando il fumo dal lato della bocca per non farmelo finire addosso.

Sorrido nel vederlo accostare di nuovo la sigaretta alle labbra prima di afferrarla al centro e allontanarla di nuovo.

Divertita dal fatto che probabilmente pensa che io stia per sgridarlo perché sta fumando, mi porto la sigaretta alle labbra, inarco un sopracciglio con fare civettuolo e faccio un tiro.

Lui mi fissa per un attimo scuotendo la testa, poi mi toglie la sigaretta di bocca, la getta a terra e la spegne.

"Non ti permetterò di cominciare a fumare. Sei già abbastanza dipendente dai vizi."

"Ti prego, dimmi che non ti ritieni un vizio, Hawke" commento scuotendo la testa, perché l'impressione sembra proprio questa e non lo sopporto.

Lui fa spallucce, guarda per terra e si strofina la nuca.

Mi metto a cavalcioni sulle sue ginocchia e gli cingo di nuovo il bacino con le mie cosce, quindi giro la sua mascella verso di me. "Tu, amore mio, sei l'unico vizio da cui vale la pena di essere dipendenti."

Lui sospira, con le sue belle guance schiacciate tra le mie mani, e mi guarda con ammirazione.

"Non mi spiegherò mai come diavolo abbia fatto a trovarti. Ma è un qualcosa che mi ha cambiato."

Catturo le sue labbra per un bacio, le sue mani salgono per avvolgere dolcemente la mia nuca, le nostre lingue si intrecciano in una splendida armonia.

Ma il nostro tempo è di nuovo agli sgoccioli. È ora di tornare a casa, prendere le mie cose e andare al lavoro. Devo fare i conti con Patrick e gestire questa situazione nel modo in cui va trattata.

È ora di affrontare le questioni che stiamo continuando a evitare.

41

Troppo

Parcheggio l'auto nel vialetto con le mani che mi tremano, e già mi sento nel petto la pressione e il peso di quello che sta per succedere.

La macchina di Patrick è nel vialetto e so che sta aspettando dentro. Sta aspettando di parlare, di discutere, di capire quale approccio adottare per riconquistarmi.

Faccio un respiro tremolante ed entro in casa.

Sembra fredda. Vuota. Priva dell'amore che pensavo contenesse. Ora ci sono solo muri e finestre che racchiudono le bugie del passato e il tormento del futuro.

È triste pensare che questo sia il luogo in cui Hawke è cresciuto. Se l'avessi saputo fin dall'inizio, la mia visione sarebbe stata diversa. Quali sono i ricordi che ha accumulato in questa casa? Quanto lo ha turbato il fatto di vederci giocare a fare la coppia perfetta nel luogo in cui è cresciuto? Questo pensiero mi irrita a livelli dolorosi e strazianti.

"Oh, grazie a Dio, sei tornata." Patrick è accanto alla camera da letto e tira un sospiro al mio arrivo.

Lo vedo lì, vicino alla porta della camera, e riesco a malapena a guardarlo negli occhi. Ha ucciso Ben e si è dato alla fuga. Quella frase continua a ripetersi nella mia testa come un disco rotto. Non è la persona che pensavo di conoscere. È curioso come scoprire la verità sul carattere di una persona la renda improvvisamente ripugnante anche solo da avere accanto.

Si avvicina rapidamente a me, facendomi ritrarre in me stessa. Hawke mi afferra rapidamente il braccio, mi tira indietro e mi allontana da Patrick, non permettendogli nemmeno di toccarmi mentre mi scherma con il suo corpo per proteggermi.

Sì, Hawke è venuto con me.

Mi ha affiancata con la sua moto. Non mi ha concesso nemmeno per un secondo di affrontare questa situazione da sola. Mi ha detto chiaro e tondo che non mi avrebbe mai più fatta avvicinare a Patrick senza la sua protezione, quindi eccoci qui, insieme, a fronteggiare questo scontro.

Patrick guarda il punto in cui Hawke mi sta toccando il braccio, nota il suo corpo posizionato davanti a me come uno scudo, poi mi fissa negli occhi con una certa confusione.

"Nic? Che significa? Cosa... cosa stai facendo?" L'ultima domanda la rivolge a Hawke con un tono completamente diverso. Un tono arrabbiato, un tono autorevole.

"Gli ho chiesto di stare qui con me mentre parliamo" affermo con falsa sicurezza.

Faccio del mio meglio per apparire forte, ma trovarmi di nuovo di fronte a lui mi fa uno strano effetto. Sono tesa, mi sento improvvisamente come una bambina che sta parlando con i genitori dopo essere stata beccata a infrangere il coprifuoco. Non riesco a sopportare di essere così abituata a sentirmi debole davanti a lui.

"Non è necessario. Hawke, vattene." Lo congeda senza nemmeno guardare nella sua direzione.

Hawke prende una boccata d'aria e gonfia il petto. I suoi occhi si stringono in due fessure e digrigna i denti nel fissare Patrick.

"Ca-Hawke... è tu-tutto a posto" balbetto, ma poi mi faccio forza e tendo le braccia in avanti per impedirgli di attaccare.

Patrick piega la testa di lato di fronte allo strano atteggiamento di Hawke, cercando chiaramente di valutare la situazione.

"Scambio al volo due chiacchiere con lui. Risolvo la questione, va bene?" gli chiedo a bassa voce, e questo gli fa girare il viso per guardarmi.

Patrick raddrizza la testa e ci scruta con attenzione.

È già abbastanza difficile tentare di sedare la bestia che è in Hawke, ma devo affrontare questa conversazione con Patrick da sola. Dobbiamo definire il nostro rapporto. Devo porre fine a tutta questa storia.

"No" afferma con fermezza, tornando a guardare Patrick, senza cedere di un millimetro.

Faccio un respiro profondo e soffio l'aria dalla bocca. Gli afferro la mano per allontanare il suo sguardo da Patrick e portarlo su di me.

"Hawke... per favore" chiedo in tono calmo.

"Non so nemmeno cosa ci fai tu qui. È una faccenda che riguarda noi due." Patrick fa uno sbuffo di scherno di fronte alla nostra conversazione.

"Mi ha chiesto lei di essere qui" chiarisce Hawke con decisione. "Ha paura di te, e per una buona ragione. Ho visto il dannato polso, bastardo."

La tensione tra i due sta crescendo, e questo mi fa temere il probabile esito di questa discussione. Sono come due fusibili accesi che si incontreranno proprio dove mi trovo io. Non andrà a finire bene.

Gli occhi di Patrick si posano sui miei polsi, e il suo volto passa dalla rabbia al rimorso.

"Nic, mi... mi dispiace tanto, io..."

"Tipico." Hawke fa uno sbuffo di scherno e alza gli occhi al cielo. "L'abuso e poi le scuse. Un classico."

Hawke non ha torto. È così che si comporta. Fa o dice cose che mi feriscono e dopo si scusa, adulandomi con fiori o regali. Non mi ero accorta di quanto fosse grave questo contegno finché non l'ho lasciato e l'ho visto dall'esterno.

"Parliamo." Mi tende la mano, ignorando del tutto Hawke. "Per favore."

Hawke sta fumando di rabbia accanto a me. Riesco a sentire la furia che si sprigiona da lui al solo pensiero che parliamo da soli in una stanza. Ce la sta mettendo davvero tutta per non stendere Patrick. Il suo autocontrollo deve essere una delle sue qualità più sorprendenti. È letteralmente ineguagliabile.

Sfioro la parte superiore del braccio di Hawke, quella che mi protegge, cercando di confortarlo in silenzio. Lui si gira verso di me, il suo atteggiamento si rilassa visibilmente quando il mio sguardo gli comunica che è meglio così. È riluttante, ma sembra capire.

"Sarò qui fuori" mormora, prima di lanciare uno sguardo severo a Patrick.

La sua ultima occhiata a me, che mi avverte di essere prudente, è l'ultima cosa che vedo prima che estragga il pacchetto di sigarette dal giubbotto di pelle ed esca.

Patrick mi conduce nella stanza e si chiude la porta alle spalle mentre io mi siedo sul bordo del letto.

"Dove sei andata ieri sera? Sean ha girato in lungo e in largo per cercarti. Ero molto preoccupato."

Certo che lo era, e lo è ancora. Odio Sean. Non riesco nemmeno a immaginare le cattiverie che lui e la sua famiglia possano aver sparato su di me dopo la mia 'scomparsa.' Sono sicura che Linda è distrutta per il suo brunch perfetto che è saltato proprio davanti ai suoi ospiti. L'imbarazzo del secolo.

"Avevo bisogno di stare un po' di tempo lontano da te, lontano da questo posto" rispondo, già esausta di questa conversazione.

"È ridicolo, Nic. Se ne sta facendo un caso di Stato. Non riesci a capirlo? È stata solo una piccola discussione. Non ti ho nemmeno fatto male" puntualizza, prendendomi la mano e ispezionandomi il polso.

Allontano subito la mano dalla sua e me la stringo al petto. Le sue parole mi pesano come macigni. Non mi ha nemmeno fatto male.

"Patrick" comincio coi nervi a fior di pelle. "Non posso più stare con te."

"Nic" si lagna lui. Già non mi prende sul serio.

"Sono seria. Credo sia meglio che le nostre strade si separino."

Si siede sul letto accanto a me e si passa le mani tra i capelli, guardando il pavimento.

"Va bene, lo ammetto, non ho fatto del mio meglio per fermare Sean quando si è messo a parlare di Hawke. Avrei potuto fare di più, va bene?" chiede, come se fosse questo il motivo per cui sto rompendo con lui. "A dire il vero, non so nemmeno perché tu sia così determinata a proteggerlo."

"Patrick, è molto più di questo" ribatto, sentendo un'ansia opprimente mentre le parole mi escono di bocca. "È finita tra noi."

Si alza dal letto e tira dritto verso la parete su cui sono appese le nostre foto. Se ne sta lì a fissarle con le mani sulla testa, prima di staccarne una dalla parete e girarsi verso di me.

"Guarda come siamo felici. Guarda il tuo sorriso. Siamo noi, non tutto il dramma che ci circonda." La sua voce si spezza un po' e capisco che sta perdendo il controllo che credeva di avere.

"Non sono più felice con te" rispondo senza mezzi termini.

"Tu sei felice. Sei benedetta - siamo benedetti" si corregge.

Scuoto la testa e lo guardo dritta negli occhi. "No, non lo sono."

Fissa per un minuto il bordo del letto su cui sono seduta, con gli occhi socchiusi.

Mi spaventa quando scaraventa la foto sul pavimento con entrambe le mani, mandando in frantumi la cornice e spargendo i frammenti di vetro sul tappeto sotto i miei piedi. Sussulto per l'improvviso scatto d'ira e chiudo gli occhi con forza.

"Tu sei felice con me. La tua mente è solo deformata da queste... idee!" urla, le sue mani annaspano per aria prima di sporgersi verso di me.

"Non è vero, Patrick." Mi alzo e lo aggiro per raggiungere la parete opposta, lontano dai vetri e dalla sua postura dominante su di me. "Ma non si tratta solo di questo..."

Non so quanto rivelare per il bene di Hawke e della situazione in cui si trova. Ho paura che Patrick e la sua famiglia si vendichino prendendosela con lui, e non potrei convivere con me stessa se lo facessero.

Mi metto con la schiena contro il muro, le dita sudate intrecciate davanti a me, la testa sollevata mentre lascio uscire la verità.

"Mi sto vedendo con un altro."

L'aria sembra lasciare di colpo la stanza insieme al controllo di Patrick.

"No." Scoppia a ridere, come se bastasse a negarlo. "No."

"Sono innamorata di lui" dichiaro, con la voce che si spezza a metà della frase.

Lui si blocca e mi fissa prima di venire da me con uno sguardo folle negli occhi. Mi sorride, con le sopracciglia alzate, come se gli avessi appena raccontato una barzelletta di cattivo gusto. Evidentemente non mi prende sul serio.

"È così? Ti sei innamorata di un altro? Davvero, Nic? Siamo arrivati a questo punto?" chiede con aria boriosa, come se mi stessi inventando tutto.

Tiro un respiro nervoso mentre lui mi blocca contro il muro, con le braccia su entrambi i lati.

"È finita, Patrick" affermo senza margini di discussione, fissandolo negli occhi.

Mi guarda, a pochi centimetri dal mio viso, il respiro caldo e pesante.

"No!" sbraita, sferrando un pugno nel cartongesso

accanto a me e provocando un buco che si sgretola a pochi centimetri dalla mia testa.

Strabuzzo gli occhi e mi appoggio il mento sulla spalla, le mani che mi tremano. Ho davvero paura di lui e di quello che potrebbe fare. Mi sembra una mina vagante.

"NON È FINITA TRA NOI!" Colpisce il muro ancora e ancora, ampliando sempre di più il foro nella parete, dei piccoli frammenti di cartongesso che mi volano sulla spalla.

La sua rabbia incontrollata mi terrorizza. È come l'incidente che si è verificato a casa dei suoi genitori. Non appena sente che sta perdendo il controllo, sbotta e spacca quello che ha intorno. È come un bambino troppo cresciuto che non riesce a gestire nulla senza il rigore dei suoi genitori.

Ha le nocche insanguinate quando si spinge via dal muro e va dall'altro lato della stanza, in direzione della lampada. Le dà una botta e la fa volare contro il muro dietro il comodino, mandandola in frantumi e tagliandosi anche l'altra mano. Il sangue cola ovunque.

Lacrime di paura mi scendono sul viso. Prima che possa chiedermi dove sia Hawke e se abbia sentito il trambusto proveniente dalla stanza, irrompe dalla porta con una spallata, senza nemmeno tentare di aprirla, e mi cerca con aria trafelata.

"Cole!" esclama sollevato quando mi vede in piedi contro il muro.

Mi attira fra le sue braccia e mi mette subito le mani sulle guance, scrutando il mio viso, il collo e il corpo in cerca di eventuali segni. Quando si guarda intorno, nota il buco nel muro, i vetri sul pavimento, la lampada rotta. I suoi occhi seguono i detriti finché non si fermano sul punto in cui si trova Patrick. Con tre rapide falcate raggiunge Patrick, lo afferra per la gola e lo sbatte contro il muro, bloccandolo con la sua forza.

"Hawke, no!" grido, correndo verso di loro.

Non può picchiarlo, non può fare nulla, o Patrick lo

massacrerà letteralmente in tribunale. Già mi immagino la scena. Lo supplico mentre la morsa sul collo di Patrick si stringe, facendomi boccheggiare in cerca d'aria, prima di sbattergli di nuovo la testa contro il muro.

"Lascialo andare!" lo supplico, con il tono pervaso dal terrore. "Ti prego! Non farlo!"

È come se la mia voce fosse l'unica cosa in grado di calmarlo. Hawke fissa il volto rubicondo di Patrick e le sue labbra si stringono e si arricciano verso l'interno. Probabilmente sta immaginando come sarebbe ucciderlo proprio qui e ora e quanto piacere ne trarrebbe, quale goduria profonda proverebbe.

La cosa più triste è che Patrick sa che Hawke non arriverà a fargli nulla, proprio come Hawke sa di non poterlo fare. È con le spalle al muro - un muro composto dalla famiglia influente e sleale di Patrick. Per loro eliminarlo sarebbe un gioco da ragazzi.

Alla fine, Hawke lascia andare Patrick, che cade in avanti e si piega in vita per riprendere fiato mentre si massaggia il collo. I pugni di Hawke si stringono sui fianchi, le braccia sono scosse dai tremori, si vede tutto lo sforzo che sta facendo per controllarsi.

"Aspetta, aspetta, aspetta..." Patrick tossisce, ancora piegato in avanti. Corruga la fronte mentre alza un dito. Alza lo sguardo dal pavimento e incrocia il mio. "Dimmi che non è lui il ragazzo."

Hawke si irrigidisce accanto a me, e tutto quello che riesco a pensare è che ho un disperato bisogno che lui mantenga la calma. Ho il terrore di quello che Patrick farebbe se lo sapesse. Non posso perderlo.

"È così!" esclama Patrick, scioccato ma apparentemente divertito. "Guarda come ti protegge. Da me."

"Stai lontano da lei" sibila Hawke a denti stretti.

"Mi stai prendendo in giro, Nic." Patrick ride incredulo. "Sei andata a letto con lui?!"

"Giuro su Dio che ti ammazzo se provi a toccarla di nuovo" avverte Hawke, ma sorprendentemente non riesce ad attirare l'attenzione di Patrick.

"Non te ne rendi conto, eh?" domanda Patrick, guardando me e Hawke.

"Rendermi conto di cosa?" Scuoto la testa. La preoccupazione che questi due si uccidano a vicenda mi esaurisce emotivamente.

"Questo era il suo piano fin dall'inizio" afferma con calma, fissando Hawke come se finalmente avesse capito tutto. "È così che ti sei vendicato di me, eh?"

Rivolge la domanda a Hawke, mentre io lo scruto e vedo la sua mascella contrarsi e i suoi occhi quasi implorare Patrick. L'energia nella stanza è cambiata. Mentre Patrick era inizialmente sulla difensiva, ora sembra sia lui ad avere di nuovo il controllo su tutti noi.

"Hai sempre voluto distruggermi dopo quello che è successo, e finalmente hai trovato il modo." Scuote la testa, con un'espressione incredula sulla faccia. "Mi hai portato via l'amore della mia vita."

Deglutisco nel sentire il dolore nella sua voce, mi si stringe improvvisamente il petto per la sua supposizione che questa cosa tra me e Hawke non sia altro che un piano di vendetta, che niente di tutto questo sia reale come pensavo. Mi gira la testa e barcollo all'indietro, andando a sbattere contro il muro mentre guardo il pavimento.

"Non credergli, Cole, non farlo" mi implora Hawke.

I miei occhi inquieti passano da Hawke a Patrick, poi tornano da Hawke.

"Era l'unico motivo. È un uomo bieco e manipolatore. Ti ha usato per vendicarsi di me" continua Patrick.

Mi si spalanca la bocca mentre cerco di assimilare tutto quanto.

"Non è colpa tua, piccola. È un soggetto tossico. Vuole distruggermi da quando si è convinto che sia stato io a uccidere Ben."

"C-cosa?" La parola mi sfugge a malapena dalle labbra, come un piccolo alito di vento.

"Fammi indovinare, non te l'ha detto? Tanto vale

mettere tutte le carte sul tavolo! Hawke ha ucciso il suo amico. Come ha detto Sean, era troppo fatto per ricordare, non è vero?"

La rabbia e la follia sul volto di Hawke mi confondono. Patrick sta mentendo, non c'è dubbio. Non può essere vero. Sicuramente tutto ciò che Hawke mi ha detto è la verità... giusto?

Hawke si gira di nuovo verso di me, i suoi occhi pieni di panico mi implorano di concentrarmi su di lui e solo su di lui.

"Cole... non farlo. Non perdermi adesso."

"Erano le uniche due persone in quella macchina quella notte, Nic. Lo sanno tutti. Per tutto questo tempo abbiamo solo cercato di aiutarlo." Patrick continua a parlare come se Hawke non fosse nemmeno nella stanza. "E ora eccolo qui, a cercare di sabotarci per la sua malata vendetta. La gelosia ha sempre avuto la meglio su di te, non è così, Hawke?"

Non può essere. Non può avermi mentito, no? No, non è possibile, vero? Ho una forte nausea, come se fossi stata investita da un camion Mack. Dentro di me sto crollando.

"Hawke..." sussurro tra le lacrime. Ora sto guardando lui, perché voglio sentire la verità dalla sua bocca come l'ho già sentita.

"Sta mentendo, Cole! Sta cercando di entrare nella tua testa! Di metterti contro di me, di riprenderti nell'unico modo che conosce!" grida Hawke, con un'aria disperata e terrorizzata.

"È lui il bugiardo, Nic" insiste Patrick. "Questo non ha niente a che fare con te."

Non me ne rendo nemmeno conto, ma sto andando verso la porta. Esco dalla stanza, lasciando la confusione e la nuvola di bugie che si addensano a ogni secondo che passa. Non riesco a respirare qui dentro. Non riesco a concentrarmi con gli occhi di entrambi su di me.

È troppo. *È tutto troppo.*

42

È finita

Afferro il mio vecchio borsone da ginnastica vicino alla porta e ci butto dentro in fretta manciate di vestiti a caso senza nemmeno prestare attenzione a quello che sto facendo. Mi infilo le chiavi del locale nella tasca laterale, sperando che dentro il borsone ci sia qualcosa da indossare per il mio turno di stasera.

"Nic, torna qui e vieni a parlarmi!" tuona Patrick mentre esco dalla camera da letto e vado in cucina.

È troppo.

Le bugie, gli inganni, le informazioni errate che mi ha messo in testa. Non riesco a credere al modo in cui tenta di contorcere, stravolgere e piegare la verità a suo piacimento. È un narcisista, un bugiardo manipolatore e ripugnante che si nutre del controllo che esercita sui deboli. Sta facendo tutto quello che Hawke ha detto che avrebbe fatto. Questo è il suo ultimo tentativo malato di esercitare un dominio su di me. Non ce la faccio più. Non casco più nei suoi trucchetti. *Patrick è morto per me.*

"Cole, ti prego. Tutto quello che c'è stato tra noi è

stato reale. Tu mi conosci" implora Hawke, con la voce che si spezza a metà frase. "Conosci il *vero* me."

L'idea che Hawke mi menta su quello che ha passato è assurda. Un piano di vendetta? Certo, all'inizio poteva essere un'intenzione possibile, soprattutto dopo che ha capito di aver catturato la mia attenzione in modo così evidente, ma arrivare a tanto? Fare dichiarazioni d'amore, espormi il suo dolore, mostrarmi le sue cicatrici e il punto in cui le ha coperte con le mie parole? È *impossibile*. È lui quello che ha sofferto qui, ed è lui che ha dovuto sopportare il peso di queste bugie.

Anche ora che se ne sta qui a guardarmi, a passarsi ansiosamente le mani tra i capelli, è terrorizzato. Terrorizzato dai suoi sentimenti più profondi, quelli che lo fanno sentire completo con me, perché sa che non può perdere ciò che lo tiene in vita. È terrorizzato di perdermi, mentre Patrick è semplicemente terrorizzato di perdere.

Patrick ricorre ai suoi vecchi metodi, facendo l'unica cosa che sa fare per cercare di controllarmi come ha fatto negli ultimi anni, ma l'abuso di controllo si ferma qui. I fatti sono scritti sul mio cuore e da tempo so a chi credere, di chi posso veramente fidarmi.

Hawke mi sta alle costole, gira intorno al tavolo della cucina e mi osserva con un'ansia che non sopporto di vedere. Non ha bisogno di affrontare altre sofferenze nella sua vita, e con me non dovrà mai preoccuparsi di questo.

"Hawke, sei pronto?" gli chiedo, alzando lo sguardo verso di lui e gettandomi il borsone in spalla.

Le sue labbra si schiudono, mi fissa con le sopracciglia alzate, come se non avesse recepito quello che gli ho appena detto. Colmo lo spazio tra noi, fregandomene del fatto che Patrick ci sta guardando. Sento Hawke tirare un sospiro di sollievo accanto a me, e questo mi infastidisce. Mi fa male al cuore che abbia temuto fino a questo punto che io potessi cadere nella trappola.

"Cameron, guardami" esigo, afferrando la sua

maglietta nel pugno e tirandolo a me. Mi assicuro che i suoi occhi incrocino i miei. "Non ti perderò mai nella follia."

Lui strabuzza gli occhi e inghiottisce le sue emozioni, mentre mi afferra in un lampo per la nuca e mi attira a sé per appoggiare la fronte contro la mia.

Il nostro modo di premere la fronte dell'una su quella dell'altro è quasi come la nostra stretta di mano personale. È un gesto intimo, che ci unisce nel nostro piccolo mondo, anche se solo per un momento.

"Ti amo" sussurra con un filo di voce.

"E io amo te" rispondo a voce altrettanto bassa.

Dopo che ha raccattato le sue cose in camera, ci avviamo verso la porta, mano nella mano, e usciamo dalla casa con Patrick che inveisce alle nostre spalle.

"È una follia, Nic! Aspetta di vedere cosa accadrà!" urla concitato dietro di noi mentre ci allontaniamo. "Non è finita! Sei fottuto, Hawke!"

Mi fermo di schianto e mi volto verso di lui, facendo barcollare Hawke per la mia pausa repentina. Torno da Patrick a passo di carica e lo raggiungo sul gradino d'ingresso con il fuoco negli occhi. Siamo faccia a faccia, e tutte le mie insicurezze ora sono svanite. Non vedo più l'uomo che amavo. Vedo solo un bugiardo manipolatore che si fa strada nella vita imbrogliando e distruggendo gli altri. Ora non mi resta altro che la rabbia e il risentimento per la persona di cui ho cercato di prendermi cura, una persona con cui ho tentato di avere un futuro senza mai riuscirci.

"Vaffanculo, stronzo assassino" sibilo prima di colpirlo il più forte possibile in faccia con un pugno.

Sì, la violenza non è sempre la scelta migliore, ma ho fatto quello che dovevo. Hawke non può picchiarlo, Ben non può picchiarlo, quindi ho fatto quello che andava fatto. Per loro.

Hawke accorre immediatamente, mi tira dietro di sé tenendomi per la vita e si mette tra noi, nel caso Patrick tentasse di reagire.

"Stai imboccando un sentiero oscuro, Nic!" mi fa sapere coprendosi l'occhio, sul piccolo taglio vicino allo zigomo che gli ho lasciato. "Fidati di me, non ti conviene!"

La voce spaventata di Patrick si affievolisce man mano che mi avvio verso la mia auto. Hawke mi controlla il pugno prima di massaggiarmi delicatamente le nocche. Getta la sua valigia nel bagagliaio della mia auto, poi sale in sella alla sua motocicletta e la avvia accanto a me.

"Ci vediamo al nostro posto" lo informo, prima di dare il benservito a Patrick, che è ancora in piedi davanti alla porta con i pugni stretti.

Esco dal vialetto e me ne vado, sentendomi molto più leggera di quando sono entrata. Provo un tale senso di sollievo. È una liberazione. È finita. È totalmente e completamente finita.

Hawke mi ha seguito fino alla nostra residenza temporanea, il piccolo motel nascosto, assicurandosi che Sean o Patrick non ci seguissero. Torniamo nella nostra stanza dopo aver pagato in contanti per un'altra notte. Hawke mi spinge contro la porta non appena entriamo.

"Mi hai creduto" bisbiglia, passandomi le dita tra i capelli che penzolano tra di noi.

"Cam" mormoro, facendo scorrere la mia mano lungo il lato del suo viso. "Certo che ti ho creduto. Conosco la tua verità, il tuo dolore, le tue difficoltà..."

"Ma quello che ha detto… in merito alla vendetta, non era del tutto falso." Appoggia la testa alla porta sopra di me, spettinandosi i capelli scuri. "Ricordi la festa? Quando ti ho portata lì..."

Me la ricordo come se fosse ieri. Mi ha tenuta inchiodata a quel divano nella piccola biblioteca della baita, dove stavo già provando cose che pensavo di non dover provare. Sapevo che stava oltrepassando i limiti della nostra 'amicizia,' ma, in tutta sincerità, la cosa mi eccitava.

"Lo so. So che avevi un piano. Ne abbiamo parlato. Hai anche ammesso che non saresti mai stato in grado di spingerti a tanto. E sai perché?"

"Perché?"

"Perché sei buono. Sei una brava persona con un cuore puro. Non sei come loro."

"Ero sicuro che lui ti avrebbe portata via da me... che ti avrebbe messo in testa che non è vero, che quello che c'è fra noi non è così insostituibile come io so che è."

"Niente può spezzarci, Cameron" affermo con sicurezza. "Niente."

Si preme contro di me, bloccandomi con i fianchi contro la porta, e le sue labbra trovano le mie in una folle corsa d'amore e di lussuria. La sua lingua cerca di cancellare il ricordo di ciò che è successo, di eliminare l'idea che avrebbe potuto perdermi.

"Se perdo te, perdo tutto" sussurra contro le mie labbra.

"Non possiamo permettere che accada" rispondo prima di baciargli il labbro superiore e poi quello inferiore, succhiando delicatamente il piercing.

Si ferma per un momento, lasciandomi giocare con le sue labbra, prima di tirarsi leggermente indietro e sorreggersi con le mani sulla porta.

"Sai cosa avrei voluto fargli? Avrei voluto ucciderlo a mani nude, davanti a te, per te, per Ben, per me. Quanto è folle tutto questo?"

"È comprensibile. Questo non fa di te una persona cattiva, Cam. Ti rende solo umano."

"Volevo spifferargli dei segreti sconci, vantarmi con lui di quanto sia fantastico scoparti brutalmente, e dirgli che sentirti urlare il mio nome invece del suo mi ha fatto sentire straordinario. Volevo dirgli quanto cazzo sei bella quando vieni per me. Che lui è un cazzone senza spina dorsale che non è mai stato in grado di farti venire come posso fare io con un solo sguardo."

Mi mordo il labbro inferiore e sento che sto arrossendo per le sue parole. Mi fanno avvertire un formicolio tra le gambe che mi costringe a sfregare le cosce fra loro.

"Sono un vile del cazzo per aver avuto questi pensieri" ammette, scuotendo la testa e cingendomi la mascella, con il pollice che mi traccia le labbra.

"Non lo sei" rispondo, guardandolo intensamente. "Sei il tipo di persona a cui i diavoli dicono di andare a parlare con gli angeli per farli cadere, senza sapere che sei quello che in realtà li salverà dalle profondità dell'inferno a cui si sono consegnati."

"Gesù, Cole..." Serra la mascella, un tic che so che significa che quello che ho detto l'ha sentito nell'anima.

Lo tiro di nuovo a me per la vita. Sento che non siamo mai abbastanza vicini.

"Sono così felice che tu sia mia. Finalmente sei mia" bisbiglia, avvicinandosi di nuovo.

Gli afferro la maglietta e lo strattono con forza verso il mio petto, crogiolandomi nella sensazione del suo corpo caldo contro il mio. Il suo bacio soave e bagnato mi fa schizzare le endorfine in tutto il corpo, e il sangue mi pulsa nelle vene a un ritmo accelerato.

Quando mi allontano dal nostro dolce bacio per riprendere fiato, sussurro: "Sono sempre stata tua."

Appoggiamo le nostre fronti l'una contro l'altra, il suo sorriso illumina le parti più oscure di me. Rimaniamo così per un momento a comunicare senza parole, a goderci la pace che ci dà stare insieme, finché la realtà non ci colpisce.

"Se la prenderà con me. Chiamerà il mio agente di sorveglianza. Probabilmente l'ha già fatto. Mi staranno cercando ormai" commenta, con gli occhi pieni di un nuovo tipo di tristezza, un'apprensione che mi mette a disagio.

Un sentimento di estremo tradimento si impadronisce di me.

"Non avrei mai dovuto dirglielo" ammetto, la mia voce si incrina mentre le mie emozioni tornano a farsi sentire. "Avrei potuto evitare che ti trovassi in questa situazione se non avessi detto che ero innamorata di te."

Mi lascio cadere il viso tra le mani mentre piango al pensiero che me lo portino via. Soprattutto ora, specie dopo che siamo arrivati così lontano. Non è davvero giusto.

"Gli hai detto che sei innamorata di me?" mi chiede, asciugandomi le lacrime dal viso con i pollici.

"Sì." Sospiro, con una grande infelicità addosso. "Cioè, lui ha capito che eri tu quando ci ha rivisti insieme, ma sì, gliel'ho detto."

"Baby" dice con un tono colmo di empatia. Mi stringe, le sue braccia mi consolano mentre le sue mani mi massaggiano delicatamente la schiena.

"Non posso perderti, Cam, non ora. Non dopo tutto quello che è successo." Piango addosso a lui, aggrappandomi alla sua maglietta.

Il mio telefono ci interrompe per l'arrivo di un messaggio. Tiro su col naso, lo estraggo dalla tasca posteriore e lo sblocco fra noi per leggere il messaggio.

Patrick: Di' al tuo nuovo fidanzatino che il suo agente di custodia è stato chiamato. La polizia vi troverà, se non lo facciamo prima noi.

È ora di mettere in atto un piano. Dobbiamo escogitare qualcosa insieme. Il nostro destino avverso ci ha portati fin qui, ma non posso contare solo su questo per salvarci.

Posso?

43

Deragliamento

Anche in mezzo al caos, il ritmo incalzante del treno nel profondo dei nostri esseri ci spinge a unirci con una forza cataclismatica. È nella natura umana temere costantemente di perdere ciò che si è trovato da poco?

Il mondo intorno a noi si sta sgretolando, eppure è difficile capire dove finisce uno di noi e inizia l'altro. Mani sui corpi, tocchi, sensazioni, fusione in un tutt'uno.

Il bisogno intrinseco di immergerci l'uno nell'altra e la paura che il futuro ci venga tolto fa sì che le nostre bocche memorizzino le curve delle labbra dell'altro, scrivendo infinite lettere d'amore con le nostre lingue.

Trovo bizzarro come possa esserci tanto silenzio nella stanza che ci circonda rispetto al forte, fragoroso schianto del mio cuore che sbatacchia appena sotto la superficie, i tonfi assordanti che riempiono ogni parte di me e creano un'eco mascherata da un corpo così soffocante. La mia unica missione è tradurre in forma tangibile il sentimento che sta vibrando dentro di me.

"Ho bisogno di te" mormoro mentre lui sparge baci

dolci e umidi lungo il mio collo. "Non posso esistere in nessuna forma senza di te. Non sopravviverò."

Il nostro tempo è prezioso perché non sappiamo quanto ce ne resta. Io devo andare al pub e Hawke deve mettersi in viaggio. Il piano prevede che io vada al lavoro come al solito, potenzialmente deviando l'attenzione di Patrick, cosicché Hawke possa nascondersi in giro per la città finché non riuscirà a contattare il suo agente di libertà vigilata per metterlo al corrente della situazione.

Non è entusiasta di questo piano. Lo uccide letteralmente il pensiero che Patrick possa trovarmi. Ho dovuto insistere per fargli capire la gravità della situazione e che se la polizia lo avesse trovato non avrebbe avuto scampo. Lo arresterebbero su due piedi, senza fare domande, e molto probabilmente troverebbero qualche capo d'imputazione, cosa che me lo porterebbe via per un lasso di tempo indefinito. È uno scenario che non sono in condizione di affrontare.

Mi sbircia dall'alto, i suoi occhi verdi punteggiati di pagliuzze azzurre che si illuminano nel più spettacolare dei modi. Le sue scure e folte ciocche di capelli, fresche di doccia, ricadono su quegli occhi mozzafiato. Mi rivolge il tipo di sguardo che farebbe sciogliere qualsiasi ragazza in una pozza d'amore. Lo sguardo che dichiara che la sua sopravvivenza dipende da me. Il tipo di sguardo che dice: 'Sei la cosa più affascinante su cui abbia mai posato gli occhi.'

I suoi gomiti mi circondano sul letto, le nostre gambe sono intrecciate mentre lo contemplo. Siamo rintanati in un minuscolo motel a poche città di distanza per prenderci un attimo per noi prima di separarci. Con il messaggio di Patrick chiaro come il sole, sappiamo che il nostro conto alla rovescia è partito, eppure continuiamo a prendere tempo, ad assaporare ogni secondo che ci separa dal prossimo.

Allungo la mano e gli sfioro il piercing al labbro, poi passo le dita sulle sue sopracciglia e lungo il lato del viso. I suoi occhi si chiudono al contatto e tira un sospiro di conforto, poi li riapre per concentrarsi su di me.

"Mi stai facendo innervosire, Cole" sussurra dolcemente, dal suo volto ora non trapela altro che angoscia.

L'ansia è scritta su tutta la mia faccia. Deglutisco, sapendo di cosa sta parlando. Non riesco a frenare il malessere che ho dentro di me. Stiamo giungendo a un finale, solo che non ho ancora capito di quale storia.

"Non mi memorizzare come se non dovessi rivedermi mai più" mormora accigliato. "Conosco quello sguardo. Ho fatto la stessa faccia anch'io."

Le lacrime mi rigano di nuovo gli occhi e giro la testa per distogliere lo sguardo da lui: il contatto visivo diretto è troppo per il mio cuore.

"Sono così... non ce la faccio, non riesco a sopportare il pensiero-"

Mi zittisce con le sue labbra, ponendo fine alle mie inutili preoccupazioni per cose che non sono ancora accadute.

Il nostro bacio diventa sempre più intenso, i vestiti vengono tolti dai nostri corpi, le nostre labbra rimangono sigillate, bisognose le une delle altre per respirare.

Si sistema tra le mie cosce e mi penetra lentamente, ogni centimetro diventa più piacevole del precedente finché non siamo di nuovo connessi del tutto, come se non fossimo mai stati destinati a stare separati.

I nostri respiri affannosi si mescolano con i nostri baci, le nostre dita si intrecciano mentre lui mi tiene le mani ai lati della testa, collegando ogni parte possibile dei nostri corpi come se non fosse mai abbastanza.

Appoggia la fronte sopra la mia, gli occhi studiano i miei mentre continua i suoi movimenti fluidi, tirandosi fuori e poi spingendosi sempre più in profondità, fino a raggiungere quel punto che muore dalla voglia di essere toccato.

"Niente può portarmi via da te. Lo capisci?" Il suo tono ansimante fa da eco alla sua solennità.

Chiudo gli occhi quando lui affonda di nuovo dentro

di me, e quando li riapro mi accorgo che mi sta ancora fissando. Annuisco commossa, mentre lui chiude gli occhi e posa la testa nell'incavo tra la mia spalla e il collo.

"Niente" ripete, le labbra che sfiorano la pelle sotto il mio orecchio.

Vorrei disperatamente credergli, ma la vita in genere non va come le favole. Le favole sono state create apposta per essere una via di fuga dall'ingiustizia di questo mondo. Una salvezza per chi è stato spezzato, per chi è stato usato. Una scappatoia dalla realtà mortale. La realtà che stiamo cercando di evitare.

Restiamo abbracciati dopo aver fatto l'amore, mentre scendiamo dal picco dell'oblio che il nostro tocco è in grado di offrirci.

"Devi andare" sussurro, scostandogli i capelli dalla fronte, conscia dell'inevitabile.

La sua mascella si flette e le sue sopracciglia si increspano.

"Andrò in città, chiamerò il mio agente di sorveglianza per strada e gli spiegherò tutto quello che sta succedendo."

Salta giù dal letto e si infila un paio di jeans neri. Trova una maglietta e la infila rapidamente sul suo lungo busto, il materiale che aderisce alla sua sagoma muscolosa. Tira fuori dal borsone un cappello con la visiera e lo indossa al contrario.

"Ne usciremo, Cole, ce la faremo. Ce la faremo" ripete, facendomi un piccolo ma speranzoso sorriso.

Mi mordo l'angolo del labbro, il mio cuore si gonfia alla sua vista. Ancora non riesco a credere che siamo qui, insieme, in questa situazione. Non avrei mai pensato di potermi innamorare di qualcuno come ho fatto con lui. A volte è necessario stare con la persona sbagliata per capire quanto possa essere straordinario stare con quella giusta.

Il nostro amore è iniziato nell'oscurità. È stato piantato nella parte più profonda del terreno, innaffiato da segreti, nutrito da infedeltà. Eppure, in qualche modo, il nostro attaccamento si è tramutato in qualcosa di reale ed è affiorato in superficie, fino a quando non abbiamo attraversato l'oscurità della terra che ci tratteneva e siamo spuntati nella luce di un nuovo giorno. La vista di un futuro che non avevamo previsto ma che ora riconosciamo non è mai stata tanto fatua.

"Ho già avvisato Kid di tenere d'occhio il locale stasera, così se succede qualcosa sarà lì a chiamare i ragazzi, va bene?"

"Davvero?" domando con la fronte corrugata, sorpresa che abbia già la sua squadra di ragazzi a sorvegliarmi e a proteggermi. "Okay."

Si avvicina a me, che sono seduta sul letto e mi stringo il lenzuolo attorno al corpo nudo, e annuisce, cercando di apparire sicuro e forte piuttosto che preoccupato come mi sento dentro io.

"Tieni la tua roba qui per ora e chiamami appena hai finito il tuo turno, intesi?"

Col pollice e l'indice mi pizzica delicatamente la base del mento, inclinando il mio viso verso il suo mentre aspetta la mia risposta.

"Sì, lo farò."

Mi prende il viso tra le mani, mi strofina il labbro inferiore con il pollice e inclina la testa di lato, leccandosi le labbra, chiaramente ansioso all'idea di andarsene.

"Vado solo a fare un giro. Torno subito."

Pronuncia queste parole come se avesse bisogno di sentirle lui stesso per stabilire il corso di un futuro imprevedibile. La velocità con cui il mio cuore sta battendo è incontrollata. Dentro di me sta urlando, implorando che tutto questo finisca, che questa favola diventi la nostra realtà.

Hawke si china per baciarmi, premendo le sue labbra sulle mie, quando si sente qualcuno bussare alla porta.

Ho un sussulto e mi stacco, gli occhi mi si riempiono di panico e mi copro meglio col lenzuolo. Hawke chiude gli occhi con forza e china la testa. È chiaro che ci hanno trovati, ma chi? Mi aiuta a trovare i miei vestiti e io mi rivesto in un lampo, mentre i colpi alla porta continuano.

"Polizia! Aprite!"

"Cazzo!" impreca Hawke, gettando il cappello in un angolo della stanza e passandosi le mani tra i capelli.

"Cosa sta succedendo? Cosa facciamo?!" domando nel panico.

Continuano a bussare e tutto il mio corpo è scosso dai tremori, il terrore che ho dentro si irradia all'esterno. I nostri piani stanno deragliando dai binari più rapidi del vento che sferza il treno su cui siamo in corsa.

"Apriamo la porta." Sospira, con aria sconfitta.

Hawke si avvicina alla porta, ma si assicura che io sia completamente vestita prima di aprirla.

In un attimo due agenti irrompono nella stanza, con le armi spianate, mentre Hawke assume una posizione sottomessa con il capo chino e le mani alzate in aria davanti a sé.

"Mettiti contro il muro!" urla l'agente, puntando la sua arma a Hawke. "Mani sulla testa!"

Hawke si avvicina al muro e si mette le mani sulla testa mentre l'agente si avvicina a lui, riponendo la pistola nella fondina. L'altro agente più paffuto, che mi sta sorvegliando, tiene la propria pistola puntata su Hawke e chiede a me se ci siano armi o sostanze illegali nella stanza. I miei occhi sfrecciano concitati fra tutti loro.

"No. Niente armi, niente droghe" risponde Hawke, girando leggermente la testa.

"Non l'ha chiesto a te!" L'agente lo colpisce alla nuca, facendomi irritare e alzare dal letto.

"Lasciatelo andare! Non ha fatto niente!"

"Siediti!" urla l'altro agente, dirigendo la sua arma verso di me e costringendomi a sedermi di nuovo.

"Cole, baby, ti prego, stai calma" mi dice Hawke con voce dolce, la fronte appoggiata al muro.

Ingoio le lacrime e guardo l'agente che gli stacca una mano alla volta dalla testa, gliele porta dietro la schiena e lo ammanetta.

"Ci è giunta voce che ci sono stati dei disordini. Devo portarti dentro. Conosci le regole."

Hawke sospira e sbatte la fronte contro la parete rivestita di legno, facendo cadere bruscamente a terra un vecchio quadro raffigurante una giornata di sole in un campo fiorito. È proprio azzeccato.

"C'è stato un errore. Non ha fatto nulla. Era con me..." comincio a spiegare con calma all'agente che mi sta vicino, sperando che per qualche strana ragione mi dia retta, capisca e risolva la situazione.

"Mi dispiace signora, il suo ragazzo deve essere trattenuto fino a quando non riusciremo a contattare il suo agente per la libertà vigilata."

"Cole, chiama Kid e digli di chiamare Julie per me" spiega Hawke mentre lo scortano fino alla volante.

Kid, chiamare Julie.

Me lo appunto mentalmente, e nel seguirli inciampo sui miei stessi piedi mentre cerco di respirare nonostante l'attacco di panico che sto avendo in questo momento.

Le lacrime mi sgorgano mentre guardo gli agenti piantare Hawke sul sedile posteriore dell'auto, con un agente che gli abbassa rudemente la testa, scompigliando gli stessi capelli che stavo sentendo contro il collo in un momento di maggiore calma non più tardi di qualche minuto fa.

Non ce la faccio più ad assistere a tutto questo.

Tornata di corsa nella stanza, prendo il telefono di Hawke dal tavolo nell'angolo, trovo il numero di Kid con dita tremanti e lo chiamo all'istante. Aspetto mentre squilla ancora e ancora, l'attesa è una tortura lenta e dolorosa di per sé.

"Come va, amico?" risponde con nonchalance.

"Kid, sono Cole" sputo fuori senza fiato. "Chiama Julie. Cam è nei guai."

44

Il tempismo è tutto

Mi è capitato di vivere momenti che sembrano svolgersi al rallentatore. Come se il tempo rallentasse, si dilatasse in modo da poter elaborare il significato di ciò che sta per accadere. Così da capire che un'intera catena di eventi è pronta a svelarsi, i pezzi si stanno incastrando in un modo tale da farti comprendere che davvero nulla è sotto il tuo controllo.

È stato come una scena di un film che è durata più a lungo per evidenziare l'impatto di ciò che stava per succedere. Il tempo è rallentato per me da quando sono entrata al 9-5 Slide stasera.

Mentre correvo verso la porta per dare il cambio ad Andrew, il nostro collega del turno di giorno, sono stata accolta da un volto familiare all'ingresso.

Quando gli sono passata davanti, non ho potuto fare a meno di osservare l'uomo che stava uscendo nello stesso momento.

La sua presenza mi ha fatto rabbrividire, come se fossi stata ammantata da una coltre di disagio. L'ho già visto qui. Me lo ricordo soprattutto perché era vestito in modo totalmente diverso dai soliti frequentatori del locale. Mi pare proprio di averlo soprannominato Mister Giacca e Cravatta. Lo rammento anche perché è stato lo stronzo che mi ha afferrata fisicamente e ci ha provato con me mentre lavoravo quella sera.

Mi intrufolo goffamente sotto il suo braccio, e quando mi guardo indietro i suoi occhi catturano i miei, facendo rivivere quel ricordo nella mia mente. La camicia, la barbetta appena cresciuta e quella faccia particolare.

Mi sento un po' a disagio alla sua vista, ma faccio del mio meglio per non pensarci, visto che sta chiaramente lasciando il locale. Ho già abbastanza ansia per gli eventi attuali.

Parlo per qualche minuto con il nostro nuovo barista diurno, Andrew, chiacchierando di niente in particolare, finché alla fine prendo il mio posto e inizio il turno di notte al posto di John.

Non posso fare a meno di preoccuparmi di tutto e di tutti quelli che mi circondano in questo momento. Stanno succedendo tante di quelle cose. Controllo ansiosamente il telefono in attesa di un messaggio di Kid. Dopo aver chiamato e lasciato un messaggio dopo l'altro a Julie, il suo agente per la libertà vigilata, mi ha detto che dovevamo solo aspettare. Gli ho risposto che non era sufficiente e che doveva continuare a tartassarla di chiamate.

Molto probabilmente Hawke sarà accusato di qualcosa, forse di aggressione. Chissà cosa si inventeranno dopo la telefonata di Patrick. Quel ridicolo che non è altro non è riuscito nemmeno a incassare un colpo da una donna e ad assumersene la responsabilità. Preferirei essere accusata io del crimine e togliere questo peso a Cameron, l'uomo innocente del secolo.

È allarmante la facilità con cui abbiano dato per assodato che avesse causato di nuovo problemi. Quel poveretto è già stato un capro espiatorio per la famiglia di Patrick: aggiungerci anche quello per colpa mia è assurdo.

Il pensiero che Hawke sia in cella in questo momento, a chiedersi se verrà mai rilasciato, mi fa ribollire il sangue. Devo trovare un modo per farlo uscire. È ora di salvarlo dopo che ha salvato me da una vita di prigionia.

Mando un messaggio a Kid per dirgli di riprovare a chiamare Julie, e intanto mi domando se verrà presto a 'vegliare' su di me. Non ho ancora visto né lui né il suo solito gruppo di amici qui. Ci siamo solo io, alcuni clienti abituali e il vecchio Leonard a sorvegliare il locale al momento.

Per fortuna, il pub è pieno di facce familiari. Leonard è seduto al bancone e sta leggendo *Paura e delirio a Las Vegas*, ben lontano dalla letteratura classica che leggeva prima, ma così è la vita. A volte è necessario tuffarsi nella follia.

Mando un messaggio a John, chiedendogli come vadano le cose per lui, Anna e il bambino, quando squilla il telefono del locale.

"Slide 9-5, sono Cole. Come posso aiutarti?" rispondo.

"Cole? Questa è nuova. Pensavo che fosse Nic a sostituirmi." John ridacchia, avendo capito che sono io.

Mi sento subito sollevata nel sentire la sua voce gioviale e la sua energia positiva.

"Ormai ho un nuovo soprannome." Sogghigno col ricevitore attaccato all'orecchio, impilando i bicchieri puliti mentre parliamo.

"Mi piace. Ma ehi, Cole" esordisce, pronunciando il nuovo soprannome come se lo usasse da anni. "Volevo solo chiamarti per farti sapere che va tutto bene con Anna e il bambino."

Tiro un enorme sospiro di sollievo.

"È venuto fuori che aveva delle contrazioni di Braxton Hicks. È tutto a posto, sta solo entrando nella fase finale della gravidanza."

"Oh, Dio, sono così felice di sentirlo. Ero

preoccupatissima."

"Credimi, lo ero anch'io. Ma va tutto alla grande. Ora sta riposando a casa, più comoda, e sta mangiando un po' della mia zuppa di pollo fatta in casa."

Il mio labbro si incurva in un sorriso al pensiero. Sarà un padre fantastico. È già un fidanzato fantastico. Così gentile e sempre premuroso.

"Posso anche venire e finire io la serata, se vuoi..." mi propone.

"Dio, no." Lo fermo immediatamente. "Sta' a casa con lei e rilassati. Ho tutto sotto controllo."

Appena lo dico, sento la porta aprirsi e vedo Patrick entrare. Il mio cuore si ferma. Mi sento come se qualcuno mi avesse appena scaricato una tonnellata di mattoni sul petto. Mi sento stretta in una morsa che mi toglie l'aria che mi circonda.

"Cole... ragazza, sei la migliore" continua John, parlandomi nell'orecchio. "Senti, ma poi ti sei più lasciata con quel ragazzo? Patrick, mi pare che si chiamasse così. Quello con la famiglia che praticamente possiede la città? Ero preoccupato per te e non ho mai saputo cosa fosse successo tra voi due."

"Io..." mormoro quando Patrick si avvicina al bancone e si siede con uno sguardo sicuro e intimidatorio.

"Stai bene? Cioè, sei al sicuro? Puoi dirmi almeno questo?" mi chiede John, che sembra allarmato dalla mia incapacità di rispondere.

Non riesco a dire nulla perché quell'uomo è letteralmente lì in carne e ossa e mi sta fissando con occhi inflessibili. Occhi che urlano autorità e pretese. Occhi che mi dicono che ogni briciola di gentilezza che poteva avere dentro di sé è sparita, distrutta dalle infedeltà con cui l'ho scottato.

Sospiro nel ricevitore, facendo chiaramente preoccupare ancora di più John.

"Cole, di' qualcosa. Mi stai mettendo in ansia" continua John dall'altro capo. "Promettimi solo che mi dirai se c'è qualcosa che non va."

"Okay, sì" rispondo rapidamente, cercando di sembrare il più calma possibile.

John riattacca dopo che gli ho assicurato in modo poco convincente che sto bene e che è meglio che torni ad assistere Anna. Riagganciato il ricevitore, mi rendo conto di quanto tutto questo sia ridicolo. Mi volto e mi avvicino a Patrick, seduto dal capo opposto del bancone.

"Cosa posso darti?" domando con sarcasmo.

Non ho intenzione di lasciarmi intimorire dalle sue tattiche intimidatorie.

Lui inclina la testa e sfoggia un ghigno inquietante.

"Beh, ora che quell'inconveniente è stato risolto, credo sia meglio che tu torni a casa."

Mi si stringono gli occhi in due fessure e i molari sfregano fra loro per il modo in cui ha appena definito Hawke: un inconveniente. Non è mai stato più chiaro quali fossero le intenzioni quando la polizia è venuta a cercarci. Non avrei mai dovuto picchiare Patrick e dargli l'opportunità di usarlo contro Hawke. È lui il vero problema.

"No. Non succederà mai" rispondo secca, quindi mi volto per mettere i bicchieri sporchi nel lavandino.

"Nic, dai... lo capisco" aggiunge in tono più pacato. "Hai avuto un attimo di sbandamento, ti sei fatta irretire dai suoi modi di fare. È un gran manipolatore. Trovata una persona fragile come te, è stato facile per lui plasmarti e usarti per vendicarsi di me."

Scoppio in una risata. Una risata di pancia, che fa sollevare a Leonard gli occhi dal suo libro.

"Ma non crederai davvero alle bugie che vomita. Voglio dire, guarda quel tipo e guarda te. Cosa potrebbe mai volere un ragazzo come Hawke da una ragazza come te? Devi tornare a ciò che è sicuro. Torna a casa."

"Tu sei pazzo, Patrick, clinicamente pazzo" ribatto io sconsolata. "Dopo tutto quello che ho visto, tutto quello che ho sentito, e per come mi hai trattata… pensi davvero sinceramente che ti riprenderei mai?"

Rimane lì seduto, senza sapere cosa fare, cosa dire,

perché non c'è nulla da dire. Non ha più alcun controllo su di me.

"Devi andartene" dico senza margini di discussione, appoggiando entrambe le mani sul bancone e facendo un cenno verso la porta.

"Non me ne vado."

"Vattene."

"Nic, basta con queste stronzate" sibila fra i denti, alzandosi in piedi e stringendo il bordo del bancone di legno.

Leonard appoggia il libro e si gira verso di noi, osservando con curiosità l'interazione.

Io rimango dietro il bancone e lo guardo disfarsi lentamente per non aver ottenuto ciò che voleva. La mia mente pullula di idee.

"Sai cos'è divertente?" domando, appoggiandomi al bordo con un sorriso rilassato. "Sono stata con te per anni. Anni. E non ho mai saputo cosa fosse un orgasmo finché non ho incontrato Hawke."

Il suo volto si rabbuia. È chiaro che gli sta venendo meno il respiro con le verità che sto lasciando fluttuare nell'aria.

"Cioè, non avevo la minima idea di cosa fosse. Non ho mai avuto abbastanza tempo per avere la possibilità di scoprirlo con te. Due minuti sono tanti quando si fanno le flessioni, non quando si fa sesso con il proprio partner."

La sua bocca si spalanca mentre mi fissa, così continuo a sussurrare.

"A dire il vero, solo quando Hawke mi ha scopata nel suo letto, sul divano, sul tavolo della cucina, in tutta quella dannata casa, mentre tu eri fuori città per lavoro, ho finalmente capito quanto possa essere fenomenale il sesso."

La conversazione sta scatenando un fuoco dentro di lui. Lo sento crescere mentre le sue narici si dilatano e il suo petto si alza e si abbassa in modo più marcato. Mi sporgo in avanti per avvicinarmi al suo orecchio.

"Mi ha scopato così bene che gli ho perfino permesso

di sborrarmi dentro" gli bisbiglio all'orecchio, prima di ritrarmi con un sorriso angelico sul volto.

Questo è il punto di rottura per lui. Perde il controllo. Dà un calcio allo sgabello e lo fa cadere dietro di sé, creando un trambusto che fa girare gli altri avventori verso di noi. Mi afferra per il colletto della maglietta e mi strattona verso di lui da sopra il bancone. Non mi oppongo nemmeno. Anche se dovesse picchiarmi qui davanti a tutti, lo accetterei volentieri per Hawke.

Stringe il pugno e lo porta dietro di sé, come se sferrarmelo addosso.

"Brutta stronza maledetta" dice a denti stretti.

Leonard irrompe all'improvviso, lo afferra per il petto e lo tira via da me.

"FUORI."

Con una presa salda sul suo maglione, pronuncia la parola con una tale autorità da far trasalire persino me. Patrick cerca di scrollarselo di dosso, ma senza successo.

"Avresti fatto meglio a evitare! Quando si dissotterrano vecchie tombe non se ne cava mai nulla di buono" avverte mentre Leonard lo butta fuori dalla porta.

Leonard si spolvera le mani e si richiude la porta alle spalle, poi torna da me, che sono ancora dietro al bancone.

"Devi stare più attenta. Avrebbe potuto farti molto male" mi ammonisce in tono protettivo.

Mi sento un po' stupida per averlo quasi indotto a picchiarmi solo per dimostrare la mia tesi.

"Lo so." Sospiro e sbatto copiosamente le palpebre, cercando di ragionare.

Mi tremano ancora le mani e il cuore mi martella per la discussione. Avrebbe potuto davvero colpirmi.

"Non stavano scherzando su di lui." Leonard fa uno sbuffo di scherno e accenna alla porta.

Un attimo, sono confusa. Chi ha detto a Leonard di Patrick?

"Loro?"

"Non credevi davvero che ti avrebbero lasciata qui tutta sola, vero?" continua con un mezzo sorriso che gli tira le labbra nascoste sotto la barba troppo folta.

"Cosa?" domando senza fiato. "Quindi conosci Hawke e Kid?"

So che frequentano lo stesso pub, ma non li ho mai visti interagire. Mi ritrovo a chiedermi quanto Leonard sappia davvero di questo posto e delle persone che lo frequentano.

"Sono un cane di città che vive una vita di provincia. Sento cose, vedo cose. È un bravo ragazzo che ha lottato con eventi fuori dal suo controllo. Ma le querce crescono forti con i venti contrari" commenta con un accenno di speranza negli occhi.

La sua affermazione mi fa riflettere. Anche nelle piccole cittadine, quelle nelle quali i ricchi e i potenti cercano di farla da padroni, si trovano anime genuine. Anime con un cuore così sincero che si fanno strada tra le fessure e guardano, aspettano, pronte a difendere ciò che è giusto, a prendere le difese di coloro che ne hanno bisogno, che se lo meritano. È questo il lato positivo della gente che sa tutto di te in queste cittadine isolate. L'unico aspetto che conta.

"È vero" sussurro in risposta, apprezzando il fatto che Leonard abbia un rispetto apparentemente radicato per Hawke.

Si rimette a sedere, sorseggiando il suo whisky liscio e tornando alla sua pagina di *Paura e delirio a Las Vegas* come se non fosse successo nulla.

Vengo di nuovo colta da un'improvvisa crisi di panico e controllo il telefono per vedere se Kid è riuscito a mettersi in contatto con Julie. Come volevasi dimostrare, c'è un suo messaggio.

Kid: Julie è alla stazione di polizia. Non so bene cosa significhi, ma adesso è lì. Sto andando lì nel caso in cui lo lascino uscire. Ti chiamo quando so qualcosa di più.

Maledizione. Ho bisogno di risposte.

Continuo la serata, trascorrendo le ore successive in un limbo totale, vedendo alcuni degli uomini di Hawke che entrano ed escono in momenti diversi e mi scaldano il cuore con un senso di sicurezza. Il locale inizia finalmente a svuotarsi. La gente se ne va ed è ora di concludere la serata.

Leonard mi accompagna all'uscita, dopo avermi aspettata mentre finivo i conti e mi accingevo a chiudere il locale.

"Abbi cura di te, signorina, e se hai un po' di buon senso, sali sul prossimo treno e lascia questa città di merda."

C'è una serietà celata nella sua battuta. Una serietà che mi dice senza margini di errore che qui non c'è più niente per noi. Che questo posto si è quasi inaridito con tutti i segreti e le menzogne che si sono dispersi come sabbia in un deserto sterile. Non è un ambiente sostenibile per un amore appena nato.

Leonard parte accanto a me a bordo della sua Bronco nera, mentre io metto in moto l'auto per tornare al motel, con il proposito di chiamare Kid lungo la strada. Rimango seduta per un momento cercando di ricordare se ho chiuso a chiave la porta d'ingresso. Ero così concentrata sulla conversazione con Leonard che per quanto mi sforzi non riesco a rammentare se l'ho chiusa o meno. Stavo lavorando con il pilota automatico, senza nemmeno pensare mentre chiudevo.

Mi guardo intorno e noto che il parcheggio è totalmente vuoto, senza anima viva. Corro verso la porta con le chiavi in mano e le do uno strattone veloce per assicurarmi di non essere uscita di senno. Appena mi rendo conto che è chiusa, tiro un rapido sospiro, sentendomi stupida per non aver prestato attenzione, e mi volto per tornare al mio veicolo.

Faccio per aprire la portiera quando il mio petto viene spinto contro l'auto da un corpo robusto che mi trattiene.

Sussulto e mi cadono le chiavi a terra per la violenza dello spintone.

Il tempismo è tutto.

45

Salvataggio

Noto che il mio alito ha appannato il finestrino dell'auto e ha formato un piccolo cerchio. Lo guardo espandersi e contrarsi, crescere e ridursi davanti ai miei occhi. Mantenere l'attenzione su qualcosa di così piccolo e insignificante è l'unica cosa che mi impedisce di entrare in modalità panico totale. Così lo osservo, lo studio, mi calmo mentre sento i miei capelli stretti in una morsa, il mio viso incollato al vetro davanti a me.

Sento la sua presenza dietro di me mentre il suo corpo preme contro la mia schiena. Non mi è familiare. È freddo e duro.

"Stai ferma" mi avverte in un tono profondo e rauco, con il suo respiro caldo contro il mio collo. "E fai quello che ti dico, intesi?"

Qui non c'è letteralmente nessuno che possa aiutarmi. Leonard se n'è andato, Kid è alla stazione di polizia, Hawke è rinchiuso, John è a casa e Patrick è... beh, chi lo sa. Non ho mai avuto tanto bisogno di essere salvata.

Siamo solo io e l'uomo fuori posto del pub, Mister Giacca e Cravatta, fuori dalla mia macchina parcheggiata accanto all'edificio.

Ha aspettato. È tornato ed è rimasto in attesa a osservarmi finché non sono rimasta sola e gli ho dato il momento di attaccare.

"Che co-cosa vuoi da me?" balbetto, cercando di mantenere la calma mentre le lacrime mi solleticano i bordi delle palpebre.

Lui mi stacca la testa dall'auto tenendomi per i capelli e mi gira solo il collo perché lo guardi in faccia.

"Voglio ricordarti che nessuno mi dice di no. Nemmeno le puttane bianche da pub di quart'ordine come te" sibila, prima di sbattermi la testa contro il vetro. Avverto una fitta bruciante sullo zigomo.

"Ti prego, ti prego... non farlo" piagnucolo.

"Togliti la cintura" mormora in tono cavernoso, e le sue parole mi danno immediatamente il voltastomaco.

"No, ti prego..."

"Togliti quella cazzo di cintura" ripete, stringendo la presa sui miei capelli.

Mi muovo a tentoni sulla parte anteriore dei pantaloni e mi slaccio la cintura, mentre intanto mi scervello per trovare un'idea, un piano per uscire da questa situazione.

Quante possibilità c'erano, dopo tutto quello che ho passato, che succedesse una cosa del genere? Ho sempre creduto nel destino, ho sperato che alla fine mi avrebbe salvata, così come ha portato l'amore nella mia vita, ma questo? È semplicemente raccapricciante. Cerco di non annegare nell'autocommiserazione, ma Gesù, quanto posso sopportare ancora?

Sto tenendo la cintura in mano quando lui me la strappa di mano e la scaglia verso la parete del locale, lontano da me.

Sento il rumore dei suoi pantaloni che si slacciano, la cintura che si apre mentre lui tira la stoffa sui miei fianchi.

"No" grido in un sussurro rauco. "Ti prego, non

farlo."

Mi sento così impotente, così fuori controllo per questa situazione orribile che mi sta accadendo. Voglio urlare. Voglio piangere. Voglio rannicchiarmi e allontanarmi da questa persona che sta cercando di farmi del male in modi inimmaginabili.

Sembra che stia faticando a togliermi i pantaloni, motivo per cui molla la presa sui capelli per usare entrambe le mani. Colgo l'occasione per girarmi e sferrargli una ginocchiata fulminea tra le gambe.

Quando si accascia un po' in avanti e caccia un grugnito, scappo via. Chiedo aiuto correndo nel parcheggio, ma non faccio molta strada prima che lui mi sia alle calcagna. Si slancia e mi abbranca la gamba, facendomi cadere e sbattere sul marciapiede, i gomiti che mi si scorticano per l'atterraggio brusco.

Mi tira indietro per la gamba e io continuo a cercare di strisciare via, artigliando l'asfalto sotto di me, scalciando con le gambe per divincolarmi dalla sua presa, ma lui è troppo forte. Mi sovrasta, si arrampica sul mio corpo, mi gira, si mette a cavalcioni su di me e mi dà un manrovescio brutale in faccia.

Stringo entrambe le mani a pugno sopra la testa, le faccio scattare in avanti e gli assesto un forte pugno all'intestino. Lui sussulta e cade in avanti, ma mi blocca i polsi mentre rotola al mio fianco.

Lottiamo per un minuto, cerco di liberarmi dalla sua presa, ma poi lui mi mette un braccio attorno al collo. Si rialza in piedi, tenendomi saldamente, e inizia a trascinare il mio corpo irrequieto verso l'auto, benché stia piantando i talloni nel cemento.

Grido di nuovo aiuto mentre lui mi sbatte ancora una volta contro la portiera dell'auto. Prima di poter urlare di nuovo, sento lo scatto di una pistola dietro la testa. Trattengo il fiato, non riesco a respirare, ho il terrore di muovermi, gli occhi mi si chiudono.

"Tira giù quei cazzo di pantaloni!" mi ringhia, premendo con forza la pistola contro il mio collo.

"Okay, okay" sbotto, con le mani in aria davanti a me, tremando mentre cerco di resistere.

Poi mi abbasso i pantaloni lungo le cosce e mi espongo, con le sole mutande addosso. Ingoio la sofferenza del momento, con il viso inondato dalle lacrime, e cerco di dirottare la mia mente altrove, di distaccarmi dalla situazione che sta per verificarsi.

Mi viene in mente un ricordo felice. Sono seduta sulle ginocchia di Cameron, in macchina, fra le sue braccia. Stiamo guardando l'alba mentre lui strofina delicatamente le nostre mani, intreccia le nostre dita, poi le allontana lentamente prima di ripetere di nuovo il movimento. Mi bacia il collo e mi sussurra all'orecchio quanto mi ama.

"Proprio così. Inizia ad ascoltarmi e sarà molto più facile." La voce roca dell'uomo mi fa uscire dai ricordi e mi riporta nella mia terrificante realtà. "Le ragazze come te non dovrebbero lavorare nei pub da sole a tarda notte. Possono capitare delle cose."

Afferra la mia biancheria intima sul bacino e tira giù i laccetti sottili fino a farli aderire alle mie cosce. Ora sono nuda davanti a lui e so che è finita. Non posso controllare ciò che sta per avvenire. Sto per essere violentata. La gravità di tutto ciò mi si abbatte addosso mentre apro la bocca per prendere fiato, le lacrime che mi inzuppano il viso.

Singhiozzo mentre lui mi piega di nuovo in avanti. Sento che si strofina contro il mio sedere, facendomi venire da vomitare. Istintivamente riporto la mano indietro per allontanarlo.

"Ti prego, smettila. Farò qualsiasi altra cosa, ma non..." Non so cosa gli sto offrendo, ho solo bisogno di provarci - di provarle tutte.

Lo sento brontolare qualcosa sottovoce alle mie spalle, afferrare la mia mano e torcerla dolorosamente dietro la schiena, usandola come un appiglio per tenermi ferma.

Torno con la mente in quell'auto, fra le braccia di

Hawke. Mi prende il viso fra le mani e mi tiene davanti a sé. Sorride, guardandomi in profondità con quegli occhi oceanici racchiusi da quelle lunghe ciglia nere, cercando dentro di me la casa che abbiamo trovato l'uno nell'altra.

L'uomo sussulta, e subito dopo sento il suo corpo lasciare il mio con un suono che non dimenticherò mai. Sembra un sasso che colpisce un muro, ma non c'è nessun sasso, nessun muro.

Mi aggrappo alla mia auto e chiudo gli occhi mentre l'uomo dietro di me stramazza a terra. Mi tiro su velocemente i pantaloni e mi chino per prendere le chiavi che mi sono cadute. Salgo in macchina e chiudo subito la portiera. Con mani tremanti e il petto ansante, infilo le chiavi nel quadro e metto in moto.

I fari dell'auto si accendono e illuminano la scena davanti a me. Scorgo una rissa tra due uomini nella ghiaia accanto al locale. L'uomo che era dietro di me è in ginocchio. Si avventa sull'altra persona. Segue una lotta, con pugni tirati avanti e indietro, si rotolano per terra, finché uno dei due non finisce sopra.

Ingrano la retromarcia e giro la testa per fare manovra, quando scruto di nuovo verso di loro e mi sovviene che il tizio aveva una pistola e che chiunque stia cercando di salvarmi potrebbe essere ucciso.

Fra l'ombra e i fasci di luce dei fari, *lo* vedo. La vista mi ferma il cuore.

È Hawke. C'è Hawke sopra l'uomo. È Hawke che sta sferrando pugni, che lo colpisce ancora e ancora, solo che l'uomo non reagisce più. È Hawke che sta per ucciderlo. *Come fa a essere qui?*

Metto la marcia del parcheggio, apro la portiera e corro verso di loro.

"Hawke! Fermati!" grido, vedendo la distruzione che sta per compiersi.

Per quanto non me ne possa fregare di meno di quest'uomo che ha cercato di farmi del male, non posso assistere alla ricaduta di Hawke per colpa mia. Sono anche dolorosamente consapevole del fatto che quest'uomo aveva un'arma. Non abbandonerei Hawke per nessun motivo al mondo.

"Hawke!" urlo di nuovo.

Noto la pistola appoggiata a terra vicino alla mia auto parcheggiata, e la scaglio attraverso il piazzale con un calcio, lontano dalla sua portata.

Accorro alle spalle di Hawke e osservo con occhi spalancati e preoccupati mentre continua a massacrare quell'uomo senza pietà. È come un animale. Non c'è modo di fermarlo. Ha perso la testa. È fuori controllo e, prima di rendersene conto, ucciderà l'uomo. I suoi muscoli si flettono nella schiena mentre continua il suo vigoroso assalto, anche se l'uomo è chiaramente al tappeto.

"Cameron!" sbraito disperata.

Si ferma con il pugno alzato in aria, sul punto di assestare l'ennesimo colpo. Il suo petto ansima mentre indietreggia lentamente dall'uomo che non si muove nemmeno. Ha il corpo ormai inerte, privo di coscienza.

Hawke si accascia contro il muro di mattoni del locale, la testa inclinata all'indietro, gli occhi appena aperti e la bocca leggermente schiusa per riprendere fiato.

"Cameron?! Oh, mio Dio, stai bene?" gli chiedo concitata, accucciandomi accanto a lui.

Più mi avvicino, più ho bisogno di vedere quanto sia ferito. C'è sangue dappertutto. Gli studio la testa e il viso e sembrano a posto, senza tagli o emorragie. Si tiene il fianco e geme, con gli occhi strizzati per il dolore. Sembra che non riesca a respirare.

"Cole" mormora, allungando la mano verso di me. "Ah, merda, le mie costole."

Gli sollevo la maglietta e gli controllo il busto, ma non vedo nulla a prima vista, quindi suppongo che nella lotta abbia preso un colpo al fianco e forse si è rotto una costola.

"Dobbiamo portarti via di qui." Gli metto un braccio intorno alla spalla e sollevo il suo corpo pesante mentre lo shock della situazione mi aiuta a continuare a muovermi.

Lo porto sino alla portiera dal lato del passeggero con il suo aiuto, quando a un certo punto scuote la testa per fermarmi.

"La mia moto." Sibila per il dolore, indicando il retro del locale.

Ero così poco presente che non l'ho nemmeno sentito accostare.

"Gesù, Cole" mormora con voce carica di dolore, riprendendo finalmente fiato. Mi tiene il viso tra le mani, con i guanti da motociclista ancora indosso. "Baby, dimmi che stai bene."

La sua voce rotta mi uccide. Il disgusto che avrà provato nel vedermi in quella situazione deve averlo distrutto. È così arrabbiato, eppure così tenero con me. Annuisco nelle sue mani, mai più grata per il suo tempismo. Ma non è stato casuale. Tutto quel momento sembrava pianificato. Non c'era nulla lasciato al caso. È stato organizzato apposta per distruggermi.

"Non mi sarei fermato" ammette col fiatone, appoggiando un braccio contro la mia auto. I suoi occhi carichi di apprensione uccidono un pezzo del mio cuore. "Non mi sarei fermato se non ti avessi sentita."

"Ma come hai fatto a venire qui? Che cosa è successo?" chiedo, finalmente pervasa dal sollievo. "Pensavo di essere sola. Ha quasi... ha cercato di..."

Scoppio a piangere mentre lui mi attira contro il suo petto.

"Lo so. Ma non è successo. Non l'ha fatto" risponde senza fiato, stringendo le braccia intorno a me. "Morirei prima di permettere che ti accada qualcosa."

"Cameron" mugolo, artigliando la maglietta sul suo petto mentre mi stringe.

Potrei crollare ora, potrei andare in pezzi al pensiero di quello che sarebbe potuto succedere, ma non abbiamo tempo per i 'se.' Lo allontano quanto basta per guardarlo in faccia.

"Devi andartene da qui" dico di getto. "Subito!"

Annuisce e si volta verso l'uomo privo di sensi. Mentre torna verso la sua moto chiede a gran voce: "Dove?! Dove andiamo?"

Mi arrovello sul da farsi. Sembra che un passo avanti corrisponda a dieci passi indietro nel mondo di Cam e Cole. Non possiamo tornare al motel. Non possiamo fuggire perché Hawke è osservato più da vicino che mai. Per me è ovvio che deve tornare da Kid. È andato a prenderlo lui, e ora Hawke deve comportarsi come se tutto questo non fosse mai successo e lui non fosse mai stato qui. Io, invece, devo tornare nel posto in cui non avrei mai voluto tornare.

Fa partire la moto e mi scruta ansioso, con la mente in fermento.

Lo guardo di nuovo negli occhi mentre faccio il giro dell'auto e mi metto al posto di guida.

"Tu torna da Kid" affermo con sicurezza, afferrando il volante mentre un istinto profondo e combattivo mi spinge a calmare i nervi.

Ora o mai più. Ho il potere di cambiare le cose. Ho il potere di rimettere tutto a posto. Ingoio ogni incertezza nel momento in cui vengo travolta da un'ondata di audace impavidità.

"Devo fare una cosa."

46

Giustizia poetica

Con le mani ancora tremanti per gli eventi impensabili appena accaduti, estraggo le chiavi dall'accensione e mi appoggio al sedile dell'auto, fissando la casa davanti a me.

Hawke è andato da Kid come gli ho indicato. Non senza opporsi, ovviamente. Si è messo praticamente in ginocchio, pregandomi di andare con lui finché non avessimo chiamato la polizia. Ma io non gli ho dato retta. Sapevo cosa andava fatto e purtroppo non era la polizia a poterlo fare. Non è che non apprezzassi la sua preoccupazione, soprattutto dopo quello che avevamo già passato. L'ho apprezzata più di ogni altra cosa. Il suo amore per me è più che evidente e lo sento nella parte più profonda del mio essere.

Ma questa è una cosa più grande della sua preoccupazione per me. È una cosa più grande di noi. Si tratta di rendere giustizia alle persone che la meritano. Si tratta di me, che devo cercare di ottenere vendetta per la persona che amo. Sono io che devo demolire la casa in cima alla collina, bruciandola con le stesse fiamme che essa ha scatenato intorno a me.

Ho chiamato al volo la polizia da un telefono pubblico dietro l'angolo, informandoli dell'uomo che giaceva privo di sensi fuori dal locale. Non ho detto altro prima di riattaccare. Non avevo tempo di spiegare i dettagli in quel momento. Dovevo mettere in moto questo piano.

Appena ho fermato la macchina, ho scorto la macchina di Patrick nel vialetto, quindi so che è qui e probabilmente sta dormendo come il fottuto ragazzino che è.

So che non si è trattato di una coincidenza. L'uomo al pub, le minacce, le tattiche intimidatorie... È assurdo anche solo ipotizzarlo. Questa famiglia, queste persone farebbero di tutto per tenere nascosti i loro segreti, soprattutto quando questi segreti sono in procinto di essere svelati. Eppure, nessuna somma di denaro o di terrore può impedire che la verità venga a galla in mia presenza. Il terreno sotto di me è solido, i miei piedi sono piantati come una quercia, pronti a resistere alla tempesta.

Non appena apro la portiera dell'auto, mi metto di nuovo in contatto telefonico con la polizia prima di mettere il cellulare in tasca.

Patrick esce di casa nello stesso momento in cui io mi avvicino alle scale, facendomi tirare il fiato per la sorpresa. Mi stava aspettando? O stava aspettando il tizio che ho appena incontrato? Il pensiero mi fa letteralmente tremare le spalle. La sua vista, che un tempo mi metteva a mio agio, ora non fa altro che suscitare in me il disgusto per tutto ciò che rappresenta.

"O sei finalmente rinsavita con una piccola spintarella, o mi hai riportato il mio telefono. Quale delle due, Nic?" Inarca le sopracciglia, facendomi abbassare le mie.

Il suo telefono?

Il suo telefono.

Deve essergli caduto il cellulare al pub quando Leonard l'ha cacciato, e questo ha segnato la sua posizione in quel posto durante l'incidente.

"Hai mandato tu quell'uomo da me" dichiaro, scuotendo la testa per lo sdegno. "Non posso crederci. L'hai mandato lì per fare cosa? Stuprarmi? Torturarmi? Qual era il tuo piano?"

Alza gli occhi al cielo. "Smettila di essere così melodrammatica. Questo tipo di cose possono accadere quando si lavora in quell'ambiente. Ti avevo avvertita di questo."

La sua arroganza consapevole mi sta facendo esplodere le viscere di rabbia e di vendetta. È per questo che avevo già visto quell'uomo lì prima, ed è per questo che mi ha catturata. Era solo il tentativo malato di Patrick di controllare la situazione intorno a sé e di indurmi a lasciare il pub con le sue tattiche intimidatorie e la paura.

"Quindi sei stato tu a organizzare tutto questo? L'hai mandato lì per spaventarmi, senza sapere che avrebbe cercato di violentarmi davvero. E poi, cosa? La tua gelosia ha avuto la meglio su di te?"

"Scusa, cosa? La gelosia?"

"Perché l'hai fatto?!" gli urlo contro. "Avresti potuto farlo uccidere, sai!"

Rimane un attimo in silenzio, con la testa inclinata di lato per la confusione. Certo che è confuso, quello che dico non ha senso per lui perché non era lì, ma la polizia all'altro capo del telefono non lo sa.

Continua a fissarmi con una smorfia sulla faccia.

"Non so di cosa tu stia parlando, ma posso solo sperare che abbia funzionato. Forse ora capirai da che parte vuoi stare. Te l'avevo detto che quando si dissotterrano vecchie tombe non se ne cava mai nulla di buono" afferma, provando di essere stato lui a mandare quel tizio lì per fare lo stronzo con me.

Tempismo perfetto, peraltro. Hawke era rinchiuso in quel momento e io ero sola e bisognosa di aiuto. O Patrick sperava che tornassi a casa di corsa tra le sue braccia, o peggio, il tipo aveva intenzione di mettermi a tacere per sempre. Questa consapevolezza fa tremare il mio corpo di rabbia e scavarmi con le unghie nei palmi delle mani.

Patrick scende lentamente le scale verso di me e raggiunge il fondo, dove mi trovo con le chiavi in mano, il petto ansante e la mascella serrata. Allunga una mano e mi scosta i capelli dalla fronte. Gliela scaccio con uno schiaffo.

"Non toccarmi!" urlo bruscamente.

Lui lascia cadere la mano, ridacchia del mio comportamento e si mette le mani in tasca.

"Non giocare con persone fuori dalla tua portata, Nic. Perderai sempre."

"Fuori dalla mia portata?" chiedo con sarcasmo. "Oh, come Hawke? Era fuori dalla tua portata lui? Lui non è mai stato all'altezza del tuo status sociale, eh?"

"Decisamente" conferma compiaciuto. "È molto al di sotto di quello che potresti essere tu. Ed è per questo che non riesco a capire perché tu abbia perso tempo con questa faccenda del volermi sfidare."

Non sopporto quest'uomo. Come ho fatto a non capirlo prima? Perché non sono riuscita a cogliere la reale natura di questo individuo malato e perverso con cui mi sono quasi bloccata per una vita intera? Tutto in questa famiglia è una facciata. L'apparenza buona, sana e pura si sovrappone alle anime ingannevoli, conniventi e arroganti che ci sono sotto.

"Se Hawke è così inferiore a te, perché offrirgli un posto in cui vivere? Perché far finta di aiutarlo quando non te ne può fregare di meno?"

"Perché era la cosa giusta da fare." Ripete quella stupida frase. "Tanto non ha niente e nessuno."

"È piuttosto facile incolpare di omicidio un ragazzo che non ha nulla, non trovi?" lo incalzo, piegando la testa di lato. "Ancora più facile mentire sul fatto che ti ha picchiato, quando in realtà è stata una donna a farti quell'occhio nero che hai ora."

Ride. Ha veramente la faccia tosta di fare una risata.

Devo mantenere la concentrazione, stare calma e continuare, ma si sta rivelando sempre più difficile. Devo abbassare i toni.

"Non capisco perché devi continuare a insistere. Davvero non lo capisco, Nic. Per me è ridicolo."

Rimango lì con gli occhi spalancati, a scuotere la testa incredula. Come fa a non capire?

Sospira e abbassa lo sguardo a terra prima di riportarlo su di me.

"Vorrei davvero che ci lasciassimo tutto alle spalle" mormora con un filo di voce e una smorfia.

Percepisco uno sconforto nel suo intimo, un dolore nel suo cuore per avermi persa a causa di qualcosa che sfugge al suo controllo.

Devo sfruttarlo.

Sospiro e mi metto una mano sulla fronte per placarmi. "Ho il diritto di sapere, soprattutto se vogliamo avere la possibilità di un futuro insieme, Patrick" rispondo con un tono più morbido, che sa di sincerità.

"Non so se un futuro con te è quello che la mia famiglia vuole per me. Soprattutto dopo quello che hai fatto. Sean sapeva che c'era qualcosa tra voi due, ma io non ho voluto crederci."

"Ma cos'è che vuoi tu, Patrick?" chiedo docile. "Sì, ho commesso degli errori. Sì, ho fatto cose che non avrei dovuto fare, ma questo non fa sparire quello che c'era tra noi, giusto? E che mi dici del perdono?" Mi avvicino lentamente a lui.

"Che cose orribili hai detto al pub." Storce il viso mentre parla. "So che non è nella tua indole compiere quegli atti ignobili. Hai agito per sfida, hai detto certe cose solo per farmi arrabbiare. Lo capisco."

"Hai ragione. Non sono stata sincera. Non permetterei mai a nessuno di portarti via tutto quello."

Eccome se lo farei. Lo rifarei ancora e ancora.

"Lo so, Nic. Ed è vero, non posso spegnere questi sentimenti che provo per te, anche se le tue scappatelle mi dicono che dovrei farlo. Hai così tanto da farti perdonare.

Così tanto da dimostrarmi."

Mi mordo il labbro inferiore e lo guardo con occhi malinconici e spenti. Questo è esattamente ciò che gli occorre. Un modo per mantenere il controllo su di me attraverso il mio bisogno di dimostrargli che sono degna del suo amore. Man mano che mi osserva, il suo atteggiamento prepotente si placa un po'. So che c'è una parte di lui che mi ama ancora e vorrebbe che potessimo tornare a quel periodo più facile. Un tempo in cui le domande infinite e le verità difficili non erano un problema per lui.

"Possiamo iniziare con l'essere onesti l'uno con l'altra. Nessun altro deve intromettersi nella nostra relazione, tranne noi. Solo noi e i nostri segreti" sussurro, dandogli quel senso di sicurezza di cui sembra aver bisogno per aprire quel caveau che è il suo passato.

Fa un bel respiro, si avvicina a me e mi prende la mano. Lo lascio fare, mentre si decide a confessare.

"Che cosa è successo, Patrick?" gli chiedo a bassa voce, accostandomi a lui.

"Non posso prendermi il merito degli eventi successivi all'incidente e del modo in cui è stato gestito. È stata opera di mio padre." Posa lo sguardo sull'erba sotto i suoi stivali. "Mi ha aiutato a tirarmi fuori da quel dilemma potenzialmente catastrofico. In ogni caso, quel che è fatto è fatto. Non si può cambiare il passato, Nic."

Il dolore, che mi spezza il cuore a metà quando lo sento definire la morte di Ben il suo dilemma, mi rende quasi inerme, finché non ritrovo la forza dentro di me. La forza per Hawke. La forza per Ben.

"Quindi, sei stato tu" sussurro, benché già lo sappia. "C'eri tu in quella macchina."

"È questo che ti serve per andare avanti?" mi chiede, apparentemente frustrato.

"È quello che serve a me, è quello che serve a entrambi." Annuisco.

Lui sospira e scuote la testa come se fossi una bambina che non la smette di chiedere altre caramelle.

"Sì, Nic. Ero in quella macchina. Stavo guidando e ci siamo schiantati. Avrebbe potuto essere chiunque di noi. Eravamo tutti ubriachi. Gli incidenti capitano, ma alcuni futuri non valgono la pena di essere sprecati."

Lo guardo con gli occhi sgranati. *Non riesco a credere che questo coglione l'abbia ammesso davvero.*

"Sei felice adesso? Sei pronta a mettere il passato nel passato e ad andare avanti come tutti noi?" mi chiede, alzando gli occhi al cielo come se tutto quell'evento fosse solo una piccola macchia da coprire.

Sospiro e chiudo gli occhi. Le lacrime ora sgorgano liberamente e un enorme sorriso si allarga sul mio viso. Non ho mai provato un tale sollievo, una tale felicità, una soddisfazione così pura nel sapere che le catene sono state finalmente spezzate.

Prima che chiunque di noi possa dire altro, sento delle auto in arrivo. Le luci iniziano a lampeggiare intorno a me man mano che la polizia si avvicina alla proprietà. Gli lascio la mano e faccio un passo indietro per tirare fuori il telefono dalla tasca e verificare che sia ancora acceso - e così è. Mi porto il cellulare all'orecchio e ascolto una donna al ricevitore che informa qualcun altro che la polizia è arrivata sul posto. Hanno sentito tutto, e ora ho la certezza che è stato registrato.

"Mani in alto!" urla a Patrick uno dei poliziotti, puntando una pistola nella sua direzione.

"Cosa? No... No, avete sbagliato persona. Questo è un errore, è chiaro!" cerca di farlo ragionare Patrick.

"Non c'è nessun errore" esordisce l'agente, avvicinandosi a Patrick e cercando di mettergli le mani dietro la schiena.

"Abbiamo ricevuto numerose telefonate, una riguardante lei che minacciava una donna al locale, un'altra perché lei l'ha fisicamente molestata e poi, naturalmente, c'è l'uomo ridotto in coma per il pestaggio."

John deve aver chiamato la polizia dopo la nostra conversazione e Leonard dopo la scenata che si è svolta davanti a lui al pub.

E poi c'è Hawke. Feroce come pochi quando deve esserlo, per proteggermi a qualunque costo. Per non parlare del fatto che è stato da poco rilasciato per l'ennesima condanna ingiusta per la quale chiaramente non c'erano prove. Julie deve aver fatto miracoli per lui. A prescindere da come sia arrivato in quel posto, la verità è che Hawke mi ha salvata in tutto e per tutto da quell'uomo orribile. Da entrambi questi uomini, a conti fatti.

"Non sono stato io! È una follia! Non lo farei mai!" sbraita Patrick mentre cercano di agguantargli le mani irrequiete.

"A giudicare dalle sue nocche, direi il contrario" afferma l'agente, afferrando e ispezionando i suoi pugni.

Senza dubbio, i tagli provocati da quel suo scatto d'ira in camera da letto, quando ha preso a pugni il muro e ha lanciato la lampada, si sono rivelati utili. Corrispondono senza problemi alla descrizione di una persona che ha picchiato qualcuno fino a fargli perdere i sensi.

"Non sono stato io! Non avrei mai difeso questa... questa puttana! Se l'è cercata!"

"Il suo cellulare è stato trovato sul posto" informa il poliziotto mentre continuano ad applicare i loro protocolli. "Come lo spiega questo?"

Patrick sta perdendo la testa. Si dimena mentre gli agenti lo trattengono, invoca i suoi avvocati, suo padre, tutte le cose che spera possano salvarlo, ma ora non c'è più nulla che possa salvarlo. La polizia lo ha in pugno, e ora ha anche la sua confessione.

Vedo arrivare un'altra macchina, ed è quella di Kid e Hawke. Hawke aspetta a malapena che l'auto rallenti prima di saltare fuori dal lato del passeggero, inciampando appena prima di raddrizzarsi e correre verso di me.

"Cole!" Mi ripara subito sotto il suo braccio e io lo stringo mentre lui scruta l'ambiente intorno a noi per assicurarsi che io non stia correndo altri pericoli. "Non ti ha toccata, vero? Stai bene?!"

"No, non mi ha toccata. Sto bene. Mai stata meglio, a dire il vero."

"Che cosa hai fatto? Che cosa è successo? Come hai potuto...?" La sua frase resta a metà e si ravvia i capelli con una mano, prima di passarsela sul viso mentre scruta le auto della polizia, Patrick e l'intera scena.

Mi volto verso di lui e gli stringo il viso tra i palmi, ottenendo la sua completa attenzione. I suoi occhi sono colmi di preoccupazione, confusione e al contempo di fiducia.

"Ha confessato" mormoro con le lacrime che mi riempiono gli occhi e mi rigano le guance quando sbatto le palpebre e continuo a parlare. "Ha confessato, Cameron, e la polizia ha registrato tutto."

Il suo volto è bianco come quello di un fantasma mentre mi fissa incredulo.

"Signore, stia indietro per favore" ingiunge un altro agente mentre finiscono di sistemare Patrick nel retro di una volante.

Lui mi tira di lato e mi tiene le braccia intorno mentre guardiamo la scena che si svolge davanti a noi. Patrick mi lancia un'occhiata e solo ora si accorge di Hawke che tiene il mio corpo contro il suo.

"Figlio di puttana! Avevamo un accordo! Non vedrai un solo centesimo!" urla Patrick, che si sta completamente distruggendo senza la presenza di suo padre a fermarlo. "E lei! Lei? Sta mentendo! Non ho mai messo un dito addosso a nessuno! Non la passerai liscia! Quando mio padre..."

La sua voce viene interrotta quando la portiera si chiude, mettendo fine al frastuono tossico che invade le nostre orecchie prima che si allontanino lentamente.

Afferro le mani di Hawke e mi porto le sue nocche alle labbra. "Intatte" sussurro, e lui inarca il sopracciglio. "Le tue nocche. I guanti da moto."

A volte il destino ci mette lo zampino. Devi

sopportare il dolore e viverlo fino in fondo per acquisire forza, per diventare indistruttibile da solo e combattere i mostri che incontri sfruttando le loro stesse debolezze. E poi tutto il resto va al proprio posto.

Kid accorre da noi col fiatone, come se avesse fatto dieci chilometri di corsa e non i dieci passi che gli ci sono voluti per raggiungerci dalla macchina. Restiamo tutt'e tre in silenzio per un momento, a guardare mentre portano via Patrick, finché l'auto non scompare dalla nostra vista. Vedo Cameron che si asciuga le lacrime dagli occhi, e so che sta pensando a Ben. Lo stringo forte, percependo ogni briciola di questa giustizia poetica.

Un altro agente si avvicina a me e prende i miei dati per portarmi in centrale per una deposizione ufficiale e un ulteriore interrogatorio. Sempre che Hawke lo permetta. Mi sta attaccato, le sue braccia mi avvolgono in una presa così salda da farmi provare un conforto che non ho mai conosciuto.

"Vorrà dire che sarò qui ad aspettarti" sussurra, voltandosi per prendermi il viso tra le mani e guardarmi con una tale adorazione e amore che il mio cuore sembra sul punto di esplodere dal petto.

"Com'è giusto che sia: questa è la tua casa" rispondo con un sorriso genuino.

Lui mi afferra la nuca e mi tira a sé, le nostre fronti si toccano mentre mi fissa.

"La mia casa è proprio qui" afferma con convinzione, posando il palmo della mano sul punto in cui si trova il mio cuore pulsante.

Mi alzo in punta di piedi e catturo le sue labbra per un bacio dolce e soave, prima che appoggi di nuovo la fronte sulla mia.

"Mi hai liberato dalla mia gabbia, Cole. Mi hai riportato in vita e mi hai reso libero" sussurra con la voce spezzata.

"Ci siamo liberati a vicenda, Hawke" bisbiglio, cingendogli il collo e guardandolo amorevolmente negli occhi. "E ora è il nostro momento di spiccare il volo."

47

Il miglior tipo di dolore

"Oh, Cam" gemo e stringo forte gli occhi. "Fa male."

"Solo un altro po'" mi sussurra all'orecchio, le sue mani che mi ghermiscono le spalle. "Puoi farcela."

"Cam" mi lagno più forte e mi affondo i denti nel labbro inferiore per sopportare il dolore.

"Brava, ecco la mia ragazza." Il suo sussurro roco mi arriva dritto all'orecchio.

"Ah, merda! Non ce la faccio, non ce la faccio!" urlo, lasciando cadere la testa all'indietro. Il dolore sta diventando troppo intenso.

"Baby, stai ferma." Ridacchia, offrendomi la sua migliore voce calmante. "È già quasi finito."

E in effetti l'uomo finisce l'ultima riga proprio quando io mi sono quasi arresa per la mia scarsa tolleranza al dolore.

"Ecco fatto, bambola." Il tatuatore mi fa l'occhiolino mentre lava il mio nuovo tatuaggio e poi lo pulisce un'ultima volta, guadagnandosi un'occhiataccia da parte di Hawke.

Non riesco a contenere la mia eccitazione ora che il dolore è finito. Non ho idea di come faccia lui ad avere così tanti tatuaggi. Non è una roba per deboli. Fa un male cane.

Mi avvicino allo specchio e mi ci metto davanti per controllare il mio primo e unico tatuaggio. È un falco tutto nero sul lato del costato, appena sotto il seno.

Hawke si avvicina dietro di me, sorridendo con gli occhi mentre mi gira intorno per dare un'occhiata.

"Non posso credere che tu l'abbia fatto davvero." Sogghigna, ammirando il mio corpo nel suo insieme e mordendosi l'angolo del labbro. "È sexy da morire."

Già. Solo sentire la sua ammirazione rende tutto il dolore che ho provato meritevole. Ne sopporterei altro solo per sentire la sua approvazione. Hawke mi fa sentire così bella, così rara, così unica. È davvero il miglior tipo di dolore.

"Non posso credere che tu mi avessi detto di non farlo" rispondo, ammirando quanto mi stia bene. Come se fosse destinato a stare lì.

Si pianta dietro di me nello specchio, le sue mani si aggrappano ai miei fianchi mentre continua a parlare al nostro riflesso. "Non volevo che te ne pentissi. Sai che si dice che i tatuaggi di coppia hanno una connotazione negativa."

"Hawke" ribatto, voltandomi verso di lui. "Hai letteralmente inciso il mio nome sul tuo avambraccio!"

Lui sorride e abbassa lo sguardo sul tatuaggio. All'interno dell'avambraccio, vicino al gomito, si è fatto scrivere Cole in corsivo.

"Questo è diverso. Sono ossessionato da te. Ha senso."

Gli do uno schiaffo giocoso sulla spalla, facendogli tirare fuori quel suo bellissimo sorriso, prima di avvolgergli le braccia intorno al collo.

"Perché pensi che io mi sia fatta fare un falco?" Inarco le sopracciglia con un sorrisetto, facendogli sfoggiare ora un sorriso timido. "D'ora in poi sarai sempre una parte di me, Cam."

"Cazzo se ti amo." Si china e preme le sue labbra carnose sulle mie prima di arrivare al collo. Tira fuori la lingua e lecca il punto sotto il mio orecchio, che mi fa sfuggire un respiro dalle labbra. Le sue labbra trovano il lobo del mio orecchio. Dopo aver trascinato i denti su quel punto sensibile, bisbiglia: "Non vedo l'ora di scoparti con il tuo nuovo tatuaggio."

Deglutisco, il mio battito accelera all'istante alle parole sussurrate. Guardo dietro di noi e mi accorgo che il tatuatore ci sta sorridendo, notando chiaramente la mia espressione bramosa. Le mie guance devono essere di una tonalità di rosso intenso. Sì, è ora di andare.

Torniamo a casa dopo aver fatto un salto al supermercato per fare un po' di spesa. Sotto questo tetto, tra queste mura, le cose ora sono diverse. È più accogliente da quando siamo solo noi due, ma c'è ancora un'energia persistente che non mi sconfinfera. Patrick è via, ancora in cella e in attesa di giudizio.

A quanto pare, suo padre ha cercato di pagare una cauzione per ottenere la scarcerazione fino alla data del processo, ma vista la gravità dei crimini non gli è stata concessa. Il pensiero di saperlo seduto lì in attesa che il padre sborsi denaro per la sua uscita, solo per scoprire che un'accusa di omicidio colposo non consente di pagare la cauzione, mi riempie di calore e mi fa sentire a mio agio.

Suo fratello Sean è passato a prendere il resto delle sue cose a casa la scorsa settimana. Gli abbiamo gentilmente fatto trovare tutto disseminato sul prato e siamo rimasti seduti in veranda a guardare con un cocktail in mano mentre Sean si caricava tutto da solo.

Le accuse a carico di Patrick comprendono una lunga lista di reati federali. Intralcio alla giustizia, fuga dalla scena del crimine, omicidio colposo. Persino il suo amichetto lo ha denunciato, supponendo che fosse stato Patrick a picchiarlo - quindi c'è anche un'accusa di aggressione a completare il tutto. Io ho presentato un'ordinanza restrittiva, su consiglio di Hawke e Julie.

Anche suo padre è stato accusato di intralcio alla giustizia per aver tentato di pagare e insabbiare l'incidente per conto di Patrick. Per come si sta evolvendo la situazione, sembra che Patrick dovrà scontare almeno quindici anni per quelle accuse, sempre che venga effettivamente condannato per tutte. Sarebbe un miracolo, ma la speranza è l'ultima a morire, no?

Julie si è impegnata a fondo in questa situazione dopo aver visto e sentito ciò che è successo. Ha chiesto ai suoi amici avvocati di occuparsi del caso pro bono per inchiodare la famiglia e ottenere il definitivo rilascio di Hawke. Sono già state presentate le pratiche per ottenere la cancellazione della condanna a suo carico, per rimuovere tutti i precedenti e lasciargli la fedina pulita che merita.

Nel frattempo, stiamo convivendo a casa sua come mai prima d'ora - per la prima volta da soli.

È un po' strano aver già convissuto con il proprio ragazzo prima di diventare una coppia. Conosco già le sue fisse, una delle quali è la sua strana mania per la pulizia e l'ordine, così come lui conosce il mio irrefrenabile bisogno di avere coperte pelose in giro per tutta la casa.

Vivere con lui è fantastico. Svegliarsi insieme ogni mattina tra le braccia dell'altro, poi uscire dalla stanza per prendere il caffè insieme mentre guardiamo film di mafia. La vita non potrebbe essere migliore di così. Viviamo grazie ai soldi che Hawke ha già avuto dalla famiglia di Patrick, con la prospettiva di riceverne altri dal comune per l'ingiusta condanna. È esilarante come sia andata a finire.

Io sto ancora lavorando alla stesura del mio romanzo, pur mantenendo il mio ruolo di editor, e Hawke si sta prendendo una pausa per godersi la vita e la sua ritrovata libertà, mentre stiamo stabilendo il nostro prossimo passo insieme.

"Ho voglia di pizza!" grida Hawke dalla doccia.

"Grazie a Dio" rispondo io dalla cucina. "Odio

cucinare dopo lo shopping. Sono così stanca."

Hawke si infila un paio di pantaloni della tuta ed entra in cucina con un asciugamano in mano, mentre si tampona ancora i capelli. Sulle sue spalle larghe ci sono ancora goccioline d'acqua che gli stanno aggrappate addosso come se non volessero più andarsene. *Vi capisco, gocce d'acqua. Vi capisco eccome.*

Ha un odore paradisiaco, fresco e profumato di sapone, condito con una specie di acqua di colonia che attiva le mie parti femminili. E se a questo si unisce la vista di lui a torso nudo, con il petto ampio e le braccia scolpite e coperte dai suoi famigerati tatuaggi, con indosso una tuta aderente senza biancheria intima e con la chiara sagoma del suo cazzo… Già, è spacciato.

"Vai a rilassarti sul divano, ci penso io a ordinare" mi assicura, baciandomi la testa mentre prende la brochure della pizzeria per telefonargli.

La pizza arriva circa quaranta minuti dopo, interrompendo la nostra partita a strip poker appena prima che mi tolga la maglietta.

"Maledizione!" impreca lui, lanciando le carte. "Non sono mai stato così incazzato con la pizza in tutta la mia vita" borbotta, alzandosi e lasciandomi a ridacchiare di gusto.

Mangiamo mentre guardiamo A Bronx Tale sul divano, praticamente uno sopra l'altro, prendendo i nostri tranci direttamente dalla scatola.

"Volevo parlarti di una cosa" esordisce Hawke. Si pulisce le mani sul cartone della pizza ormai vuoto prima di girarsi verso di me sul divano.

"Okay" rispondo, con una lieve esitazione.

"Che ne pensi di vendere la casa?"

Le mie sopracciglia si alzano di scatto per la sorpresa.

"Voglio dire, immaginavo che a un certo punto avresti voluto farlo, ma la decisione spetta a te, ovviamente. Il legame che hai con questa casa-"

"Non ho alcun legame con oggetti tangibili. Ho un legame con te e solo con te" si affretta a chiarire.

Il suo sentimento mi fa riflettere. Il suo amore e la sua ossessione per me sono a dir poco adorabili.

"Intendo solo con tuo padre. Questa era la tua casa prima che accadesse tutto questo. Il tuo attaccamento ad essa può essere diverso dal mio" ammetto a voce bassa, salendo sulle sue ginocchia.

Trascino dolcemente le dita dalle sue spalle fino al petto, toccando ogni curva dei suoi muscoli prima di arrivare alla cintura della sua tuta.

Lui si sposta sotto di me, striscia appena in avanti e aggiusta i fianchi per accogliermi in grembo, mentre le sue mani trovano le mie cosce.

"Il mio attaccamento è a te" risponde in fretta, soprappensiero. "Tutto il resto è qui sopra e qui dentro, dove dovrebbe essere" aggiunge, indicando la testa e il cuore.

Mi spunta un sorriso sulle labbra per la dimostrazione imbarazzata delle sue emozioni, e la vista lo fa sorridere. Gli occhi gli si stringono in due fessure e la sua attenzione si rivolge al mio corpo sopra il suo. Si trastulla con l'anello alle labbra, segno evidente che sta pensando al sesso.

È probabilmente il suo tic che preferisco.

"Ho pensato al nostro futuro, sai" commenta in tono più soave, disegnando piccoli cerchi sulla mia coscia con l'indice prima di alzare timidamente lo sguardo verso il mio.

"Davvero?" domando, mordendomi il labbro inferiore per trattenere un sorriso. Gli scosto delle ciocche di capelli dalla fronte e contemplo il suo viso. "E dimmi, cosa vedi?"

È la prima volta che parliamo davvero di noi e dei nostri progetti. Finora si è sempre trattato solo di sopravvivenza. Non avevamo obiettivi. Non avevamo progetti. Ma ora ci è stata data l'opportunità di pensarci.

"Vedo te, seduta nella veranda della nostra casa al largo della costa della California, con il vento che ti scompiglia i capelli mentre guardiamo insieme il tramonto." Mi cinge la vita per tirarmi il più possibile vicino a sé. "Ti vedo scrivere mentre guardi il blu, il verde e il verde acqua dell'oceano. Mi vedo lavorare e fare qualcosa che amo mentre ti aiuto a realizzare i tuoi sogni. Ci vedo felici. *Davvero felici, cazzo.*"

Mi si stringe il cuore. Tutto ciò che sta descrivendo e il modo in cui lo vede mi danno una sensazione di tale beatitudine. Possiamo essere felici. Saremo felici. Davvero felici, cazzo.

"E vedo dei bambini. Un sacco di fottuti bambini" aggiunge, con un sopracciglio inarcato e un sorriso malizioso mentre mi stringe il culo tra le dita.

"Hawke!" lo rimprovero, spalancando gli occhi per la sorpresa.

Il fatto che abbia pensato a me come madre dei suoi figli mi dice tutto quello che devo sapere sul futuro che ha visto. Saremo noi, per sempre. La promessa di tutto questo mi fa fremere il ventre dall'eccitazione. Anch'io voglio questo per noi.

"Sembra il paradiso."

Mi raddrizzo sulle sue ginocchia, afferro l'orlo del mio top corto e me lo sfilo da sopra la testa, lasciando i capelli spettinati intorno al viso.

Mi fissa con le labbra leggermente aperte, prima che mi tolga anche il reggiseno. Si lecca le labbra, e quando deglutisce vedo il pomo d'Adamo oscillare. Avere il controllo su un uomo come lui è una sensazione indescrivibile. Sono una dea ai suoi occhi, che risplende di fronte alla sua meraviglia.

"Visto? Non è venuto benissimo?" domando coprendomi i seni e voltandomi leggermente per togliere la benda dal tatuaggio, impaziente di dare un'occhiata e mostrarlo anche a lui.

Hawke mi afferra le mani e le allontana dal mio corpo, lasciando il mio petto esposto davanti a lui. Si morde il labbro prima di aprire la bocca e trovare il mio capezzolo. Le sue mani risalgono lungo le cosce fino alla vita, poi arrivano a stringere entrambi i seni mentre gioca con il mio capezzolo tra le labbra.

"È... fottutamente... perfetto" mormora tra un bacio e l'altro.

"Cam." Ridacchio. "Non lo stai nemmeno guardando."

Lambisce la pelle sensibile, passandoci delicatamente le dita.

"Fidati, non riesco a toglierGli gli occhi di dosso" ammette. Bacia quel punto e poi si reclina sul divano per incrociare il mio sguardo. "Dio, sei bellissima."

Arrossisco alle sue parole, e sento che ognuna di esse mi arriva dritta alla bocca dello stomaco.

Sposta una mano al centro del mio petto, appoggiando il palmo sul mio cuore, mentre prende la mia mano e la posa sullo stesso punto del suo petto. Mi chino e catturo le sue labbra soffici con le mie. Mi bacia con una lentezza straziante. La sua lingua percorre la lunghezza della mia prima di inclinare la testa e rifarlo con più veemenza. La passione tra noi cresce, il calore che ci circonda non è mai stato così palpabile. L'effetto che ci facciamo a vicenda è inimmaginabile. È caotico, selvaggio, a dir poco magnifico.

Mette entrambe le mie mani ai lati del suo collo e mi tira più vicino a lui. Lo sento avido, duro e pronto sotto di me, sotto la sua tuta. Mi struscio su di lui perché ho bisogno di sentirlo contro di me, e lui emette un respiro al contatto.

"Ho bisogno di te adesso" gemo tra un bacio e l'altro.

La sua bocca si apre e le sue sopracciglia si increspano.

"Mi hai" sussurra.

La sua promessa è tutto ciò di cui ho bisogno.

48

Tieniti forte

Mi solleva rapidamente e mi sostiene con le mani sotto il sedere mentre ci spostiamo dal divano alla camera da letto, con le bocche che non si staccano mai. Mi sdraia sul materasso e mi abbassa i pantaloncini prima di gettarli dall'altra parte della stanza, poi si inginocchia al bordo del letto.

"Hawke" gemo in attesa.

I suoi occhi trovano i miei, il mio gemito lo ammalia e fomenta la sua stessa brama e il suo desiderio. Adora quando faccio dei versi per lui, così come io adoro quando lui fa dei versi per me.

"Di' che siamo noi" ordina, prima che le sue labbra si posino sul mio interno coscia. "Di' che sei mia, tutta mia."

Il suo costante bisogno di sentirlo non mi disturba mai. Voglio sommergerlo nella mia ammirazione, seppellirlo in un amore infinito.

"Mm, sono tua." Mi contorco sotto di lui, perché desidero all'istante quelle labbra voluttuose su di me. "Sempre."

Mi divarica le gambe con le mani, la sua lingua risale lentamente il mio interno coscia prima di raggiungere finalmente il mio clitoride. Mi avvolge con ambo le mani la parte superiore delle cosce per tenermi ferma mentre mi lecca per tutta la lunghezza, facendomi inarcare la schiena per la sensazione deliziosa.

"Adoro il tuo sapore" sussurra contro il mio sesso, facendomi impazzire.

Le sue labbra mi succhiano e mi baciano in tutti i punti giusti. Il suo piercing aggiunge la sensazione perfetta all'esperienza già di per sé stimolante. Quando spinge un dito dentro di me, grido senza fiato. Mi sbircia attraverso le ciocche dei suoi capelli neri, con la lingua mi sfiora appena il clitoride prima di esercitarvi sopra una forte pressione. Conosce ogni modo per farmi eccitare, così come io conosco i modi per far eccitare lui.

"Mi stai facendo impazzire" mugolo, stringendo vigorosamente le lenzuola sotto di me e cercando di trattenere il mio imminente orgasmo.

Ma lui non ci sta. Adora quando vengo prima del sesso, perché mi rende ancora più bagnata e gli permette di scivolare meglio dentro di me, nel posto che gli spetta.

Fa entrare lentamente un altro dito dentro di me e inizia a farle scorrere e a ritirarle ad un ritmo costante. Sentirgli accarezzare il punto che desidera così tanto essere toccato da lui mi spinge alla follia.

Infilo le dita tra i capelli in cima alla sua testa, li abbranco e poi sollevo i fianchi per andare incontro alla sua lingua.

Lui geme in segno di approvazione perché adora quando sono violenta con lui. I miei muscoli si irrigidiscono e sono travolta dall'orgasmo. Getto la testa sul materasso e invoco Dio, ancora e ancora, mentre lui mi strappa fuori tutto il piacere.

Senza perdere un attimo, me lo ritrovo sopra di me. Ora siamo entrambi spogliati del resto dei nostri vestiti e sotto il piumone. Pianta il bacino tra le mie cosce e venera la pelle del mio collo e del mio torace, continuando a negarsi il suo piacere. Gli afferro la nuca e lo attiro verso le mie labbra, perché ho bisogno del contatto con la sua lingua, del modo elettrizzante in cui le nostre lingue si muovono insieme ogni volta che ci baciamo.

"Ti amo, Cameron Hawke." La mia frase sussurrata colpisce le sue labbra.

Mi guarda intensamente, come sa fare lui, poi sento la sua punta sfiorare il mio sesso. Si morde il labbro inferiore, sposta lo sguardo dai miei occhi alle mie labbra e poi lo riporta in alto mentre affonda dentro di me. Faccio fatica a tenere gli occhi aperti per il dolore ben accetto che provo nell'accoglierlo. Scivola in profondità, chiudendo gli occhi e aprendo le labbra. Ci stimoliamo a vicenda con la nostra eccitazione sfrenata e dolorosa, gemiamo entrambi di pura beatitudine per il nostro legame. I suoi avambracci cedono e scarica il suo peso su di me, appoggiando la fronte contro la mia, petto contro petto, il più vicini possibile.

"Tu mi salvi" mormora con voce rauca. "Mi distruggi, mi fai a pezzi, raccogli i miei frammenti e mi salvi."

Mi manca il fiato alla sua affermazione. Non potrei mai sentirmi più legata a un'altra anima di quanto non mi senta con Cameron. Potrò pure salvarlo, ma anche lui salva me. Mi ha svegliata da una vita di sonno, da anni in cui ho camminato senza mai essere veramente desta. Ha contribuito a farmi diventare la donna che sono ora, mostrandomi la mia vera natura e chi sono nel riflesso di quegli occhi color oceano. Io lo spezzo e raccolgo i suoi pezzi, ma lui mi annienta, smontando le mie vecchie credenze e ricostruendomi con le mie stesse istruzioni. Mi rende la forma migliore di me stessa. Come potrei non salvarlo? È l'unico che abbia mai conosciuto che valga la pena di salvare.

Facciamo l'amore in modo lento, dolce e tortuoso. Quel tipo di amore che ti fa sentire così tanto che potresti implodere per quanto ti batte forte il cuore. Lo sento sotto la mia pelle, nel profondo delle mie ossa e in qualsiasi punto altrimenti intoccabile sotto la superficie. Le nostre anime si intrecciano, si incontrano attraverso le nostre pupille dilatate, e questo contatto visivo diretto ci tiene costantemente uniti, completamente presenti l'uno per l'altra, consumati l'uno dall'altra. Voglio ritrovarmi così legata a lui da arrivare al punto in cui entrambi dimenticheremo cosa sia la solitudine. Il tempo. Non c'è abbastanza tempo su questa terra per averne abbastanza dell'altro.

Le lacrime mi rigano le guance e lui le bacia mentre ci teniamo forte l'uno all'altra, senza fiato nella nostra beatitudine. Ci curiamo a vicenda con l'amore che sentiamo costantemente il bisogno di dimostrare. Solo che non abbiamo bisogno di dimostrarlo. Per niente. Come si fa a dimostrare l'intangibile? È un sentimento indefinito che accogliamo e basta, e la fiducia tra noi non è mai stata così forte.

Le permettiamo di portarci sull'orlo del precipizio e compiamo insieme quell'interminabile passo che ci fa precipitare dal bordo, che ci fa cadere in picchiata, alla cieca, mano nella mano mentre ci crogioliamo nella sensazione di caduta libera. La promessa dell'eterno è scritta nelle cicatrici dei nostri cuori. Non ci sarà mai un amore come il nostro. Abbiamo cercato di contrastarlo, ma ci ha trovati lo stesso mentre ci nascondevamo, dimostrando che tutto questo era fuori dal nostro controllo. Fuori controllo, come dovrebbe essere.

Non si pianifica che queste cose accadano nella vita, il dolore insormontabile, la tortura della sventura, l'agonia di perdere i propri cari troppo presto. Non ci si aspetta che le forze che ci circondano trovino un modo per trarre il meglio da tutto questo. Noi esseri umani cerchiamo di trovare un significato nei momenti difficili, ci imponiamo di rimanere fiduciosi, ci diciamo che tutto accade per una ragione.

A volte queste ragioni hanno un senso, altre volte no. C'è sempre una costante, però. L'amore. Trova la sua strada come un'erba infestante che cresce attraverso le crepe del cemento destinato a trattenerla. È determinato a mostrare la sua bellezza anche in mezzo all'oscurità che lo circonda. Grazie all'amore accadono cose pazzesche, cose inimmaginabili che sembrano troppo rare per essere una pura coincidenza.

Un mese dopo, Patrick è stato ufficialmente condannato e incarcerato insieme al padre per i crimini commessi. Il nome della famiglia è stato infangato come si sono sempre meritati. Alla fine, la giustizia ha trionfato ed è stata una vittoria dolce e meravigliosa sia per Hawke che per Ben. In seguito, abbiamo venduto la casa e tutti i nostri beni, compresa la mia auto. Ci siamo sentiti liberi nel ricominciare da capo con nient'altro che un paio di valigie che contenevano ciò che possedevamo. C'era forza nel sapere di non aver bisogno di nulla se non dell'altro, nonostante l'incognita del futuro.

"È fatta, tesoro" affermo con un sospiro, uscendo per l'ultima volta da 9-5 Slide. "È ufficiale. Sono senza casa e senza lavoro."

Hawke si spinge via con uno dei suoi stivali dal muro al quale era appoggiato, con un piccolo sorriso sul viso. Getta via la sigaretta e la calpesta, poi viene lentamente verso di me, con gli occhi che percorrono il mio corpo da cima a fondo e lasciano una scia di fuoco al loro passaggio. Si scosta alcune ciocche di capelli neri dalla fronte e mi guarda prima di giocherellare con il piercing al labbro. "La senzatetto più sexy che abbia mai visto."

"Cole, aspetta!" Sento la voce di John provenire da dietro di me mentre esce dalla porta.

Non è stato facile dirgli addio. È diventato un mio grande amico ed è stato determinante in questa fase di cambiamento della mia vita. Tuttavia, lo lascio con una buona notizia. Anna ha partorito. Una bambina di nome June. Il suo cuore non è mai sembrato più pieno e il suo sorriso mai così radioso.

"Ehi. Cosa ho dimenticato?"

Ridacchia. "Niente. Tieni." Mi porge un piccolo

oggetto incartato. "Un regalo. Da parte mia e di Leonard. Un inizio per la tua nuova vita."

Me lo porge con gli occhi lucidi. Adoro la sua sensibilità e la sua empatia. Sono fra le sue qualità migliori. Mi mancheranno lui, Leonard e questo piccolo pub che è diventato una seconda casa per me.

"Devo tornare dentro. Non posso guardarvi andare via. Sarei un disastro, mi impappinerei e nessuno vuole un barista che piange." Tira su col naso prima di abbracciarmi di nuovo, poi saluta Hawke.

Hawke si mette al mio fianco, con le mani nelle tasche del giubbotto di pelle, e occhieggia il mio regalo. Strappo l'involucro di giornale con foga, come se non riuscissi a farlo abbastanza in fretta. Le mie emozioni sono in subbuglio quando tengo il regalo tra le mani.

È un libro con una copertina rigida in pelle. Sul fronte, c'è un'iscrizione: 'Redenzione.' Mi asciugo le lacrime, apro il libro appena rilegato e annuso le pagine bianche mentre le sfoglio con il pollice.

"È questo l'inizio della nostra storia?" mi chiede Hawke a bassa voce, mi cinge con le braccia e appoggia la testa sulla mia spalla, guardando il libro bianco che aspetta solo di essere riempito.

Sorrido tra me e me, stringendo forte la mascella, poi annuisco con le lacrime che mi scorrono sul viso.

Lui mi stringe e mi bacia delicatamente il lato della testa. Metto il libro nello zaino e lo riallaccio mentre Hawke mi aiuta a mettere il casco. Sale per primo sulla moto e accende il motore, tenendosi al manubrio con la sua salda presa.

Stiamo per partire per la California, verso la costa, lasciandoci alle spalle questa cittadina e tutto ciò che ci ha insegnato, facendo tesoro di ogni lezione e andando avanti. È ora di ricominciare da zero. È ora di avere la possibilità di vivere. *Vivere davvero.*

Hawke gira la testa verso di me in attesa che io salga. Faccio oscillare la gamba sulla sella calda e infilo le mani sotto il suo giubbotto di pelle, cogliendo l'occasione per aggrapparmi al suo petto e al suo addome sodi e per inspirare il suo profumo. Cuoio, menta e sigarette stantie. Chi avrebbe mai pensato che questo odore mi avrebbe fatto battere il cuore?

Si irrigidisce e si ferma un attimo per togliersi il casco. Raddrizza le gambe e noto la pelle d'oca sul suo collo.

"Surreale" sussurra con un filo di voce.

"Cosa? Cosa c'è che non va?" domando, afferrando la sua maglietta e cercando di farlo girare verso di me.

Lui ridacchia tra sé e sé, fissando qualcosa incredulo. Ride di nuovo e comincia a scuotere la testa.

"Cosa c'è?" chiedo di nuovo, confusa.

"Lo senti?"

Cerco di ascoltare i suoni intorno a me, ma non sento nulla di particolare. Lui alza il volume della radio sulla moto e io sento dei brividi che partono dalla punta delle dita, nel punto in cui mi tengo stretta a lui. Quei brividi si diffondono nel mio corpo fino a quando non mi sento completamente scossa da una sensazione ultraterrena.

Il ritmo iniziale mi colpisce sempre. Come i grilli che friniscono nell'erba al ritmo della batteria, la chitarra che strimpella quelle note che ti senti nel profondo del petto.

La canzone. 'In the Air Tonight' di Phil Collins.

Hawke si gira verso di me con gli occhi socchiusi e le labbra piene che si incurvano in un sorriso di una bellezza eterea davanti a me. Lo sa, proprio come lo so io. Sente ogni istante di questo momento denso di significato, proprio come me - un momento che porta con sé davvero il peso di tutto ciò che ci circonda. *Ben è qui con noi.*

E poi, quando Phil inizia a cantare di aver aspettato questo momento per tutta la vita, Hawke termina la frase insieme a Phil e si rimette seduto e stringe saldamente le mie mani intorno al suo busto, mentre entrambi sorridiamo come matti.

"Tieniti forte."

Capitolo Bonus

Un bisogno infinito

Questo capitolo è stato inizialmente espunto dal libro per il timore che fosse troppo piccante e che togliesse qualcosa allo sviluppo del personaggio. Tuttavia, l'ho conservato e ho deciso di aggiungerlo come capitolo extra. Ho ambientato questa scena dopo il capitolo 23, intitolato 'La macchina.'

Rivolgo al mio ragazzo un'occhiata di fuoco, cercando di fargli un buco in testa.

Questa è stata una sua stupida idea. Il suo piano per farci stare tutti insieme e cancellare l'imbarazzo che c'è nell'aria. La tensione che sente non è semplicemente un astio tra due individui che non hanno nulla in comune e non vanno d'accordo. No, non è affatto così.

È una tensione sessuale che arde come un incendio tra due persone che non fanno altro che desiderarsi. Due persone che sanno che è sbagliato, che sono consapevoli che il desiderio sessuale è proibito, ma sentono comunque il bisogno di bruciarsi costantemente fino a diventare nient'altro che cenere e carbone fumante.

Patrick si è addormentato. È caduto in un profondo letargo causato dal suo stato di ubriachezza. Un bicchiere di troppo di Patron, evidentemente. Ma a pensarci bene, comincia tutto ad avere un senso. Questo era il piano di Hawke fin dall'inizio.

Gli ultimi giorni sono stati difficili per me. Hawke ha ripreso a tenere le distanze da me e Patrick, entrando e uscendo di casa a ore strane, rendendo quasi impossibile un qualsiasi contatto tra noi, in tutti i sensi. È stato un periodo così confuso, e sono stata tentata di staccarmi da tutto anch'io. Il mio cuore era straziato, ma in realtà mi mancava solo un po' di tempo da trascorrere insieme.

Ma ora eccoci qui, con la bottiglia quasi vuota sul tavolino e i tre bicchieri da shot davanti a ciascuno di noi, un ricordo del gioco a base di alcol 'per conoscerci meglio' che ha proposto proprio Hawke.

Quel gioco non aveva nulla di innocente, come aveva ipotizzato Patrick. All'inizio ci siamo fatti delle domande semplici. Abbiamo fatto il giro, a ciascuno il proprio turno. Potevi rispondere alla domanda che ti veniva posta o scolarti uno shot se preferivi rimanere in silenzio. Si vedeva che Patrick aveva molte cose di cui all'improvviso non voleva parlare. La tensione tra i due ragazzi ha raggiunto livelli davvero imbarazzanti man mano che Patrick ha continuato a bere pur di non restare in silenzio.

Io ho risposto alla maggior parte delle domande che mi sono state fatte, ma quando quelle di Hawke hanno iniziato a prendere una strana piega sessuale, mi sono cucita le labbra anch'io. Per fortuna, Patrick era già mezzo incosciente, e non è riuscito a cogliere i sottili segnali che Hawke mi lanciava. I suoi occhi percorrevano in continuazione il mio corpo, e si leccava l'anello al labbro mentre mi fissava.

Sposto il mio sguardo torvo da Patrick - che sta dormendo all'estremità del divano, con la bocca aperta, completamente fuori dal mondo - a Hawke, che si è opportunamente accomodato accanto a me sulla parte lunga del divano.

Il mio cipiglio non fa nulla per scoraggiare il sorrisetto sfacciato che porta sul suo viso perfetto, mentre cerca di tirare la coperta dallo schienale del divano e metterla sopra di noi. Getto via la morbida coperta grigia dalle mie gambe e gliela lancio. Sono testarda, e lui sta davvero esagerando nel pensare che possiamo accoccolarci davanti a Patrick, cosciente o meno che sia.

Ridacchia ai miei ostinati tentativi di allontanarmi prima di afferrarmi saldamente il braccio, tirarmi verso di lui e farmi sedere direttamente sulle sue ginocchia. Urlo per la sua forza e tento di staccare il braccio dalla sua presa, ma senza successo. È troppo energico e le sue mani sono troppo grandi. Mi contorco contro il suo grembo, cercando di scrollarmelo di dosso, anche se non mi passa inosservato il fatto che sta diventando duro sotto di me. È così inappropriato. C'è il mio ragazzo svenuto all'altro capo del divano.

"Lasciami andare!" sussurro, voltandomi di nuovo verso di lui.

I suoi occhi si stringono e la sua mascella pure, perché si sta godendo appieno la situazione che ha opportunamente creato.

"No."

Mi gira di nuovo in un lampo cosicché gli dia le spalle e si aggrappa alla mia coscia con un controllo dominante.

Sta rendendo sempre più difficile negare la causa principale di questo nostro problema. Il nostro desiderio intrinseco sta diventando sempre più impossibile da ignorare.

"Ti ho detto di smetterla" sbotto, guardando verso il mio ragazzo e poi di nuovo verso di lui. Il suo sorriso è sparito e ora ha uno sguardo cupo negli occhi. "Questo" rimarco, indicando sia lui che me. "È sbagliato. Dobbiamo fermarci."

"No" risponde di nuovo, ignorandomi completamente.

Mi cinge la vita con un braccio e mi avvicina ancora

di più a sé, i miei pantaloncini inconsistenti premono contro la sua tuta. A separare i nostri sessi doloranti e fin troppo impazienti di riunirsi non c'è che un velo sottile di stoffa. Stringo forte gli occhi e deglutisco nel tentativo di sedare i miei nervi, di placare la mia mente... di calmare un po' tutto in sua presenza.

Tirata di nuovo la coperta sopra di noi, Hawke si appoggia allo schienale del divano e mi trascina con sé. Scuoto la testa di fronte alla sua determinazione.

"Non hai mai risposto alla mia domanda" commenta, afferrando il telecomando accanto a sé e puntandolo verso la televisione per trovare qualche programma.

Alzo gli occhi al cielo - so che non può vedermi in faccia, ma dovendo farlo comunque. "Era proprio questo il senso del tuo stupido giochetto alcolico. Se non vuoi rispondere, bevi. Elementare, coinquilino."

Mi stringe la carne vicino al fianco con la mano con cui mi cinge la vita, non gradendo il mio comportamento beffardo, mentre il suo pollice si insinua senza sforzo sotto la mia canottiera per toccare altri lembi di pelle.

Ho scoperto che mi piace farlo arrabbiare. Non mi sono mai comportata così con Patrick. Non mi sarei mai sognata di dargli le risposte che do a Hawke. Se provoco Patrick mi becco una predica sui valori cristiani, se tento di stuzzicare Hawke mi becco una scopata sul sedile posteriore di un'auto.

"Sai che dovevo farlo" mi ringhia all'orecchio. Ora sembra arrabbiato. "Dovevo averti per me. In un modo o nell'altro."

Mi uccide quando dice frasi del genere. Mi fa venire voglia di abbracciarlo e stringerlo a me. Ma la vita non è così semplice.

Finalmente trova il programma che stava cercando. Sullo schermo davanti a noi appare una scena, e i miei occhi si spalancano per l'incredulità. Giro la testa verso di lui e gli lancio un'occhiata interrogativa, ma lui si limita a tenere gli occhi tenebrosi e socchiusi sullo schermo.

Una bellissima donna con delle curve mozzafiato e in lingerie rossa è a quattro zampe al centro del letto di una stanza d'albergo. Sul bordo del letto c'è un uomo, completamente nudo, che si sta masturbando davanti a lei, mentre l'altro, seduto sul divano, li guarda con la mano nei pantaloni.

Hawke ha messo un porno dopo che mi sono rifiutata di rispondere alla sua domanda se ne avessi mai guardati. Che stronzo. Me lo sta facendo apposta.

Non potevo rispondere alla sua domanda oscena con Patrick che mi guardava in quel modo. Certo che ho già guardato dei porno. Sono una creatura curiosa. Ma quello era un altarino che non ero disposta a svelare né durante il gioco alcolico, né in nessun altro momento. Queste sono faccende private per me. Un breve sorso di una sostanza che brucia la gola era un'alternativa più che gradita.

Mi sfugge un sussulto quando vedo la donna prendere il pene dell'uomo in bocca. Mi sento il corpo travolto da un'ondata di calore che mi risale fino alle guance, dove è ovvio che sto arrossendo, benché siamo illuminati solo dalla luce fioca del film.

Sento Hawke che mi scosta i capelli dal collo, il suo petto caldo e nudo che mi circonda, le sue braccia forti che mi bloccano contro di lui, rendendo il mio corpo vivo. Sono consapevole di ogni singolo muscolo che si strofina contro di me, del suo delizioso odore di muschio legnoso con note di cuoio e di sigaretta che fa qualcosa di selvaggio ai miei sensi. Mi sfiora con le labbra la pelle sotto l'orecchio e io sono ipersensibile a ogni tocco che mi fa battere il cuore nella notte.

"Quel tizio che si sta masturbando sul divano" bisbiglia Hawke con il suo tono rauco e profondo mentre teniamo entrambi gli occhi rivolti allo schermo. "È suo marito."

Noto allora gli anelli che entrambi indossano. *Che diavolo è questa roba?*

"Ad alcuni uomini piace vedere la propria donna scopata da un cazzo più grande."

Deglutisco di nuovo. Mi sento le fauci completamente secche. La cruda sessualità di Hawke è come un deserto. Mi stringe a sé e fa scorrere la sagoma indurita del suo cazzo contro il mio sedere.

"Hawke" mugolo con un filo di voce. "Ti prego. No."

Ma le mie suppliche passano inosservate e le sue mani trovano le mie cosce sotto la coperta. Si dirigono lentamente verso l'alto prima di afferrare la parte morbida del mio interno cosce. Mi tira all'indietro sino a che non sono proprio sopra il suo cazzo, con il culo appoggiato sul suo basso ventre. Mi volto di nuovo a guardare Patrick. *Dio, andrò all'inferno per questo.*

"Non si sveglia" mi sussurra, seguendo il mio sguardo. "Puoi urlare quanto ti pare."

Non appena pronuncia quelle parole, le sue dita trovano il mio sesso. Scorrono sulla sommità ricoperta dalla sottile stoffa di cotone, già scivolosa e umida non appena vi premono sopra.

Emetto un gemito affannoso e lui ringhia in segno di piacere.

"Gesù, Cole..." mormora contro la mia nuca.

I miei occhi ritrovano lo schermo e guardo l'uomo che monta la donna, la mano del marito che lavora più in fretta mentre i suoi pantaloni scivolano più in basso, esponendo il suo atto.

È tutto così erotico, così lascivo, così insaziabilmente inebriante. Sto guardando un altro uomo che prende la sua donna mentre Hawke mi prende davanti a Patrick. Mi tira i pantaloncini morbidi di lato e fa scorrere un dito lungo le mie pieghe.

"Hawke" protesto di nuovo prima che lui affondi un dito dentro di me.

La mia testa ricade contro il suo petto, che si alza e si abbassa più rapidamente di prima. L'altra mano risale sotto la mia canottiera per afferrare il mio seno nella sua grande mano. L'uomo sullo schermo succhia i capezzoli della donna e li mordicchia con i denti, e allo stesso tempo Hawke pizzica i miei tra le dita.

Il mio corpo lo reclama di nuovo a gran voce, come sempre. Ho bisogno di lui nelle parti più profonde di me. Bramo unirmi a lui come una cattiva abitudine da cui non riesco a liberarmi.

È tutto così intenso. Troppo. Sono in sovraccarico sensoriale nel guardare il film mentre lui gioca con me. Ho paura che Patrick si svegli e ci becchi mentre ci accarezziamo le parti intime e ci strusciamo a vicenda davanti a un porno.

Sono solo cazzate che capitano fra i coinquilini, giusto?

Hawke infila un altro dito dentro di me, il suo pollice circonda il mio clitoride. La mia eccitazione ricopre le sue dita e produce rumore. La sensazione della sua erezione che preme sotto il mio sedere ogni volta che spinge le dita dentro di me mi rivela che sta immaginando di scivolare tra le mie pareti calde e umide.

"Cazzo, Cole" geme frustrato. "Ti piace guardare i porno con me, vero, baby?"

Sentire le parole che gli escono di bocca è sufficiente per portarmi sull'orlo dell'orgasmo. Mi sto già lasciando sfuggire dalle labbra dei gemiti affannosi, dandogli tutti i segnali di cui ha bisogno per spronarlo a continuare.

"No" dice all'improvviso, togliendo le dita e spingendomi via da sé.

La mia mente entra in modalità panico. Gli ho chiesto io di fermarsi, ma ora è lui a farlo?

"Ho bisogno di entrare dentro di te" mi spiega.

Aggrotto la fronte per la confusione. Non penserà di certo di farlo in questo momento. Non qui.

Sento che sposta i fianchi dietro di me e abbassa la tuta quanto basta per esporre il suo pene. Appoggio un palmo sul suo petto nudo per fermarlo.

"Hawke" lo avverto di nuovo. "Non è questo-"

Mi riporta contro il suo petto e tira di nuovo la coperta sopra di noi, respingendo le mie inutili proteste e proteggendo qualsiasi cosa abbia in mente di fare dalla vista di Patrick. Tira i miei pantaloncini di lato, li allarga e le sue lunghe braccia si infilano tra le mie cosce per allinearsi alla mia entrata. Prima che io possa dire un'altra parola, mi tiene per i fianchi e mi fa calare su di lui.

Sento la punta spessa e gonfia affondare tra le mie pareti, poi il resto della sua massiccia lunghezza che mi distende man mano che scivolo giù, il mio sesso che si contrae con una dolorosa soddisfazione.

Entrambi sussultiamo per la sensazione, poi sento che appoggia la testa contro la mia nuca. Sta cercando di trattenersi. Fa dei respiri profondi. So che avrebbe una gran voglia di grugnire e di sbattermi. So quanto sia difficile per lui stare fermo con tutti questi impulsi elettrici che si stanno scatenando ora che è a contatto diretto con me, senza protezioni.

"Oh, Hawke" mormoro senza fiato. "Non dovremmo farlo qui."

Mi sto arrampicando sugli specchi per trovare un po' di lucidità, ma da come mi si sta annebbiando il cervello, da questa nebbia che si è impadronita della stanza, capisco che sto perdendo il controllo che avrei voluto conservare.

"Mi piace quando spari stronzate senza senso con il mio cazzo dentro di te" borbotta contro il mio collo.

Gemo forte quando mi allarga le cosce con le sue, guadagnandosi l'accesso alla parte più profonda di me. Mi si stringe il basso ventre per il piacere, la sensazione di pienezza prende il sopravvento. Per precauzione, mi tappa la bocca con una mano.

"Mordi se ne hai bisogno" mi dice, baciandomi il lato della testa. "Ora apri gli occhi, bellezza. Guarda lo schermo con me."

Non mi ero nemmeno accorta di averli chiusi per tutte le sensazioni che sto provando. Apro gli occhi proprio mentre c'è un primo piano dell'uomo che si scopa la donna da dietro, sbattendola senza sosta, facendo rimbalzare il culo di lei a ogni spinta, sempre sotto gli occhi del marito.

L'uomo è sfrenato. In preda a un impeto insaziabile.

È come se avesse adocchiato la donna del suo amico da molto tempo e avesse finalmente avuto la possibilità di sfogare tutta la frustrazione sessuale repressa. Ora sta grugnendo, abbrancando la carne di lei, apparentemente vicino all'orgasmo. È incredibilmente eccitante.

Hawke tiene la mano sulla mia bocca e con l'altra fa pressione sul mio clitoride mentre scivola dentro di me. Appoggia la testa alla mia spalla mentre entrambi guardiamo il film.

Patrick cambia posizione sul divano, ed entrambi ci blocchiamo all'istante.

Io chiudo gli occhi, come se questo semplice gesto mi potesse in qualche modo schermare dalla sua ira, ma non si sveglia. Si limita a rotolarsi appena, e gli cade un braccio dal divano, strusciando le nocche sul pavimento mentre continua a russare.

Il mio battito cardiaco schizza, e ora il mio corpo è in preda all'ansia. Rimaniamo fermi, uniti, finché i nostri respiri non si regolarizzano e possiamo finire quello che abbiamo iniziato.

Sento quanto tutta questa esperienza mi abbia fatto bagnare. Che sia per il porno, per il fatto che si tratta di un qualcosa di tabù o per il solo tocco di Hawke, sono follemente su di giri. Stritolo il suo cazzo dentro di me mentre restiamo fermi in posizione, e lui quasi cede.

"Cazzo, Cole" bisbiglia nel mio collo. "Verrò se ti contrai ancora intorno a me in questo modo."

Così, neanche a dirlo, lo faccio di nuovo.

"Ah, merda" sibila, prima di allungare la mano e infilarmi due dita in bocca.

I suoi movimenti si fanno aggressivi mentre si spinge nella mia umidità ancora e ancora.

"Ti avevo detto." *Spinta.* "Di non." *Spinta.* "Farlo." *Spinta.*

Gemo intorno alle sue dita e le succhio con la lingua, e ora mi sento spasimare intorno all'ampia base del suo pene ogni volta che mi penetra fino in fondo, al ritmo dei nostri movimenti simultanei.

Siamo entrambi così in fiamme. Il rischio di essere scoperti a fare qualcosa di così indecente è il carburante che ci alimenta. Mentre io ansimo senza controllo nella sua mano, Hawke mi palpa il seno e fa scorrere il pollice sul mio capezzolo indurito, premendo di nuovo la testa sul mio collo per trattenersi per me.

Non dovrà resistere a lungo. Abbassa la mano verso il mio sesso e si bagna le dita, ricoprendole con la mia eccitazione prima di compiere dei rapidi cerchi sul mio clitoride.

È troppo. Questo, i gemiti e i grugniti degli attori in TV, il modo in cui Hawke mi sta leccando tutto l'orecchio. E il fatto che il mio ragazzo sia proprio qui, svenuto e ubriaco in modo che Hawke possa scoparmi nel modo di cui ha un disperato bisogno.

Con il mio corpo che vuole il suo dolce orgasmo, mi lascio andare, mi ci abbandono, e sento che comincio a contrarmi ritmicamente intorno a lui. Se ne accorge anche lui, perché i suoi respiri diventano rapidi e affannosi contro il mio collo.

"Sto venendo" sussurro con un filo di voce e mi si chiudono gli occhi. L'intensa ondata di piacere mi attraversa tutto il corpo: parte dal collo, scendo lungo la spina dorsale, arriva in fondo alla pancia e si estende fino alle dita dei piedi.

Mi sfuggono deboli grida soffocate mentre Hawke mi stringe più forte di prima contro il suo petto. Rabbrividisce sotto il mio corpo privo di forze, spingendosi fino in fondo dentro di me, mentre si perde con un ringhio profondo nella mia spalla subito dopo di me.

I miei respiri si calmano mentre le sue mani accarezzano dolcemente la mia pelle. Sposto subito lo sguardo su Patrick solo per vedere che è ancora addormentato a meno di tre metri da noi. Mi stacco lentamente da Hawke, il suo cazzo ancora ingrossato e pesante che sbatte contro il suo addome teso mentre cola fuori da me. Odio quanto mi piaccia questa sensazione.

Odio anche quanto mi piaccia vedere il suo cazzo luccicante e bagnato dei miei succhi.

Mi metto in piedi davanti a lui e mi sistemo i pantaloncini, quindi mi volto verso di lui per rivolgergli una sorta di occhiataccia. Sembra pienamente appagato quando i suoi pigri occhi socchiusi trovano i miei prima che il suo labbro si arricci in un piccolo sorriso.

'Mai più' mimo con le labbra mentre si aggiusta la tuta.

Lui inarca un sopracciglio, butta via la coperta e spegne il film prima di alzarsi e avvicinarsi lentamente a me. La sua grande struttura torreggia su di me mentre si passa una mano tra le ciocche nere che gli cadono sul viso. Non posso fare a meno di ammirare il modo in cui i suoi muscoli si flettono mentre mi viene incontro, i suoi occhi scuri e pieni di lussuria che tracciano la mia figura. Entro nel bagno e lui mi segue, la mia schiena sbatte contro il muro quando Hawke si chiude la porta alle spalle.

Sogghigna prima di afferrarmi la nuca e portare le mie labbra alle sue. Mi bacia con passione, come se non vedesse l'ora di farlo da quando ci siamo uniti ma non ne avesse avuto modo. La sua lingua massaggia dolcemente la mia, facendomi venire i brividi lungo le braccia. Mi tira delicatamente il labbro inferiore e lo lascia andare prima di appoggiare la sua fronte alla mia. I nostri occhi si trovano, e c'è molto più di un semplice desiderio. Tra noi due regna un'emozione profonda in questo semplice sguardo, ma lui la reprime mentre il suo labbro si arriccia in un piccolo ghigno.

"Hai detto di nuovo?"

Ringraziamenti

Alla mia gente

Ho avuto l'incredibile fortuna di essermi circondata, non so come, di alcune delle persone più meravigliose, che mi hanno spronata finché non sono riuscita a raggiungere l'obiettivo di pubblicare questo libro.

A Jason, per avermi mostrato che le persone hanno molte facce e lati diversi. L'ignoranza non è sempre sinonimo di beatitudine, e fare i conti con le dure verità può aprire la nostra mente a molte cose più grandi. Sei la mia roccia.

Alla mia famiglia, per aver sempre foraggiato i miei sforzi creativi, quale che sia la direzione che ho intrapreso.

A Cari, per avermi dimostrato che la tua famiglia non è solo quella con cui condividi dei legami di sangue e per essere sempre stata dalla mia parte fin dal principio.

A Kathy, per aver sempre pronunciato male il titolo di questo libro e per avermi fatto sbellicare dalle risate ogni volta.

A tutti i miei amici su Instagram, persone che non ho mai conosciuto di persona ma con cui parlo costantemente di libri: siete la mia gente. Vi sono profondamente grata per la spinta a pubblicare che mi date e il vostro supporto. Mi avete aiutata a trasformare questo sogno in realtà.

A Nordika, per aver gestito il mio caos e avermi guidata in questo processo creativo. Sei una donna davvero preziosa.

A Jenn, per avermi aiutata a migliorare questo testo sino a renderlo qualcosa di magico. Sei realmente fenomenale.

A tutt* le mie lettrici e i miei lettori e a coloro che mi hanno sostenuta su Wattpad e Inkitt e che mi sono stati a fianco fin dall'inizio: vi sarò per sempre grata per il vostro eterno supporto e amore, per avermi dato la spinta a pubblicare questo libro e trasformarlo finalmente in realtà. Vi amo tutt*!

Seguici su:

Instagram: @virgibooks

www.virgibooks.com

Printed in Great Britain
by Amazon

51789529R00247